Hendrik Conscience
Flämisches Volksleben

SEVERUS Verlag

ISBN: 978-3-95801-612-5
Druck: SEVERUS Verlag, 2016
Nachdruck der Originalausgabe von 1917

Der SEVERUS Verlag ist ein Imprint der Diplomica Verlag GmbH.
Bibliografische Information der Deutschen Nationalbibliothek:
Die Deutsche Nationalbibliothek verzeichnet diese Publikation in der Deutschen National-
bibliografie; detaillierte bibliografische Daten sind im Internet über http://dnb.d-nb.de
abrufbar.

Hendrik Conscience

Flämisches Volksleben

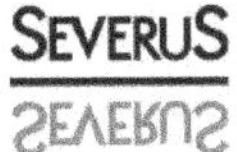

Inhalt

Einleitung

Mit dem vorliegenden 3. Bande dieser Conscience-Ausgabe begibt sich der flämische Erzähler auf einen Boden, der seinem Gestaltungsvermögen eine noch stärkere Nahrung zuführte als der historische Roman. Conscience steht da mitten unter seinem Volke, wie es sich uns heute zeigt, mit allen seinen Tugenden und Schwächen, mit seinen gewinnenden und abträglichen Eigenschaften. Bald geleitet er uns in irgendeinen versteckten malerischen Winkel oder in ein im Dämmerlicht liegendes Gässchen Alt-Antwerpens; bald entrollt er vor uns die im Dufte ihrer Kiefernwälder gebadete, vom Sonnengold verklärte einsame Heide des Kempenlandes, jenes von der Maas bis an die Schelde sich dehnenden nordöstlichen Belgien, wo Dünen und Moore ins Antlitz der Landschaft so scharfgeschnittene Züge legen und der Boden den Menschen zur Genügsamkeit nötigt, wie er andererseits seinem Charakter Zähigkeit aufprägt. Aber mag uns Conscience in die niedere Hütte bäuerlicher Armut oder in die trauliche Behaglichkeit des Bürgerhauses bringen, stets tut er es mit lebendigem Verständnis für die Umwelt und mit warmem Empfinden für die Menschen, von denen er uns erzählt. Immer horcht er, dem gewissenhaften Arzt ähnlich, auf den Herzschlag des Volkes, ob er rasch, ob er langsam geht, ob von Freude beschwingt, ob von Leid beschwert. In dieser Welt lernen wir Conscience nach seiner ganzen Bedeutung, lernen wir ihn als echtesten Volksschriftsteller kennen und würdigen. Und als solcher allein wollte er gelten, nach diesem Ruhm stand sein Verlangen.

Darum verbindet Conscience den Erzähler, die Liebe zu seinem Volke, aufs engste mit dessen Leben und Treiben. Aus den mittleren und unteren Schichten der flämischen Bevölkerung nimmt er vorzugsweise die Stoffe zu seinen Erzählungen und Novellen, die zusammen mit seinen historischen Romanen seinen Ruf zu einem europäischen machten. Einfach, anspruchslos, manchmal fast allzu schlicht lassen sich die Motive zu diesen Geschichten an, und wohl ist es wahr, dass ihnen weder ein künstlicher Aufbau, noch eine spannende, reichgegliederte Handlung jenen Reiz und jene fesselnde Gewalt verleihen, womit Consciences Vorbild, Charles Dickens, die Leser in seinen Bannkreis zieht. Nichtsdestominder weiß auch der Flame durch seine Eigenart zu verzaubern, die dort am wirksamsten unser Gefühl berührt, wo er die Schatten des Erdenlebens, Trübsal, Not, Elend und die Schwere des menschlichen Loses malt. Conscience verfügt jedoch auch über heiter gestimmte Saiten. Er lacht zur rechten Zeit und lässt seinen ungesuchten natürlichen Humor spielen, nicht selten dicht neben der Tragik des Daseins. Er ist der erste flämische Schriftsteller, der seine Werke zu sprechenden Zeugen eines fein entwickelten Natursinnes machte und wenn sein Meisterpinsel mit wenigen, aber frisch und packend aufgesetzten Farbtönen die Schönheit der Natur verkündigt, führt ihm der niederländische Landschaftskünstler die Hand.

Die Erzählungen, die wir in diesem Bande unter dem Titel „Flämisches Volksleben" vereinigt haben, begreifen eine Auswahl des Besten, was Consciences Feder geschaffen hat. Als „Flämisches Stillleben" sind drei derselben – „Siska van Roosemal", „Wie man Maler wird" und „Was eine Mutter leiden kann" – schon 1845 durch den Fürstbischof Diepenbrock von Breslau der deutschen Lesewelt vermittelt worden. Jene Übersetzung wurde auf Grundlage des Originaltextes einer Neubearbeitung unterzogen und nebst den Holzschnitten des Originals unserer Ausgabe eingefügt.

Unstreitig die Perle der vorliegenden Sammlung bildet die berühmte Novelle „Der Rekrut" (De Loteling). Sie erregte einst das Gefallen des französischen Romandichters Alexandre Dumas in so hohem Grade, dass er die Dichtung des in Frankreich noch ganz unbekannten Flamen kurzerhand plünderte und ganze Kapitel auf einen seiner Romane propfte. Des Plagiats beschuldigt, übersetzte Dumas die flämische Erzählung vollständig und führte Conscience auf diese Weise in Frankreich ein. Conscience hat nicht viele Frauengestalten gezeichnet, die eine so schöne Schwungkraft der Seele, einen so christlichen Heldensinn zur Schau tragen, wie das edel fühlende, opferfähige Dorfkind Trien, das ihrem armen erblindeten Freunde die Treue unverbrüchlich wahrt; sie steht denn auch, künstlerisch und moralisch gesprochen, im Mittelpunkt der Geschichte als Hauptheldin.

Neben dem „Rekruten" zieht die Erzählung „Baas Gansendonck" die Aufmerksamkeit auf sich. Hier wie in „Siska van Roosemal" geißelt Conscience das lächerliche und dabei verhängnisvolle Streben solcher Personen seines Volkes, die in törichter Eitelkeit sich über ihren Stand hinausheben wollen und in der Nachäffung französischen Wesens und französischer Unsitte das Mittel gefunden zu haben glauben, um die ganze Wichtigkeit ihrer Person den Nebenmenschen vor Augen zu stellen. Indem Conscience in diesen beiden Erzählungen gewissermaßen zum Strafprediger wird, hält er als Flame mit seiner Abneigung gegen das Franzosentum nicht hinterm Berge. Es ist die nationale Spannung zwischen Flamen- und Wallonentum, die ihm Redegewalt verleiht, und wenn „Siska van Roosemal" und „Baas Gansendonck" zuletzt vom Rächerarme des Schicksals hart angefasst werden, so geschieht es zur Sühne für die am flämischen Geiste verübte Untreue.

Wer in Hendrik Conscience nicht bloß den Volksschriftsteller, sondern auch den unermüdlichen und tapferen Kämpen für niederdeutsche Art, für das Flamentum sieht, der wird seine Werke von einem höheren Standpunkt aus bewerten, als ihn lediglich der literarische vorzeichnet. Man begreift denn auch die hohe Verehrung, welche Conscience noch immer bei den Flamen genießt und noch lange genießen wird.

Otto von Schaching

Siska van Roosemal[1]

1.

Bürger vom alten Schlag; Schwindler vom neuen Stil

Hinter dem Grünen Kirchhof zu Antwerpen, in einer der dortigen Straßen,
bestand noch vor wenigen Jahren ein alter
berühmter Gewürzladen, der, vom Vater
auf den Sohn vererbt, seit mehr als drei-
hundert Jahren bekannt war wegen seiner
guten Waren und billigen Preise. Der letzte
Eigentümer des Ladens hieß Johann Roo-
semal, Sohn von Franz, Sohn von Karl, 
Sohn von Kaspar Roosemal, und war verheiratet mit Siska Pott, einer
Nachkommin des berühmten Peter Pott, dessen Namen man noch in
den zwei Peter-Pott-Straßen wiederfindet.[2]

Diese beiden Eheleute, von Kindheit an zu einem nützlichen,
arbeitsamen Leben erzogen und nun mit ihrem kleinen Handel fortwährend beschäftigt, hatten keine übrige Zeit gehabt, um an den Fort-
schritten der heutigen Bildung teilzunehmen, mit andern Worten: *sich
zu verwelschen.*[3]

Ihre Kleider, aus starkem Zeug gemacht, waren einfach und änder-
ten fast nie ihren Schnitt; nur unterschieden sie sie in Werktags-,

---

1   Das Wörtchen „van" drückt hier keinen Adel aus, sondern bezeichnet im Niederländischen nur die örtliche Herkunft einer Person. (A.d.Ü.)

2   Peter Pott, ein Edelmann, stiftete zu Antwerpen im Jahre 1433 das St. Salvator-Kloster,
das gemeiniglich Peter-Potts-Kloster hieß und 1575 durch die Bilderstürmer bis auf den
Grund abgebrannt ward. Die zahlreichen Nachkommen dieses Edelmanns, jetzt meistens
geringe Bürger, heißen noch die Potten.

3   Flämisch: *verfranschen,* französisches Wesen annehmen.

Sonntags-, und Osterkleider. Letztere kamen nur an den höchsten Festtagen aus dem Schranke und wenn die Roosemals zur heiligen Kommunion gingen, oder wenn sie ein Kind über den Taufstein halten mussten oder bei der Hochzeit eines Freundes Zeuge waren. Es ist leicht begreiflich, dass diese Bürgersleute aus der alten flämischen Welt in ihrem altmodischen, wenn auch kostspieligen, Anzuge sich doch ärmlich ausnahmen gegen so manchen vorbeigehenden Stutzer, der sich für einige Franken in die neumodischen papiernen Kleider hatte stecken lassen und wohl gar mit Geringschätzung auf die Roosemals niedersah. Allein sie störten sich nicht daran und dachten: *„Jeder das, wonach er zielt, ihr den Wind und wir die Scheibe."* Sie waren ungebildet genug, nicht zu wissen, dass ein anständiger Mann nicht um zwölf Uhr zu Mittag isst, und sie hatten daher die gemeine Gewohnheit, sich gerade mit dem Glockenschlag zwölf zu Tisch zu setzen; ja noch mehr, sie vergaßen nie dabei zu beten, ja wirklich zu beten, sowohl vor als nach der Mahlzeit. Auch noch andere Gebrechen konnte man ihnen zur Last legen. So verstanden sie kein Wort Französisch und hatten nie gefühlt, dass ihnen diese Kenntnis nötig sei; sie waren gottesfürchtig, arbeitsam, demütig und vor allem friedfertig. Ihre größte Dummheit aber bestand darin, dass sie in ihrer flämischen Einfalt glaubten, es sei besser, jeden Tag einen ehrlich gewonnenen Stüber beiseite zu legen, als sich durch List und Trug in zwei oder drei Jahren so reich zu zaubern, dass jedermann die Augen darüber aufsperrt und mit Verwunderung ausruft: „Aber! Aber! Wo hat die Ratte[4] das hergeholt?" Mit einem Worte, sie waren flämische Bürgersleute vom alten Schlage.

4   *Ratten* werden in Belgien fremde Schwindler und Glücksspieler genannt.

Meister Jan van Roosemal hatte eine junge Tochter, Siska wie ihre Mutter genannt, von ungefähr fünfzehn Jahren, hübsch schlank aufgeschossen für ihr Alter, schön von Gestalt und Gebärde, mit blonden Haaren und blauen Augen - ein echtes, schönes Brabanter Kind. Sie hatte bisher eine gewöhnliche städtische Mädchenschule besucht und ihre Muttersprache beinahe gründlich erlernt, daneben das Rechnen und alle Handarbeiten, welche eine gute Bürgersfrau verstehen soll, sei es auch nur, um von der Haushaltung etwas mehr zu wissen als ihre Hausmagd. Sie war wie die Eltern einfältig, gottesfürchtig, gehorsam, liebevoll, nicht ausgelassen, nicht träge, nicht eigensinnig und in der Tat ganz geeignet, mit dem Manne, den sie heiraten würde, in Tugend und Ehren das Haus ihrer Vorfahren aufrecht zu halten und den berühmten Spezereiladen fortzuführen.

Wie kommt es denn, dass der hundertjährige Laden jetzt geschlossen ist? Welches Missgeschick hat unlängst die Fässer, Büchsen, Flaschen, Töpfe und Krüge Roosemals auf den Trödelmarkt geführt? Diesen Hergang soll euch das Folgende erzählen.

Wisset denn vorerst, dass in der Nachbarschaft unseres Krämers ein Schustermeister wohnte, welcher der beste Freund Roosemals war, mit ihm sonntags nach der Steinbrücke[5] spazieren ging, des Abends ein Spielchen mit ihm machte und überhaupt wie ein wahrer Bruder ohne ihn kein Vergnügen fand. Dies änderte sich jedoch plötzlich aus sonderlicher Ursache.

Der Schuster, der bisher ein schönes Brot hatte und schon durch Sparsamkeit ein eigenes Haus besaß, ließ eines Tages, während Roosemal am Fieber krank lag, seine zwei Fenster vorn an der Straße ausbrechen und durch einen großen vorstehenden Aushängkasten ersetzen. Auf die Glasscheiben ließ er mit glänzender Farbe allerlei französische Anpreisungen malen. In der Mitte stand in derselben Sprache: *Zum Stiefel ohne Naht. Magazin von Pariser Stiefeln und Schuhen* – eine Lüge, da er vornehmens war, die Schuhe und Stiefel wie bisher alle selbst zu machen. Etwas unterhalb prunkte in dem Glaskasten ein

---

5   Ein Vergnügungsort bei Antwerpen.

Bild, einen Menschen darstellend, der von dem Widerglanz der Sonne auf einem gewichsten Stiefel an beiden Augen geblendet wird, und unter diesem Meisterstück von Windmacherei las man die Worte: *Echte englische Wichse!* – wieder eine Lüge, denn es war immer seine alte Wichse, die er selbst machte. Die Kunden verloren nichts dabei; der Unterschied war nur, dass er sich seine Wichse jetzt viermal teurer bezahlen ließ. Auf den Eckscheiben stand: *Kautschukschuhe, Korksohlen* usw.

Als Meister van Roosemal von seiner Krankheit genesen war und zum ersten Male mit langsamen Schritten seine Straße durchwandelte, fiel sein Blick auf den neuen Fensterrahmen des Schusters. Er blieb plötzlich stehen, rieb sich die Augen wie ein Schlafsüchtiger und betrachtete sinnend der Reihe nach die einzelnen Häuser, wie ein Fremdling, der sich verirrt hat.

„Was ist das?", dachte er bei sich. „Das ist doch nicht der Laden Meister *Spinals*? Sollte er ausgezogen sein, ohne dass ich's erfahren habe? Schon wieder eine Ratte, die hier den Hansdampf aushängt, um den Leuten Sand in die Augen zu streuen und dann umso besser Bankrott spielen zu können, wenn das Schäflein im Trocknen ist. Aber der wird mich doch nicht fangen…"

Während Roosemal in solchen Gedanken stand, kam ein Herr aus dem Innern des Schusterladens auf die Türschwelle heraus. Er war schön gekleidet, trug einen Paletot von gewürfeltem Zeug, ein schokoladenfarbiges Beinkleid, eine weiße Unterweste und eine sogenannte goldene Kette auf der Brust, woran eine Uhr oder ein Augenglas hängen mochte. Ein krauser, schwarzglänzender Bart umfing sein ganzes Gesicht; sein Kopfhaar war künstlich aufgestrichen und glich täuschend den Wachsfiguren, die man vor den Fenstern der Perückenmacher sieht.

„Aha", dachte Roosemal, „da ist die Ratte; es ist Sünde um solch einen schmucken Kerl." Aber der neue Nachbar kam schnurstracks auf ihn zu, klopfte ihm auf die Schulter und sprach: „Ihr seid genesen, Freund van Roosemal?"

Der erstaunte Mann erkannte die Stimme Spinals, trat zwei Schritte zurück, besah seinen Freund vom Kopf bis zu den Füßen und sagte dann einfältig: „Wie schön Ihr ausseht, he! Habt Ihr das große Los in der russischen Lotterie gewonnen? Oder habt Ihr vielleicht eine Erbschaft gemacht? Gesegnet's Gott dann; ich wünsch' Euch Glück… Nun habe ich mein Leben lang geglaubt, dass Ihr rotes Haar hättet!"

Spinal lächelte mit einer Art von spöttischem Mitleiden und antwortete mit jener losen freien Gebärde, die man den *welschen Schliff* zu nennen pflegt: „Van Roosemal, mein Freund, Ihr werdet niemals reich werden, Ihr. Die Welt ist verändert. Niemand lässt sich heutigestags mehr fangen ohne Lockfinken und Vogelleim; schlechte Ware gut vorgesetzt, ist halb verkauft. Wer von den flämischen Bürgern leben muss, plagt sich bis in seine alten Tage, bevor er sagen kann: *Ich bin geborgen!* Sie sind zu knauserig, Freund, und wollen gutes Leder und gute Arbeit für geringen Preis. Da lobe ich mir die französische Jugend; da ist was zu holen; – alle Monat ein Paar Stiefel, teuer bezahlt und leicht gemacht."

Der erstaunte van Roosemal wusste nicht, ob er wache oder schlafe. Die Ohren summten ihm von der sonderlichen Rede und er war versucht zu glauben, Spinal habe seine fünf Sinne nicht mehr beisammen.

„Aber", fiel er ihm in die Rede, „ich habe doch wohl schon sagen hören, dass die französischen Windbeutel nicht selten das Zahlen vergessen. Nehmt Euch nur in Acht. Bei mir stehen noch einige von die-
sen Prahlhansen in der Kreide und da möget Ihr scheren, wo keine Wolle darauf ist. *Lieber den sicheren Heller und das Gewissen rein.*"

„Veraltetes Geschwätz, Freund", antwortete der Schuster, „wir werden uns, so Gott will, nach zwei oder drei Jahren wieder sprechen, und dann wollen wir sehen, wer's am weitesten gebracht hat. Mein Sohn Jules ist nach Paris, um sein Geschäft zu lernen; von dem erwarte ich viel."

„Wer ist nach Paris, sagt Ihr? Jules? Ich dachte, dass ich der Pate Eures einzigen Sohnes sei, und der heiße Johann, wie ich."

„Nun wohl denn, Johann ist nach Paris; aber er hat seinen gemeinen Namen geändert und heißt nun Jules, das ist viel vornehmer. Und meine Tochter, die diese Woche ins Pensionat gekommen ist, nennt sich Hortense. Ich sage Euch dies nur, damit Ihr sie nicht in Gegenwart meiner Kunden Hans und Theres nennen sollt."

Meister van Roosemal schüttelte den Kopf, besah wechselweise die Aufschriften an dem Glaskasten und die schillernden Kleidungsstücke seines Freundes und sprach dann in halb scherzhaftem Tone: „Ich glaube nicht, dass Ihr das Rechte getroffen habt, Meister Spinal! Ich sah ihrer schon so viele auf dem Wege purzeln, die zuvor wohl noch auf festen Füßen standen. Jedoch, jeder mag tun, wie er will, es sind nicht meine Sachen, und damit genug! Aber sagt, Ihr vergesst vielleicht, dass heute Morgen Versammlung ist von der Bruderschaft Unserer Lieben Frau. Geht Ihr nicht mit?"

„Bruderschaft Unserer Lieben Frau?", rief Spinal beinahe spottend. „Ich bin kein Mitglied mehr, Freund. Jemand, der fürs große Theater arbeitet, wie ich, der mag nicht mehr mit einer Kerze in der Hand der Prozession nachlaufen. Auf Ehre, das stünde nicht gut." „Guten Tag dann!", sagte Roosemal mit traurigem Tone und ließ den verwelschten Schuster vor seiner Türe stehen.

Einige Zeit danach kam Spinal zu dem Krämer, und nachdem er auf den guten Fortgang seines Geschäftes viel gepocht, sprach er von einem großen Vorrat Leder, den er von einem Gerber, der in Geldverlegenheit sei, kaufen möchte. Er nannte es eine *„brillante Affäre"* und wusste durch seine neugelernten Künste es dahin zu bringen, dass der einfältige Mann, eingedenk ihrer alten Freundschaft, ihm fünfhundert Gulden bar vorstreckte, in drei Monaten zurückzuzahlen. Zugleich ließ sich van Roosemal ein Paar neue Schuhe anmessen.

Die Schuhe hatten schon nach acht Tagen die Sohlen verloren und anstatt seiner fünfhundert Gulden erhielt der Krämer viele schöne Worte und endlose Versprechen. Dieser letzte Punkt bewirkte einen stillen Bruch zwischen den zwei Nachbarn, die sich fortan gegenseitig nicht mehr grüßten. Ihre beiden Kinder jedoch teilten diese Spannung nicht und blieben im täglichen Verkehr miteinander.

2.

Seitdem Spinals Tochter aus dem Pensionat zurückgekommen war, hatte Siska van Roosemal viel von ihrer schönen Einfalt verloren. Sie hatte schon zu oft in dem Laden des Schuhmagazins gesehen, wie die verwelschten jungen Leute sich freie Scherze und Liebkosungen gegen ihre Freundin erlaubten und wie diese mit gefallsüchtigen Blicken und Gebärden darauf zu antworten wusste in der schönen liebehauchenden französischen Sprache. Unschuldig und nicht wissend, welche unreinen Gelüste unter solchen falschen Liebesworten versteckt liegen, errötete sie mehr als einmal vor Scham, wenn einer oder der andere von diesen jungen Laffen sie in gebrochenem Französisch anredete und sie nicht, wie ihre Freundin, darauf antworten konnte. Darum lag sie ihrer Mutter täglich dringend an, dass sie auch in jenes Pensionat geschickt werden möchte. Frau van Roosemal, die ihre Tochter mit blinder Zärtlichkeit liebte, hatte gleichfalls mit Neid wahrgenommen, dass Hortense, oder eigentlich Therese Spinal, so wenig hübsch sie auch war, doch alle Augen auf sich zog, und dass ihre arme Siska schrecklich gemein aussah neben der aufgedonnerten Schusterstochter. In ihrem mütterlichen Hochmut deuchte es ihr, es gezieme sich nicht, ihr Kind noch länger so zurückgesetzt und verdunkelt zu sehen neben einer, die geringer sei als sie. Nachdem sie ihrem Manne einige Monate lang mit derlei Vorstellungen in den Ohren gelegen, wurde beschlossen, dass Siska in das Pensionat gehen solle, jedoch solle der alte Pelkmann zuvor noch in dieser wichtigen Sache zu Rate gezogen werden.

Dieser Pelkmann war der Doktor oder Hausarzt der Familie, wie sein Vater es beim vorigen van Roosemal gewesen war. Schon oft hatte er durch seinen weisen Rat in verwickelten Sachen dem Krämer nützliche Dienste geleistet; was ihn aber den beiden Eltern vor allem so wert machte, war, dass er Siska schon zweimal in ansteckenden Krankheiten und zuletzt noch in der Cholera vorm gewissen Tode gerettet hatte. In ihrer Dankbarkeit hatten sie anerkannt, dass der Doktor hiedurch einiges Recht auf das Leben und die Zukunft ihrer Tochter erworben, und sie beschlossen daher nie etwas in Bezug auf sie ohne seinen Rat einzuholen. Und sie taten wohl daran, denn der alte Pelkmann war wirklich ein weiser und gelehrter Mann, der den Lauf der Welt genau kannte und alles mit flämischer Vorsicht prüfte und ergründete.

An einem bestimmten Tage saß der Doktor mit Vater und Mutter van Roosemal in einer Stube hinter dem Laden und das Gespräch ward durch Meister van Roosemal also begonnen:

„Doktor Pelkmann, meine Frau will durchaus, dass wir Siska in ein französisches Pensionat schicken. Was mich betrifft, ich bin lange dawider gewesen; allein die Tränen Siskas haben endlich meinen Sinn erweicht."

„In eine französische Kostschule?", fragte der Doktor verwundert.

„In ein französisches Pensionat? Es gibt ja doch gute Schulen genug in der Stadt und da kann man doch wenigstens alle Tage nachsehen, ob das Schäflein nicht irreläuft." „Ach, ach!", rief die Mutter lachend und mit einer Art Verachtung, „Was kann man denn in den Schulen der Stadt lernen? Stricken, Nähen, Leinwand zeichnen, Hemden zuschneiden, Rechnen – und Flämisch, was ohnehin jedermann kann. Da seht Spinals Tochter an; als ein Klotz ging sie fort, als ein *Fräulein* kam sie wieder; sie spricht Französisch, ist überall beliebt, wird von allen vornehmen jungen Herren aufgesucht… Sie darf nur wählen, mit wem sie ihr Glück machen will."

Der Doktor zuckte die Achseln und schüt-
telte bedenklich den Kopf. Er antwortete: „Ihr
betrübt mich, Frau van Roosemal. Ich weiß
nicht, welch böser Geist Euch anbläst und
Euer gesundes Urteil so plötzlich verkehrt
hat. Die vornehmen jungen Herren, davon
Ihr redet, sind einige Schneider, Schauspieler
und dünne Schreiber, die in den Schusterla-
den kommen wie die Fliegen auf den Zuckerhut. Ich kenne Hortense Spinal und kann Euch sagen, dass ich mein halbes Vermögen darum gäbe, zu verhindern, dass Siska ihr jemals gleiche. Wollt Ihr dieses unschuldige, dieses schöne und reine Kind verderben, sie von Religion, von Sittsamkeit und flämischer Rechtschaffenheit abbringen lassen, um eine leichtsinnige, buhlerische Kokette daraus zu machen? Nehmt Euch in Acht! Mein Rat wird vielleicht hier unnütz sein; aber dann werdet Ihr Euch noch hinter den Ohren kratzen, wenn wir das Glück haben, noch zu leben."

Die beiden Eltern waren in sehr ungleicher Weise von des Doktors strengen Worten getroffen; beide lächelten: der Vater vor Freude, hoffend, dass der Doktor obsiegen werde, die Mutter aus Ärger. Sie gab sich jedoch nicht gefangen, sondern rief aus: „Doktor, Doktor, Ihr übertreibt's! Ich weiß wohl, dass ihr einen Hass habt gegen alles, was Französisch ist; aber wir sind von der alten Welt, Freund. Es geht heutzutage nicht mehr so… "

„Frau van Roosemal", fiel der Doktor ein, „Ihr wollt mich nicht verstehen. Es ist nicht meine Absicht, jemanden daran zu hindern, fremde Sprachen zu erlernen: das könnt Ihr zur Genüge ja an meinem eignen Sohn Ludwig sehen, der jetzt auf der Universität ist. Versteht er nicht auch Französisch? Ich denke, ein wenig besser als die jungen Nichtswisser, die der Theres Spinal den Kopf verrücken und Euch so in die Augen stechen, Frau van Roosemal. Seht mich nicht so unfreundlich an. Ja, es sind Nichtswisser; denn was können sie? Etwas Gassenfranzösisch, das sie oft noch genug elend verhunzen; ihre Muttersprache kennen sie auch nicht, und was die nützlichsten Wissenschaften betrifft, so sind ihnen sogar die Namen unbekannt. Ihre ganze Gelehrtheit besteht in welschem Wind, in Worten und Redensarten, die sie hie und da aus Zeitungen und Romanen auffischen. Daraus spinnen sie dann ein hohles eitles Geschwätz zusammen und verkaufen es an Unkundige für französische Bildung! – Aber Ihr macht mich ärgerlich, wir kommen von unserm Gegenstande ab. Lasset uns einander besser verstehen. Ich sage Euch denn – und merket wohl auf meine Worte – es gibt allerdings gute Erziehungsanstalten; aber es gibt unendlich mehr schlechte. Die guten sind die, wo die Vorsteherinnen, ihre heilige Aufgabe erkennend, sich ein nützlicheres Ziel setzen, als ein Mädchen mit einem glänzenden Weltfirnis zu überziehen auf Kosten ihrer Gottesfurcht und Sittsamkeit; wo die Lehrerinnen eifrig zusammenwirken und unablässig wachen, um das Gift der Verführung abzuwehren und Eitelkeit und Leichtsinn zu bekämpfen; wo man weiß, welche guten Eigenschaften in der flämischen Gesinnung ihre Wurzel haben, und wie gefährlich es ist, diesen reinen Boden fremden Einflüssen preiszugeben; mit einem Worte, wo man nicht beabsichtigt, modische Fräulein, sondern nützliche und würdige Hausmütter zu bilden. Wollt Ihr nun Eure Siska in eine solche Erziehungsanstalt geben, so habe ich nichts dawider; weit entfernt, ich freue mich darüber. Alles hängt jedoch hier aber von der Wahl ab, die Ihr treffen werdet. Ich weiß es leider: die meisten französischen Pensionate sind Nester des Verderbens und der Entsittlichung; doch lassen sich auch die guten leicht finden, wenn man nur suchen will. Wenn Ihr es wünscht, will ich Euch eine solche Anstalt nennen; die von $X…$ zum Beispiel."

„Ja, das Pensionat von $X…$", rief die Mutter, „ich dachte es wohl. Nein! Dann kann unsere Siska auch wohl zu Hause bleiben. Seht die

Anna van Straten an; die war in dieser Anstalt, und nach drei Jahren ist sie zurückgekommen wie sie hingegangen war. Sie ist wohl brav und eingezogen, auch, wie ich höre, wohl unterrichtet und erfahren in allem, was zu einem guten Haushalte gehört; aber das kann man ja doch überall lernen; darum braucht man in keine Erziehungsanstalt zu gehen!"

„Und zu welchem Ende soll man denn hineingehen, Mutter van Roosemal? Ich verstehe Euch wohl: um verwelscht zu werden, nicht wahr? Um, gleich Therese Spinal, Leichtsinn und Ausgelassenheit heimzubringen; um sich über seinen Stand kleiden und zu jedermanns Ärgernis die Modepuppe und den Leichtfuß spielen zu lernen?"

„Aber Doktor", bemerkte Vater van Roosemal, „wenn die meisten Pensionate die Kinder verderben, wie kommt's denn, dass alle reichen Leute, die doch auch nicht dumm sind, ihre Töchter dahin schicken?"

„Versteht mich recht, meine Freunde", fuhr der alte Pelkmann mit ruhigem Gemüt fort, „jeder Stand in der Gesellschaft hat seine Denk-weise und Sitte. Was gut, anständig und nützlich sein mag für ein Edel-mannskind, ist oft schlecht, unziemlich und schädlich für das Kind eines Krämers. Das Verderbliche der Erziehung, die man in solchen Anstalten den Mädchen gibt, liegt hauptsächlich darin, dass man den

Töchtern eines Schusters oder Metzgers dieselben Lebensansichten und Gewohnheiten beibringt, wie denen eines Edelmanns oder reichen Gutsbesitzers; und die, welche zur Arbeit bestimmt sind, gerade so erzieht und hält wie diejenigen, welche nie etwas anders zu tun haben werden, als ihren Verstand zu gebrauchen, um sich im Wohlleben nicht zu langweilen. So verdirbt man die menschliche Gesellschaft von Grund aus; jedes Mädchen will Fräulein sein und mit der Kleiderpracht kommt Faulheit, Geldverschwendung, Leichtsinn und noch Ärgeres. Man erzieht haufenweise französische Zierpuppen; aber flämische, arbeitsame, züchtige Hausfrauen? Nicht eine!"

Jetzt stand Vater van Roosemal plötzlich von seinem Stuhle auf und sprach mit Nachdruck: „Genug, genug! Ihr seid viel zu gut, Doktor, dass ihr darüber so viel Redens macht. Ihr habt vollkommen recht und Siska soll entweder in das Pensionat von X. kommen oder sie soll zu Haus bleiben, wenn anders ich hier der Herr bin. Und du, Weib, mit deinem Französisch! Möchtest du sagen, wir hätten Not gelitten und wären den Krebsgang gegangen, bloß weil wir unsere Muttersprache reden? Ich sage: gut ist gut; und wer gut besser machen will, den halte ich für einen dummen Esel. Und um es kurz zu machen: Siska bleibt zu Haus!"

Allein der brave Mann hatte ohne den Wirt oder besser ohne seine Frau gerechnet. Diese rief voll Ärger: „Oho, nicht so vorschnell, van Roosemal! Es scheint, dass du heute gar viele Noten zu deinem Sang hast. Setz dich nur nieder, Mann, und mach dir kein böses Blut. Doktor, sagt einmal, welch große Sünde sollte es denn sein, wenn unsere Siska so wohlerzogen wäre und so gut Französisch könnte wie ein Edelmannskind? Oder sollte sie deshalb um ein Haar schlechter sein?"

Aus dieser Frage verstand der Doktor, dass er gegen einen gefassten Entschluss und gegen weiblichen Eigensinn zu kämpfen habe; darum änderte er seinen Ton, gab seiner Stimme mehr Nachdruck und antwortete: „Keineswegs, wenn sie in dem Pensionat, das Ihr im Auge habt, nur Wohlgezogenheit und nützliche Kenntnisse erlangte; aber Ihr wisst, nicht, Mutter, was die Mädchen in solchen Anstalten von ihren Lehrerinnen und voneinander alles lernen. Soll ich es Euch sagen? So horcht denn; es sind traurige Wahrheiten. Man lernt dort Französisch, ja, aber mit der französischen Sprache lernt man auch französische

Manieren, zum Beispiel, wie man die Äuglein drehen, das Gesichtchen glätten, das Mündchen spitzen
müsse, um reizend und liebenswürdig zu erscheinen; wie man zugunsten einer romantischen, das
heißt heimlichen, Liebe seine Eltern betrügen; wie
man sich den Kopf mit Geist und Leib
verderbenden Bildern der Leidenschaften anfüllen; wie man sich mit Pomaden
von allerlei Gerüchen einreiben, das
Haar à la neige, en tire-bouchons oder à
la chinoise[6] kräuseln, sich en négligé, en
robe de ville und en costume de bal[7] klei-
gen und neigen müsse nach dem Stande der Menschen: tief vor einem
Reichen, beinahe nicht vor einem Bürger, und ganz und gar nicht vor
einem geringen Menschen. Man lernt dort französische Liebeslieder,
die unter dem Namen von Romanzen die geschlechtlichen Triebe
zu früh wecken und stacheln und einem unwissenden Kinde Worte
und Dinge lehren, die es nicht wissen soll ; mit einem Worte Lieder,
die unter gleißender Hülle nur Sittenverderb, Gift und Verführungen
für junge Mädchen sind... Sind das Kenntnisse, die einem Christen-
kinde, einer Bürgerstochter, geziemen?"

Der Doktor bemerkte hier mit Freude, dass seine Worte Eindruck
auf seine beiden Zuhörer machten, und in der Tat, sie hielten ihre
Augen starr in die seinen geheftet und schienen regungslos, als wenn
die schwere Stimme des Redenden sie ganz zermalmt hätte. Willens,
das Kind, das er so lieb hatte, gänzlich vor dem Verderben zu sichern,
fuhr er in noch nachdrücklicherem Tone fort: „Und durch die Überspannung eines unnatürlichen und unersättlichen Liebesgefühls wird
das Herz solcher jungen Töchter dürr und leer; ihre Eltern werden
ihnen Murrköpfe aus der alten Welt, Pfennigfuchser! Ihre Ehegenos-
sen, die sie Störer und Feinde ihrer Freunde nennen, gleichen nicht
ihren eingebildeten Junkern und Rittern; sie können ihren Mann nicht
aufrichtig lieben; sie brechen ihre Treue und treiben Spott mit allen
Gesetzen der Ehrbarkeit. Kenntet ihr nur das Nest, woraus alle diese

---

6   Verschiedene Arten des Haarputzes: *schneeisch, korkzieherisch, chinesisch.*
7   Verschiedene Kleidungsweisen: *Morgenkleid, Besuchkleid, Ballkleid.*

sauberen Dinge entsprossen sind! Wüsstet ihr, welch ein Pfuhl von Gottlosigkeit und Unsittlichkeit dieses Paris ist, dessen Lebensweise ihr eure Tochter wollt erlernen lassen! Betrachtet Therese oder Hortense Spinal! Was ist sie anders als eine leichtsinnige Kokette, die mit fünfzig sittenlosen Jünglingen zugleich Liebesbeteuerungen wechselt, sich die Ohren von eitlem Geschwätz füllen lässt und alle Tage Dinge anhört, worüber meine gerunzelte Stirn unter meinen grauen Haaren erröten müsste – eine Buhlerin, die ihren guten Namen bereits verscherzt hat. Was wird nun aus ihr werden? Ihr Glück machen? Ach nein, sie wird so lange mit dem Feuer spielen, bis sie sich brennt und dann hat das Schöntun ein Ende… Von jedermann verachtet und verabscheut, wird sie ihr Leben in Tränen hinbringen und zu spät den Verlust ihrer Ehre betrauern, die unwiderruflich geschändet ist… Ach, meine Freunde, ist dies das Los, welches ihr eurem einzigen Kinde, eurer guten Siska, bereiten wollet? Werdet ihr dereinst vor Gott erscheinen dürfen, wenn ihr die Seligkeit eurer Tochter mit ihrer Sittenreinheit verscherzt habt, bloß um andere in welscher Verkehrtheit nachzuäffen? Wollet ihr euer Kind einem Leben voll Reue und Gewissensqual preisgeben und sie blutige Tränen weinen sehen über den Verlust ihrer Ehre und Tugend? Oh saget nein, ich bitte euch!"

Hier brach Vater van Roosemal in Tränen aus. Er wollte reden, aber er konnte anfangs nicht, so sehr würgte ihn die Angst, die ihn von Siskas möglichem Schicksal ergriffen hatte. Er stand auf, fasste des Doktors Hand und rief endlich: „Dank, Dank, mein Freund! Euer weiser Rat soll hier befolgt werden. Ich sehe wohl, dass meine Frau unsere Siska in das Pensionat der Hortense Spinal schicken möchte; allein ich will kein Wort mehr davon hören. Merk dir's, Frau, oder du wirst erfahren, dass dein Eigensinn nur so lange währen kann, als ich's ertragen will."

Die Frau merkte wohl an der beklommenen Stimme ihres Mannes, dass er diesmal die Sache ernstlich nahm. Sie antwortete ruhig: „Nun, nun, schweige nur davon. Du brauchst nicht so zu schreien. Mag Siska denn daheim bleiben und sieh du zu, dass du selbst was aus ihr machst."

Diese Worte betrübten den Doktor. Er verstand wohl, dass Frau van Roosemal noch nicht bekehrt war, und suchte von neuem durch eindringliche Vorstellungen sie von ihrem gefährlichen Vorhaben abzubringen. Endlich begann er zu glauben, dass ihm dies gelungen sei; und er verabschiedete sich halb erfreut und halb betrübt.

Etwa drei Monate später sah der Doktor einmal von ferne van Roosemal ihm entgegenkommen. Der Mann sah ungemein traurig aus und ging gegen seine Gewohnheit sehr langsam einher, als wäre er aus einer schweren Krankheit aufgestanden. Der alte Pelkmann schritt auf ihn zu, griff nach seinem Puls und sprach: „Doch nicht krank, hoff' ich! Aber etwas fehlt doch. Euer Puls geht so langsam. Was habt Ihr, Freund?"

Der gute van Roosemal schlug die Augen auf, es rollten zwei Tränen über seine Wangen herab und er stöhnte: „Siska ist im Pensionat!"

„Das ist so schlimm nicht", bemerkte der Doktor. „Aber in welcher Anstalt ist sie nun?"

„In dem Pensionat von Hortense Spinal. Zürnet mir nicht, Freund Pelkmann, es ist nicht meine Schuld. Der Teufel hat meinen Haushalt zwei Monate lang in Aufruhr gesetzt, ehe ich zugestimmt habe. Allein ich konnte das Schmollen, Grollen und Weinen von Mutter und Tochter nicht länger aushalten; ich bin ganz mager davon geworden."

Ein schmerzliches Gefühl durchdrang des Doktors Herz; dann hatte er Mitleid mit seinem Freunde und antwortete lächelnd: „Meister van Roosemal, die alten Griechen schreiben von einem wunderbaren Helden, den sie *Herkules* nennen; dieser hat so viele Riesenwerke verrichtet, hat Felsgebirge gespalten, Ströme abgelenkt, wilden Stieren den Nacken gebrochen, Schlangen erdrückt, ja sogar einen siebenköpfigen Drachen erschlagen – dass er aber in seinem ganzen Leben einen Weiberkopf gebrochen habe, das hat man von ihm nicht zu schreiben gewagt. Warum sollten denn wir es vermögen? Tröstet Euch also, denn ich habe damals die schwärzesten Farben aufgetragen. Es wird dennoch hoffentlich nicht so schlecht gehen als wir denken und  auf jeden Fall kommt ja Siska alle Jahre zweimal nach Haus; so können wir ja noch rechtzeitig dem Übel steuern, falls wir es wahrnehmen."

Der Vater lächelte getröstet und erfreut. Er drückte dankbar des Doktors Hand und setzte seinen Weg mit schnelleren Schritten fort.

3.

Hoch fliegen, tief fallen.

Siska war mit hübschen Bürgerkleidern und einem wohlversehenen Koffer voll neuer Leinwand in die Erziehungsanstalt eingezogen; allein sie war noch nicht lange dort, so fing sie schon an, mit schönen Worten und allerlei Vorwänden um Geld zu schreiben. Ihr erster Brief lautet so:

„Liebe, teuere Mama!

Ich bin am schlechtesten gekleidet im ganzen Pensionat. Die anderen Fräulein lachen mich aus und sagen, ich sei eine Bäuerin. Ich tue nichts als weinen und ich habe viel Verdruss und werde gewiss noch krank, wenn Sie, allerbeste Mama, kein Mitleid mit Ihrem unglücklichen Kinde haben. Die Tochter von dem Friseur, welcher den Papa rasiert, ist auch hier im Pensionat, und ist hübsch in Satin und Seide gekleidet wie die anderen. Ich allein laufe umher mit meinem schlichten Kattunkleidchen und habe weder einen Hut noch Bottinen, sodass ich schon ganz krumm geworden bin vor Scham, weil ich immer auf den Boden sehe. Ich werde bleich und mager und erkranke gewiss noch, liebe Mama, wenn ich noch länger die

Verstoßene hier im Pensionat sein muss. Ich bin schon im Télémaque und kann schon so schön tanzen, dass die anderen Fräulein mir schon ganz neidisch sind. Meine Empfehlungen an Papa.

Die Mutter durfte diesen Brief ihrem Manne nicht zeigen; sie fühlte wohl, dass darin die Vorzeichen des Unheiles lägen, von welchem Doktor Pelkmann gewarnt hatte. Es herrschte in dem Briefe schon ein Ton von Leichtfertigkeit; der Schluss schien ihr aus einem Liebesbrief entlehnt zu sein und mit Betrübnis bemühte sie sich, die Bedeutung des Wortes *Eudoxie* zu finden, das sie endlich als eine Übersetzung des Vornamens Siska ansah. Erweicht jedoch von den Klagen ihrer Tochter, sandte sie ihr doppelt so viel Geld, als diese hätte erwarten dürfen. Dies geschah mehr als einmal. Siska besaß nun schon die Kunst, sogenannte unschuldige Lügen zu weben und die Liebe ihrer Mutter auszupressen wie einen Schwamm. Man könnte sich wundern über eine so schnelle Veränderung. Aber war denn das Mädchen allein? Hatte sie nicht in ihren Genossinnen mehr als hundert Lehrmeisterinnen, die durch Wort und Beispiel sie in allen den saubern Künsten und Torheiten des Müßiggangs und der Üppigkeit unterwiesen? Ach, dieser Teil ihrer französischen Erziehung war nur zu sehr gelungen. Den ersten Monat hatte sie ein seidenes Kleid nach dem neuesten Schnitt; den zweiten Monat einen Seidenhut mit Blumen; den dritten einen Sonnenschirm oder Parasol; den vierten ein Kleid mit entblößtem Hals; im fünften gebrauchte sie Pomade und Mandelmilch und hatte irgendwo ein sehr kleines Döschen verborgen, darein sie von Zeit zu Zeit den Finger steckte und ihre blühenden Wangen mit einem schamlosen Rot bestrich, nur zum Versuche, wie sie denn wohl aussehe. War dies nicht eine sehr ehrbare Erziehung, wie sie für Bürgerstöchter passt? Allerdings. Aber der sechste Monat nahte schnell heran und es soll die Ferienzeit oder Vakanz sein. Was wird der Doktor sagen, wenn er Siska mit so üppigen Kleidern sieht, mit duftendem Haarschmuck, mit gespitztem Mündchen und allzeit lächelndem Gesichtchen? Wird er dieses weibliche Herz durchschauen und erkennen, welche Saat des

Verderbens darin aufkeimt? Sicher, dies würde er sehen können. Allein in dem Augenblicke als Siska im Begriffe gewesen in das Pensionat abzureisen, hatte ihre Mutter heimlich zu ihr gesagt: „Gib acht, Siska, dass du gescheit seiest; und wenn du auf Urlaub nach Hause kommst, so sei nicht zu ausgelassen oder zu überheblich; denn wenn Doktor Pelkmann dies bemerkt, so wird dich dein Vater nicht mehr dahin zurückkehren lassen."

Diese Worte waren nicht tauben Ohren gepredigt. Siska hatte mit ihren Gesellinnen oft darüber gelacht und sich beraten, wie man den Doktor Griesgram betrügen könne.

So stieg sie denn an einem Nachmittag mit ihrer Mutter, die sie abgeholt hatte, an der Türe des Ladens aus. Aber ist dies wirklich die Siska, die wir kennen? Wahrlich, wir täuschten uns: sie trägt ja ein schlichtes, sittsames Bürgerkleid, ihr Haar ist glatt gestrichen, ohne Locken; kein Hut, keine Pomade, der Kopf gesenkt, die Augen niedergeschlagen! Man möchte sagen, sie ist das wahre Rührt mich nicht an. Der Doktor spricht mit ihr, forscht sie aus. Sie antwortet so einfältiglich, sie ist so still und so wortkarg, dass er sich für besiegt hält… Und Siska darf in ihr Pensionat zurückkehren.

Während die Tochter van Roosemals die verwelschte Erziehung genoss, ging es nicht zum Besten mit dem Laden und Haushalt Meister Spinals. Die französischen jungen Herren bezahlten sehr selten und beim Ablaufe jedes Theaterjahres flogen die Komödianten davon, wohl versehen mit unbezahlten Stiefeln und Schuhen. Auch Hortense vertat ein hübsches Geld in Kleidern und Näschereien; wahrscheinlich steckte sie auch zuweilen ihren kahlen Liebhabern manches zu. Kurz: Meister Spinal geriet in Schulden bis über die Ohren; sein Haus war bereits mit schweren Hypotheken belastet.

In solchem betrübten Zustande gingen dem Schuster allmählich die Augen auf; das Plakat, worauf der Glanz eines Stiefels den Anschauer blendete, lag längst zerrissen auf dem Speicher und nur noch eine Aufschrift stand auf dem Fensterrahmen: *Magazin de Souliers* und darunter: Schuhmagazin. Aber die flämischen Kunden hatten den Weg zu seinem Prunkladen vergessen; die zu früh zerrissenen Schuhe lagen ihnen noch in der Erinnerung; und Meister Spinal, mit seinem Paletot, seinem schokoladefarbenen Beinkleide und seiner falschen

Goldkette, wusste nicht mehr, von welchem Holze er Pfeile schneiden sollte: Er war ein abgehauster Mann!

Das Böse ist seiner Natur nach alleinherrschend; wenn es einmal die Bahn zum Herzen gefunden hat und dort freundlich aufgenommen worden ist, so will es dasselbe allein besitzen und rottet alle Wurzeln der angebornen Tugenden bis auf die letzte aus. Nichts widersteht seinem unaufhörlichen Angriffe; alle Gefühle der Pflicht und Rechtschaffenheit wirft es aus ihrem Wohnsitz und nimmt den ganzen Menschen wie einen Sklaven in Besitz. Dies erfuhr auch Meister Spinal auf eine schreckliche Weise. Mit Schulden überladen, arm und elend, betrauerte er seinen Leichtsinn und hoffte nur noch in der Teilnahme seiner Tochter einen Trost zu finden. Allein er erhielt von ihr nur schmähliche Vorwürfe und ungeachtet des Mangels, der ihn drückte, setzte die ungeratene Hortense ihr Verschwenden und Schuldenmachen fort, um nur ihrer Üppigkeit zu pflegen.

Kurze Zeit darauf kam auch Hans Spinal, oder vielmehr Jules, wie er sich nannte, von Paris zurück. Anstatt jedoch auf den Schusterstuhl niederzusitzen und seinem unglücklichen Vater fortzuhelfen, hatte der Bursche an nichts Lust als an schönen Kleidern, Kaffeehausbesuchen, Billardspielen, Zigarrenrauchen und französischer Windbeutelei. Er ging mit seiner Schwester ein fluchwürdiges Bündnis gegen den ohnmächtigen Vater ein. Sie ließen das elterliche Haus verkaufen und begannen unter seinen Augen das Wenige in Wohlleben durchzubringen, was nach Tilgung der Hypothekarschulden von dem Kaufpreise übrigblieb. Allmählich versank Meister Spinal in so tiefe Armut, dass seine Kleider und sein Äußeres sie verrieten. Seine Ellenbogen stachen durch die Ärmel; er sah lumpig und schmutzig aus, denn er hatte sogar den Mut nicht mehr, die Verbergung seines Elends zu versuchen. Seine Kinder jedoch waren fortwährend schön gekleidet und führten mit ruchloser Unverschämtheit ihr üppiges Leben unter des Vaters Augen fort. Ohne Zweifel hatten sie einen Teil des Geldes beiseite gebracht, um es für ihren Leichtsinn zu verwenden, und weigerten sich nun, entartet wie sie waren, ihrem Vater einen Teil davon zu geben.

An einem Sonntage, da Meister Spinal aus Scham über seine zerrissenen Kleider nicht einmal zur Kirche zu gehen gewagt hatte, sondern daheim mit Tränen und gesenktem Haupte seinen Lebenslauf und die Bosheit seiner Kinder bedachte, trat ein junger Herr herein (ob er ein *Schneider* oder ein *Edelmann*, war an seinem Äußern nicht zu unterscheiden) und fragte nach Jules und Hortense Spinal. Er sah den betrübten Mann für den Knecht des Hauses an und sprach in gebrochenem Französisch zu ihm: „Geh, Bursche, und sag Herrn Jules und Fräulein Hortense, dass man mit der Abfahrt auf sie warte." Als der erstaunte Spinal den Fremden regungslos anblickte, fuhr dieser ihn heftig an: „Nun, wirst du mich bald anmelden, unverschämter Kerl!" Diese Worte hatte er aus dem neuesten Singspiel entlehnt, das man im Theater gab. Da ward Spinal plötzlich totenbleich und erzitterte heftig; seine Augen schossen Strahlen auf den Eindringling; aber dieser, hierüber erbost, hob seinen Spazierstock in die Höhe und rief drohend: „Halunke, ich prügle dich!"

Ein Wutschrei drang aus Spinals Brust. Er sprang auf, ergriff einen Spannriemen, hieb den Fremden damit ins Gesicht und warf ihn auf die Gasse, bevor er noch Zeit gehabt, ein Wort zu sagen. Dann, immer

noch bebend, schloss er seine Haustüre zu und stieg die Treppe hinauf
zu seinen Kindern. Seit langem hatte er den Mut nicht mehr gehabt,
ihnen den mindesten Verweis zu geben. Jetzt aber, da Zorneswut ihn
erfüllte, durfte er's
wagen, ihnen die ganze
Schändlichkeit ihres
Betragens vorzuhalten.
Er fand sie in großer
Toilette, mit Sonnen-
schirm und Spazier-
stock in der Hand, im
Begriffe, wie sie sagten,
mit einer Gesellschaft
eine Lustfahrt nach
Brüssel zu machen. Die
Verweise des Vaters
waren streng und bitter;
allein diese gottverges-

senen Kinder hörten sie mit Verachtung an. Je mehr des Vaters Zorn
sich steigerte, desto unverschämter gebärdeten sich die Kinder, und
als sie ihn einige Augenblicke ausgelacht, wünschten sie ihm höhnisch
guten Tag und wollten gehen. Der Vater, durch dieses Übermaß des
Frevels in blinde Raserei versetzt, sprang vor die Türe, um ihnen den
Ausgang zu wehren und schrie: „Ihr Schlangen, ihr! Ist's euch nicht
genug, mich an den Bettelstab gebracht zu haben? Wollt ihr mich auch
noch umbringen durch euren Spott! Nicht genug, dass ihr in schändli-
chem Wohlleben die Früchte meines Schweißes verprasst, während
ich als Bettler ohne Nahrung und Kleidung darbe! Nicht genug, dass
ein unverschämter Stutzer mich für den Knecht meiner Kinder hält
und mir ins Gesicht droht, dass er mich wie einen Knecht prügeln
will! Nicht genug, dass ich hier Hunger leide und bittere Tränen weine,
während ihr eurem lockern Vergnügen nachrennt! Sterben soll ich wie
ein Hund, nicht wahr? Von jedermann verachtet und um euretwillen
verabscheut soll ich ins Grab sinken, ohne dass mein Tod auch nur ein
einziges Gefühl von Trauer und Mitleid weckt! Doch es ist genug, das
Maß ist voll! Ihr sollt nicht ausgehen und wenn ihr nicht augenblick-

lich diese Prunkkleider ablegt, so will ich euch unter meinen Füßen zertreten, gleich Untieren, die ihr seid!"

Ein schallendes Gelächter begrüßte des Vaters Zorn und überzeugte ihn, dass seine ruchlosen Kinder weder an seine Macht, noch an seinen Willen glaubten. Der Sohn schritt übermütig auf die Türe zu und versuchte, seinen Vater mit Gewalt davon wegzudrängen.

Hier nun folgte eine Szene unnennbaren Frevels, deren Beschreibung uns widersteht. Einige Augenblicke später gingen Jules und Hortense Spinal zum Hause hinaus; an der roten Gluthitze auf ihren Gesichtern und an der Mühe, womit sie ihre verzerrten Kleider ordneten, konnte man deutlich abnehmen, dass sie von einer heftigen Balgerei herkamen. Desungeachtet lachten sie spottend wie jemand, der über einen verächtlichen Feind gesiegt, und eilten schnellen Schrittes ihre Reisegesellschaft aufzufinden, um sich den törichten Belustigungen der Hauptstadt hinzugeben.

Inzwischen war der unglückliche Vater bemüht, das Blut zu stillen, das von seinem Gesichte herabrann.

Einen Monat darnach, an einem Samstage, saß Vater Roosemal in seiner Hinterstube und schrieb Rechnungen aus seinem großen Buche. Seit mehr als einer Stunde suchte er hartnäckig nach drei Pfennigen, die ihm bei jedesmaligem Zusammenzählen fehlten. Seine Stirn glühte vor Eifer und sein Gehirn war schon betäubt geworden, als er in Verzweiflung ausrief: „Nun, zum Henker, das heißt doch suchen! Alle diese Posten, an den Fingern zusammengezählt, machen fünfundsechzig Gulden, acht Stüber und fünf Pfennige; und auf diesem verhexten Papier bringe ich nur zwei Pfennige heraus. Ich könnte wohl diese drei Pfennige fallen lassen und einbüßen, aber darum handelt sich's nicht; jedem das Seine, dann hat der Teufel nichts. Noch einmal gerechnet!"

In dem Augenblicke, da van Roosemal wirklich aufs Neue seinen drei Pfennigen nachzujagen begann, öffnete sich die Zimmertüre und es trat jemand leise herein. Der Krämer sprang überrascht von seinem Stuhle auf und betrachtete den Eintretenden aufmerksam, jedoch ohne ein Wort zu sprechen. Der Mann, der sich kaum zwei Schritte in die Stube hineinwagte, trug alle Zeichen des tiefsten Elends; mager, bleich, mit verwirrtem Haar, zerrissenen Kleidern und durchlöcherten Schuhen stand er da wie einer, der um ein Almosen fleht. Van Roosemal erkannte ihn anfangs nicht und betrachtete ihn mit forschenden Blicken. Unter seinen Augen verfärbte sich der Mann und zwei Tränen schossen blinkend unter seinen Wimpern hervor.

„Meister Spinal! Was wollt Ihr von mir?", rief plötzlich der Krämer mit Misstrauen. „Wenn Ihr wieder hierher kommt, um Geld von mir zu borgen, dann geht nur ruhig heim, denn ich bin nicht zu Haus für sowas."

Tränen in Menge quollen bei diesen Worten aus Spinals Augen.

„Meister van Roosemal", schluchzte er, „ich komme nicht hierher, um Geld von Euch zu borgen oder zu begehren. Wüsstet Ihr, wie unglücklich ich bin, Ihr würdet mich nicht verstoßen. Jedermann verachtet mich und ich habe nicht einmal mehr den Trost mit jemand von meinem Elend reden zu können. Ich habe Euch betrogen, van Roosemal, aber Ihr seid einst mein Freund gewesen; so verweigert mir doch auch jetzt wenigstens Euer Mitleid nicht!"

Mit Bestürzung horchte der Krämer auf die flehende Stimme Spinals. Er begriff augenblicklich, dass er von ihm keinen Betrug mehr zu fürchten habe und dass unverstelltes schweres Elend den Mann getroffen, der lange sein vertrauter Freund und Bruder gewesen war. Der angeborne Edelmut gewann in seinem Herzen die Oberhand; seine Augen begannen sich mit Tränen zu füllen; er fasste Spinals Hand, rückte einen Stuhl herbei und sprach: „Ihr seid unglücklich, Freund, ich sehe es! Wohlan, alles ist vergessen. Sitzet nieder und sprecht. Was kann ich für Euch tun? Fürchtet Euch nicht, ich werde Euch behilflich sein, koste es was es wolle."

„Die einzige Wohltat, worum ich Euch bitte, ist, dass Ihr mir gestattet, Euch mein Unglück zu erzählen und meinen Schmerz auszuschütten in das Herz des einzigen aufrichtigen Freundes, den ich je gehabt habe. Viele Jahre habe ich Euch gemieden, van Roosemal; nicht, weil ich Euch nicht achtete und liebte, sondern weil ich mich schuldig fühlte und einem rechtschaffenen ehrlichen Manne nicht mehr unter die Augen treten durfte. Jetzt ist's mit mir so weit gekommen, dass ich mein Vaterland verlassen muss, um wie ein Landstreicher Scham und Not in der Fremde zu verbergen. Ich bin stolz genug, van Roosemal, zu glauben, dass Ihr mir vergeben werdet, bevor ich von hinnen gehe, um nie wieder den Ort meiner Geburt zu sehen."

Diese Worte, im Tone des tiefsten Schmerzes gesprochen, rührten den Krämer sehr. Er ergriff mit sichtbarer Teilnahme die Hand Spinals und sprach: „Unglücklich seid Ihr, ich zweifle nicht daran; aber Euer Vaterland verlassen, Spinal? Nein, nein! Verzweifelt nur nicht – ich sehe wohl in meinem Geschäft jeden Pfennig zweimal an, weil es ohne Sorgfalt nicht geht, aber das kann mich nicht hindern, den besten Freund, den ich je gehabt habe, aus der Not zu retten, müsste ich auch darum ein großes Loch in mein Vermögen machen. Darum sprechet, Spinal, sprechet offen. Ihr werdet mir Freude machen, denn ich will Euch helfen."

Ein Lächeln der Dankbarkeit glänzte auf des Schusters abgemagertem Gesicht. Tränen rollten über seine Wangen und mit gerührter Stimme sprach er: „Ich preise den guten Gott, dass er mir eingab, bei Euch meinen letzten Trost zu suchen, van Roosemal. Seit einem Jahre ist dies mein erster freudiger Augenblick; dafür sei Euch gedankt! Aber merket nun auf meine Worte und Ihr werdet selbst einsehen, dass es unmöglich ist, mir eine andere Hilfe als die eines freundlichen Mitleids zu schenken… Ihr wisst, welch törichter Sinn mich zur Nachäffung französischer Schwindelei hinriss; ich habe den vaterländischen Sitten und der flämischen Redlichkeit abgeschworen, um mein Glück im Betruge zu suchen; und ich wagte in diesem schlimmen Spiele die Früchte meiner frühern Mühen gegen einen falschen Schein. Das Sprichwort sagt die Wahrheit, Freund: Besser ein Vogel in der Hand, als sieben auf dem Dache. Hätte ich dies eingesehen! Aber zu meinem Unglück habe ich nicht bloß mich selbst dem Truge hingegeben, ich habe auch gewollt, dass meine Kinder aus dem Giftbecher der französischen Verbildung tränken. Dies ist die Ursache meines bittern Elends. Hätte ich meine Tochter Therese niemals in ein französisches Pensionat getan, so wäre ich noch Meister Spinal… Aber Ihr werdet blass, van Roosemal; ihr zittert!"

„Es ist nichts; fahrt nur fort. Ich dachte an unsere Siska, die auch in einem französischen Pensionat ist."

„Lasst sie heimkommen, van Roosemal! Ich beschwöre Euch; lasst sie nach Hause kommen! Ihr werdet sie bereits kaum mehr kennen."

„Ihr habt vielleicht recht, Freund! Aber fahrt fort; ich will wissen, ob ich Euch nicht helfen kann."

„Seht Ihr, van Roosemal, es blieb mir Verstand genug, um mich wieder mit heiler Haut herauszuziehen, sobald ich meinen nahen Fall vorausgesehen hätte. Aber in der französischen Bildung kennt man weder Väter noch Kinder. Ich war der Knecht und sie die Herren. Sie haben gegessen, getrunken, gespielt, getanzt – bis alles auf war; und auch dann noch haben sie in dieser Weise fortgeschwelgt, haben Schulden gemacht und alle meine liegende und fahrende Habe verkauft; und dabei mich als Narren und Gimpel behandelt und mich verspottet, wenn ich's wagte, ihnen mit guten oder bösen Worten zuzureden… Sie haben mich geschlagen, van Roosemal, geschlagen, dass mir das Blut über mein Angesicht rann… Ich bin krank geworden und sie haben mich ohne Pflege liegen lassen, als ob sie meinen Tod wünschten!"

Hier schwieg Spinal. Seine Stimme hatte bei den letzten Worten einen dumpfen Ton bekommen, der deutlich verriet, wie das Erzählen dieser Tat seine Brust beklemmte. Auch der Krämer schwieg; er konnte nicht glauben, was er hörte.

„Und nun", fuhr Spinal fort, „da mein Haus leer ist, als hätte niemals wer darin gewohnt, da sie alles weggeschleppt haben, selbst die Decke von meinem Bett, jetzt sind sie fortgezogen. Meine Tochter, die ich so lieb hatte und trotz ihrer schlechten Aufführung noch liebe, meine Therese, läuft in Brüssel mit einem Schauspieler herum… Mein Sohn Johann, Euer unglücklicher Pate, ist nach Paris zurück. Was mich betrifft, Freund van Roosemal, ich muss das Land meiden. Wer mir begegnet, ist mein Gläubiger und bezichtigt mich des Betrugs oder Bettels. Mit dem Unglück ist mir das Ehrgefühl wiedergekehrt. Ich kann nicht so leben … und wie könnte ich's ändern? Niemand gibt mir Arbeit; von den andern Meistern will mich keiner als Gesellen aufnehmen. Ich habe nichts zu essen, keine Decke auf meinem Lager, keine Kleider und mein verkauftes Haus ist an andere vermietet. Ich muss es übermorgen verlassen. Ach, van Roosemal, ich wollte hoch fliegen und bin leider tief gefallen: Ihr seht es!"

Van Roosemal hatte dem Berichte seines Freundes mit Aufmerksamkeit und mit feuchten Augen zugehört. Als dieser nun schwieg, rief er fast verdrießlich: „Aber, Spinal, ich weiß nicht, warum Ihr mir verschweiget, was ich zu wissen verlange. Ihr sagt, dass Ihr außer Landes müsst; dies ist mir nicht einleuchtend. Ein echter Freund kann viel tun, wenn er will. Lasst hören, wie hoch beläuft sich Eure Schuld?"

„Ich verstehe Euch!", rief Spinal verwundert aus. „Aber ich werde es nicht zugeben. Glücklich genug, dass ich noch einen Menschen finde, der mich seiner Hilfe würdig achtet. Lasst mich fortgehen, van Roosemal; ich will arbeiten wie ein Sklave und kann ich auch nicht alles, was ich schuldig bin, bezahlen, bevor ich die Welt verlasse, so soll mir doch der gute Wille nicht gefehlt haben. Reicht mir die Hand zum tröstenden Abschied und betet zuweilen für meine Kinder, Freund!"

Plötzlich schien der Krämer sein Vorhaben aufzugeben. Er stand von seinem Stuhle auf und sagte: „Wenn Ihr nicht wollt, dann kann ich nicht helfen. Aber Ihr werdet mir doch einen Abschiedstrunk nicht ausschlagen; ich habe noch eine gute Flasche vom Jahre elf in meinem Keller. Sitzet nieder, Spinal, nur den Mut nicht verloren. Es läuft im Jahre viel Wasser durch die Schelde; ein Unglück kommt schnell, aber auch das Glück kommt unverhofft. Gott weiß es; Ihr dürft nicht verzweifeln. Sitzet nieder!"

Mit diesen Worten lief er zum Keller und kam nach wenigen Augenblicken zurück, setzte zwei Römer auf den Tisch, schenkte sie voll bis an den Rand und sagte: „Kommt, Spinal, wenn's denn doch fortgereist sein soll, auf Euer Wohl! Ein gutes Glas, nicht wahr? Nun, da Ihr doch auf keinen Fall meine Hilfe annehmen wollt, so sagt mir wenigstens, wie hoch sich wohl Eure Schuld beläuft, und wie Ihr sie zu bezahlen denkt. Mit Handarbeit gewinnt man nicht viel, wenn man keinen Handel treibt, das wisst Ihr wohl."

„Ja, das weiß ich freilich und das Unmögliche kann man nicht vollbringen. Aber zur Beruhigung meines eigenen Gewissens will ich mir das Brot vom Munde weg sparen, um jährlich etwas von meiner Schuld zu tilgen, und wer weiß, falls Gott mir ein langes Leben verleiht, ob es mir nicht doch vielleicht gelingt, mich ganz schuldenfrei zu machen; denn sechshundert Gulden können doch wohl in zwanzig Jahren groschenweise zusammengespart werden."

„Sechshundert Gulden, sagt Ihr? Holländische Gulden?"

„Nein, brabantische. Ich bin viel mehr schuldig gewesen, aber da mein Haus verkauft ward, hat jeder Gläubiger ein Stück davon zu erhaschen gesucht."

„Sechshundert Gulden brabantisch – ohne Stüber und Pfennig?"

„Sechzehn Stüber, sieben Pfennige. Ihr seht, dass ich meine Rechnung auswendig weiß."

„Trinken wir noch einmal, Spinal! Ja, es ist allerdings möglich, diese Summe zu verdienen und Eure Kinder werden sich wohl auch noch bessern. Ein jeder ist jung oder ist's einmal gewesen, Spinal; der Verstand kommt nicht vor den Jahren, sagt das Sprichwort. Ich sehe, dass wir bei unserm Wein nichts zu nagen haben. Einen Augenblick, ich will ein paar Bretzeln holen."

Meister van Roosemal blieb sehr lange aus – länger als nötig ist, um so etwas zu holen. Endlich zurückkehrend, setzte er eine Schüssel mit Bretzeln auf den Tisch und sprach in ernsthaftem Tone zu dem betroffenen Schuster: „Spinal! Wir sind mitsammen aufgewachsen als Nachbarskinder. Euer Vater war der beste Freund meines Vaters. Wir haben zusammen gespielt und bis in die vierzig Jahre sind wir wie Brüder unzertrennlich gewesen. Ihr waret nie mein Feind, sonst hättet Ihr mir Euer Unglück wohl nicht erzählt. Ich blieb immer Euer Freund, sonst würde Euer Elend mir nicht die Tränen aus den Augen pressen. Demnach habe ich das Recht, Euch in Eurer Not beizustehen und Euch wenigstens einiges Geld für Eure Reise zu leihen. Weil aber gute Rechnungen die besten Freunde machen, so verlange ich, dass Ihr mir einen Empfangsschein ausstellet für das Geld, das ich Euch borge. Seht, hier ist ein solcher Schein. Unterschreibt ihn wie er lautet, ohne ihn zu lesen. Ich gebe nicht zu, dass Ihr mit fünf oder zehn Gulden auf die Reise gehet und Not leidet; und um Eurerseits keinen Widerspruch zu verursachen, bitte ich Euch als Freund, macht mir die Freude und unterschreibet ungesehen!"

Spinal, der in der Tat nicht einen Heller mehr besaß und vielleicht innerlich froh war, so unverhofft einen edlen Freund zu finden, der ihm Reisegeld liehe, drückte des Krämers Hand, nahm die Feder und unterzeichnete. Van Roosemal zog ihm die gefertigte Quittung unter der Hand weg, hob sein Glas in die Höhe und rief: „Das gilt Eurer Wohlfahrt in unserm teuern Vaterland, Freund! Und nochmals, auf die Wohlfahrt Eures neuen Ladens! Auf, auf, Bescheid getan auf diesen frohen Wunsch! Betrachtet mich nicht so, Spinal. Ihr steckt im Netze. Gefangen, gefangen! Hurra, hurra!"

„Ich verstehe nicht, was Ihr sagen wollt!", rief der erstaunte Spinal. „Ihr lacht so fröhlich, dass ich selbst mich darüber freue. Aber was ist denn im Werke?"

„Was im Werke ist? Seht einmal, für wieviel ihr mir quittiert habt."

Indem er so sprach, hielt er in einiger Entfernung dem Spinal das Papier hin und wies mit dem Finger auf den Rand, wo in großen Ziffern die Zahl 1000 ausgedrückt stand.

„Tausend Gulden!", rief Spinal aus, indem er nach dem Papiere griff, ohne es fassen zu können. „Tausend Gulden!"

„Ja, tausend Gulden Wechselgeld!", antwortete triumphierend van Roosemal und warf einige Wechselbriefe und einen Sack mit Geld auf den Tisch. „Und hier liegt die Summe!"

„Ich will nicht! Oh, zwingt mich nicht zur Annahme dieses Geldes", schluchzte der Schuster, dessen Tränen vor tiefer Ergriffenheit wie Bäche zu strömen anfingen. „Oh, denkt nicht, dass ich in solcher Absicht gekommen bin!"

„Ihr werdet doch nicht die Dummheit begehen, mir diese Quittung zu lassen, ohne das Geld dafür zu nehmen? ... Doch hört, Spinal; die Freude übermannt mich, lasst uns ernstlicher reden. Ich bin reich; mein einziges Kind, Siska, kann keine Not leiden, wenn sie sie nicht selber aufsucht. Unser Laden ist jährlich einige Tausende wert; wir besitzen Eigentum und Kapitalien. Was sind also die tausend Gulden für mich? Nichts… einige Monate Aufmerkens. Und ich sollte meinen einzigen Freund in der weiten Welt umherirren lassen wegen solcher Kleinigkeit? – Hört nun, wie ich's meine. Ihr befriedigt sofort Eure Gläubiger. Sie werden dann aus Feinden Freunde werden. Ich habe hier hinter der Ecke ein Haus leer stehen, das bezieht Ihr. Ihr kauft Leder und nehmt Gesellen; ich werde Euch beistehen, bis Euer Geschäft gut geht. Ihr schreibt über Eurem neuen Laden nichts anders als: *Johann Spinal, Schustermeister.* Ihr liefert gute Arbeit in Treue und Rechtschaffenheit; ich will Euch Kunden genug zubringen; und da auf Eurem Schuldscheine keine Zahlungsfrist ausgedrückt ist, so werdet Ihr seinerzeit das geliehene Geld wohl zurückgeben können. Wenn dann auch Eure Kinder einmal durch das Unglück belehrt sind, dann werden sie von selbst zurückkommen und Euch um Vergebung bitten. Und nun, Freund Spinal, setzt Euch nur bald in Euren vorigen Staat, denn am nächsten Sonntag nach der Vesper gehen wir miteinander zur Steinbrücke, trinken eine Flasche Doppelbier und spielen ein Stündchen Karten. Ich gebe Euch hundert vor, wenn Ihr's wagt."

„Sollte ich so viel Wohltaten von Eurem guten Herzen annehmen?", rief Spinal wie außer sich.

„Hierher in meine Arme!", antwortete van Roosemal. „Ich habe heute für mehr als zehntausend Gulden Glück. In meine Arme, Freund Spinal, schnell!"

Die zwei Freunde umarmten sich mit Freudentränen und blieben einige Augenblicke sprachlos. Dann tranken sie, gleichfalls ohne zu reden, jeder einen Römer Wein bis auf den Grund aus. Endlich sagte van Roosemal mit beruhigtem Gemüt: „Spinal, Ihr werdet meiner Frau nichts von allem dem sagen, nicht wahr? Die Frauen sind wohl auch edelmütig, aber auf ihre Art: sie wollen selten hinnehmen, dass ihr Mann es sei. Bezahlt die Hausmiete an sie und haltet Euch, als wüsstet Ihr von nichts. Aber hütet Euch nun auch vor den französischen jungen Herren seligen Andenkens."

„Das hat keine Gefahr, Freund. Ein Esel stößt sich nicht zweimal gegen denselben Stein; der Brunnen ist gedeckt, das Kalb fällt nicht mehr hinein. Ich kenne jene Vögel; sie hangen zusammen mit Tücken und Streichen und ich bin ihrer so satt, dass eine französische Bestellung von ein Paar Schuhen mir ein schlechter Gefallen sein wird."

„Oho, Spinal; so weit müsst Ihr's auch nicht treiben. Die Franzosen, die hier in Antwerpen als Bürger ansässig sind und Handel treiben, kenne ich alle als ehrliche Leute und ich zähle ihrer viele unter meine besten Kunden. Aber die kahlen Ratten, die seit dem Jahre dreißig hierher gelaufen kommen, wie in ein Schlaraffenland, das sind die Schelme, die Ihr im Auge behalten müsst. Kommt, wir gehen jetzt Eure neue Wohnung ansehen. Es ist ein sauberes Haus, Mann! Steckt das Geld und die Wechsel ein."

Nach ein paar Tagen wohnte Spinal in dem Hause, das van Roosemal ihm überlassen oder vermietet hatte. Der Laden war mit Schuhen und Leder wohlversehen; zwei Gesellen saßen neben Spinal an der Arbeit. Nach Verlauf einiger Monate hatte er bereits viele Kunden, teils wegen der tüchtigen Arbeit, die er lieferte, teils durch van Roosemals unaufhörliche Empfehlung. Jeden Sonntag spazierten die zwei Freunde zur Steinbrücke und spielten am Abend in einem oder dem andern Gasthause ihr Spielchen. Mit einem Worte, sie hatten alle ihre alten Gewohnheiten wieder angenommen und wäre nicht das Schicksal von Spinals Kindern gewesen, hätten sich die beiden Freunde vielleicht über alles Vorgefallene gefreut.

4.

Französische Prunker, kahle Junker.

Die schändliche Aufführung und das Schicksal der Hortense Spinal hatte Vater van Roosemal benützt, um seine Frau zur Zurückrufung der Siska zu vermögen. Doktor Pelkmann war ihm hierin behilflich gewesen. Endlich, nachdem Siska drei volle Jahre die französische Erziehung genossen und sich im letzten Jahre geweigert hatte die Vakanzzeit bei den Eltern zuzubringen, willigte die Mutter in das Verlangen ihres Mannes und des Doktors ein. Es wurde ein Brief geschrieben, um den Lehrerinnen für das Geleistete zu danken und der Siska wurde gemeldet, dass ihre Mutter am 15. des laufenden Monats um vier Uhr nachmittags sie an der Eisenbahn abholen werde.

Es war an diesem Tage schönes und helles Wetter. Etwa eine halbe Stunde vor der Ankunft des Zuges sah man eine fast ältliche Frau in dem Bahnhofe stehen. Sie war reinlich gekleidet, trug eine altmodische Haube mit kostbaren Spitzen und einen Mantel von feinem Tuch. Doch konnte man wohl merken, dass es eine Bürgersfrau war, die ihren sonntäglichen Staat anhatte und darum gegen die etwaige Gefahr des schlechten Wetters einen ungewöhnlich großen Regenschirm bei sich führte. Das Herz der Frau van Roosemal – denn sie war es – klopfte heftig vor mütterlicher Zärtlichkeit; sollte sie ja sogleich ihre liebe Siska umarmen, dies teure Kind an ihre Brust drücken und nun

37

unaufhörlich den Lohn kosten für allen Zwist, allen Verdruss und alle Mühen, die sie hatte durchkämpfen müssen, um der Tochter eine glänzende Erziehung zu sichern. Oh welche Freude wird es ihr bereiten!

Ha, da schnauft von ferne der Zug heran! Von allen Seiten kommen die Diener aus Ecken und Winkeln gelaufen, aus Magazinen und Baracken hervorgekrochen. Die metallene Stimme des Feuerwagens verzaubert den todesstillen Bahnhof in ein gewühlvolles Feld und unter allerlei Geruf und Geschrei hält endlich das Fuhrwerk still.

Nun hebt sich der mütterliche Busen pochender, der glückliche Augenblick naht. Die alte Frau stellt sich an den Eingang des Hofes und blickt forschend alle Frauengestalten an, die an ihr vorübereilen. Schon fliegen die Wagen der Reihe nach der Stadt zu, die schweren Omnibusse schließen den Zug und in weniger als ein paar Augenblicken ist das eiserne Pferd zu Stall gebracht, die Diener sind in ihre Höhlen zurückgekrochen, die Reisenden sind verschwunden und der Bahnhof ist wieder in die alte Todesstille versunken. Mutter van Roosemal sieht das Gitter sich schließen: das Herz schwillt ihr vor Betrübnis, ein schmerzlicher Seufzer dringt aus ihrer Brust… sie hat ihre liebe Siska nicht gesehen! Dennoch bleibt sie zur Stelle stehen, als ob eine geheime Kraft sie an das Gittertor bannte, und noch lange wäre sie vielleicht dort in traurigen Gedanken versunken geblieben, hätte sie nicht in der Ferne eine junge Dame bei einem Fiakerwagen stehen sehen in der Haltung von jemand, der wartend um sich blickt. Sollte dies wohl ihre Siska sein? Unmöglich! Es ist eine vornehme Dame; ihr glänzendes Seidenkleid lässt einen großen Teil ihres Nackens bloß. Wohl scheint ein ganzes Tüchlein ihn bedecken zu wollen, aber es verbirgt ihn nicht; bei jeder Bewegung, die sie macht, tanzen lange Locken um ihre Wangen, von ihrem Hute weht ein schlanker Federbusch; ihre Hand hält ein kleines, feines Sonnenschirmchen; fünfzehn Schachteln von allerlei Gestalt und zwei große Koffer liegen vor ihren Füßen… Das ist Siska nicht.

Das sind die Bemerkungen, welche Mutter van Roosemal macht und die Gedanken, die durch ihren bekümmerten Geist gehen. Plötzlich macht die junge Dame ein Zeichen der Ungeduld gegen die alte Frau und lässt dadurch ihre Gesichtszüge sichtbar werden. Himmel, es ist ihre Siska! Und sieh, die steife Mutter hüpft dahin wie ein junges

Mädchen, zwei Tränen schießen in ihre Augen, ein wonniges Lächeln verklärt ihre Züge, sie öffnet die Arme und ruft mit rührender Freude:

„Oh Siska, mein Kind!" Aber es scheint, dass der Name Siska die junge Dame beschämt; sie wird rot. Doch die Röte vergeht schnell und Siska macht zwei Schritte auf die Mutter zu. Diese will ihre beiden Arme um den Hals ihres Kindes schlingen. Aber sieh, die verwelschte Tochter will sich nicht den Umstehenden zur Schau stellen. Sie fasst die Hände ihrer Mutter, hält sie fest und verhindert die Umarmung. Dann sagt sie: „Guten Tag, Mama. Wie geht es? … Und was macht Papa? – Gebt acht, Ihr tretet auf meine Schachteln – Ich stehe hier schon eine halbe Stunde und warte auf Euch."

Waren diese Worte hart oder unziemlich? Unter andern Umständen wären sie es vielleicht nicht gewesen, aber jetzt durchschnitten sie das liebevolle Mutterherz wie ebenso viele Messer. In der Tat, war dies die Sprache, die sie von ihrer Siska erwarten durfte nach einer ganzjährigen Abwesenheit? Nicht einen einzigen Kuss, nicht einen Händedruck für sie, die drei Jahre lang in Zwist mit ihrem guten Manne gelebt hatte, um Siskas Willen zu tun? Für sie, die alle ihre Hoffnung auf die Gegenliebe ihres einzigen Kindes gesetzt hatte! Wohl musste sie ihr schmerzlich sein, diese herzzerreißende dürre Begegnung, denn die arme Frau schlug sich beide Hände vor die Augen und fing schluchzend und mit überfließenden Tränen zu weinen an.

Soweit war jedoch alles natürliche Gefühl in Siska noch nicht erstorben, dass sie den Schmerz ihrer Mutter ohne Mitleid hätte ansehen können; im Gegenteil, ihre bessere Natur gewann die Oberhand. Sie schlang ihren Arm um den Hals der Mutter und küsste sie auf beide Wangen mit umso größerem Drange, als er durch eine falsche Selbstbeherrschung hervorbrach. Nun war die alte Frau getröstet und glücklich. Sie hielt ihr Kind neidisch an ihre Brust geschlossen und starrte mit saugenden Blicken in ihre Augen. „Oh Siska, meine liebe Siska!", wiederholte sie bebend vor Rührung.

Nicht wahr, solcher Augenblicke sollte das Menschenleben viele und dauernde zählen? Aber, oh Missgeschick! Da lacht jemand. Siska hört es, blickt um sich und bemerkt die spottende Miene in dem Gesichte eines jungen Herrens, der als höhnischer Zuschauer ihre und der Mutter Liebeserweise zu belauern scheint. Schamröte färbt alsbald des Mädchens Wangen, sie windet sich los aus den Armen der Mutter und nimmt ihre gleichgültige Haltung wieder an.

Inzwischen waren die Schachteln in den Fiakerwagen gestellt, dieser aber damit so vollgepackt worden, dass unmöglich zwei Personen noch Platz darin fanden. Da Siska sich alle die Modenflitter, welche in den vielen Schachteln enthalten waren, unendlich angelegen sein ließ, und das Verdrücken und Verkrumpeln derselben fürchtete, so befahl sie dem Kutscher, der in der Nachbarschaft ihres Vaters wohnte, das Gepäck an ihr Haus zu fahren und beschloss, selbst zu Fuß in die Stadt zu gehen. Sollten wir uns täuschen, wenn wir sagen, dass Dünkel und Eitelkeit diesem Entschlusse nicht fremd waren, und dass das eitle Mädchen wohl gern ihre schönen Kleider vor ihren Antwerpener Bekannten zeigen wollte?

Siska öffnete ihren Sonnenschirm, nahm eine freie Haltung an und schritt stadtwärts, ohne ihrer Mutter noch andere Beweise von Zärtlichkeit zu geben. Diese lieblose Kälte tat der armen Frau sehr weh; sie mochte zwar ihr Kind nicht der Bosheit beschuldigen, aber wie sehr auch die Liebe in ihrem Herzen es in Schutz nahm, sie fühlte doch, dass der Doktor kein ganz schlechter Ratgeber gewesen war. In ihren trüben Gedanken schritt sie einher wie ein Dienstbote, der seiner Herrschaft folgt. Das Schweigen dauerte schon länger, und bereits waren die zwei Frauen innerhalb der Stadt, als Siska, ihre Mutter vom Kopf zu den Füßen in sonderlicher Weise betrachtend, zu ihr sagte: „Aber Mama, wie seid Ihr doch gekleidet! Man hält Euch für ein armes Weib, mit dieser hässlichen Ziehhaube und dem altfränkischen Mantel. Ich schäme mich vor den Leuten. Steckt dieses Pfarrerparaplui unter den Mantel, denn wir sehen ja aus wie Bäuerinnen, die von ihrem Dorfe kommen."

Frau van Roosemal antwortete hierauf mit leiser Stimme, die den Ausdruck ihres Kummers trug: „Siska, mein Kind, du musst nicht so heikel sein. Ich bin gekleidet wie meine selige Mutter gekleidet war und kann doch wahrlich jetzt in meinen alten Tagen nicht mehr meine Tracht ändern. Lass das gut sein; die Leute haben sich nicht darum zu kümmern. Wir sind ja niemandem etwas schuldig." – Während Mutter van Roosemal diese Worte sprach, hielt Siska ihr Auge auf die Vorübergehenden gerichtet, um zu sehen, ob ihre persönlichen Reize ihre Wirkung täten. Sie war ungemein erfreut, wenn ein Haufe junger Maulaffen lachend untereinander von ihr zu reden und durch den Ausdruck ihrer Gebärden zu sagen schienen: „Welch ein schönes Mädchen ist das!"

Die arme Mutter wagte es, ihre Tochter zu fragen, ob sie sich in dem Pensionat nicht gelangweilt habe und ob sie nicht lieber zu Hause bei den Eltern wäre, und dergleichen mehr; aber wie sehr sie sich auch bemühte, ein vertrauliches und tröstliches Gespräch anzuknüpfen, es war alles umsonst. Das eitle Mädchen dachte nur darauf, ihrem Gang den rechten Schwung und Anstand zugeben und die Lobpreisungen einzusammeln, welche sie in den Blicken der Vorbeigehenden zu lesen meinte. Auf dem Milchmarkte kam ein junger Herr gerade auf sie zu mit lächelndem Gesicht und mit so vertraulicher Gebärde, dass man hätte denken sollen, sie seien Bruder und Schwester. Frau van Roosemal sperrte die Augen so weit auf,

um diesen jungen Mann zu erkennen; vergebens – sie hatte ihn nie gesehen. Dieser ließ sich aber durch die forschenden Blicke der Mutter nicht beirren, sondern trat dicht vor Siska hin und sprach mit gekniffenen Lippen auf Französisch: „Ah, guten Tag Fräulein Eudoxie! Sie haben also das Pensionat verlassen? Antwerpen wird nun das Glück genießen, eine so bezaubernde Dame zu besitzen? Wahrlich, ein köstlicher Gewinn für uns arme junge Leute,

die wir über die Seltenheit so vieler vereinigten Reize seufzen!" Hierauf antwortete Siska, indem sie einen verführerischen Liebesblick unter ihren Wimpern hervorschoss und zugleich eine verwirrte Haltung annahm: „Sie spotten, Herr Georges! Aber wie geht es Ihrer Schwester Klothilde?"

„Gut, sehr gut", sagte der junge Herr ganz gleichgültig; dann mit einem halbspöttischen Ausdruck in den Zügen fragte er, auf die alte Frau deutend: „Ist das Ihre Magd?"

Diese Frage machte Siska erröten bis unter ihren Hut. Sie schämte sich ihrer guten Mutter, die verwelschte Puppe. Es dauerte eine Weile bevor sie, immer noch verlegen und gezwungen, antwortete: „Nein, es ist meine Mutter."

„Ah so!", rief der junge Mann und sich gegen die alte Frau wendend, sprach er mit steifer Verbeugung: „Madame van Roosemal! Erlauben Sie, dass ich Ihnen mein Kompliment mache. Sie haben eine bezaubernde Tochter!"

Die alte Frau verstand den französisch Redenden nicht, merkte aber deutlich genug, was vorging, und dass sie der Gegenstand seines unverschämten Spottes war. Dennoch neigte sie den Kopf, um seine Verbeugung zu erwidern. Der junge Mann entfernte sich, indem er zu Siska sagte: „Arme Frau! Sie hat recht, dass sie Sie unter ihrem weiten Mantel bewahrt. Es sind ihrer so viele unter uns, die Sie gern stehlen möchten. Auf Wiedersehen, Fräulein Eudoxie!"

Mit tiefer Angst hatte die Mutter dies alles mit angesehen, und sie wäre wahrscheinlich in verdrießliche Verweise ausgebrochen, hätte nicht ein schmerzliches Gefühl ihre Brust beengt. Mit sichtbarem Ärger sprach sie: „Der französische Laffe – wer meint er, dass wir sind? Er hielt dich sicher für eine andere, denn er nannte dich Eudoxie und zu mir sagte er Madame Roosemal! Wie kannst du dir doch das fade Geschwätz einer solchen Begrüßung gefallen lassen von einem Menschen, den du gar nicht kennst?"

Diese Worte waren nicht nach Siskas Geschmack, das sah man deutlich an ihrem verzogenem Munde. Sie antwortete im Tone eines fast trotzigen Bemitleidens:

„Ihr denkt wohl gar, dass ich drei Jahre in einem französischen Pensionat war, um unbeliebt und tölpelhaft zu bleiben? Dieser junge

Herr ist ein Bekannter von mir; seine Schwester Klothilde war meine Freundin und er besuchte sie öfter.“

„Ist es vielleicht Peter Vonderzang?“, fragte die Mutter.

„Ja, es ist Peter Vonderzang!“

„Und du schämst dich nicht, Siska, soviel Ziererei zu machen mit dem Sohne von deines Vaters Bartscherer? Mit dem kahlen, faulen Bengel, der nichts kann, als seinen Vater aufzehren und pflastertreten?“

„Aber Mutter, darum kann er ja doch eine feine Bildung bekommen haben. Er hat in Paris gelebt und ist er gleich nur ein Haarkünstler, so ist er doch ein geschliffener Mensch, der die Welt kennt.“

„So, das nennst du die Welt kennen? Nichts tun, herumlaufen und den Eltern Verdruss machen? Nun denn, Siska, ich sage dir, dass ich's nicht leide, dass du mit solchen unverschämten Prunkhansen Bekanntschaft machst; und was deinen Namen betrifft: ich heiße Siska und du heißt auch Siska. Gott weiß, aus welchem Ketzeralmanach du diesen lächerlichen Namen Eudoxie magst aufgefischt haben.“ Siska war gereizt; sie antwortete in beißendem Tone: „Ist es meine Schuld, dass die Fräulein im Pensionat meinen gemeinen Namen geändert haben? – Und wahrhaftig, ich heiße lieber Eudoxie van Roosemal, als dass ich mir stets mit dem platten bauernflämischen Namen Franziska van Roosemal die Ohren zerreißen lasse.“

Unglückliche Mutter! Sie dachte in diesem Augenblicke an die Aufführung der Hortense Spinal und bebte vor Angst an allen Gliedern. Sicher hätte sie ihrer Tochter noch härtere Wahrheiten gesagt; allein sie standen nun vor der Türschwelle des Gewürzladens und traten hinein. Es befand sich gerade niemand darin als Meister van Roosemal selbst, der eben beschäftigt war Kaffee zu mahlen. Es kostete Siska jetzt keine Gewalt, ihren Vater zu umarmen, da kein fremdes Auge sie beschämen konnte. Der gute Mann gab sich im ersten Augenblick ganz seiner väterlichen Zärtlichkeit hin und küsste das aufgeputzte Mädchen mit Herzensfreuden. Diese Liebeserweise wurden gleichwohl zu früh durch Siska unterbrochen, denn ihr entfuhr unmittelbar der französische Ausruf: „Mama, *ma chambre*? Wo ist mein Zimmer, Mama? Ich kann ja diese Schachteln nicht hier im Laden stehen lassen. Kutscher, helft mir dies hinauftragen!“

Eine Stunde darnach hatte Siska sich in ihr Zimmer eingeschlossen und war geschäftig ihre mancherlei Hüte und Kleider auszupacken, ihre Pomadetöpfe und Riechfläschchen aufzustellen und ihre Locken in neue Wirbel zu schlagen. Man hörte ihre Stimme bis in den Laden herab; sie trillerte das ewige französische Geleier von „*Ô ma belle, sois moins cruelle*" usw.

Vater van Roosemal stand wie verwirrt hinter seinem Ladentisch; die rechte Hand ruhte müde auf der Kurbel der Kaffeemühle und mit der linken kratzte er sich hinter den Ohren wie ein ratloser Mensch; seine Augen starrten bewegungslos vor sich hin in den Laden; eine

peinliche Überlegung hatte ihn entrückt. Auch er dachte an Hortense Spinal und murmelte von Zeit zu Zeit: „Esel, der ich bin! Hätte ich doch lieber meinem eigensinnigen Weibe Arm und Bein gebrochen. Doktor Pelkmann hat wahr gesagt, dass ich hinter den Ohren kratzen würde. Aber was hilft jetzt das Klagen? Ein schlechtes Pflaster für den Tod!" Mehr Angst, mehr Beklommenheit und vorzüglich mehr Gewissensbisse folterten die arme Mutter. In einer halbdunklen Ecke ihrer Küche saß sie in Schmerz versunken und weinte mehr oder minder helle Tränen, je nach der Ängstlichkeit ihrer Gedanken.

Aber leider half das Weinen und Klagen so wenig als das Ermahnen und Bitten. Es war alles vergebliche Mühe; Siska blieb auf ihrem Willen. Nach und nach gewann die mütterliche Zärtlichkeit bei Frau van Roosemal doch wieder die Oberhand, und durch die Mühe, die sie sich gab, Siska bei dem unwilligen Vater zu entschuldigen und in Schutz zu nehmen, endigte sie selbst damit, nichts Schlechtes mehr an ihr zu sehen; wohl einige Allüren und ein wenig Eigensinn, aber nichts Arges. Das Mädchen ist ja noch jung, das wird sich schon ändern. – Durch solche Nachgiebigkeit gewann die Mutter mehr Liebeserweise von ihrer Tochter und tröstete sich damit, den Kunden versichern zu können: „Unsere Siska hat viel gelernt, Nachbar; sie kann ihr Französisch besser als ihr Flämisch. Es ist eine Perle von einem Mädchen."

Und in der Tat, wie alle Bürgerstöchter, die in einem französischen Pensionat erzogen wurden, besaß Siska eine sehr artige Bildung. Von der französischen Sprache wusste sie genug, um eitle Worte zu wechseln und von *amour* und *toilette* zu schwatzen. Im Gespräche selbst ward zwar das Französische schrecklich verhunzt, aber ihre Dreistigkeit und freie Haltung ließen solche Fehler leicht übersehen. Die Rechenkunst verstand sie nicht; das ist auch eine viel zu trockene, mühsame Wissenschaft für so zarte Fräulein. Sie konnte nicht einmal eine Rechnung zusammenzählen. Nur so viel hatte sie gelernt, um zu wissen, dass, wenn man drei Liebhaber zugleich hat, man wohl einen davon verlieren kann, ohne ganz verlassen zu sein. Aus der Erdbeschreibung hatte sie behalten, dass Paris die schönste Stadt der Welt sei, das Schlaraffenland der jungen Frauenzimmer, wo man allezeit spielt und tanzt, wo zehnmal mehr Schauspielhäuser als Kirchen sind, wo die Moden und Pomaden erfunden werden usw. Aus der Fabelkunde oder Mythologie hatte sie nur gelernt, dass die Göttin der Liebe Venus heiße und dass der kleine Kupido ihr Sohn sei. Ferner wusste sie die französischen Namen von allen Kleidern und Stoffen, von allen Haarzierden, allen Pomaden, Wohlgerüchen und Essenzen, von allen Pasteten und Torten… Seht, darin bestand die Bildung der Siska. War sie nun eine Perle von einem Mädchen oder eine verwelschte Zierpuppe?"

Vater van Roosemal würde diese Frage nicht günstig beantwortet haben, wie aus folgenden Worten hervorgeht, die er um jene Zeit zu Doktor Pelkmann sprach: „Hätten wir Euren Rat befolgt, Doktor, dann würde Siska jetzt vergnügt und einfach hinter dem Ladentisch stehen; sie würde uns lieben und wir würden mit Lust dahin wirken, ihr ein gutes Erbteil und ein blühendes Geschäft zu hinterlassen. Aber was ist es jetzt? Sie sitzt im Laden mit einer seidenen Schürze und frisiertem Haar ohne Haube; sie plaudert und scherzt den ganzen Tag mit den jungen Milchbärten und den kahlen Ratten, die unter dem Vorwande Zigarren zu kaufen mein Haus berennen und die Bürger vertreiben. Die Hälfte meiner Kunden habe ich bereits verloren. Freund Pelkmann, wenn ich tot bin, wird der väterliche Laden auch zugrunde gehen, denn Siska wird nie einen Mann ihres Standes heiraten wollen und wozu, sagt mir, sind die papierenen Junker nütz? – Ihr hattet recht, Doktor, eine gründliche flämische Erziehung hätte aus

meiner Siska eine tüchtige, sparsame Hausfrau gemacht. Sie würde
mehr nützliche Dinge wissen als jetzt, würde gottesfürchtig und eingezogen geblieben sein; aber nein, sie musste in ein Pensionat kommen
und Französisch lernen! – Es ist möglich, und doch kann ich's kaum
glauben, dass eine solche Erziehung für ein Edelmannskind passt. Was
ich aber gewiss weiß, ist, dass sie ein Bürgermädchen gründlich verdirbt. Aber was bedeutet es, Doktor? Wenn das Kalb ertrunken ist,
deckt man den Brunnen ein und kratzt sich hinter den Ohren, wie Ihr
sagtet.“

5.

Besser späte Reue, als keine.

Vom ersten Tage ihrer Rückkehr ins väterliche Haus an hatte Siska
alles in demselben Ton zu bekritteln und verächtlich zu finden nicht
aufgehört. Nichts konnten die guten Eltern tun; sie fand es gemein,
niedrig und unziemlich und da das verwelschte Ding in allerlei Listen
und Verstellungskünsten wohl geübt war, so bog und lenkte sie den
Willen ihrer Eltern wie warmes Wachs.

Ach, vor drei Uhr konnte sie nicht zu Mittag essen, sie hatte ja keinen Bauernmagen. Bei dieser Erklärung wurde der Vater ärgerlich, die
Mutter betrübt, beide, weil sie ihr Leben lang zur gewohnten Stunde
ihr Mittagmahl genommen hatten und vor einer Veränderung erschra-
ken, die ihre ganze Tagesordnung über den Haufen warf. Aber Siska
fing an zu schmollen und sauer zu sehen. Es half nichts, in diesem
Punkte zeigte sich der Vater unbeugsam. Siska weinte sich die Augen
rot; es half doch nichts, obgleich die Mutter ihr jetzt aus Mitleid bei-

stand. Nun fiel Siska in Ohnmacht. Sie bekam heftige Krämpfe und gebärdete sich wie jemand, der sein Bündel schnürt, um in die andere Welt zu gehen. Ein verwelschter Arzt, erfahren in den eigensinnigen Krankheiten fein erzogener Damen, wusste so viel schauderhafte Dinge von dem schwachen, reizbaren Nervensystem der Frauen zu erzählen, dass die besorgten Eltern beschlossen, nun doch um drei Uhr zu Mittag zu essen. Wie oft hat sie seitdem der Hunger gepeinigt, da sie, regelmäßig des Morgens um vier oder fünf Uhr aufstehend, so lange fasten mussten, während die faule, gemächliche Siska nie vor neun Uhr zum Vorschein kam. Und dann die Küche! Welch ärmliche Kocherei! Nichts als Erdäpfel, Kohl oder Wirsing und Ochsenfleisch, gesotten oder gebraten; immer dasselbe. Siska fühlte sich von Zeit zu Zeit so schwach, so übel! – Sie muss ein Täubchen oder ein paar gebratene Vögel essen; so etwas wird ihr besser schmecken und besser bekommen. – Ihre Taschen stecken immer voll Pfefferminz- und Zitronenpastillen und nicht ohne Grund; denn das arme Kind hat allerlei Weh: Magenweh, Herzweh, Kopfweh, Nervenweh, Weh überall … Ach, die Arme!

Mit ihrer Mutter des Morgens in die Sechs-Uhr-Messe gehen, das wird sie nicht tun: im Winter ist es zu kalt und im Sommer mag sie nicht zwischen all dem gemeinen Volke sitzen; es könnte ihr übel dabei werden. Das Hochamt dauert viel zu lang; sie bekommt kalte Füße auf dem Steinpflaster. Aber die Zwölf-Uhr-Messe, das ist ihre Sache; da sieht sie schöne Toiletten, um sie nachzuäffen. Und dann kann sie noch einmal über den Grünen Kirchhof wandeln und ihre schöne neue Mantille den jungen Herren von gutem Ton zeigen; wohlgemerkt: meistens Schneidergesellen, Zigarrenspinnern und Ladenburschen.

Seht, sie hat ihre alte Mutter genötigt, ihre Spitzenhaube mit einem seidenen Hut zu vertauschen und Schnürstiefel an ihre Füße zu heften, sonst würde sie nicht mehr mit ihr öffentlich ausgehen. Aber wie unglücklich sieht Mutter van Roosemal aus unter ihrem neuen Kopfputz! Sie kratzt fortwährend an ihren Ohren, denn sie ist das Rauschen des stei-

fen Hutfutters noch nicht gewöhnt. Und sie kann kaum drei Schritte tun ohne mit ihren geschnürten Füßen Bewegungen zu machen wie jemand, der in eine durchlöcherte Matte oder in einen Misthaufen verwickelt ist, so wenig wollen die Schnürriemen mit ihren Füßen Bekanntschaft machen. Die arme Frau! Die Nachbarn verlachen sie, während sie Perlen schwitzt und gern durch die Steine sinken möchte vor Scham… Doch, vergesst nicht, dass sie das alles für ihre Tochter leidet und es also kein Wunder ist, dass sie ihren Schmerz ohne Klagen verbeißt.

Was Vater van Roosemal betrifft, so wird er am meisten durch die launenhafte Siska gepeinigt. Bis dahin war er immer Herr in seinem Hause gewesen und hatte seine Sachen stets so vorsichtig angelegt, dass sie ihm in keinem Augenblicke seines Lebens irgend schief gegangen waren. Jetzt sah er voraus, dass sie in Verwirrung kommen müssten; allein er hatte fast nichts mehr im Hause zu sagen. Was er für gut fand und anordnete, verwarf seine Tochter, und nicht selten wagte sie's merken zu lassen, dass sie seine Gedanken für beschränkt und einfältig hielt. Wurde der alte Mann dann bös, so geriet das Haus in Kampf und Aufruhr; er von der einen Seite und Siska mit der Mutter von der andern. Man weiß aber, wenn es auf Zank und Zwist ankommt, dann ist der Mann ein unmächtiges Kind im Vergleich mit der Frau. Er macht sich einige Maß schwarzes Blut, schlägt brav auf den Tisch und knirscht mit den Zähnen, aber hat er auch das letzte Wort gehabt? – Gewiss nicht. Jetzt erst lacht die Frau ihn aus oder denkt sich bei sich: „Nur zu, Mann, schlag nur aus, reiß nur an den Strängen; das macht alles nichts, mein Wille geschieht doch."

Dem Doktor Pelkmann hatte man es auch so arg gemacht, dass das Haus ihm zuwider geworden war und er es nun sorgfältig mied. Vater van Roosemal war nicht zwischen Zank und Streit aufgewachsen; er hielt Frieden und stille Freundschaft für das größte Glück auf Erden; auch ließ er zuletzt viele Dinge gegen seinen Willen geschehen, um unnützen Wortstreit zu vermeiden. Dessen ungeachtet wurde sein Gemüt von diesem ewigen Zwang und dem plötzlichen Umsturz seines ganzen Haushaltes in tiefe Trauer versenkt und nicht selten begrüßte ihn irgendein Bekannter mit den Worten: „Aber van Roosemal, was seid Ihr mager geworden! Wart Ihr krank?" Nur in einer Sache war es dem guten Mann bis jetzt geglückt, siegreich zu bleiben, nämlich in den Ausfällen, welche Siska gegen den Gewürzladen selbst richtete. – Oh, der sollte, der musste umgestaltet werden! – Doch dies kostete mehr Mühe und List. Hinter diesem Ladentisch war van Roosemal aufgewachsen, da stand noch der Stuhl, worauf seine Mutter ihn gesäugt hatte; dieses Fässchen und Kistchen hatte er schon angelächelt, bevor er noch sprechen konnte. Da war keine Ritze, kein Zeichen, woran sich nicht eine jugendliche Erinnerung knüpfte. Wegen jenes geborstenen Porzellantopfes dort hatte ihm sein Vater am Tage vor seinem Tod eine so treffende Ermahnung über die Sparsamkeit gegeben, dass sie noch jetzt unauslöschlich in seinem Gedächtnis stand. Die schwarzen Flecken auf jenem grünen Fässchen rührten von seinen eigenen Kinderhändchen her, denn aus diesem Fässchen hatte ihm seine Mutter oft ein Stück  Zucker gegeben und das Kind sich darum angewöhnt, das Tönnchen liebkosend zu streicheln. Auf jenem Tische dort sind die Buchstaben *J. S.* eingeschnitten. Sie bedeuten *Johann, Siska*, und sind ein Denkmal seiner ersten und einzigen Liebe. Mit einem Worte, dieser Laden war sein Vaterland, seine Welt; alles, was sich darin befand, war ein Bestandteil seines Wesens, seines Lebens.

Wer aber vermöchte nun auch zu sagen, welche Flut von Tränen Siska vergossen, wie oft sie ohnmächtig geworden, wie viele Tage sie zu essen sich geweigert, wie viele Krämpfe und Nervenanfälle sie bekommen, um den unerbittlichen Willen ihres Vaters zu brechen und den Laden nach französischem Stil umgestalten zu können! Ja, dies hat ein ganzes Jahr gedauert. Zwölf Monate voll Zwist, voll Hausverdruss und Elterngram sind vorübergegangen, ehe der alte van Roosemal, wie ein besiegter Soldat, den Kopf sinken ließ und mit Tränen in den Augen sagte: „So macht denn fort!" Aber dieses Wort, das wie sein eigenes Todesurteil ihm das Herz durchschnitt, brach zugleich seinen Geist und seinen ganzen Körper nieder. Er fing an abzuzehren, wurde bleich und schwach und schien an einem geheimen Leiden dem Grabe zuzuwanken.

Nicht selten erbebte Siska wie ein Rohr, wenn das blitzende Auge ihres greisen Vaters einen beschuldigenden Blick in ihr Auge schoss;

aber er sprach nicht, der entmutigte Mann. Er starrte regungslos auf die Werkleute hin, die seinen Laden über den Haufen zu werfen beschäftigt waren. Alle seine teuersten Erinnerungen sah er vernichtet und in dem Maße, als diese unter dem Pinsel des Anstreichers oder unter dem Stemmeisen des Schreiners verschwanden, wurde sein Atem und sein Leben kürzer. Bald war der einfache, bürgerliche Kramladen in ein prächtiges Magazin umgeschaffen. Alles blinkte von Kupfer und Firnis; der Ladenschrein war geziert mit kleinen Engeln, die Kaffee mahlten, Zigarren rauchten oder Tabak wogen; die Fensterscheiben waren so groß wie Spiegel und mit französischen Aufschriften bedeckt; lichte Gasflammen erhellten dies alles; eine Ladenjungfer und ein Diener standen hinter dem Tisch mit verschränkten Armen – und Siska, oder Fräulein Eudoxie van Roosemal, saß auf einer Erhöhung am Fenster und las einen französischen Roman.

Dieser Stand der Dinge dauerte geraume Zeit, zum Verdrusse des entmutigten Vaters. Es war nun so weit gekommen, dass er für alles gleichgültig schien, selbst für die Freundschaft von Spinal. Dieser hatte auf van Roosemals Rat einen Handel in Häuten und Leder angefangen und in kurzer Zeit viel Geld damit verdient, sodass er imstande gewesen wäre, die geborgten tausend Gulden zurückzuzahlen, wenn van Roosemal die Annahme derselben nicht standhaft verweigert hätte. Von seinen Kindern hatte Spinal seitdem nichts vernommen.

Während in dem Laden alles immer mehr in Verwirrung geriet und die Geldkasse leer wurde, lag Vater van Roosemal krank darnieder. Da er aber niemals über Schmerzen oder Ungemach klagte, so glaubte man oder setzte voraus, dass es eine gewöhnliche Unpässlichkeit sei und begnügte sich, ihn gut und sorgfältig zu bedienen.

Eines Morgens jedoch wünschte er, dass man Herrn Pelkmann und Spinal zu ihm rufen möchte. Letzterer war gerade in Handelsgeschäften nach Köln gereist. Der Doktor kam sogleich und blieb lange mit dem Kranken allein. Was zwischen den beiden vorging und was sie sprachen, wissen wir nicht. Endlich nach einer Stunde hörte man jemand die Treppe herabkommen und der Doktor trat in den Laden. Sein Aussehen war bleich wie das eines Toten und stach unheimlich ab gegen seinen schwarzen Mantelkragen; seine Augen funkelten und seine Wangen zitterten krampfhaft wie bei einem ergrimmten Menschen; durch die Öffnung seines Mantels konnte man sehen, wie seine Faust sich ballte. Seit dem Augenblicke seines Erscheinens im Laden hielt er seine flammenden Blicke wie Pfeile auf Siska gerichtet und schritt nun wie ein Gespenst hinter den Tisch auf sie zu. Sie, voll Angst und Schrecken, streckte beide Hände voraus, als wolle sie diese unheimliche Erscheinung von sich abwehren; allein der Doktor öffnete seine Faust, fasste ihren Arm, drückte ihn fest und sprach mit schrecklicher Stimme: „Dein Vater liegt im Sterben, entartetes Kind! Du hast ihn gemordet!" Dann ließ er sie in Ohnmacht auf ihren Sitz niedersinken, ging zum Hause hinaus um einen Geistlichen zu holen und kam bald darauf mit diesem und dem Kirchendiener zurück. Als der kranke van Roosemal

die letzte Hilfe der Kirche empfangen und der Priester sich entfernt hatte, stöhnte er: „Mein Kind, meine Siska will ich sehn, Doktor… aber Verzeihung für sie – oh, peinigt sie nicht durch strenge Worte."

„Ich hole sie. Aber sie muss gestraft, sie muss gebrochen werden. Vielleicht werdet Ihr dann aus dem Himmel auf ein reumütiges, tugendhaftes Kind herabblicken können." Mit diesen Worten öffnete der Doktor die Zimmertüre und ging in die Küche hinab. Da saßen Mutter und Tochter mit den Händen vor den Augen und weinten. Siskas Jammerbild hätte ein steinernes Herz erweichen mögen. Seufzen, stöhnen und ein schreckliches Klagen drang aus ihrer Brust hervor. Ach, diesmal war ihre Verzweiflung nicht geheuchelt. Das zerschmetternde Wort, welches der Doktor als den Fluch des erzürnten Gottes ihr in die Ohren gedonnert, hatte ihre Binde gewaltsam zerrissen. Der Name Vatermörderin, der ihr in flammenden Zügen stets vor Augen schwebte, brannte in ihr Herz wie ein Funke des höllischen Feuers, das ihrer warte.

Der schwere Schritt des Doktors machte sie erschrocken aufblicken… Oh, da steht er wieder vor ihr, der Racheengel des Herrn! Sein stechendes Auge dringt in ihre Seele; unter seinem gewaltigen Blick fühlt sie ihre Kraft schwinden; ein eisiger Frost macht das Blut in ihren Adern gerinnen… Doch sie reißt sich los von diesem Zauber. Sie springt auf, fällt vor dem Doktor auf die Knie nieder, hebt die Hände empor und ruft: „Euer Zorn ist gerecht! Ich bin ein verworfenes, abscheuliches Geschöpf – aber, im Namen meines sterbenden Vaters, oh Gnade, Gnade für mich!"

Zwei Tränen rollten blinkend über des Doktors Wangen; sein Gesicht verlor plötzlich den Ausdruck des Zornes, um nur noch die tiefste Betrübnis auszusprechen. Er nahte dem schluchzenden Mädchen, nahm sie bei der Hand und sprach, ohne sie vom Boden aufzuheben:

„Siska, unglückliches Kind! Ihr habt schrecklich gegen Gott gefrevelt; denn er hat gesagt: Du sollst Vater und Mutter ehren. Und Ihr, was habt Ihr getan? – Nein, nein, erschreckt nicht; ich will das schreckliche Wort nicht wiederholen. Aber macht jetzt Eure Missetat wieder gut. Es gibt noch ein Mittel, Euch mit Gott und Eurem Vater zu versöhnen. Geht hinauf zu ihm; er ruft sterbend nach Euch. Aber nehmt Euch in Acht! Wenn er diese Welt verlässt ohne Überzeugung von Eurer Reue und Bekehrung, wenn er den Geist aufgibt ohne Trost, ohne Frieden und ohne Hoffnung für Euch… oh dann wird der Fluch des Herrn Euch folgen über dieses Leben hinaus!"

Wie bitter, wie herzzerreißend diese Worte auch waren, Siska schien aus ihnen Mut zu schöpfen. Sie küsste bewegt des Doktors Hände und rief, indem sie aufsprang und nach ihres Vaters Zimmer lief: „Dank, Dank!"

***

Soll ich nun die feierliche Todesstunde des Vaters und die Verzweiflung der Tochter schildern? Soll ich euch Siska zeigen, wie sie heulend und mit gelöstem Haar Bäche von Tränen vergießt? Soll ich euch sagen, wie sie sich den Kopf blutig stößt an dem Sterbebette ihres Vaters; wie sie ihre Schönheit zu vernichten sucht und mit ihren Nägeln ihre Wangen durchfurcht; wie sie alle die Zeichen ihrer Pracht

und ihres Leichtsinns zerreißt, zertritt und vernichtet? ... Oh nein, dieses Schauspiel wäre zu ergreifend und zu schmerzlich.

Seht, der Vater stirbt, aber ein Ausdruck von Glückseligkeit verklärt sein Angesicht wie das eines Heiligen. Seine brechenden Augen sind mit einem trostvollen Gefühle vor das Bett gerichtet. Da kniet Siska, sie hält ihre Mutter mit beiden Armen umschlossen, küsst sie mit Zärtlichkeit und fleht, stöhnt um Vergebung. Der Doktor steht gegenüber und vergießt Tränen der Rührung. Diese Szene sieht der Sterbende, er hebt seine matte Hand über den Rand des Bettes und lässt sie auf das Haupt seines Kindes niedersinken... Dann spricht er, indem seine Seele ihre Flügel entfaltet und von der Erde himmelwärts sich aufschwingt: „Sei gesegnet, gesegnet, oh Siska, mein Kind!"

Der hundertjährige Gewürzladen van Roosemals ist nun geschlossen. Mutter und Tochter führen ein einsames und bußfertiges Leben. Sie denken mit Abscheu an die Ursache ihres Unglücks und ihren Litaneien fügen sie dies bedeutsame Gebet bei: *Von französischem Sittenverderb erlöse uns, o Herr!*

***

Lieber Leser, ich hege einige Hoffnung, dass diese wahre Erzählung deine nachsichtige Aufmerksamkeit wird gefesselt haben und dann wirst du wohl auch neugierig sein, Siska zu sehen. Wohlan denn, wenn du wirklich dieses Verlangen hast, so gehe am Freitag um sechs Uhr morgens, oder etwas später, in die Dominikanerkirche, öffne die Türe rechter Hand und schreite fort über den alten Kirchhof bis unter den Kalvarienberg und in die Armenseelen-Gruft. Hier wirst du eine junge Frauensperson knien sehen, ganz in einen schwarzen Mantel gehüllt und das Gesicht tief verschleiert. Wenn du genau aufmerkst, wirst du die Perlen eines Rosenkranzes durch ihre Finger gleiten hören und von Zeit zu Zeit wird unter ihrem Schleier ein Seufzer hervordringen, wie der einer armen Seele. Sie selbst jedoch wird regungslos daknien, und in dem Halbdunkel wird sie dir vorkommen wie eine Bildsäule, die da aufgestellt ist. Wenn du dann siehst, dass sie, endlich aufstehend, einen langen Kuss auf die Hand der dort abgebildeten flehenden armen Seele drückt und langsam die Gruft verlässt ohne dich bemerkt zu haben, dann kannst du sagen: Ich habe Siska van Roosemal gesehen!

54

Die Tochter Spinals werde ich dir nicht zeigen; es gibt Orte, die man nicht nennen mag. Was ihren Bruder betrifft, so hat Frankreich Gefängnisse genug, um Gaudiebe und Schelme zu verwahren.

„Herr Gansendonck, ich habe die Ehre, Euch den jungen Herrn
Baron Viktor van Bruinkasteel vorzustellen.“

Baas Gansendonck

Vorerinnerung

In einem Dorfe zwischen Hoogstraten und Calmpthout, in den Antwerpenschen Kempen, wohnte Peter Gansendonck, der Baas[8] aus der Herberge zum „Heiligen Sebastian". Ich habe ihn gekannt, um 1830, als ich Soldat war. Aus dieser Zeit wusste ich aber nichts mehr von ihm, als dass er keine Soldaten und Bauern leiden konnte und am liebsten mit Offizieren zu tun hatte. Auch war er aufs äußerste gegen den Bürgermeister erzürnt, weil dieser den Kapitän der Kompagnie in seine eigene Wohnung genommen, die drei übrigen Offiziere bei dem Baron, dem Amtsschreiber und dem Doktor ins Quartier gelegt und ihm, Peter Gansendonck, niemand gelassen hatte als den Sergeant-Major, ihren ergebenen Diener. Ich erinnere mich auch, dass ich meine freien Stunden häufig damit zubrachte, allerlei artiges Spielzeug für Lieschen zu machen, das fünfjährige Töchterlein von Baas Gansendonck. Das Kind war kränklich und schien hinsiechen zu wollen; aber es war so etwas Liebliches in seinen Engelsäuglein, etwas so Reines in seinem bleichen Gesichtchen, etwas so Süßklagendes in seinem Silberstimmchen, dass ich eine Art Glück darin fand, das kranke Lamm durch Spiel, Gesang und Erzählungen zu trösten und zu erquicken. Wie weinte Lieschen bitter, wie glitzerten ihr die Tränen über die Wangen, als die Trommeln den letzten Abschiedsgruß riefen und als ihr guter Freund, der Sergeant-Major, mit dem Tornister auf dem Rücken bereit stand, um für alle Zeit fortzuziehen. Aber solche Eindrücke verschwinden so schnell aus dem jungen Gemüt! Seitdem hatte ich nie mehr an das kleine Lieschen gedacht und das Kind hatte mich ohne Zweifel ebenso gründlich vergessen. Nun brachten mich

---

8   *Baas=* Wirt, Meister, Herr.

unlängst meine Hin- und Herreisen durch die Kempen für das erste Mal wieder in dasselbe Dorf. Ich betrat es ohne Ahnung, ohne die geringste Erwartung. Indessen, nicht so bald hatte ich das Bild der Kirche, der Häuser und der Bäume in meinem Innern aufgenommen, als ein Lächeln der Überraschung über mein Gesicht glitt und die Brust mir von einer angenehmen Empfindung schwoll. Namentlich machte der Anblick des alten Aushängeschildes über dem Wirtshause mein Herz pochen… Ich beugte den Kopf und blieb eine Weile regungslos stehen um den Strom jugendlicher Erinnerungen zu genießen, der mir wie eine sanfte Balsamflut durch den Kopf wogte. Was muss doch in der Jugend unsere Seele liebreich und kräftig sein, dass sie alles, was sie umgibt, für immer in sich aufnimmt und mit einem unvergänglichen Liebesduft umhüllt! Menschen, Bäume, Häuser, Worte, alles – Lebendiges oder Lebloses – wird ein Teil unseres eigenen Wesens! An jeden Gegenstand knüpfen wir eine Erinnerung, so schön und so süß, wie unsere Jugend selbst ist. Unsere Seele fließt über von Kraft. Sie sprüht Funken und Blitze ihres Lebens über alles Geschaffene und während wir unaufhörlich dem Glück zujubeln, das uns, Kinder oder Jünglinge, in der unbegrenzten Zukunft zu erwarten scheint, jauchzt und singt alles in der Natur einstimmig mit uns.

Ach, wie liebe ich die Weide, den Lindenbaum, den Pachthof, das Kirchlein und alle andern Dinge, die mich sahen, als noch die Rosen der Jugend und die Lilien der reinen Lebenspoesie mein Haupt zierten! Sie haben genossen, was ich genoss! Ich sah sie üppig gedeihen und lachend im Sonnenlichte glänzen, als ich fröhlich war und wohlgemut hinausstürmte auf die unbekannte Bahn der menschlichen Bestimmung. Sie sind meine alten Spielgenossen, meine Gefährten. Ein jedes von ihnen ruft mir etwas Angenehmes, etwas Entzückendes zu; sie sprechen die Sprache meines Herzens; die feinsten Saiten meiner Seele erzittern alle wieder in jugendlicher Kraft bei diesem Ruf… Und in stiller, andächtiger Empfindung danke ich dem Herrn, dass er selbst in das erkaltete Herz eines abgelebten Menschen noch den süßen Quell der Erinnerung fließen lässt.

Vor der Türe des alten Wirtshauses stehend, war ich ganz in bessere Zeiten zurückgezaubert. Ich sah meine Kameraden, meine Offiziere wieder; die Trommel rollte in der Ferne; ich hörte das kräftige Kommando ertönen, den Kriegsgesang über die Häuser wegrauschen, das Jägerhorn im Lindengebüsch erschallen… aber zwischen all diesem erschien mir noch klarer und frischer das ruhige Engelsbild Lieschens, das mir aus der Vergangenheit zulachte.

Der Gedanke des Menschen dringt schneller durch die Welt der Empfindungen als der Blitzstrahl durch die Himmelsräume. – Eine Minute nur hatte ich gerührt dagestanden und schon waren fünf schöne Monate meines Lebens in voller Klarheit vor meinen Augen dahingezogen.

Mit großem Verlangen und frohem Blicke schritt ich auf das Wirtshaus zu. Lieschen werde ich sehen; sie kann mich nicht erkennen, ich weiß es wohl, denn das Kind muss nun eine schöne Frau geworden sein. Ihr Anblick wird mich gewiss erfreuen. – Sie war kränklich und dahinsiechend; vielleicht auch liegt sie unter der Erde auf dem stillen Kirchhof! Weg mit diesem hässlichen Gedanken, von kühlem Grübeln in meine warme Erinnerung geworfen!

Aber wie ist mir dies alles so fremd und traurig in der Herberge zum „Heiligen Sebastian"! Alles ist verändert: Menschen und Dinge. Wo ist Baas Gansendonck? Wo ist Lieschen? Wo ist der Tisch, an dem ich mit meinen Kameraden so manche Kanne Bier ausspielte? Alles ist verschwunden.

Armes Lieschen, ich sehe noch die Ecke im Fenster, wo du mit deinem Köpfchen auf den Knien deiner Mutter lagst, wo ich dich so erfreute mit den Kartenblätterwagen, von vier Maikäfern gezogen, wo dein müder Ausblick wie ein Gebetchen mir für meine Freundschaft dankte.

Ich hatte das alles so ganz vergessen. Ich wusste selbst nicht mehr, dass ich einmal in dieser Gegend gewesen war. Aber nun entsteht aus jedem Gegenstand ein Bild, aus jedem Bild ertönt eine Stimme. Ich sehe, ich höre alles wieder, alles wird jung und lachend – auch mein Herz, das zurückkehrt in die harmonische Übereinstimmung mit dieser bekannten und geliebten Natur.

Süßes Lieschen, wer sollte es damals geglaubt haben, dass ich einst deine Geschichte meinen Landsleuten erzählen würde, wie ich ehemals dein Herz erfreute mit kindlichen Erzählungen? Das Leben ist gleich einem jener Riesenströme Amerikas, die einige Zeit friedlich zwischen lachenden Gestaden fließen, aber dann plötzlich von einer

Berghöhe herabstürzen und in heulenden Wirbeln stürmend und schäumend dahinrollen. Der Mensch ist ein Strohhalm, der auf dem Strom treibt. Die stille Fahrt zwischen den blühenden Ufern ist die Jugend. Der rauschende Wasserfall, der wirbelnde Strudel, ist die menschliche Gesellschaft, in die der Mensch wie ein Strohhalm hineingestoßen wird. Er fällt, er sinkt zu Grunde, er erhebt sich wieder, er taucht aufs Neue unter, er wird gefoltert, gequetscht, zermürbt, zerschmettert. Wer kann wissen, auf welches Ufer der arme Strohhalm geworfen werden wird?

Wenn nichts kommt zu etwas,
dann kennt es sich selber nicht.

1.

Baas Gansendonck war ein sonderbarer Mann. Obschon aus den niedrigsten Dorfbewohnern hervorgegangen, hatte er sich doch schon früh eingebildet, dass er aus viel edlerem Stoff gemacht sei als die anderen Bauern; dass er allein viel mehr wisse als ein ganzer Haufen von Gelehrten zusammen; dass die Gemeindesachen übel daran seien und den Krebsgang gingen, bloß deswegen, weil er mit seinem großen Verstande nicht Bürgermeister war – und viele andere Dinge dieser Art.

Und dennoch konnte der arme Mann weder lesen noch schreiben und hatte von den meisten Sachen sehr wenig begriffen… Aber er hatte doch viel Geld. In dieser Hinsicht wenigstens glich er vielen vornehmen Leuten, deren Verstand auch in einer Kiste unterm Schloss liegt, oder deren Weisheit, zu fünf Prozent ausgeliehen, jährlich mit den Zinsen aufs Neue in ihren Kopf kommt. Die Bewohner des Dorfes, täglich durch die Überhebung des Baas Gansendonck beleidigt, hatten allmählich einen tiefen Hass gegen ihn gefasst und nannten ihn spöttisch den Prahlhans.

Der Wirt zum „Heiligen Sebastian“ war Witwer und hatte nur ein einziges Kind. Das war eine Tochter von achtzehn bis neunzehn Jahren, schwach und bleich, doch so süß und so fein in ihren Gesichtszügen, so süß und so lieblich in ihrem ganzen Wesen, dass sie die Augen vieler junger Leute auf sich lenkte. Gemäß des aberwitzigen Gedankens ihres Vaters war sie viel zu gut, zu gescheit und zu schön, um einen Bauernsohn zu heiraten. Er hatte sie während einiger Jahre in ein berühmtes Pensionat geschickt, um Französisch zu lernen und sich Manieren anzueignen, welche ihrer hohen Bestimmung entsprachen. Glücklicherweise war Liesa oder Lieschen, wie die Bauern sie nannten, ebenso unschuldig zurückgekehrt; obgleich einige Keime von Eitelkeit und Leichtsinn sich in ihre Seele gesenkt hatten. Aber die natürliche Reinheit ihres Herzens hielt diese Auswüchse zurück, während ihre jungfräuliche Unschuld selbst dem Merkmal hievon etwas Reizendes gab, das alles in ihr entschuldbar machte.

Wie gewöhnlich hatte sie nur eine halbe Erziehung genossen. Sie verstand das Französische ziemlich gut, sprach es aber nur mangelhaft. Dagegen konnte sie ausnehmend fein sticken, vielfarbige Pantoffeln und Fußkissen machen, mit Perlen sticken, Blumen aus dem Papier schneiden, äußerst freundlich „Guten Tag" sagen, sich neigen und verbeugen, sehr kunstgemäß tanzen – und viele andere Liebenswürdigkeiten noch mehr, die in das Bauernhaus ihres Vaters gerade so passten, wie. ein Spitzenkragen um den Hals einer Kuh, wie das Sprichwort sagt. Von ihrer Kindheit an war Liesa zu einer Heirat mit Karl, dem Sohn des Brauers, bestimmt worden, der einer der hübschesten Burschen war, die man finden konnte, dabei für einen Dorfbewohner sehr wohlhabend und ziemlich gebildet, da er einige Jahre im Kolleg zu Hoogstraten zugebracht hatte. Dessen ungeachtet hatte ihn das Studieren wenig verändert. Er liebte die ungezwungene Freiheit des Landlebens, war fröhlich wie ein Vogel, trank und sang in Ehren und Zucht mit jedem, war voll Lebenslust, ein Freund und Kamerad eines jeden, der ihn kannte.

Der frühzeitige Tod seines Vaters hatte ihn gezwungen, die Schule zu verlassen, um als Leiter der Brauerei seiner Mutter behilflich zu sein und die gute Frau dankte dem Herrn täglich, dass er ihr einen so braven Sohn zum Troste gelassen hatte, denn einen fleißigeren und ordentlicheren Jungen gab es wahrlich nicht. Nur in Gegenwart von

Liesa verlor Karl seine ungezwungene Haltung und verfiel in Ernst und in ein unbestimmtes Träumen. Hier, bei dem geliebten Mädchen sitzend, wurde er mit ihr wieder zum Kinde, fand Genügen an ihren unbedeutenden Verrichtungen und erfüllte mit andächtiger Aufmerksamkeit ihre kleinsten Wünsche. Sie war aber auch so zart, so schwächlich und dabei doch so schön, sie, seine Verlobte! Auch er, der starke mannhafte Jüngling, behandelte das zarte Mädchen mit Achtung, mit Ergebenheit und ängstlicher Sorgfalt, als wäre ihm das Leben einer kränkelnden Blume anvertraut gewesen.

Bis vor fünf oder sechs Monaten hatte Baas Gansendonck nichts Unrechtes dabei gesehen, dass seine Tochter die Frau Karls werden sollte. Wohl ist es wahr, dass das seinen Hochmut nie ganz befriedigte, aber da ein reicher Brauerssohn, nach seiner Meinung, im Grund genommen kein Bauer war, hatte er sein langgehaltenes Wort nicht brechen wollen und selbst zugestimmt, dass man für die bevorstehende Hochzeit alles herrichte und in Bereitschaft bringe.

So stand es um die Angelegenheit der jungen Leute ziemlich gut, als der unverheiratete Bruder Baas Gansendoncks nach. einer kurzen Krankheit starb und eine hübsche Erbschaft hinterließ, die nicht lange hernach in klingender Münze in das Wirtshaus zum „Heiligen Sebastian“ zu den andern Haufen Geldes gebracht wurde. Peter Gansendonck war mit vielen anderen der Meinung, dass Verstand, Edelmut und Vortrefflichkeit des Menschen nur nach dem Gelde bemessen werden müssen, das dieser besitze. Und obwohl er nicht Englisch konnte, war er dennoch von selbst zu dem erhabenen englischen Gedanken gelangt, dass die Frage „Wie viel Pfund Silbers wiegt der Mann?“ auf alles hinlänglich und unwiderleglich antworte, gemäß des alten flämischen Sprichwortes:

> *Das Geld, das stumm ist,*
> *Macht grad, was krumm ist*
> *Und klug, was dumm ist.*

Es versteht sich von selbst, dass bei solch einem schönen Grundsatz sein Hochmut oder vielmehr seine Torheit noch mehr als sein Reichtum anwuchs. Er achtete sich nun mindestens dem Herrn Baron des

Dorfes gleich, denn er glaubte, dass er genau so viele Pfund wiege als dieser adelige Grundbesitzer.

Von diesem Tag an spukte es bei Baas Gansendonck noch mehr im Oberstübchen und er hielt sich für einen der ersten Männer des Landes. Oft träumte er ganze Nächte hindurch, dass er von einem edlen Stamme sei und selbst bei Tag strich ihm dieser schmeichelhafte Gedanke unaufhörlich durch den Kopf. Um die Probe auf diese eingebildete Vortrefflichkeit zu machen, versuchte er manchmal zu entdecken, welch ein Unterschied zwischen ihm und einem Edelmann sein könne, aber er fand wirklich keinen.

Wohl sagte ihm sein Bewusstsein zuweilen, dass er zu alt sei, um noch Französisch zu lernen, seine Lebensweise gänzlich zu verändern und sich in einem höheren Gesellschaftskreise zu bewegen. Aber konnte er das auch selbst nicht mehr, so sollte wenigstens seine Tochter emporsteigen und sich mit dem ersten besten Baron verheiraten. Welche selige Aussicht für Baas Gansendonck! Ehe er stürbe, würde er noch das Glück haben, seine Liesa Frau Baronin nennen zu hören! Er selbst würde Großvater von einigen Barönchen sein!

Darum fing die Liebe Karls, des Brauers, an, ihm gewaltig vor den Kopf zu stoßen und er sah in seiner Vorstellung den fröhlichen jungen Mann als ein Hindernis für die Zukunft seiner Tochter an. Schon hatte er in Liesas Gegenwart mit bissiger Geringschätzung von Karl gesprochen und Dinge gesagt, die das Mädchen so verletzt hatten, dass sie zum ersten Mal in ihrem Leben mit Unwillen gegen ihren Vater aufgestanden war und wohl an zwei Stunden bittere Tränen vergossen hatte.

Um seine Tochter nicht zu betrüben, sah er von allen unmittelbaren Ausfällen gegen die Liebe des Brauers ab. Aber er würde die Hochzeit wohl so lang zu verschieben wissen, bis die Zeit Liesa die Augen öffnen und sie selbst überzeugen sollte, dass Karl nur ein grober Bauer sei wie die andern.

2.

Auf dem Hof des Wirtshauses zum „Heiligen Sebastian" waren die Dienstboten und Taglöhner schon seit Tagesanbruch mit der gewohnten Arbeit beschäftigt. Tres, die Kuhmagd, stand am Ziehbrunnen und wusch Rüben für das Vieh; in der offenen Scheune hörte man das taktmäßige Geklapper der Dreschflegel; der Stallknecht sang ein Lied und striegelte die Pferde.

Ein einziger Mann schritt müßig auf und nieder und rauchte seine Pfeife, während er hie und da stehen blieb, um die andern bei der Arbeit zu beaufsichtigen. Er war ebenfalls wie ein Arbeiter gekleidet, trug eine Jacke und Holzschuhe an den Füßen. Obschon sein Gesicht unveränderliche Gleichgültigkeit zeigte, lag doch in seinen Augen eine gewisse Schalkheit und Arglist. Übrigens genügte es an seinen glänzenden Wangen und an seiner roten Nase zu sehen, dass er an einer fetten Tafel saß und den Weg zum Keller wohl wusste.

Die Kuhmagd ließ ihre Rüben stehen und näherte sich der Scheune, wo die Drescher im Begriff waren, neue Garben auf die Tenne zu werfen und die Gelegenheit wahrnahmen, um zwischen der Arbeit auch ein Wort zu wechseln. Der Mann mit seiner Pfeife stand dabei und sah zu.

„Kobe, Kobe", rief die Kuhmagd ihm zu, „Ihr habt es trefflich getroffen! Wir schuften uns zu Tod vom Morgen bis zum Abend und kriegen zum Lohn auch noch Scheltworte an den Kopf. Ihr fahrt mit gutem Wind, geht spazieren, raucht Euer Pfeifchen; Ihr seid der Freund des Wirts und bekommt die fetten Brocken. Ihr könnt wohl sagen, dass Euer Brot in den Honig gefallen ist. Das Sprichwort hat recht: Menschen zu foppen ist auch eine Kunst." Kobe lächelte schlau und antwortete: „Haben ist haben und kriegen ist die Kunst; das Glück fliegt, wer es fängt, der hat es."

„Schmarotzen ist betrügen und Fuchsschwänzen ist kriechen!", brummte einer der Arbeiter unwillig.

„Worte sind keine Münzen“, scherzte Kobe. „Jeder ist auf der Welt, um dem Sohn seines Vaters Gutes zu tun; und wer was findet, kann es auflesen.“

„Ich würde mich schämen“, rief der entrüstete Arbeiter, „es ist leicht, aus anderer Leute Haut Riemen zu schneiden, aber ein Schwein wird wohl auch fett gemacht und arbeitet doch nicht.“

„Es ist dem einen Hund nie recht, wenn der andere in die Küche geht“, lachte Kobe. „Ungleiche Schüsseln machen unzufriede Brüder; aber es ist besser, beneidet als beklagt zu werden. Und weil ein Mensch auf der Welt doch irgendwo sitzen muss, sitze ich lieber auf dem Kissen als auf den Dornen.“

„Schweigt, Fettwanst, und denkt daran, dass Ihr von unserm Schweiß so fett seid.“

„Tistchen, Tistchen! Warum seid Ihr so schlecht auf mich zu sprechen? Ihr könnt es nicht ertragen, dass die Sonne in meinen Weiher scheint. Kennt Ihr denn das Sprichwort nicht: Wer einen andern beneidet, verzehrt sein Herz und verschwendet seine Zeit? – Wenn ich nun etwas weniger bekäme, würdet Ihr etwas mehr dafür haben? Bin ich hochmütig? Tue ich Euch etwas zuleid? Im Gegenteil, ich warne Euch, wenn der Baas kommt und ich stecke Euch oftmals eine gute Kanne Bier durch das Kellergitter zu. Ihr sucht, wo nichts verloren ist, Tistchen!“

„Ja, ja, wir kennen Eure Gutherzigkeit. Ihr gleicht dem Pfarrer – der segnet jeden, aber er segnet sich selbst zuerst.“

„Er hat recht und ich auch. Wer dem Altar dient, mag von dem Altar leben.“

„Es ist wahr!“, rief ein anderer Arbeiter. „Kobe ist ein guter Junge, und ich möchte wohl, dass meine Füße in seinen Schuhen stäken. Dann könnte ich auch mein Brot damit verdienen, Rauchwolken in die Luft zu blasen mit vollem Bauch, mit zufriedener Brust.“

„Ja, dicker Bauch, träger Fuß; voller Kropf, toller Kopf!“

„Lasst sie nur schwätzen, Kobe. Nicht jeder kann einen so schönen Stern am Himmel haben und ich sage, dass Ihr viel Verstand habt.“

„Nicht mehr Verstand als der Schwamm, der dort am Kirschbaum sitzt“, antwortete Kobe mit erkünstelter Demut.

Alle sahen verwundert nach einem großen Holzschwamm, der zwischen den dicken Ästen des Kirschbaumes wucherte. Ebenso schnell wandten sie den Blick nach Kobe, um von ihm, wie gewöhnlich, eine zutreffende Erklärung zu bekommen.

„Ah, ah!", rief die Kuhmagd. „Nicht mehr Verstand als der Schwamm! Da müsst Ihr ja ein schrecklicher Dummrian sein!"

„Ihr versteht das nicht, Mieken. Was sagt das Sprichwort? Die Arbeit ist nur für die Tölpel. Ich tue nichts, also? ..."

„Aber was hat der Schwamm damit zu tun?"

„Seht, das ist ein Rätsel: Der schöne große Kirschbaum ist unser Baas..."

„Oh, Ihr Schmarotzer!", rief die Magd.

„Und ich bin der arme, demütige Schwamm... "

„Scheinheiliger!", murrte der spottende Arbeiter.

„Und wenn Ihr es erraten könnt, so müsst Ihr auch wissen, was die kleinen Hunde tun müssen, wenn sie mit den großen aus derselben Schüssel fressen wollen, ohne gebissen zu werden." Kobe meinte sie noch länger mit seinen zweideutigen Sprüchen zu plagen, aber er hörte die Stimme des Baas im Wirtshaus und sagte zu den Arbeitern, indem er seine Pfeife ins Futteral steckte: „Lasst die Bauern nur dreschen, Jungens! Da ist unser braver, lieber Baas, der nachschauen kommt, ob die Arbeit vorwärts geht."

„Wir werden unsere Morgensuppe kriegen. Das wird wieder kein kleines Geschrei abgeben", rief die Kuhmagd, indem sie nach dem Ziehbrunnen lief.

„Falls er mich wieder anschnauzt mit Tagdieb und lumpigem Bauer, wie gestern, werf ich ihm den Dreschflegel an den Kopf", sagte einer der Arbeiter unwillig.

„Der Krug wollte gegen den Stein fechten und er fiel beim ersten Stoß in Stücke", scherzte Kobe.

„Was mich betrifft, so lache ich zu seinen Scheltworten und ich lasse ihn rasen", sprach ein zweiter.

„Ihr tut am besten", fiel Kobe ein, „macht eure zwei Ohren weit auf, dann fliegt es in eines hinein und aus dem andern hinaus. Der Baas muss doch auch was haben für sein Geld. Gebt ihm recht und tut was er sagt."

„Tun, was er sagt? Und wenn man es nicht kann?"

„Dann gebt ihm doch recht und tut es nicht. Oder sagt lieber nichts und tut, als ob ihr taub und blind wäret, und denkt, dass nichts besser ist als Schweigen."

„Alle Menschen sind Menschen! Ich lache über seine Grobheit. Er soll nur mal anfangen, ich werde ihm dann die Zähne schon zeigen. Er hat kein Recht, mich ein Vieh zu schimpfen und wenn ich auch nur ein Arbeiter bin."

„Es ist wohl wahr, was Ihr sagt, und doch haut Ihr daneben, Driesken", bemerkte Kobe. „Jeder muss seinen Platz in der Welt kennen. Was sagt das Sprichwort? Bist du Ambos, so vertrag dich wie ein Ambos. Bist du Hammer, schlag zu wie ein Hammer. Übrigens, ein kleines gutes Wörtchen beseitigt großen Verdruss. Und wollt Ihr es besser haben, so denkt, dass es unmöglich ist, mit Essig Fliegen oder mit Trommeln Hasen zu fangen… "

„Kobe! Kobe!", rief eine Stimme von drinnen mit merklicher Ungeduld.

„Seht, seht ihn nun sein Heuchlergesicht aufsetzen!", spottete ein anderer Drescher.

„Das ist just die Kunst, die Ihr niemals lernen werdet", antwortete Kobe. Und indem er sich dem Wirtshaus zuwandte, rief er mit bittendem Ton, als sei er erschrocken: „Ich komme, ich komme, lieber Baas. Seid nur nicht böse! Ich fliege schon, hier bin ich ja!"

Er gewinnt sein Brot, indem er den Schoßhund spielt!", brummte der verärgerte Arbeiter mit Verachtung. „Da dresch ich doch lieber mein ganzes Leben lang. Das hat man von Leuten, die mit allen Wassern gewaschen sind wie er."

„Er ist zehn Jahre lang in der Kaserne gewesen. Da lernt man den Harmlosen in der Komödie spielen und so wenig tun als möglich ist. Hernach ist er Bedienter geworden und von diesem Stil kriegt man auch keine Schwielen an den Händen. – Aber was für ein hübsches Rätsel gab er uns da auf? Versteht ihr, was es bedeutet?"

„Oh, das ist leicht zu erraten", antwortete der erstere. „Er will sagen, dass er dem Baas auf dem Genick sitzt und ihn aussaugt wie der Schwamm den Kirschbaum. Komm, komm, lasst uns jetzt weiter dreschen!"

3.

„Nun, Kobe", fragte Baas Gansendonck seinen Knecht, „wie seh ich mit meiner neuen Mütze aus?" Der Knecht trat zwei Schritte zurück und rieb sich die Augen, wie jemand, der über eine unglaubliche Sache verwundert ist.

„Ach, Baas", rief er, „sagt es doch gerade heraus, seid Ihr es noch? Ich glaubte, dass ich den Herrn Baron vor mir stehen sehe. Aber, heilige Tugend, wie kann das sein! Hebt Euren Kopf ein wenig, Baas, dreht Euch noch ein wenig um, geht nun ein wenig vorwärts, Baas. Sieh, Ihr gleicht dem Herrn Baron wie ein Tropfen Wasser dem andern…"

„Kobe!", fiel der Baas mit verstelltem Ernst ein. „Du willst mir schmeicheln, das habe ich nicht gern."

„Ich weiß es, Baas", antwortete der Knecht.

„Es gibt wenige Menschen, die weniger hochmütig sind als ich. Und wenn sie es auch aus Neid sagen, dass ich überheblich bin, weil ich keinen Bauern leiden mag."

„Ihr habt recht, Baas. Nun, nun, ich zweifle noch immer, ob Ihr nicht der Baron seid!"

In den Augen des Baas Gansendonck glänzte Freude; mit zurückgebeugtem Kopf und in stolzer Haltung sah er lachend den Knecht an, der fortfuhr allerlei Gesten des Erstaunens zu machen. Kobe hatte seinen Herrn nicht ganz getäuscht. Äußerlich, und von seinem dummen Gesicht abgesehen, glich Baas Gansendonck wirklich dem Baron ziemlich. Kein Wunder, er hatte sich schon seit Monaten die Alltagskleider des Barons nachmachen lassen; etwas, worauf wenige Leute Acht gegeben hatten, weil der Baron auf seinem Gut in voller Ungezwungenheit lebte und nur ganz gewöhnliche Kleider trug.

Aber da hatte vor einigen Wochen auch der Baron eine Anwandlung gehabt. Wer hat keine? Ein sehr schöner Pudel war ihm verendet und da hatte er sich aus dem Fell eine Mütze anfertigen lassen.

Diese hübsche Mütze hatte die Augen des Baas Gansendonck auf sich gezogen und er ließ sich auch eine solche in der Stadt anfertigen. Nun prangte sie mit ihren tausend Löckchen auf dem Kopf des Wirtes zum „Heiligen Sebastian", der sich seit dem schmeichelhaften Ausrufe seines Knechtes nicht genug im Spiegel bewundern konnte. Endlich schickte er sich zum Ausgehen an und sagte: „Kobe, nimm meine Gabel; wir gehen durchs Dorf."

„Ja, Baas!", antwortete der Knecht, indem er seinem Meister mit ernstem Gesicht auf den Fersen folgte.

Auf der Hauptstraße zwischen den Häusern begegneten sie vielen Dorfleuten, die freundlich ihren Hut oder ihre Mütze vor Baas Gansendonck zogen, aber in ein Lachen ausbrachen, sobald sie an den beiden vorbei waren. Viele Einwohner kamen aus Neugierde aus den Häusern und Ställen gelaufen, um die Fellmütze des Baas zu bewundern. Dieser grüßte niemand zuerst und ging mit hochgetragenem Kopf und ruhigem Schritt fort, wie es der Baron zu tun pflegte. Kobe stapfte mit scheinbar unbefangenem Gesicht schweigend hinter seinem Meister her und ahmte alle seine Wendungen so getreulich und geduldig nach, als hätte er die Stelle eines Hundes auszufüllen gehabt. Alles ging gut bis zur Schmiede. Hier standen einige Leute und plauderten. Sobald sie den Baas herankommen sahen, begannen sie hellauf zu lachen, dass es durch die ganze Straße erscholl. Sus, der Sohn des Schmieds, bekannt als ein schalkhafter Spötter, schritt mit zurückgebogenem Kopf und gemessenem Schritt vor der Schmiede auf und ab und ahmte den Baas Gansendonck so genau nach, dass dieser vor Ärger bersten wollte. Im Vorbeigehen sah er den jungen Schmied mit einem wütenden Blick an und riss seine Augen beinahe bis zur Größe eines Scheunentores auf; aber der Schmied beguckte ihn mit neckischem Lachen, bis Baas Gansendonck, vor Ärger toll, murrend und drohend fortging und einen Seitenweg einschlug.

„Prahlhans! Prahlhans!", rief man ihm nach.

„Nun, Kobe, was sagst du zu diesem Bauerngeschmeiß?", fragte er, als sich sein Zorn etwas gelegt hatte. „Das wagt mich zu ärgern, mich für einen Narren zu halten! Einen Mann wie mich!"

„Ja, Baas, die Fliegen stechen wohl auf ein Pferd und das ist doch so ein großes Tier."

„Aber ich werde sie schon finden, die Lumpen! Sie mögen sich hüten, sie sollen es teuer bezahlen. Berge laufen einander nicht ins Gesicht, wohl aber Menschen.“

„Gewiss, Baas, aufgeschoben ist nicht aufgehoben.“

„Ich müsste wohl ein Narr sein, wenn ich meine Pferde noch bei diesem ungehobelten Flegel beschlagen oder noch andere Arbeit bei ihm machen ließe.“

„Ja, Baas, allzu gut ist halb närrisch.“

„Es soll niemand von meinen Leuten noch einen Fuß in seine Schmiede setzen.“

„Nein, Baas.“

„Und dann soll der Spötter schauen und sich an seinen Finger beißen. Nicht wahr?“

„Ungezweifelt, Baas.“

„Aber, Kobe, ich glaube, dass der schelmische Schmied von jemand bezahlt worden ist, um mich zu verfolgen und zu ärgern. Der Feldhüter meint, dass er es auch ist, der in der letzten Mainacht etwas auf unsern Aushängeschild geschrieben hat.“

„In den silbernen Esel, Baas.“

„Es ist nicht nötig, dergleichen Unverschämtheiten zu wiederholen.“

„Nein, Baas.“

„Du musst ihm einmal eine gute Tracht Prügel geben, unter vier Augen, dass es niemand sieht.

Und bring ihm dann meine Komplimente.“

„Ja, Baas.“

„Wirst du es tun?“

„Die Komplimente? Ja, Baas.“

„Nein, das Prügeln.“

„Das heißt wohl, Ihr würdet mich gerne ohne Arme und Beine nach Hause kommen sehen. Ich bin nicht sehr stark, Baas, und der Schmied ist keine Katze, die man ohne Handschuhe angreift.“

„Fürchtest du dich vor einem solchen Laffen? Ich würde mich schämen!“

„Es ist schlecht fechten gegen jemand, der seines Lebens überdrüssig ist. Besser blutiger Jan als toter Jan sagt das Sprichwort, Baas.“

„Kobe, Kobe, ich glaube, dass du nicht an Mut sterben wirst.“

„Ich hoffe es, Baas."

Während dieses Geplauders war der Zorn des Baas Gansendonck verraucht. Bei vielen Fehlern hatte er doch eine gute Eigenschaft: obgleich er rasch in der Höhe war, vergaß er ebenso schnell wieder das Leid, das man ihm zugefügt hatte.

Er war nun durch ein Tannengehölz gekommen und schritt zwischen seinen eigenen Feldern dahin, wo er allerlei Vorwände fand, um seinem übertriebenen Gefühl von Eigentumsrecht Luft zu machen und gegen alle Welt zu poltern und zu keifen. Hier hatte eine Kuh sich verlaufen und war vom Wege auf sein Land geraten; dort hatte eine Geis etwas Laub von seinen Pflanzen abgefressen; weiterhin glaubte er die Fußspuren von Jägern und die Spuren ihrer Hunde zu entdecken. Besonders das letztere machte ihn stampfen vor Wut. Er hatte an allen Ecken seiner Felder hohe Pfähle mit der Aufschrift *Verbotene Jagd* errichten lassen, und trotzdem war jemand frech genug gewesen, sein Eigentumsrecht zu verletzen. Er war eben daran einen ganzen Haufen Schimpfworte heraus zu poltern und schlug vor Zorn mit der Faust auf den Stamm einer Buche los.

Kobe stand hinter dem Baas und dachte an das Mittagsmahl, das aus einem Hasen bestehen sollte. Er glaubte, dass man die Soße nicht gut zubereiten würde und stampfte daher auch mit den Füßen. Inzwischen erwiderte er nichts anderes als „Ja, Baas" und „Nein, Baas", ohne acht zu geben, was sein Herr sagte. Plötzlich hörte Peter Gansendonck eines Stimme, die spottend rief: „Prahlhans! Prahlhans!" Er sah sich missmutig um, bemerkte aber niemand außer seinem Knecht, der mit den Augen am Boden die Lippen bewegte, als wäre er schon überm Essen.

„Was, Schelm, bist du das gewesen?", rief Baas Gansendonck wütend aus.

„Ich bin es noch, Baas", antwortete Kobe. „Aber, ach Herr, was habt Ihr denn, Baas?"

„Ich frage, Lump, ob du da gesprochen hast?"

„Ihr habt es ja wohl gehört, Baas?"

Der geärgerte Gansendonck riss ihm die Gabel aus der Hand und wollte ihn damit schlagen; aber als der verwirrte Knecht bemerkte, dass es Ernst war, sprang er zurück und rief mit aufgehobenen Armen: „Ach, Herr, ach Armer, nun ist unser Baas ganz und gar verrückt!"

„Prahlhans! Prahlhans!“, rief wieder jemand hinter dem Rücken Peter Gansendoncks.

Da sah er in den Ästen der Buche eine Elster sitzen und hörte, dass der Vogel das Schimpfwort wiederholte.

„Kobe! Kobe!“, rief er. „Lauf und hol mir meine Jagdflinte. Es ist die Elster des Schmieds! Sie muss sterben, das Lumpenvieh!“

Aber die Elster hüpfte vom Baum und flog nach Hause. Der Knecht verfiel in sein so krampfhaftes Lachen, dass er in das Gras niedersank und da eine Weile hin- und herrollte.

„Hör auf“, schrie der Baas, „oder ich jage dich fort. Hör auf zu lachen, sag ich dir!“

„Ich kann nicht, Baas.“

„Steh auf!“

„Ja, Baas.“

„Ich werde deine Unverschämtheit vergessen unter einer Bedingung: Du musst die Elster des Schmieds vergiften.“

„Womit, Baas ?“

„Mit Gift.“

„Ja, Baas, wenn sie es nur fressen will.“

„Dann schieß sie tot.“

„Ja, Baas.“

„Komm, lass uns weiter gehen… Aber was sehe ich denn dort in meinem Tannengehölz? Ist man denn Besitzer, um von jedem geplündert zu werden?“

Bei diesen Worten lief er, von dem Knecht gefolgt, polternd voraus. Er hatte von weitem gesehen, dass eine arme Frau mit zwei Kindern daran war, die dürren Zweige von seinen Tannenbäumen abzubrechen und sie zu einem großen Büschel zusammenzubinden. Obschon eine althergebrachte Gewohnheit den armen Leuten erlaubt, das dürre Holz aus dem Tannengehölz zu holen, konnte Baas Gansendonck dies doch nicht leiden. Das dürre Holz war ja doch ebensogut sein Eigentum wie das grüne und an sein Eigentum durfte niemand rühren. Zudem war das eine Frau und er hatte also weder Widerstand noch Spott zu fürchten. Dies machte ihn mutig und er ließ nun auf einmal seinem Zorn die Zügel schießen.

Er ergriff das arme Mütterlein an der Schulter, indem er rief: „Unverschämte Holzdiebin! Auf! Vorwärts! Mit nach dem Dorf! In die Hände der Gendarmen! Ins Loch, faule Schelmin!"

Die zitternde Frau ließ das aufgelesene Holz fallen und war über diese schrecklichen Drohungen so bestürzt, dass sie sprachlos zu weinen anfing. Die beiden Kinder klammerten sich an die Kleider ihrer Mutter und erfüllten das Gebüsch mit jämmerlichem Geschrei. Kobe schüttelte ärgerlich den Kopf. Der gleichgültige Ausdruck war von seinem Gesichte geschwunden. Man konnte sagen, dass ihn ein Gefühl des Mitleids ergriffen hatte.

„Hierher, du Faulpelz!", rief ihm der Baas zu. „Streck deine Hand aus, um die Diebin den Gendarmen zu übergeben."

„Lieber Mann, ich will es nicht mehr tun", bat die Frau. „Seht doch meine armen Würmer von Kindern an! Sie sterben vor Schrecken!"

„Schweig, Landstürzerin!", polterte der Baas. „Ich werde dir das Rauben und Stehlen schon vertreiben."

Der Knecht fasste die Frau mit scheinbarem Zorn am Arm und schüttelte sie heftig. Zugleich aber flüsterte er ihr ins Ohr: „Fallt auf Eure Knie und sagt 'Mein Herr'."

Die Frau warf sich vor Baas Gansendonck auf den Boden und bat ihn mit ausgestreckten Händen: „Ach, Mein Herr, Mein Herr! Gnade, wenn es Euch beliebt, Mein Herr! Ach, meiner armen Kinderchen wegen, Mein Herr lieb!"

Aus einem unbekannten Grunde schien der Baas gerührt. Er ließ die Frau los und sah sie halb sinnend mit gemildertem und sanftem Blick an. Trotzdem ließ er sie nicht aufstehen. Jemand vor ihm kniend! Mit erhobenen Händen und um Gnade flehend! Das war königlich!

Nachdem er eine Weile dieses große Glück genossen hatte, hob er selbst die arme Frau vom Boden auf und wischte sich eine Träne der Rührung aus den Augen, indem er sagte: „Armes Mütterchen, ich bin ein wenig hitzig gewesen; es ist schon wieder vorbei. Nehmt Euren Bündel nur auf. Ihr seid eine brave Frau. Inskünftig mögt Ihr das dürre Holz aus allen meinen Büschen aufklauben und wenn auch einiges grüne dazwischen ist, werde ich auch nichts sagen. Seid ruhig, ich schenk Euch meine volle Gnade!"

Mit großer Verwunderung sah die Frau die beiden sonderbaren Männer an, die vor ihr standen: den Baas mit seiner herablassenden

Miene und den Knecht, der sich auf die Lippen biss und sich sichtbar Gewalt antat, um nicht zu lachen.

„Ja, Mütterchen“, wiederholte der Baas, „ihr mögt Holz klauben in allen meinen Büschen.“

Indem er dies sagte, zeigte er mit der Hand rings herum, als ob ihm die ganze Gegend gehört hätte. Die arme Frau tat einige Schritte zurück, um ihr Bündel aufzuheben, und sagte mit dankbarer Rührung: „Gott segne Euch für Eure Güte, Mein Herr Baron!“

Ein Freudenschauer rieselte durch die Glieder des Baas Gansendonck; sein Gesicht war vom Schimmer des Glücks übergossen.

„Frau, Frau, kommt einmal her!“, rief er. „Was habt Ihr da gesagt? Ich habe es nicht verstanden.“

„Dass Ihr tausend Mal bedankt sein sollt, Mein Herr Baron!“, antwortete die Holzleserin.

Baas Gansendonck griff in die Tasche und holte eine silberne Münze heraus, die er der Frau reichte, während er mit feuchten Augen zu ihr sagte: „Da, Mütterchen, macht Euch auch einmal fröhlich; und wenn es Winter ist, so kommt alle Samstag hin zum ’Heiligen Sebastian’ – da soll Euch Holz und Brot im Überfluss gegeben werden. Geht jetzt nach Haus.“

Mit diesen Worten verließ er die Frau und trat hastig aus dem Gebüsch. Er weinte, dass ihm die Tränen über die Wangen kugelten. Der Knecht, der dies bemerkte, wischte sich mit dem Ärmel seiner Jacke ebenfalls die Augen aus.

„Es ist merkwürdig“, seufzte endlich der Baas, „dass ich keinen Menschen leiden kann sehen und gleich geht mir das Herz über.“

„Ich auch nicht, Baas.“

„Hast du’s gehört, Kobe? Die Frau hat mich auch für den Herrn Baron angesehen.“

„Sie hat recht, Baas.“

„Schweig nun ein wenig, Kobe; wir wollen still nach Hause gehen.“

„Ja, Baas.“

Kobe schickte sich mit der größten Untertänigkeit in die Fußspuren seines Meisters. Beide gingen sinnend weiter: der Baas dachte an den schönen Titel, den ihm die arme Frau gegeben hatte, der Knecht träumte von dem Hasenbraten in der Weinsoße.

Seit einigen Augenblicken waren drei Jäger hinter einem Eichengehölz hervorgekommen und sie standen nun lachend und spottend da, indem sie den Baas Gansendonck und seinen Knecht beguckten. Es waren drei junge Herren, angetan mit schönen Jagdkleidern und mit dem Gewehr unterm Arm. Einer von ihnen schien den Baas aus dem „Heiligen Sebastian" besonders gut zu kennen. Er erklärte seinen Gefährten, von welchem sonderbaren Hochmutsteufel und Wahn der Mann besessen sei und sprach mit vielem Lob von Lieschen, seiner Tochter.

„Kommt, kommt", rief er endlich, „wir sind ermüdet. Lasst uns nun ein wenig lustig sein. Folgt mir, wir gehen mit dem Baas nach dem 'Heiligen Sebastian', um eine Flasche zu leeren. Aber habt Acht, dass ihr ihn ehrerbietig ansprecht und viele Komplimente macht. Je mehr, desto besser."

Indem er dies sagte, sprang er mit seinen Freunden über den trockenen Graben und eilte auf den Baas zu. Er beugte sich tief und grüßte ihn mit vieler Höflichkeit.

Peter Gansendonck nahm seine Pudelmütze in seine zwei Hände und versuchte zu tun, was ihm der junge Herr vorgemacht hatte. Die beiden andern Jäger, anstatt diese Begrüßungen ebenfalls zu machen, verbargen sich hinter dem Rücken des Knechtes und zwangen sich mit äußerster Anstrengung, um nicht in ein lautes Lachen auszubersten.

„Nun, Mein Herr Adolf, mein Freund", sagte der Baas, „wie geht es mit Ihrem Papa? Noch immer dick und fett? Er besucht uns ja gar nicht mehr, seitdem er in der Stadt wohnt. Aber, aus den Augen, aus dem Sinn, sagt das Sprichwort."

Adolf fasste einen seiner lachenden Freunde bei der Hand und zog ihn mit Gewalt vor den Baas hin. „Herr Gansendonck", sprach er ernsthaft, „ich habe die Ehre, Euch den jungen Herrn Baron Viktor van Bruinkasteel vorzustellen. Aber Ihr müsst sein Gebrechen entschuldigen; es ist eine Nervenschwäche, die ihm geblieben ist. Er kann keinen Menschen ansehen, ohne das Lachen anzufangen."

Viktor konnte nicht an sich halten. Er warf den Kopf hinten über, stampfte mit den Füßen und wurde rot und blau vor Lachen.

„Du wirst das Spiel verderben", zischelte Adolf ihm ins Ohr. „Höre auf oder er wird es merken."

„Tut ganz nach Eurem Belieben, Mein Herr van Bruinkasteel", sprach der Baas. „Vom Lachen werdet Ihr doch keine Hühneraugen kriegen."

Adolf wiederholte die Vorstellung, indem er seinen Freund abermals beim Arm fasste.

„Mein Herr van Bruinkasteel hat nicht die Ehre, mich zu kennen", sprach der Baas mit einer Verbeugung.

„In der Tat", antwortete Viktor, „ich habe die Ehre, Euch unbekannt zu sein."

„Die Ehre ist nicht groß, Mein Herr", sagte der Baas sich verbeugend. „Mein Herr kommt gewiss um mit unserm Freund Adolf die Jagdsaison auf seinem Landgut zu verbringen?"

„Zu dienen, Herr Gansendonck."

„Sein Herr Vater hat das Gut von uns gekauft", sprach Adolf. „Herr van Bruinkasteel wird jährlich während der Winterzeit Euer Nachbar sein und Euch wahrscheinlich oft besuchen, Herr Gansendonck."

„Aber Adolf, mein Freund, warum bleibt der andere junge Herr hinter Kobe stehen? Fürchtet er sich vor mir?"

„Er schämt sich, Herr Gansendonck. Was kann man da machen? Die dumme Jugend. Aber, Herr Gansendonck, Ihr besitzt eine geschlossene Jagd, sehe ich. Ihr seid also auch Jäger?"

„Ich bin ein großer Liebhaber, nicht wahr, Kobe?"

„Ja, Baas, von Hasen. Ich auch … wenn sie ihn mir nur nicht anbrennen lassen", setzte er für sich selbst hinzu.

„Was brummst du da?", rief der Baas mit heftigem Unwillen, um den Herren zu zeigen, dass er die Herrschaft über seine Dienstboten besaß. „Was brummst du da, unverschämter Kerl?"

„Ich fragte, ob Ihr nicht glaubt, dass es Zeit sei, um nach Hause zu gehen und ich sagte so zu mir selber: 'Fischen und jagen macht hungrigen Magen.'"

„Wenn ein Schwein träumt, ist's von Trebern. Du mußt schweigen."

„Ja, Baas, schweigen und denken wird niemand kränken."

„Kein Wort mehr, sag ich dir!"

„Nein, Baas."

„Die Herren werden mir wohl die Ehre erweisen, ein Glas Morgenwein in meinem Hause zu trinken?", fragte Peter Gansendonck.

„Das war unsere Absicht, Mein Herr, Euch deswegen zu besuchen."

„Wohlan, kommt denn! Ihr sollt davon zu sprechen wissen, von diesem Weinchen. Nicht wahr, Kobe, du hast ihn einmal in deinem Leben versucht? Und wenn ihr eure Finger nicht darnach ableckt, meine Herren, dann sagt, dass ich ein Bauer bin."

„Das ist wahr, Baas", antwortete der Knecht.

Der Baas ging auf dem Weg voraus und plauderte freundlich mit Adolf, währenddessen beide Gefährten zurückblieben, um ihrer Heiterkeit Luft machen zu können. Kobe sah alles mit schiefem Blicke an und würde wohl auch gelacht haben, wäre ihm der Hasenbraten nicht so im Kopf gelegen, dass er davon Krämpfe im Magen bekam.

Die Gesellschaft zog langsam dem „Heiligen Sebastian" zu.

Lass nie den Wolf in deinen Schafstall ein.

4.

Es war ein prächtiger Morgen. Die Sonne erschien am Horizont in einer Glut von brennendem Gold, aus dem glänzende Strahlenbündel durch den ganzen Himmel schossen. Das funkelnde Licht drang spielend durch die Fensterscheiben des „Heiligen Sebastian" und fiel hier wie eine rosenfarbige Tinte auf die Alabasterstirne eines Mädchens.

Liesa Gansendonck saß beim Fenster an einem Tische. Sie träumte, denn ihre langen schwarzen Wimpern hatten sich über ihre Augen gesenkt und ein zartes Lächeln spielte um ihren Mund, wobei zeitweise ein rotes Wölkchen auf ihren bleichen Wangen eine gewisse Bewegung ihres Gemütes verriet…

Plötzlich richtete sie sich in ihrem Stuhl auf. Ein helles Feuer funkelte in ihrem Auge und sie lächelte, als ob ein Gefühl des Glückes sie durchdränge.

Sie ergriff ein Antwerpener französisches Tagblatt, das vor ihr geöffnet lag. Nachdem sie einige Zeilen gelesen hatte, sank sie in ihre frühere stille Haltung zurück. Wie bezaubernd sie aussah, als sie so dasaß, gleich einem lieblichen Traum, umgeben von der tiefsten Stille und umhüllt von dem wärmsten Morgenstrahl! Bleich und zart, jung und rein, wie eine halbgeschlossene weiße Rose, deren Kelch sich erst morgen öffnen sollte.

Laute, so fein und so weich wie der hinschmelzende Seufzer eines fernen Saitenspiels, entglitten ihren Lippen. Sie flüsterte: „Oh, in der Stadt muss man doch glücklich sein! So ein Ball! Alle die reichen Toiletten, Diamanten, Blumen im Haar, Kleider so kostbar, dass man ein halbes Dorf dafür kaufen könnte; alles schimmernd von Gold und Glanz! Und dabei die Feinheit, die schöne Sprache! Oh, ich möchte das einmal sehen und wäre es nur durch ein Fenster!"

Nach langem Träumen schien sie der entzückende Gedanke an einen Ball in der Stadt verlassen zu haben. Sie entfernte sich von dem Tische und stellte sich vor einen Spiegel, worin sie ihr Bild aufmerksam beschaute, hier und da eine Falte glättend und mit den Händen über ihr schönes schwarzes Haar streichend. Sie war übrigens sehr einfach gekleidet und gewiss konnte man an ihrer Toilette nicht vieles aussetzen, wären nicht der Geruch des Kuhstalles, die rauchigen Mauern des Wirtshauses und die Zinnkannen in der Schenke gewesen, die von allen Seiten riefen, dass Jungfer Liesa sich nicht an ihrem rechten Platz befinde.

Sonst war ihr schwarzseidenes Kleid sehr schlicht und hatte nur einen einzigen Besatz; ihr Schultertuch war rosafarbig und stand ihr zu ihrem blassen, feinen Gesicht so hübsch! Ihr Haar war unbedeckt, aber es war nur einfach gescheitelt und am Hinterkopf zu einem Krönchen zusammengewunden.

Nachdem sie einige Zeit vor dem Spiegel gestanden, kehrte sie an den Tisch zurück und begann ruhig an einem Spitzenkragen zu sticken, während ihre umherwandernden Blicke genügend bewiesen, dass ihre Gedanken von der Arbeit wegschweiften. Jetzt sagte sie nachdenkend und mit kaum hörbarer Stimme: „Die Jagd ist eröffnet; die Herren aus der Stadt werden nun wieder herauskommen. Ich muss freundlich sein mit ihnen, sagt Vater. – Er wird mich nach der Stadt nehmen, um mir einen Atlashut zu kaufen… Ich soll nicht mit niedergeschlagenen Augen dasitzen. Ich müsse lachen und den Herren in die Augen sehen, wenn sie mich ansprechen. Was will der Vater damit? Ich weiß nicht, wofür es gut sein könne, sagt er… Aber Karl! Er scheint unzufrieden zu sein, wenn ich meinen Anzug so oft verändere. Er hat es nicht gerne, wenn die Fremden so viel mit mir sprechen… Was soll ich tun? Vater will es. Ich darf doch nicht unartig gegen die Leute sein. Aber Karl will ich auch keinen Verdruss bereiten…"

Die Stimme ihres Vaters erschallte vor der Türe. Sie sah, wie er sich verneigte und höfliche Gebärden gegen drei junge Herren in Jagdanzügen machte. Ein dichtes Rot bedeckte ihre Stirne. War es vor Freude oder aus Scham? Sie fuhr noch einmal mit den Händen über ihren schwarzen Scheitel und blieb sitzen, als habe sie nichts gehört. Baas Gansendonck trat mit seiner Gesellschaft herein und rief in voller Freude:

„Seht, meine Herren, dies ist meine Tochter. Was sagt ihr zu so einer Blume? Sie ist gebildet, sie kann Französisch, meine Herren Zwischen meinem Lieschen und einer Bäuerin ist so viel Unterschied wie zwischen einer Kuh und einem Schiebkarren."

Der Knecht brach in ein lautes Lachen aus.

„Einfaltspinsel!", rief Baas Gansendonck zornig. „Was lachst du so ungezogen? Pack dich hinweg!"

„Ja, Baas."

Kobe begab sich in eine Ecke des Kamins und sog mit Behagen den Hasengeruch ein, der ihm aus einer Hinterküche mit angenehmem Duft entgegenstrich. Dabei sah er in das Feuer und horchte mit scheinbarer Gleichgültigkeit auf alles, was um ihn her gesprochen wurde."

Während Liesa aufgestanden war und in französischer Sprache mit den Herren einige Komplimente wechselte, war Baas Gansendonck in den Keller gegangen. Er kehrte rasch zurück mit Gläsern und einer Flasche, die er auf den Tisch vor seiner Tochter setzte.

„Sitzt nieder, sitzt nieder, meine Herren", sprach er. „Wir wollen einmal anstoßen mit Liesa, sie wird euch Bescheid tun. Ah, es ist auf Französisch? Es ist merkwürdig, dass ich so gern Französisch höre. Den ganzen Tag könnte ich dastehen und zuhorchen – mir ist immer, als hörte ich Lieder singen."

Er nahm Viktor beim Arm und zwang ihn, sich neben Liesa zu setzen.

„Nicht so viele Komplimente, Mein Herr van Bruinkasteel", rief er, „tut so, als ob Ihr zu Hause wäret."

Das sanfte Gesicht Liesas schien den zwei jungen Jägern eine Art von Ehrerbietung eingeflößt zu haben. Sie saßen an der andern Seite des Tisches und blickten schweigend das einfache Mädchen an, das sich sichtlich Mühe gab, freundlich zu scheinen, dessen erregtes Schamgefühl aber die Stirne mit einem glühenden Rot übergossen hatte.

So eingezogen war Viktor van Bruinkasteel nicht. Er begann dem Mädchen allerlei Schmeicheleien über ihre Schönheit, ihre Stickarbeit, über ihr Französisch zu sagen und wusste die Schmeichelworte so leicht und angenehm vorzubringen, dass Liesa träumerisch auf seine Sprache horchte, als hätte sie einen wohltuenden Gesang gehört.

Baas Gansendonck, der bei jedem Wort die Hoffnung in seiner. Brust steigen fühlte und eine gewisse Vorliebe für Viktor nährte, rieb sich lachend die Hände, indem er zu sich selbst sagte: „Niemand weiß, wie weit ein Geldstück rollen kann und alles ist möglich, außer von unten nach oben zu fallen. Das würde einmal ein schönes Paar abgeben… Nun, meine Herren, trinkt doch noch einmal. Auf Eure Gesundheit, Herr van Bruinkasteel! Fahrt nur mit dem Französischsprechen fort. Auf mich braucht Ihr keine Rücksicht zu nehmen. Ich sehe an Euren Augen, was Ihr sagen wollt."

Die jungen Jäger schienen sich äußerst gut zu unterhalten. Liesa sprach zwar kein gutes Französisch, aber in ihrem Mund klang alles so bezaubernd einfach, die beständige Schamröte auf ihrer Stirne war so reizend, ihr ganzes Bild so frisch und so lieblich, dass der Ton ihrer Stimme allein genügte, um in den Herzen angenehme Empfindungen zu wecken.

Viktor hatte als geschickter Hofmacher, der er war, bald die schwache Seite von Liesas weiblichem Gemüt herausgefunden Er sprach zu ihr über die neue Mode, über schöne Kleider, über das Stadtleben. Er beschrieb ihr in prächtigen Farben Bälle und Feste und wusste ihre Aufmerksamkeit dermaßen zu fesseln, dass das arme Mädchen ihres Zustandes fast unbewusst geworden war.

Allmählich erkühnte sich Viktor soweit, dass er im Eifer des Gespräches Liesas Hand erfasste. Jetzt erst schien das Mädchen zu erwachen; sie entzog ihm zitternd ihre Hand, schob ihren Stuhl zurück und warf ihrem Vater einen traurigen fragenden Blick zu. Aber dieser, von Freude überwältigt, blickte sie verweisend an und nickte ihr mit dem Kopfe zu, sitzen zu bleiben Die zurückweisende Bewegung Liesas verwirrte Viktor. Er wandte das Gesicht ab, um seine Verlegenheit zu verbergen. Da sah er, wie der Knecht in der Kaminecke stand und ihm mit einem drohenden Blick und scharfem Lachen in das Gesicht starrte. Unmutig wandte er sich an den Baas und fragte:

„Was hat denn dieser Lump hier zu sagen, dass er mich so unverschämt anglotzen darf und mich auslacht?"

„Er? Etwas zu sagen?", schrie der Baas, „Ihr sollt es gleich sehen! – Kobe!"

„Was gibt es, Baas?"

„Hast du den Herrn van Bruinkasteel unanständig angesehen? Hast du dich unterstanden, ihn auszulachen, du armseliger Wurm?"

„Ich lache wie ein Hund, dem man Senf in die Zähne geschmiert hat; ich habe meine Hand verbrannt, Baas."

„Pfui, du bist noch zu dumm, um vor dem Teufel zu tanzen. Marsch zum Haus hinaus!"

„Ja, Baas!"

Der Knecht verließ das Zimmer mit schleppenden Schritten und nahm demütig seine Mütze ab, wie ein Unzurechnungsfähiger.

Einige Zeit nachher schien die Wirkung von Viktors Kühnheit bereits vergessen zu sein. Die jungen Leute plauderten wieder freundlich Französisch mit Liesa und der Baas ersuchte sie, seine Tochter öfters zu besuchen, sie würden stets eine Flasche des besten Weines für sich bereit finden. Liesa fand wieder Vergnügen an dem leichtsinnigen französischen Geplapper Viktors und gestand sich selbst ein, dass solche feine Sprache doch tausendmal schöner sei, als die gemeine alltägliche Bauernsprache.

Ein junger Mann öffnete jetzt die Hintertüre und betrat, von dem Knecht gefolgt, das Zimmer.

„Ein Glas Bier, Kobe, und schenk dir auch eins ein", sagte er.

Dieser starke junge Mann trug eine Bluse von feiner blauer Leinwand, ein seidenes Halstuch und eine Mütze aus Otterfell. Sein schönes und regelmäßiges Gesicht war von der Sonne gebräunt; seine breiten Hände sprachen von seinem täglichen Fleiß, während seine großen blauen Augen, voll Feuer und Leben, offenbarten, dass Geist und Herz bei ihm nicht weniger begabt waren als sein Körper. Bei seinem Erscheinen stand Liesa auf und lachte ihm bewillkommend auf eine so freundliche und herzliche Weise zu, dass ihn zwei der jungen Jäger mit Verwunderung ansahen. Adolf, der dritte Jäger, kannte ihn schon lange. Der Baas brummte einige undeutliche Worte und setzte ein mürrisches Gesicht auf, als ob ihm die Gegenwart Karls, des Brauers, äußerst lästig fiele. Er stampfte sogar verdrießlich mit den Füßen und verbarg seinen Ärger nicht. Auf dies alles schien der junge Mann wenig zu achten. Er hielt seine Augen auf Liesa gerichtet und schien sie etwas fragen zu wollen. Das Mädchen lachte ihn noch freundlicher und ungezwungener an und nun erst zeigte sich auf Karls Gesicht ein Ausdruck von Zufriedenheit.

„Vater! …", sprach Liesa.

„Schon wieder dies Bauernwort!", rief der Baas.

„Papa", fragte Liesa, sich verbessernd, „Papa, soll Karl kein Glas mit uns trinken?"

„Nun, er mag sich ein Glas aus dem Kasten holen!", war die barsche Antwort.

„Ich danke Euch, Baas Gansendonck", sagte Karl mit einem spitzen Lachen, „der Wein schmeckt mir des Morgens nicht."

„Nicht? Dann trinkt lieber Bier, Junge, davon bekommt Ihr einen dicken Kopf", scherzte der Baas lachend, wie jemand, der etwas Geistreiches gesagt zu haben glaubt.

Karl, der die ungehobelte Redeweise des groben Gansendonck schon gewohnt war, achtete auch jetzt nicht darauf; er wollte sich zu dem Knecht in der andern Ecke des Kamins setzen, doch Liesa rief ihm zu und sagte:

„Karl, hier ist ein Stuhl, komm' setz dich hierher und plaudere ein wenig mit uns!"

Baas Gansendonck sah seine Tochter mit ärgerlichem Gesicht an und biss die Zähne vor Ungeduld aufeinander. Dies hinderte Karl nicht, der freundlichen Aufforderung Liesas zu folgen, obschon er die unmutigen Gebärden ihres Vaters wohl merkte.

„Ihr werdet dies Jahr eine gute Jagd haben, meine Herren", sagte er in flämischer Sprache, indem er sich neben Adolf setzte. „Es wimmelt von Hasen und Rebhühnern."

„In der Tat, das glaube ich auch", antwortete Adolf, „aber diesen Morgen ist es uns nicht geglückt etwas zu schießen. Die Hunde haben nichts angenommen."

„Ich dachte es", rief der Baas spottend aus, „dass er uns wieder Prügel zwischen die Füße wirft mit seinem ewigen Flämisch. Nun werdet ihr wieder nichts anderes hören als von Hunden, Kühen, Pferden und Kartoffeln. Lasst ihn nur schwätzen, Mein Herr van Bruinkasteel, und sprecht nur Französisch mit unserer Liesa; ich höre es immer so gerne, dass ich es nicht sagen kann!"

Karl lachte aus voller Kehle und sah Viktor ganz frei und kühn in die Augen Dieser schien seiner fließenden Unterhaltungsgabe beraubt und zeigte sich keineswegs geneigt, in Karls Gegenwart seine schmeichelnden Reden mit Liesa fortzusetzen. Es trat einen Augenblick peinlichste Stille ein. Mit einem gewissen Verdruss sah der Baas, dass Herr van Bruinkasteel sich zu langweilen begann. Er warf Karl einen verweisenden Blick zu und sagte:

„Herr Viktor, Ihr müsst Euch von ihm nicht hindern lassen. Er ist unser Brauer und ein Bekannter des Hauses. Aber er hat hier doch nichts zu sagen und wenn er auch meint, das große Los gezogen zu haben. Fahrt nur fort, Mein Herr van Bruinkasteel, ich will haben, dass meine Tochter gegen Euch freundlich ist und dass sie lacht, wenn Ihr sie anredet. Wenn der Brauer darüber schiefe Gesichter schneiden will, kann er es auf der Straße tun."

Durch diese Worte ermutigt und vielleicht auch in der Absicht, den jungen Brauer zu ärgern, neigte sich Viktor näher zu Liesa und sah sie, während er sprach, mit jenem weibischen Schmachten an, das man in der höheren Gesellschaft ungern gestattet, selbst wenn man keine große Rücksicht auf die Ehrbarkeit einer Frau nimmt.

Karl erbleichte zitternd; seine Zähne schlugen krampfhaft aufeinander, doch ebenso rasch bezwang er diese Aufwallung von Schmerz und Zorn. Trotzdem hatte sie jeder bemerkt. Viktor war ganz verblüfft; nicht dass er etwa Furcht gefühlt hätte, aber es hatte doch hinlänglich Eindruck auf sein Gemüt gemacht, um ihm alle Lust zu weiterem Spaß und Frohsinn zu nehmen Der Baas war noch heftiger erzürnt und stand murrend da. Liesa, die glaubte, dass die harten Worte ihres Vaters allein den Jüngling verletzt hatten, hielt die Augen niedergeschlagen und schien dem Weinen nahe zu sein. Karl saß ruhig auf seinem Stuhl, noch ein wenig bleich, doch mit scheinbar zurückgewonnener Beherrschung.

Plötzlich stand Viktor auf, nahm sein Gewehr und sprach zu seinen Freunden:

„Kommt, wir wollen noch ein wenig jagen. Jungfer Liesa wird mir verzeihen, falls ich unwissend etwas gesagt habe, was ihr unangenehm wäre.“

„Was? Was ?“, rief der Baas. „Alles was Ihr gesagt habt, war schön und unverbesserlich! Und ich hoffe wohl, dass es nicht das letzte Mal sein soll, dass sie Euch sehen und hören wird.“

„Fräulein Liesa denkt vielleicht anders, obschon es meine Absicht gewesen ist, ihr alle Ehre und Freundschaft zu erweisen.“

Der Baas fuhr seine Tochter, da er sah, dass sie nicht antwortete, ärgerlich an:

„He, was soll denn das sein mit diesem dummen Bauernspiel? Liesa, Liesa, warum sitzest du da wie ein Kräutchen ‚Rühr mich nicht an‘? Antworte sogleich!“

Liesa stand auf und sagte auf flämisch in einem kühlen, höflichen Ton: „Mein Herr van Bruinkasteel, seid nicht böse, dass mich etwas anderes unangenehm berührt hat. Was Ihr die Güte gehabt habt, mir zu sagen, ist mir sehr angenehm gewesen. Erweist Ihr uns nochmals die Ehre, in unser Haus zu kommen, so sollt Ihr stets willkommen sein.“

„So ist’s recht!“, rief der Baas und klatschte in die Hände. „Ach, Mein Herr van Bruinkasteel, sie ist eine Perle von einem Mädchen! Ihr kennt sie noch nicht. Sie kann singen wie eine Nachtigall... Möchtet ihr Euch nicht noch ein wenig setzen? Ich werde eine neue Flasche heraufholen.“

„Nein, wir müssen fort, der Tag geht zu Ende. Seid bedankt für Euren freundlichen Empfang.“

„Ich gehe noch ein Endchen mit, wenn die Herren es erlauben“, sprach der Baas. „Ich hab’ dort an der Straße noch einen kleinen Busch, nach dem ich mich umsehen will. Des Herren Füße verbessern das Land.“

Die jungen Herren äußerten einmütig, dass die Gesellschaft des Herrn Gansendonck ihnen viel Vergnügen bereite und verließen mit ihm unter verbindlichen Redensarten das Wirtshaus. Der Knecht folgte seinem Herrn.

Sobald die beiden jungen Leute allein waren, sagte Liesa mit sanftem Ton: „Karl, du musst nicht betrübt sein, weil mein Vater etwas rau zu dir gesprochen hat. Du weißt, dass er es nicht so meint."

Der Jüngling schüttelte den Kopf und antwortete: „Das ist es nicht, was mich schmerzt."

„Was ist es dann?", fragte das Mädchen verwundert.

„Ich kann es dir schwerlich erklären, Liesa, dein unschuldiges und reines Gemüt würde mich nicht begreifen. Lass uns lieber davon schweigen."

„Nein, du musst es mir sagen."

„Nun wohlan, ich habe es nicht gerne, dass die jungen Herren aus der Stadt ihre faden Komplimente vor dir auskramen. Es läuft so leicht etwas Unziemliches dazwischen und auf jeden Fall beweisen die schönen französischen Manieren und die freundliche Augensprache, dass sie dir nicht mit der Ehrerbietung nahen, die einer weiblichen Person ziemt."

Auf dem Gesicht des Mädchens prägten sich Ungeduld und Traurigkeit ab.

„Sei nicht ungerecht, Karl", sprach sie verweisend. „Die Herren haben mir nichts gesagt, dass unziemlich wäre. Im Gegenteil, bei ihrem Sprechen höre ich, wie man sich verhalten und reden muss, um nicht für eine Bäuerin zu gelten."

Karl senkte schweigend den Kopf; ein weher Seufzer entschlüpfte seiner Brust.

„Ja, ich weiß es", fuhr Liesa fort. „Du hassest die Stadtleute und die Stadtmanieren. Aber wie du auch darüber denkst, mir ist es nicht möglich, unartig zu sein. Du hast wohl sehr unrecht, Karl, dass du mich zum Hasse gegen Leute zwingen willst, die mehr als andere geachtet zu werden verdienen."

Das Mädchen hatte diese Worte mit einer gewissen Herbheit gesprochen. Karl saß schweigend vor ihr und blickte ihr seltsam in die Augen. Sie fühlte, dass er schmerzlich ergriffen war, obschon sie nicht verstehen konnte, wie es kam, dass ihre Worte ihn so tief betrübten Sie ergriff die Hand ihres Freundes mit Mitleid und sprach: „Aber, Karl, ich begreife dich nicht. Was verlangst du denn, dass ich tun soll? Wenn du an meiner Stelle wärest, wie würdest du dich denn verhalten, wenn fremde Herren kommen und dich ansprechen?"

„Das ist Gefühlssache, Liesa", antwortete der Jüngling kopfschüttelnd. „Ich weiß selbst nicht, was ich dir raten soll; aber zum Beispiel, wenn ich mit solchen Komplimentenschneidern zu tun hätte, würde ich ihnen wohl artig antworten, aber es doch nicht leiden, wenn sie zu dreien rund um mich herum sitzen würden, um mir ihre unnützen Redensarten in die Ohren zu blasen."

„Ja, und mein Vater, der mich dazu zwingt!", rief Liesa mit Betrübtheit.

„Man findet hunderterlei Ausreden, um aufzustehen, wenn man nicht dabei sitzen bleiben will."

„Ich habe also nach deiner Meinung unrecht getan!", schluchzte das Mädchen, indem ihr die Tränen aus den Augen drangen. „Ich habe mich also nicht gut benommen."

Der junge Mann setzte sich näher mit seinem Stuhle zu Liesa und sprach in einem bittenden Tone: „Liesa, vergib es mir! Du musst etwas Rücksicht auf mich nehmen. Es ist ja nicht meine Schuld, dass ich dich so lieb habe. Das Herz wird mir zum Meister, ich kann es nicht bezwingen. Du bist so schön und so rein wie eine Lilie. Ich bebe bei dem Gedanken, dass ein zweideutiges Wort, ein unreiner Hauch dich berühren kann. Ich liebe dich mit solcher Ehrerbietung und so großer Achtung, dass es kein Wunder ist, wenn die verliebten Blicke dieser frechen Junker mich zittern machen. Oh Liesa, du glaubst vielleicht, dass mein Gefühl tadelnswert ist. Vielleicht ist es in der Tat so, teure Freundin! Wenn du aber die Pein ahnen könntest, die mein Herz zerreißt, so würdest du gewiss Mitleiden mit meiner allzu großen Liebe haben; du würdest mir die Gedanken verzeihen und mich in meinem Kummer trösten."

Diese in einem ruhigen Tone gesprochenen Worte rührten das Mädchen tief. Sie antwortete unter Tränen: „Ach, Karl, ich weiß nicht, was du für Gedanken hast; aber es mag nun sein wie es will, wenn es dir Verdruss bereitet, soll es nicht wieder geschehen. Wenn künftig wieder Herren kommen, werde ich aufstehen und in ein anderes Zimmer gehen."

„Nein, nein, Liesa, so mein ich es nicht", sagte Karl, halb beschämt
über die Wirkung seiner Bemerkung. „Sei artig und freundlich mit
jedem wie es sich geziemt, auch mit den Herren, die soeben hier waren.
Du verstehst mich nicht, meine Liebe. Tue wie zuvor, aber erinnere
dich, dass mich gewisse Dinge betrüben. Vergiss in solchen Fällen
nicht, dass dein Vater sich manchmal täuscht und nimm das Gefühl
deiner eigenen Würde zum Maßstab von allem, was du tust. Ich kenne
dein zartes Herz, Liesa. Mir ist es gleich, wer in den 'Heiligen Sebastian' kommt, aber ich will haben, dass man dich ehre. Die geringste
Missachtung, ja der Schein von Geringschätzung gegen dich, zerreißt
mir das Herz so grausam!"

„Aber, Karl, du hast gehört, dass Herr Adolf und seine Freunde
noch öfter hierher kommen. Ich werde ihnen wohl Red' und Antwort
stehen müssen, wenn ich in ihrer Gegenwart bleibe. Wirst du dann
jedes Mal böse sein und dich ärgern?"

Karl wurde rot. Er machte sich innerlich Vorwürfe wegen der
Bemerkung, die er sich erlaubt hatte, und bewunderte die unschuldige Einfalt seiner Geliebten. Indem er ihre Hand erfasste, sprach er
mit sanftem Lächeln: „Liesa, ich bin ein Narr. Willst du mir nun einen
Gefallen erweisen?"

„Sicher, Karl."

„Ja, aber im Ernst und in voller Aufrichtigkeit. Vergiss diese Idee
mir zuliebe. Wahrlich, es würde mich betrüben, wenn ich sähe, dass
du dein Betragen ändern würdest. Warum sollte ich es auch verlangen,
da doch dein Vater Herr im Haus ist und dich zwingen würde, seinen
Willen zu tun?"

„Sieh, Karl, nun bist du vernünftig", sagte das Mädchen. „Ich kann
doch nicht anders als artig sein, nicht wahr? Mein Vater ist ja der Herr.
Doch hast du anderseits unrecht. Herr van Bruinkasteel hat lang mit
mir gesprochen. Was er sagte, war sehr anständig und ich bekenne
gerne, dass ich mit vielem Vergnügen seinen Worten zugehört habe."

Karl fühlte wieder etwas, das sein Herz beklemmen wollte; aber er
unterdrückte dieses aufwallende Gefühl und sprach bittend: „Lass uns
das Geschehene vergessen, meine Liebe. Ich habe eine gute Nachricht.
Meine Mutter hat endlich eingewilligt: Wir werden unser Haus bedeu-
tend vergrößern; die Arbeiter werden am Montag schon anfangen. Ein

schönes Zimmer mit marmornem Kamin und hübschen Tapeten wird eigens für dich hergestellt. Wir werden eine Wohnung mit eigenem Eingang haben und eine Wagenscheune, worin eine Chaise für dich stehen soll. So, liebe Liesa, brauchst du nicht durch die Brauerei zu gehen, noch an dem gemeinsamen Herd zu sitzen. Du kannst still und ruhig leben und alles haben, was dein Herz verlangen mag. Erfreut dich das nicht, Freundin?"

„Deine Güte ist recht groß, Karl", antwortete das Mädchen, „und ich bin dir gewiss dankbar für so viel Liebe und Freundschaft; allein ich glaube, dass der Vater dir noch einen schöneren Plan mitteilen wird. Wahrscheinlich wird er dir auch gefallen. Er möchte gern das Landgut pachten, das hinter dem Schloss liegt. Mir scheint dieser Gedanke so übel nicht zu sein. Wir würden alsdann nicht mehr mitten unter den Bauern leben und nach und nach mit besseren Leuten bekannt werden."

„Aber, Liesa", fiel ihr der junge Mann ungeduldig in die Rede, „wie ist es möglich, dass du daran denken kannst! Ich sollte meine Mutter verlassen? Sie ist Witwe und hat niemand auf der Welt als mich allein! … Und auch ohne das täte ich es dennoch nicht. Ich habe von Kindheit an gearbeitet. Ich muss zu meinem eigenen Genügen, zu meiner Gesundheit und zur Wohlfahrt meiner Mutter beim Arbeiten bleiben – und für dich, Liesa, um dein Leben angenehm zu machen und mich zu überzeugen, dass die Frucht meiner Arbeit zu deinem Glücke beiträgt."

„Ach, das ist ja gar nicht nötig", sagte Liesa. „Unsere Eltern besitzen Geld und Gut genug."

„Und dann, Liesa, bedenke, dass wir jetzt zu den Ersten unseres Standes gehören. Dein Vater ist einer der vornehmsten Besitzer in unserer Gemeinde; unsere Brauerei braucht vor keiner andern zurückzustehen. Soll ich nun einem neuen Plan zustimmen, die Freundschaft hochmütiger Leute erbetteln und von meinen früheren Kameraden verspottet werden, wie einer, der aus Hochmut den Herrn spielen möchte? Nein, Liesa, dies mag der Eigenliebe mancher Leute schmeicheln, mich würde es erniedrigen und niederdrücken. Lieber unter Bauern geachtet und geliebt, als unter Herren gehasst und verachtet sein."

Liesa wollte auf diese triftige Darlegung Karls antworten, doch der Knecht öffnete die Türe und hastete auf den jungen Mann zu, zu dem er schnell sagte: „Karl, möchtet Ihr Euch gerne eine oder zwei Stunden mit unserem Baas herumstreiten? Nein? Dann geht nur gleich fort, denn er ist wütend auf Euch. Ihr müsst ihm scharf auf die Zehen getreten haben. Wenn Ihr nicht geht, wird es im Hause drunter und drüber gehen.“

„Ach, Karl“, seufzte Liesa, seine Hand drückend, „geh' doch, bis meines Vaters Zorn vorüber ist. Diesen Nachmittag wird er nicht mehr dran denken.“

Der junge Brauer schüttelte den Kopf, grüßte seine Verlobte mit einem traurigen Blick und eilte zur Hintertüre des Wirtshauses hinaus.

Der Knecht folgte ihm und sagte im Vorbeigehen: „Fürchtet nichts, Karl, ich werde ein Auge darauf haben und Euch benachrichtigen, wenn der Wagen zu sehr aus dem Geleis kommt. Es ist eine Schraube losgegangen bei unserm Baas. Bleibt indes nur ruhig, die Laune wird wohl vorübergehen. Der Hahn auf dem Turm dreht sich auch oft wie ein Narr und doch zeigt er manchmal schönes Wetter an.“

Ehrbarkeit, der Frauen Ruhm, ist eine schöne, zarte Blum'.

5.

Zwei Monate waren verflossen. An einem frühen Morgen standen drei oder vier junge Bauern in der Schmiede und sprachen von mancherlei. Sus hielt ein Stück Eisen mit der einen Hand ins Feuer und zog am Blasbalg mit der andern, indem er dabei ein Liedchen pfiff.

„He, wer hat die Neuigkeit schon gehört?“, rief einer der jungen Leute. „Liesa Gansendonck wird ja einen Baron heiraten!“

„Ha, ha“, lachte der Schmied, „im nächsten Jahr fällt Ostern auf einen Freitag! Geht, verkauft Eure Neuigkeit auf einem andern Markt.“

„Ja, ja. Sie heiratet den Junker, der seit sechs oder sieben Wochen nicht mehr aus dem 'Heiligen Sebastian' zu treiben ist.“

„Wem das Glück wohl will, dem kälbert der Ochs!“, rief Sus.

„Ihr glaubt es nicht? Der Prahlhans selbst hat es dem Notar erzählt."

„Dann glaube ich es noch viel weniger."

„Wisst ihr, was ich denke? Der Baas Gansendonck ist daran, sich einen bittren Trank zu brauen. Es gehen allerhand sonderbare Gerüchte über Jungfer Liesa herum. Die Leute sprechen von ihr nicht viel besser, als die Juden vom Speck."

„Der Prahlhans hat es nicht besser verdient und die leichtsinnige Modepuppe auch nicht. Die mit der Katze spielen, werden von ihr gekratzt, sagt das Sprichwort."

„Und der unglückliche Karl – der töricht genug ist, sich darüber abzuhärmen! Ich wollte sie meinetwegen mit ihrem Baron nach dem Mond ziehen lassen."

„Dort kommt Karl!", sagte einer der Jünglinge, der an der Türe stand. „Man kann sogar von weitem sehen wie traurig er ist; er hängt den Kopf auf die Brust, wie einer, der Nadeln sucht. Man möchte sagen, dass er sichtlich dem Grabe zugeht."

Alle streckten die Köpfe zur Türe hinaus und sahen nach Karl, der langsam, mit dem Gesichte zu Boden gekehrt, in tiefe Gedanken versunken, über die Straße ging.

Sus warf seinen Hammer mit aller Kraft gegen den Amboss und murmelte zwischen den Zähnen, als hätte ihn ein plötzlicher Zorn ergriffen.

„Was fällt Euch ein?", fragten die andern.

„Wenn ich Karl sehe, kocht mein Blut!", rief Sus. „Ich wollte wohl ein ganzes Jahr hindurch keinen Tropfen Bier trinken, wenn ich nur einmal dem Prahlhans unter vier Augen auf dem Rücken schmieden könnte! Der hochmütige Lumpenkerl! Er wird durch seine törichten Kapriolen seine Tochter noch in die Schande bringen. Darüber ist er Herr und die Leichtfertige verdient es auch nicht besser! Aber dass er meinen armen Freund Karl vor Gram verkümmern lässt, ihn in die Grube bringt… einen Burschen, wie ein Baum, reich, gescheit und so herzensgut, dass er wohl hundert solcher Prahlhänse – wie er und Modepüppchen, wie sie – wert ist, das ist nicht auszuhalten. Seht, ich wünsche niemand Übles, aber wenn Baas Gansendonck so zufällig das Genick bräche, ich würde denken, es wäre eine Strafe Gottes."

„Seid nur ruhig, Sus. Auf das Böse folgt jederzeit Strafe. Wenn die Motte Flügel kriegt, ist sie bald tot."

„Droht nicht so, Sus. Der Prahlhans hat gesagt, dass er Euch ins Loch stecken will."

„Bah, ich achte den Großsprecher gerade so viel, als ob er an die Mauer gemalt wäre."

„Aber könnt Ihr es denn Karl nicht begreiflich machen, dass er sie laufen lassen soll, da er viel zu gut für sie ist?"

„Ihm ist nicht zu helfen. Je mehr man ihn im 'Heiligen Sebastian' zum Narren hält, desto ärger wird es. Man macht ihm wohl dort weis, dass die Katze Eier legt. Er ist rein wie von Sinnen. Mut ist auch nicht mehr in ihm. Wenn man mit ihm über die Sache sprechen will, kommen ihm die Tränen in die Augen, er wendet sich weg und – Guten Tag bis morgen!"

„Wohl, aber kann denn Kobe seinem Baas nicht begreiflich machen, dass eine Krähe, wenn sie mit den Störchen fliegen will, sehr bald heruntersinkt und in dem See ertrinkt?"

„Der Baas und der Knecht sind beide über einen Kamm geschoren, zwei nasse Sachen trocknen nebeneinander nicht."

„Schweigt, Sus, da ist er. Er kommt gerade, wie ich glaube, auf die Schmiede zu."

Wirklich kam Karl in die Schmiede herein und grüßte die jungen Leute mit einem erzwungenen Lächeln. Er stellte sich, ohne ein Wort zu sprechen, an eine Werkbank, drehte, ohne daran zu denken, an einer Schraube oder ergriff mechanisch das eine oder das andere Handwerkszeug, während ihn die jungen Bauersleute mit Neugierde und Bedauern betrachteten.

Gewiss, ein unaufhörlicher Kummer musste am Herzen Karls zehren. In dieser kurzen Zeit war er bereits sehr verändert. Sein Gesicht war blass und aschfarben, seine Augen irrten glanzlos umher oder hefteten sich starr auf gleichgültige Dinge. Seine Wangen waren eingefallen und abgemagert. Sein ganzes Äußere zeigte von Zerstreutheit und Unachtsamkeit. Seine Kleider waren nicht mehr so sauber wie sonst und seine Haare hingen wirr um seinen Nacken.

„Nun, Karl", rief ihm Sus zu, „ihr kommt wieder herein ohne eine Silbe zu sprechen! Kommt her, vergesst Eure traurigen Gedanken und denkt, dass Ihr viel besser seid als diejenigen, die Euch kränken! Macht ein Kreuz darüber und trinkt einen ordentlichen Schoppen.

Mit all Eurem Gram und Trauern bringt Ihr den Prahlhans doch nicht wieder zum Verstand. Und aus seiner liebenswürdigen Tochter werdet Ihr auch nicht viel machen können als eine…"

Ein Zittern Karls und ein scharfer Blick von ihm ließen ihm die Worte im Munde ersterben. „Ja", fuhr er fort, „ich weiß wohl, dass ich diesen Topf nicht abdecken darf. Ihr macht es, wie die schlechten Kranken, werft die Arzneiflasche in den Graben. Aber das geht so nicht! Es dauert schon viel zu lang mit den törichten Launen. Wisst Ihr wohl, was der Prahlhans sagt? Mamsell Liesa wird den Herrn van Bruinkasteel heiraten. Gesetzlich und kirchlich."

„Ich hätte lieber, dass er sie heiratet als ich", sprach ein anderer. „Er wird was Schönes an ihr haben, an der verlaufenen Bäuerin, die mit ihrer Tugend keinen Weg mehr weiß."

Karl hatte mit seiner Faust krampfhaft auf die Schraube geschlagen und sah den Sprechenden mit bitterem Lachen an. „Liesa?", sagte er in dumpfem Tone, „Liesa ist unschuldig und rein! Schlecht und ungerecht redet ihr."

Mit diesen wenigen Worten wandte er sich nach der Straße und verließ die Schmiede langsamen Schrittes ohne achtzugeben, was ihm sein Freund Sus noch nachrief.

Er querte die Straße nach einem Fußwege, welcher zu den Feldern führte. Unterwegs sprach er von Zeit zu Zeit zu sich selbst, blieb hin und wieder stehen, stampfte mit den Füßen, ging dann mit beschleunigtem Schritte weiter und irrte so, gleichsam träumend, immer weiter, bis er an der Ecke eines Tannengehölzes plötzlich seinen Namen rufen hörte. Da sah er den Knecht von Baas Gansendonck sitzen, in der einen Hand eine Flasche, ein Stück Fleisch in der andern und ein Jagdgewehr im Arme haltend.

„Ach, Kobe!", rief der junge Mann freudig aus. „Was tust du da?"

„Es ist wieder eine Laune von unserm Baas", sagte der Knecht. „Sobald er mich nur entbehren kann, muss ich weg, um den Holzwächter zu machen. Ich sitze hier, um zu verhindern, dass die Bäume wegfliegen."

„Komm, Kobe, begleite mich etwas!", bat Karl.

„Just habe ich genug ausgeruht", sagte der Knecht aufstehend. „Seht, Karl, das ist ein schönes Jagdgewehr. Der Hahn ist so fest eingerostet, dass man ihn nicht einmal mit einem Pferd spannen könnte und der Lauf ist bereits zwanzig Jahre und drei Monate geladen! Wie der Herr, so die Flinte!"

„Komm, Kobe", sprach der Brauer zu dem Knecht, indem er neben ihm herging, „erzähle mir etwas, was mich trösten mag. Wie steht es dort?"

„Ich weiß wahrlich nicht, Karl, an welcher Seite ich den faulen Apfel angreifen soll. Es sieht schlecht aus. Der Baas weiß nicht mehr, was er vor Freude anfangen soll. Er träumt von lauter Baronen und Schlössern und läuft wohl dreimal des Tages zum Notar."

„Weshalb? Was bedeutet das?", fragte Karl verwundert.

„Er erzählt, dass Liesa binnen kurzem mit Herrn van Bruinkasteel verheiratet wird."

Der Brauer erbleichte und sah dem Knecht traurig ins Gesicht.

„Ja, aber", fuhr Kobe fort, „der junge Baron weiß nichts davon und denkt ebensowenig daran."

„Und Liesas?"

„Liesa auch nicht."

„Ach", seufzte Karl, wie wenn ihm ein Stein vom Herzen gefallen wäre, „du hast mir recht weh getan."

„Wenn ich an Eurer Stelle wäre", versetzte Kobe, „würde ich bald klar sehen. Wenn man das Unkraut zu lange wuchern lässt, so frisst es das schönste Getreide auf. Ihr kommt nie in den 'Heiligen Sebastian' als bis der Baron weggegangen ist. Ihr sitzt da halbe Tage lang neben Liesa trauernd und jammernd, dass sich die Steine darüber erbarmen möchten. Und sobald Liesa Euch nach der Ursache Eurer Betrübnis fragt, dann macht Ihr ihr weiß, dass Ihr krank seid, und sie glaubt Euch."

„Aber Kobe, was soll ich denn machen? Beim kleinsten Gespräch, das ich darüber anfange, kommen die Tränen aus ihren Augen! Sie begreift mich nicht."

„Weibertränen sind billige Ware, Karl, ich würde mich durch solche nicht viel abhalten lassen. Es ist zu spät, die Grube zuzudecken, wenn das Kalb ertrunken ist. Ein Hund bleibt nicht lange an eine Wurst gebunden."

„Was willst du sagen?", rief der junge Mann erschreckt. „Hast du Liesa in Verdacht? Fürchtest du, dass sie…?"

„Wenn nur ein Haar auf meinem Kopfe einen bösen Gedanken über Liesa hätte, so würde ich es ausreißen. Nein, nein, Liesa ist an der Sache unschuldig. Sie meint, die Arme, dass dieses Scharwenzeln und dies Französisch sprechen die feinen Manieren sind. Und wenn sie mal aus Liebe zu Euch den Baron kühl zurechtweist, dann kommt unser Baas und zwingt sie zur Freundlichkeit. Herr van Bruinkasteel muss sehr gut sein, denn der Baas wirft ihm die Liesa wohl zehnmal in der Woche in die Arme."

„Wie? In die Arme?", rief Karl mit düsterem Ton.

„Das ist nur eine Redensart", fuhr der Knecht fort. „Versteht Ihr mich nicht, desto besser!"

„Was soll ich denn anfangen?", rief Karl, in Verzweiflung auf den Boden stampfend.

„Unterm Sand ist es nicht verborgen, Karl. Wenn's mich anginge, ich schlüge es quer durch. Besser, eine Glasscheibe zerbrochen, als ein ganzes Haus verloren."

„Was willst du damit sagen? Um Gottes willen, sprich deutlicher!"

„Nun denn, sucht mit Baron Viktor Streit anzufangen. Und müsstet Ihr auch mit ihm handgemein werden, es wird doch eine Veränderung zu Weg bringen und was schlecht ist, wird bei einer Veränderung gewöhnlich besser."

„Gib mir nur eine Ursache dazu!", rief Karl aus. „Aber alles, was er sagt und tut, ist so schlau berechnet, dass man vor Ärger vergeht, ohne ihm etwas anhaben zu können."

„Kommt, kommt, es ist so weit nicht zu suchen, wenn man es finden will. Tretet ihm nur mal vorsichtig auf den Fuß. Ihr wisst wohl, mit samtenen Schuhen. Dann wird das Spiel bald im Gange sein."

„Aber, Kobe, was wird Liesa dazu sagen? Und würde ich nicht ihren guten Ruf durch eine Tat beflecken, die man als einen Beweis dafür ansehen würde, dass ich gleichfalls Böses vermute?"

„Argloser! Denkt Ihr, dass Liesa nicht schon in aller Leute Mund ist? Nichts ist so arg, das man nicht täglich von ihr sagte. Die ganze Sache hängt am Glockenseil und jeder hängt noch etwas dazu."

„Gott, Gott, sie ist unschuldig und sie wird wie eine Missetäterin verlästert!"

„Karl, es ist kein Blut mehr in Eurem Herzen. Ihr seht mit jedem

Tag das Unheil anwachsen und Ihr legt Eure Hände wie ein schwaches Kind in den Schoß. Ihr seht, dass sich alles vereinigt, um Eure unschuldige Freundin ins Verderben zu stürzen: die trügerische Sprache Viktors, der närrische Hochmut ihres Vaters und ihr eigener Hang zu allem, was städtisch ist. Niemand vermag etwas zu tun, um sie zu retten, als Ihr… Schutzengel, der einschläft, während der Teufel daran ist, dieses Seelchen zu rauben! In Eurer ängstlichen Ratlosigkeit überlasst Ihr Liesa ganz allein der drohenden Gefahr. Wenn sie nun unglücklicherweise straucheln sollte, an wem ist dann die Schuld? Kommt, helft Euch selbst, so wird Gott Euch helfen. Seid mutig, durchhaut den Knoten, werdet ein Mann!"

Karl erwiderte erst nach einer Weile. „Ach, ach", seufzte er, „dies alles verwirrt mich ganz. Was soll ich anfangen? Ich weiß, dass mir ein einziger Blick Liesas den letzten Funken von Mut raubt. Mein Herz ist krank, Kobe. Ich muss mein hartes Los tragen."

„Dann verteidigt sie wenigstens gegen den bittern Spott des Barons selbst."

„Den Spott? Hat der sie denn verspottet?"

„Wisst Ihr, was der Baron von Bruinkasteel vorgestern spottend zu seinen Freunden in Gegenwart von seinen Jägern sagte?"

Er näherte sich dem Brauer geheimnisvoll und sagte ihm einige Worte ins Ohr.

„Du lügst! Du lügst!", rief Karl, indem er den Knecht von sich stieß. „Er hat es nicht gesagt!"

„Wie Ihr wollt, Karl", murmelte Kobe, „ich bin es auch zufrieden. Ich lüge, der Jäger lügt; es ist nicht wahr, es kann nicht sein, der Herr van Bruinkasteel sieht Liesa viel zu gern, um so etwas zu sagen!"

Karl hatte sich an den Stamm einer Tanne geklammert; seine Brust arbeitete heftig, sein Atem verschmolz in einem unheimlichen Kehlengeräusch, während seine Augen unter den gesenkten Brauen in einem düstern Feuer brannten. Was ihm der Knecht ins Ohr geflüstert hatte, musste ihm eine fürchterliche Wunde im Herzen geschlagen haben, denn er stand da, zitternd wie ein Rohr und brüllend wie ein Löwe. Plötzlich erhob er seine Faust gegen den Knecht und rief ganz außer sich:

„Ah, es ist also ein Mord, den du mir anrätst, Teufel?"

Kobe trat erschrocken einige Schritte zurück und stammelte: „He, Karl, ist es zum Lachen oder nicht, dass Ihr ein Gesicht macht wie die Hungersnot? Ich habe Euch doch nichts getan? Wenn Ihr mich lieber von hinten seht, so braucht Ihr es nur zu sagen. Mit einem ,Guten Tag‘ ist alles vorbei und jeder geht seinen eigenen Weg.“

„Bleib hier!“ schrie der Brauer.

„Macht Eure Hand auf“, antwortete Kobe. „Ich seh’ nicht gerne geschlossene Fäuste.“

Karl schlug abermals die Augen zu Boden und blieb eine Weile bewegungslos stehen ohne sich nach dem Knecht umzusehen Endlich erhob er den Kopf und fragte mit bebender Stimme:

„Kobe, ist Viktor van Bruinkasteel eben jetzt im ’Heiligen Sebastian’?“

„Ja aber, ja aber“, rief der Knecht ängstlich, „jetzt dürft Ihr nicht hingehen, Karl. Selbst wenn ich mit Euch raufen müsste, würde ich Euch zurückhalten, so lange noch ein Glied an meinem Leibe lebendig ist. Ich begreife Euch nicht. Ihr seid wie das Sprichwort sagt: bald zu weise, bald zu närrisch, stets übereilt. Ihr würdet da schöne Dinge anrichten im ,Heiligen Sebastian’. Ihr seht aus wie ein losgebrochener Stier!“

Ohne auf diese Worte zu achten, kehrte Karl sich um und schritt hastig nach der Wohnung von Baas Gansendonck zu. Der Knecht ließ sein Gewehr fallen und sprang vor den Brauer, um ihn mit Gewalt zurückzuhalten.

„Lass mich gehen“, sagte Karl, während er Kobe mit einem grimmigen Lachen ansah. „Wenn ich will, kannst du mich doch nicht zurückhalten. Warum mich zwingen, dir ein Leid zuzufügen?“

Die Kühlheit dieser Worte verwunderten den Knecht. Er ließ aber nicht los und fragte: „Glaubt Ihr, dass es bei Worten bleiben wird und dass Ihr die Hände nicht aus der Tasche ziehen werdet?“

„Ich werde niemand anrühren“, antwortete der junge Brauer.

„Was wollt Ihr denn tun?“

„Deinen Rat befolgen, Kobe. Rechenschaft über alles verlangen und geradeheraus sagen, was mir auf dem Herzen liegt. Aber fürchte nichts, ich habe eine Mutter.“

„Ah, ist Euer Verstand zurückgekehrt? Ihr würdet dem Hahn auf dem Turm eine Lehre geben können. Es ist doch keine Verstellung, nicht wahr? Wohlan denn, so will ich Euch begleiten. Aber bleibt ja fest und ruhig. Macht nur etwas Lärm, zeigt dem Baas die Zähne und sagt ihm gehörig die Wahrheit. Er wird von zu vielem Mut wohl niemals das Fieber bekommen. Gott weiß, ob er, wenn Ihr ihm geschickt zu Leibe geht, nicht selbst den Baron ersucht sein Haus zu meiden und dann: Nach Leiden kommen Freuden! Mich dünkt, ich höre den Spielmann schon zur Hochzeit aufspielen."

Beide gingen nun in gemäßigtem Schritte fort. Der Knecht tröstete den jungen Mann so viel er konnte mit der Aussicht auf eine bessere Zeit und ermutigte ihn zur Standhaftigkeit, indem er ihm riet, diesmal auf die Tränen Liesas nicht eher zu achten, als bis er sein Ziel ganz erreicht hätte.

Nicht weit vom Wirtshause verließ Kobe seinen sinnenden Gefährten, indem er ihm sagte, dass es für ihn noch zu früh sei, um nach Hause zu gehen und er erst noch eine ganze Stunde den Buschwächter spielen müsse.

Karl drückte ihm dankbar die Hand und versprach, seinen Rat zu befolgen. Es schien dem jungen Mann, als er allein war, dass ihm eine Binde von den Augen gefallen sei und er nun erst klar einsähe, was er wolle und wie er es anpacken müsse. Er nahm sich vor, den Baas Gansendonck über sein Betragen zur Rede zu stellen und ihn – es möge ihm nun lieb oder leid sein – fühlen zu lassen, wie seine Torheit nicht allein den guten Ruf Liesas vernichtete, sondern auch ihre Unschuld selbst in Gefahr brächte. Die Gesichtszüge des jungen Mannes trugen den Stempel eines festen, ruhigen Entschlusses.

Als er aber durch die Hintertüre des „Heiligen Sebastian" eingetreten war, veränderte sich plötzlich diese ruhige Gemütsstimmung. Aus dem Zimmer erklang die verführerische Stimme des Barons. Er sang eine französische Romanze, deren Melodie und Tempo Liebe und Zärtlichkeit atmeten. Karl blieb bebend stehen und horchte mit fieberhafter Aufmerksamkeit:

„Pourquoi, tendre Elise, toujours vous défendre?
À mes desirs daignez vous rendre!"[9]

---

9 Warum, zarte Elise, dich stets wehren?
Lass dich herbei, mich zu erhören!

In krampfhafter Aufregung bewegten sich die Finger des Brauers. Ein furchtbarer Sturm erhob sich in seinem Innern.

„Ayez moins de rigeur;
si mon amour vous touche,
Qu'un mot de votre bouche,
couronne mon ardeur!"[10]

Die Stimme Liesas fiel hier schüchtern ein; sie sang die zärtlichen Worte mit. Das Blut rollte ungestüm durch die Adern des Jünglings. Seine Augen wurden rot, er knirschte mit den Zähnen und als die letzten Verse des Liedes zweistimmig aus dem Munde des Barons und Liesas ertönten und wie verzehrende Funken in sein Herz fielen, da standen ihm die Haare zu Berge:

„Pitié! Mon trouble est extrême!
Ah, dites, je vous aime,
Je vous aime"[11]

„Bravo! Bravo!", rief der Baas und klatschte in die Hände. „Oh wie schön!"

Ein dumpfes Kehlengeräusch entrang sich dem Munde des jungen Mannes, indem er in das Wirtshaus trat.

Bei seinem Erscheinen im Zimmer sprangen alle vor Schreck oder Überraschung auf. Liesa stieß einen scharfen Angstschrei aus und streckte die Hand bittend gegen Karl hin; der Baron sah ihm stolz und herausfordernd ins Gesicht; der Baas stampfte unwillig mit den Füßen und murrte in sich hinein.

Eine kleine Weile blieb Karl wie ein Betäubter, mit der Hand auf einen Stuhl gestützt, stehen. Er zitterte, dass seine Beine unter dem

---

10   Sei weniger hart;
       Wenn meine Lieb' dich rührt
       Lass deinen Mund mit einem Wort
       Belohnen meine Glut!
11   Erbarmen! Meine Qual ist groß!
       Ach, sprich: Ich liebe dich,
       Ich liebe dich!

Gewichte seines Körpers zusammenzubrechen drohten. Sein Gesicht war so bleich wie ein Leichentuch, über seine Stirn und seine Wangen zuckte eine krampfhafte Spannung. Sein ganzes Wesen war unheimlich, denn der Baron, so mutig er auch sonst war, erbleichte ebenfalls und trat einige Schritte zurück, um aus dem Bereiche des wütenden Brauers zu gelangen. Baas Gansendonck allein schien Karls zu spotten und sah ihn mit einem verächtlichen Lächeln an.

Plötzlich warf der Jüngling einen von Hass und Rachsucht glühenden Blick auf den Baron. Dieser, sich verletzt fühlend, rief in einem aufgebrachten Tone: „Nun, was bedeutet dieses Kinderspiel? Wisst Ihr wohl, wen Ihr vor Euch habt? Ich verbiete Euch, mich so unverschämt zu begaffen!“

Der Brauer schlug krachend die Faust an den Stuhl und wollte ihn ohne Zweifel aufheben, um damit den Baron auf den Kopf zu schlagen; allein noch ehe er diese Bewegung machen konnte, flog Liesa laut schreiend und weinend an seinen Hals. Sie sah ihm so flehentlich, so liebevoll in die Augen; sie nannte ihn mit so zärtlichen Namen, dass er entmannt auf den Stuhl sank, indem er nach einem langen Seufzer sagte: „Oh, Dank, Dank, Liesa! Du hast mich gerettet! Ohne dich wäre es geschehen!“

Das Mädchen hielt seine Hände fest und wurde nicht müde, ihn durch Liebesworte zu beruhigen und zu trösten. An seiner fortdauernden Aufregung merkte sie wohl, dass die Wut noch in seinem Innern kochte und sie bemühte sich, die Ursache seiner Aufgeregtheit zu erfahren. Der Baron näherte sich unterdessen der Türe und wollte das Haus verlassen; allein der Baas Gansendonck rief ihm zu: „Was, Herr Baron van Bruinkasteel, seid Ihr durch einen närrischen Bauer in Angst versetzt? Bleibt doch, ich werde ihn von meinen Knechten an die Luft setzen lassen.“

„Ich fürchte mich nicht vor einem närrischen Bauer“, antwortete der Baron. „Allein es würde sich nicht schicken, wenn ich mit ihm in Streit geriete.“

Karl sprang bei diesen spöttischen Worten auf, machte sich aus den Armen seiner Freundin los und eilte nach der Türe, um dem Baron auf die Straße zu folgen, aber der Baas Gansendonck hielt ihn fest und rief in äußerster Entrüstung: „Holla, Kerl, nun zwischen uns! Es dauert nun lang genug. Was? Ihr wollt die Leute aus meinem Haus jagen und hier den Herrn spielen. Den Baron van Bruinkasteel mit Stühlen schlagen! Was hindert mich, Euch durch Gendarmen fortbringen zu lassen! Kommt her, ich habe Euch Dinge zu sagen, die meine Tochter nicht hören soll. – So wird es mit einem Male aus sein oder ich werde Euch zeigen, wer hier Herr ist."

Karls Gesicht verzog sich zu einem bittern Lachen. Er folgte dem Baas in ein anderes Zimmer. Dieser verschloss die Türe von innen und stellte sich dann, ohne eine Silbe zu sprechen und mit drohendem Blicke, vor den Brauer hin, der sich sichtbare Gewalt antat, um seine Empfindungen zu bemeistern und jene Ruhe zu gewinnen, die ihm bei dieser gewünschten Aussprache für seinen Zweck so not tat.

„Macht nur böse Gesichter so viel Ihr wollt", sprach der Baas. „Ich lache über Eure Launen. Aber sagt mir, wer Euch das Recht gibt, in mein Haus zu kommen und gegen jedermann ungezogen zu sein? Oder glaubt Ihr etwa, dass Ihr meine Tochter gekauft habt?"

„Reizt mich nicht, um Gottes willen", bat Karl. „Lasst mich erst wieder zu mir selbst kommen. Ich werde mit Euch vernünftig sprechen und wollt Ihr mich nicht begreifen, so werde ich gehen und nie mehr mit einem Fuß Eure Schwelle betreten."

„Nun, nun, ich bin neugierig. Ich weiß, was Ihr für Lieder singen wollt, aber es soll Euch doch nicht glücken: Ihr klopft an eines tauben Mannes Tor!"

Die Wut würgte Karl bei diesem Scherz. Er sprach sehr hastig und mit heftigen Gebärden: „Mein Vater ist Euch beigestanden und hat Euch vorm Untergang gerettet. Auf seinem Sterbebett habt Ihr ihm gelobt, dass Liesa meine Frau werden solle. Ihr habt unsere Liebe begünstigt…"

„Die Zeit ändert sich und die Menschen auch."

„Jetzt, wo Ihr Unrat geerbt habt, jenen Unrat, den man Geld nennt, jetzt wollt Ihr nicht allein, wie ein Undankbarer, Euer verpfändetes Wort brechen, sondern ihr befleckt auch den guten Namen meiner Verlobten. Entgegen der Hoffnung einer unmöglichen Standeserhebung verkauft Ihr ihre Keuschheit und zieht ihre Ehre durch den Straßenkot…"

„Oh oh, was für ein Ton ist das? Zu wem glaubt Ihr denn, dass Ihr sprecht?"

„Und mich lasst Ihr dahinsiechen, sterben vor Leid und Verzweiflung. Nicht darum, weil Ihr mir Liesa entreißen wollt; nein, das könnt Ihr nicht, denn sie liebt mich. Aber kann wohl eine größere Marter erfunden werden, als seine Freundin, seine Braut, unter seinen Augen beschmutzt und befleckt zu sehen, durch alles was die Stadt Leichtsinniges und Sittenloses ausbrütet? Sie vor dem Altar erwarten zu müssen mit dem in Stücke gerissenen Kleid der Seelenreinheit?"

„Habt Ihr diesen unverständlichen Krimskrams auswendig gelernt? Er ist ganz unklar. Ich bin der Herr und was ich tue, ist wohlgetan, oder glaubt Ihr, dass Ihr mehr Verstand habt als Baas Gansendonck?"

„Oh, Ihr Verblendeter! Ihr zwingt Eure Tochter die vergifteten Worte des Barons anzuhören! Jede Schmeichelei ist ein Schmutz auf ihre reine Seele. Ihr stoßt sie ins Verderben und fällt sie… ach! Dann hat der Vater selbst die Grube gegraben, in der die Ehre seines Kindes versinken muss. Was erwartet Ihr? Dass sie sich mit Herrn van Bruinkasteel verheirate? Ah, ah, das kann nicht sein! Und wäre auch sein Vater und seine Verwandtschaft nicht da, um es zu hindern, er selbst würde eine Frau verstoßen, die durch Euer aufdringliches Werben und durch seine niedrige Schmeichelei in seinen eigenen Augen bereits entehrt ist."

„Hört auf", lachte Baas Gansendonck. „Ich wusste nicht, dass Ihr so viele Noten zu Eurem Gesang habt. Sie soll sich mit dem Baron nicht verheiraten? Das wollen wir einmal sehen! Ihr könnt noch selber zur Hochzeit kommen, wenn Ihr Euch gut aufführen wollt. Karl, das Beste, was Ihr tun könnt, ist, Euch diese Liebe aus dem Kopfe zu schlagen! Bleibt lieber freundschaftlich aus unserm Hause weg, denn Ihr könnt wohl begreifen, dass der Baron nun beinahe den ganzen Tag hier sein wird und Ihr würdet ihm dann nur im Weg sein. Er ist kein Mann, um viel mit Bauern umzugehen."

„Also der Anblick meines tödlichen Grams vermag nichts bei Euch? Der Baron soll wiederkommen, ihr schmeicheln, sie mit abscheulichen Reden betören, von Wollust und Leidenschaft singen und das Herz meiner Liesa mit einem Gift erfüllen, das alle Ehrbarkeit vernichten muss?"

„Gift? Was soll das heißen? Weil Ihr es ihm nicht gleich tun könnt. So reden die Bauern stets von den Stadtleuten. Sie bersten vor Neid, wenn sie jemand sehen, der gute Manieren hat und beliebt ist. Aber nur weiter, es hilft doch nichts. Der Baron wird wiederkommen und Liesa soll gnädige Frau werden. Und selbst wenn Ihr Euren Kopf entzwei schlagt, würde es Euch nicht mehr helfen, als eine Fliege in Eurem Braukessel. Ich habe das Recht, in meinem Haus und mit meiner Tochter zu tun, was ich will und niemand hat seine Nase da rein zu stecken – weder Ihr, noch ein anderer!"

„Das Recht", rief Karl mit bitterm Lachen, „das Recht, die Ehre Eures Kindes zu vernichten? Um sie, unschuldig und rein wie sie ist, der Niedrigkeit eines jeden auszuliefern? Sie dem Gespött preiszugeben und auf sie als auf die leichtsinnige Liebespuppe eines weibischen Junkers von jedermann mit Fingern weisen zu lassen? Nein, nein, dies Recht habt Ihr nicht. Liesa gehört mir. Will ihr Vater sie in den Sumpf der Schande stürzen, werde ich sie triumphierend daraus erlösen. Meine Pflicht hatte ich vergessen, aber nun wird sie getan! Euer Baron soll wegbleiben und Liesa soll gegen Euren Willen gerettet werden. Nein, ich schone Eure unglückliche Eitelkeit nicht mehr!"

„Ist dies nun alles, was Ihr vorzubringen habt?", fragte Baas Gansendonck mit der größten Gleichgültigkeit. „Dann habe ich Euch nur noch kurz zu sagen, dass ich Euch mein Haus verbiete, und wenn Ihr nochmals hierher zu kommen wagt, werde ich Euch durch den Feldhüter und meine Knechte vor die Türe setzen lassen."

„Ein Wirtshaus steht für jeden offen!"

„Es sind Stuben genug in meinem Haus, wo der Baron mit meiner Tochter sprechen kann."

Der junge Mann fiel erschöpft und mutlos in einen Stuhl, ließ das Haupt sinken und blickte schweigend auf den Boden.

„Nun, nun, macht Euch endlich auf!", rief der Baas. „Geht nach Haus und bleibt fortan aus dem ‚Heiligen Sebastian' weg und gebt Euch ferner keine Mühe um Liesa. Unter dieser Bedingung werden wir noch ganz gute Freunde bleiben. Ich will Euch Euren Hochmut vergeben und Eure törichten Einfälle vergessen. – Nun denn, geht Ihr noch nicht?"

Karl stand auf; sein Gesicht hatte eine völlige Veränderung erlitten. Die Überspannung seiner Nerven war ganz verschwunden, die fieberhafte Anstrengung hatte ihn ganz erschöpft und die Erfolglosigkeit seiner Worte ihn allen Mutes beraubt. Flehentlich und mit gefalteten Händen trat er zum Baas und bat ihn mit nassen Augen: „Ach, Gansendonck! Habt Mitleid mit mir und mit Liesa! Ich sterbe gewiss daran… Bei der Erinnerung an meinen Vater beschwöre ich Euch. Öffnet die Augen! Gebt mir Eure Tochter zur Frau, ehe sie ganz um ihren guten Namen gebracht ist. Ich werde sie glücklich machen, sie lieben, wie ein Sklave für sie sorgen und arbeiten! Ich werde Euch ehren, Euch gehorsam sein, Euch lieben wie ein Sohn seinen Vater und Euch dienen wie ein Knecht!"

Als Karl sich so sehr vor ihm erniedrigte, fühlte der Baas einiges Mitleid mit ihm und er antwortete:

„Karl, ich will ja gar nicht sagen, dass Ihr nicht ein guter Mensch seid und dass Liesa an Euch nicht einen braven Mann gehabt haben würde."

„Ach, Baas, um Gottes willen", schluchzte der junge Mann, ihm mit neuer Hoffnung ins Auge blickend, „habt Erbarmen mit mir! Gebt mir Liesa zur Frau! Ich will mit der kindlichsten Aufmerksamkeit Euren geringsten Wunsch befriedigen. Ich will die Brauerei verkaufen, ich will auf Eurem Gut wohnen, ich will den Bauernstand verlassen und mein Leben verändern."

„Es kann nicht mehr sein, lieber Karl. Es ist zu spät."

„Und wenn Ihr gewiss wüsstet, dass ich daran sterben würde?"

„Es sollte mir wirklich leidtun; allein ich kann Euch nicht zwingen am Leben zu bleiben."

„Oh, Gansendonck!", rief der Jüngling, mit erhobenen Händen auf die Knie fallend. „Lasst mir die Hoffnung! Bringt mich nicht ums Leben!"

Der Baas hob ihn auf und sprach: „Aber sagt doch, seid Ihr denn ganz von Sinnen, Karl? Ich kann nichts mehr daran tun. Denkt doch, wie weit die Sachen bereits gekommen sind. Morgen sind wir auf das Gut des Barons zu Tische geladen. Er gibt ein Fest zu Ehren von Liesa."

„Sie? Sie, meine Liesa, auf dem Gut des Barons? Oh, Ihr wollt ihre Ehre vernichten für immer und ewig! Es ist ja keine einzige Frau auf dem Gut!"

„Sie soll das neue Jagdhaus ihres zukünftigen Mannes kennen lernen."

„Also keine Hoffnung mehr! Für sie die Schande und für mich das Grab!", rief der Brauer in einem schmerzlichen Ton aus, indem er seine Augen mit beiden Händen bedeckte und eine Tränenflut über die Wangen rollte.

„Ja, ich bedaure Euch, Karl", sprach der Baas mit Gleichgültigkeit. „Liesa wird aber eine gnädige Frau. Es steht da oben geschrieben und so wird es auch geschehen."

Er fasste Karl sachte bei der Schulter und schob ihn sanft nach der Türe, indem er sagte: „Lasst es nun gut sein. Es hat lange genug gedauert und es lässt sich doch nichts dazu tun. Geht jetzt ruhig nach Hause… aber sprecht nie mehr ein Wort mit Liesa, hört Ihr wohl?"

Karl ließ sich widerstandslos und ohne ein Wort zu sprechen fortschieben. Sein Kopf hing ihm schlaff vornüber, die Tränen entfielen seinen Augen. Als er in die Stube kam, wo sich Liesa befand, warf er, wie zum Abschiede, ihr noch einen sterbenden Blick zu.

Das Mädchen, welches bereits seit längerer Zeit in der tiefsten Angst auf die unverständlichen Töne gelauscht hatte, die durch die verschlossene Türe aus dem Zimmer drangen, stand zitternd da und erwartete den Augenblick, wo sie sich öffnen würde.

Da erschien ihr Geliebter, weinend und sprachlos wie ein unschuldiges Schlachtopfer, das dem Tode entgegengeht. Ein lauter Schrei rang sich aus ihrer Brust, sie sprang auf den Jüngling zu und hing sich heftig weinend an seinen Hals, indem sie ihn mit ängstlicher Gewalt von der Türe zurückzuziehen suchte. Karl sah kummervoll auf sie nieder und lächelte so traurig, dass Liesa neuerdings bange aufschrie.

Baas Gansendonck machte unter drohenden Worten die Arme seiner Tochter von Karl los, schob den Jüngling sachte aus dem Hause und schlug die Türe hinter ihm zu.

6.

Baas Gansendonck lief wie ein Verrückter in seiner Stube hin und her, zog den Spiegel vornüber, um sich die Beine besehen zu können und ging vor- und rückwärts unter allerlei Ausrufen von Bewunderung. Er stand in Hemdsärmeln da und hatte eine funkelneue Hose mit Sprungriemen an. Auf einem Stuhl an der Wand lagen ein Paar gelbe Handschuhe, eine weiße Weste und ein Spitzenjabot.

Der Knecht stand mitten in der Stube mit einem gefalteten weißen Halstuch über dem Arm. Er sah den Baas mit betrübtem Blick an. Nur von Zeit zu Zeit erschien um seinen Mund ein kaum bemerkbares mitleidiges und unzufriedenes Lächeln.

„Nun, Kobe", sprach der Baas mit sichtlicher Freude, „was sagst du? Steht sie nicht gut?"

„Davon versteh' ich nichts, Baas", antwortete Kobe zerstreut.

„Du kannst doch wohl sehen, ob sie mir gut oder schlecht steht?"

„Ich sähe Euch lieber ohne Riemchen an der Hose, Baas. Eure Beine sind so steif wie Besenstiele."

Mit Verwunderung hörte Gansendonck diese kühne Bemerkung. Er warf einen wütenden Blick auf den Knecht und rief: „Was bedeutet das? Du beginnst auch schon deine Hörner höher zu tragen! Oder meinst du, dass ich dich bezahle und füttere, um mir Dinge zu sagen, die mir nicht anstehen? Komm, lass einmal hören! Steht sie mir gut oder nicht?"

„Ja, Baas."

„Was, ja Baas?", schrie Gansendonck stampfend. „Steht sie mir gut oder nicht, frage ich?"

„Sie kann Euch nicht besser stehen, Baas."

„Ah, du wirst trotzig? Möchtest wohl gerne abrechnen und einen andern Dienst suchen? Oder hast du es hier nicht gut genug? Du willst vielleicht noch besseres Brot als Weizenbrot? So kommt man vom Klee zu den Binsen. Aber es ist wohl wahr, was das Sprichwort sagt: Gib einem Esel Hafer und er läuft doch zu den Disteln."

Kobe sprach bittend mit verstellter oder wirklicher Angst: „Oh Baas, ich habe so furchtbare Schmerzen im Leib! Ich weiß nicht, was ich gesagt habe; verzeiht es mir also. Eure Hose sitzt so schön, als ob sie an Euren Beine gewachsen wäre."

„So, du hast Leibschmerzen?", fragte der Baas teilnehmend. „Mache da hinten den Schrank auf und schenke dir einen Bittern ein. Bitter im Mund, macht das Herz gesund!"

„Baas, Ihr seid allzu gütig", erwiderte Kobe, nach dem Schrank gehend.

„Gib mir mein Halstuch", sagte der Baas, „doch vorsichtig, damit du es nicht zerdrückst!"

Indem er im Ankleiden fortfuhr, sprach er wie halb im Traume: „Kobe, da werden die Bauern stehen und gaffen, wenn sie mich so vorübergehen sehen mit einer weißen Weste, einem Spitzenjabot und gelben Handschuhen! Gott weiß, ob sie in ihrem Leben so etwas gesehen haben mögen. Ich habe mich pfiffigerweise bei Herrn van Bruinkasteel erkundigt, wie sich die großen Herren ankleiden, wenn sie zum Essen gehen und in vier Tagen haben sie mir das in der Stadt zurecht gemacht. Mit Geld kann man noch mehr als hexen, man kann Wunder tun! Und Liesa wir den Leuten gewiss auch ein wenig die Augen ausstechen mit den sechs Kragen unten an ihrem seidenen Kleid!"

„Sechs Volants, Baas? Die gnädige Frau auf dem Schlosse trägt aber nur fünf an ihrem Kleid und dann muss es noch Sonntag sein!"

„Wenn Liesa ganz nach meinem Geschmack handeln wollte, so würde sie zehn tragen. Wer's lang hat, lässt's lang hängen, und wer es bezahlen kann, der kann es auch kaufen. Du sollst sie einmal wie eine echte gnädige Frau vor den Bauern erscheinen sehen, Kobe; mit einem Atlashut, woran Blumen stecken, gleich jenen, die im Winter im Schlosse blühen."

„Kamelien, Baas ?"

„Ja, Kamelien. Denk einmal, Kobe, da hatten sie mir in der Stadt nachgemachte Kornähren und Buchweizenblüten daran stecken wollen! Doch ich habe das Bauernzeug gleich heruntergerissen! – Gib mir meine Weste, aber komm' mir nicht mit deinen Händen daran!"

„Das ist eine Kunst, die ich noch nicht gelernt habe, Baas!"

„Dummkopf, dann fass sie mit dem Handtuch an!"

„Ja, Baas."

„Sag, Kobe, du solltest mich dort an der Tafel sitzen sehen! Liesa zwischen mir und dem Herrn Baron! Du solltest hören, wie man uns Komplimente macht und schöne Dinge sagt! Da trinken wir von allen Sorten fremder Weine und essen Wildbret mit feinen Soßen, von denen der Teufel die Namen behalten mag. In vergoldeten Schüsseln und mit silbernen Löffeln!"

„Ach, Baas, schweigt davon, wenn es Euch beliebt; ich kriege sonst den Heißhunger davon."

„Dazu ist auch Grund genug, Kobe; aber ich will nicht allein glücklich sein. Da ist noch ein halber Hase von gestern da – den kannst du aufzehren und trink dazu ein paar Kannen Gerstenbier."

„Ihr seid sehr gütig, Baas."

„Und dann komm diesen Nachmittag nach dem Gut und schau' nach, ob ich etwas zu bestellen habe."

„Ja, Baas."

„Aber sag einmal, Kobe, sollte wohl Liesa schon angezogen sein?"

„Ich weiß es nicht, Baas; als ich vorher frisches Regenwasser holen ging, saß sie noch am Tisch."

„Und was für ein Kleid hatte sie an?"

„Ihr gewöhnliches Sonntagskleid, glaube ich, Baas."

„Hat sie dir nichts gesagt, dass ich dem Brauer gestern die Türe gewiesen habe?"

„Ich habe wohl gesehen, dass sie sehr gedrückt ist, Baas. Aber ich frage nie nach Dingen, die mich nichts angehen. Der ist ein Tor, der sich an anderer Leute Kessel verbrennt."

„Da hast du ganz recht, aber ich bin Herr und kann also mit dir sprechen wovon ich will. Würdest du wohl glauben, dass sie noch an diesem dummen Karl hängt; dass sie sich weigerte, mit mir auf das Landgut zum Essen zu gehen, weil sie den Milchbart beim Weggehen hatte weinen sehen? Habe ich nicht mit meiner Tochter den ganzen Abend zanken müssen, um ihr den Kopf zu waschen!"

„Und hat sie denn endlich gesagt, dass sie mit nach dem Gut gehen wollte, Baas?"

„Was? Hat sie denn etwas hier zu sagen? Ich bin der Herr!"

„Das ist gewiss, Baas."

„Sie hat sogar die Kühnheit gehabt, mir zu sagen, dass sie den Baron nicht heiraten wolle!"

„So?"

„Ja, und dass sie in ihrem ganzen Leben nicht heiraten wolle, wenn sie diesen lumpichten Karl nicht zum Mann bekäme. Sie sollte da schön sitzen in der hässlichen Brauerei mit dem Spinnrad und beim Kuhkessel. Und wenn sie dann einmal nach der Stadt hätte fahren wollen, so hätte sie hinten auf den Bierwagen kriechen können, nicht wahr, Kobe?"

„Ja, Baas."

„So, nun gib mir meine Handschuhe. Ich bin fertig. Nun noch nach Liesa mich umsehen, vielleicht hat sie noch einige Anfälle zu verkaufen. Gestern Abend wollte sie noch nicht das Geringste von den sechs Kragen wissen, die an ihrem neuen Kleide sitzen. – Aber, lieb oder leid, sie muss ihre Kleider anziehen, wie ich es für passend halte!"

Liesa saß im Vorderzimmer am Fenster. Tiefer Kummer stand in ihrem Gesichte. Sie hielt eine Nähnadel in der einen und eine Stickerei in der andern Hand; allein ihre Gedanken irrten weit weg, denn sie saß unbeweglich da und arbeitete nicht.

„Was ist das?", rief Baas Gansendonck zornerfüllt, „Ich bin vollständig vom Kopf bis zu den Füßen angekleidet und du sitzest da, als wenn wir gar nichts vorhätten."

„Ich bin ja fertig, Vater", antwortete Liesa mit schmerzlicher Gelassenheit.

„Vater? Vater? Du willst mich wohl wieder aus der Haut fahren machen?"

„Ich bin bereit, Papa", wiederholte das Mädchen.

„Stehe einmal auf!", rief Baas Gansendonck mit unwilliger Miene. „Was für ein Kleid hast du an?"

„Mein Sonntagskleid, Papa."

„Gleich ziehst du das neue Kleid an! Und den Hut mit den Blumen aufgesetzt!"

Liesa ließ den Kopf hängen und antwortete nicht.

„Je länger, je schöner!", rief Baas Gansendonck. „Wirst du antworten oder nicht?"

„Ach, Papa", flehte Liesa, „zwingt mich nicht. Das Kleid und der Hut sind über unserm Stand. Ich getraue mir nicht, damit durch das

Dorf zu gehen. Ihr wollt, dass ich Euch nach dem Gute folgen soll, obschon ich Euch gestern auf den Knien gebeten habe, mich zu Hause zu lassen. Wohl denn, ich will es tun, aber lasst mich, um Gottes willen, mein Sonntagskleid anbehalten."

„Mit einer Haube und einem einfachen Kragen unten am Kleide", rief Baas Gansendonck spottend, „da wirst du hübsch aussehen, an einer Tafel mit vergoldeten Schüsseln und silbernen Löffeln! Komm, komm, nicht so viele Worte. Das neue Kleid und den Hut, ich will es!"

„Ihr könnt tun, was Euch gefällt, Papa", schluchzte Liesa, den Kopf traurig sinken lassend. „Ihr könnt mich bestrafen, mich schelten so viel Ihr wollt; das neue Kleid ziehe ich aber nicht an, ich trage den Hut nicht…"

Von der Kaminecke her nickte Kobe, um das Mädchen in. Ihrem Widerstande zu stärken. Der Baas wendete sich nach dem Knechte um und fragte wütend: „Nun, was sagst du zu einer Tochter, die ihrem Vater so zu widersprechen wagt?"

„Sie kann vielleicht recht haben, Baas."

„Das sagst du mir? Du auch? Habt ihr euch etwa miteinander verständigt, um mich vor Ärger bersten zu machen? Ich werde es dich lehren, du undankbarer Lumpenkerl! Morgen ziehst du von hier weg!"

„Lieber Baas! Ihr habt mich ja gar nicht verstanden", antwortete Kobe mit verstellter Ängstlichkeit. „Ich will nur sagen, dass Liesa recht haben könnte, wenn sie nicht unrecht hat."

„Ach was! Dann sprich ein andermal deutlicher!"

„Ja, Baas."

„Und du, Liesa, schnell jetzt! Es mag nun lieb oder nicht lieb sein – du sollst mir gehorchen und müsste ich dir das Kleid auch mit Gewalt auf den Leib ziehen."

Das Mädchen brach in Tränen aus. Ihr Vater wurde darüber noch mehr aufgebracht. Er brummte vor sich hin und rückte vor Zorn die Stühle hin und her.

„Immer besser", schrie er spöttisch auf, „weine nur ein paar Stunden so fort, Liesa, dann wirst du sehr schön aussehen mit rotgeweinten Augen, wie ein weißes Kaninchen. Ich will nicht haben, dass du weinst. Das ist bloß eine Ausflucht, damit wir sollen zu Hause bleiben müssen."

Allein das Mädchen weinte fort ohne zu sprechen.

„Nun denn“, sagte der Baas mit peinlicher Ungeduld, „wenn es dann nicht anders sein kann, so zieh an, was du willst, aber höre auf mit dem Flennen. Um Gottes willen, Liesa, spute dich!“

Das Mädchen stand von einem Stuhl auf und ging lautlos die Treppe hinauf, um sich zum Besuch auf dem Schlosse herzurichten.

Eben war sie aus dem Zimmer getreten, als Herr van Bruinkasteel eintrat und zum Baas sagte: „Herr Gansendonck, wo bleibt Ihr denn so lange? Ich war schon in Unruhe, dass Euch etwas geschehen wäre· Wir haben schon seit einer Stunde auf Euch gewartet.“

„Liesa ist daran Schuld“, antwortete der Baas. „Ich hatte ihr ein schönes neues Kleid und einen Atlashut machen lassen, aber ich weiß nicht, was ihr für Flausen im Kopfe stecken – sie will die neuen Kleider nicht anziehen.“

„Sie hat recht, Herr Gansendonck; sie ist doch allezeit hübsch genug.“

„Aber schöne Kleider schaden doch nicht, Herr Viktor.“

Liesa kam herunter und grüßte den Baron mit gemessener Höflichkeit. Ihre Augen sprachen von ihrer Traurigkeit, denn es war leicht zu erkennen, dass sie geweint hatte. Sie trug ihr gewöhnliches seidenes Kleid mit einem einzigen Volant und eine Spitzenhaube, ganz in der Form derjenigen, die man in der Stadt trägt und Kornetten heißt. Sie nahm absichtlich den Arm ihres Vaters und wollte ihn zur Türe hinaus begleiten, doch der Baas ließ sie los und trat zurück, als ob er den Baron dadurch nötigen wollte, der Führer seiner Tochter zu werden. Herr Viktor schien dies jedoch nicht zu merken; vielleicht fand er es für Liesa und für sich selbst nicht passend, Arm in Arm mit ihr durch das Dorf zu gehen.

Nach einigen Höflichkeitsbezeigungen über den Vorrang beim Heraustreten verließ man das Wirtshaus. Der Baas machte aus der Not eine Tugend und ging mit seiner Tochter. Unterwegs aber sagte er bissig:

„Siehst du nun wohl, eigensinniges Mädchen? Hättest du das neue Kleid an und deinen neuen Hut mit Blumen aufgesetzt, dann hätte dir der Baron den Arm gegeben. Nun will er es nicht tun. Du bist zu gewöhnlich gekleidet. Das kommt davon!“

Sie mussten an der Brauerei vorbei. Da, hinter der Stallmauer, sah das Mädchen den tief betrübten Karl, der mit auf der Brust gekreuzten Armen ihr leidend ins Auge blickte, ohne Zorn und Verwunderung zu verraten. Erschlaffung, Mutlosigkeit und stille Verzweiflung waren allein noch in seinen müden Blicken zu lesen.

Liesa stieß einen lauten Schrei der Überraschung aus, riss sich von dem Arme ihres Vaters los, lief zu Karl und ergriff zitternd seine Hände, wobei sie ihn mit Versicherungen ihrer Liebe tröstete.

Baas Gansendonck näherte sich den beiden Geliebten, sah den Brauer mit einem Wutblicke an und zog seine Tochter von ihm weg. Sprachlos und voll bitterer Gedanken ging Liesa nach dem Gute des Herrn van Bruinkasteel.

Hochmut ist die Quelle allen Übels.

7.

Am späten Nachmittag stand Karl unter hochstämmigen Bäumen, mit dem Rücken an einen Birkenstamm gelehnt. Da, vor ihm, auf der andern Seite des Grabens, lag das Jagdhaus des Herrn van Bruinkasteel.

Der Jüngling befand sich bereits lange Zeit auf dieser einsamen Stelle. Er wusste selbst nicht, wie und warum er hierhergekommen war. Während er mit schrecklichen Träumereien im Kopfe ohne bestimmten Zweck durch die Felder geirrt war, hatte ihn sein Herz hierher geführt, um ihn noch bitterere Galle trinken zu lassen. Da stand er nun wie ein gefühlloses Bild, die Augen starr auf die Wohnung des Barons gerichtet und nur von Zeit zu Zeit Leben verratend durch ein grimmiges Lächeln oder durch ein krampfhaftes Zittern des Körpers. Seine Seele war auf die Folter gespannt. Mit seiner gequälten Einbildung drang er durch die Mauer, hinter der sich Liesa befinden musste. Er sah sie an der Seite des Barons sitzen, er hörte Liebeserklärungen und verführerische Schmeicheleien und er sah, wie Baas Gansendonck mit Gewalt die Keuschheit seiner Tochter zu vernichten suchte und dann… dann wusste die schwache Liesa nicht mehr was tun. Sie ließ den Baron ihre Hand erfassen, ließ sich ansehen mit dem befleckenden Blick niedriger Sinnlichkeit!

Armer Karl! So brachte er seinem eigenen Herzen zahlreiche Wunden bei und zwang seine überhitzte Phantasie darin zu wühlen und ihn den Schmerzenskelch bis auf die Neige leeren zu lassen. Nachdem er lange von solch schrecklichen Träumen gepeinigt worden war, verfiel er in eine Art von Geistesschlaf. Seine Nerven entspannten sich, auf seinem Gesicht blieb nur der ruhige Ausdruck der Müdigkeit, das Haupt sank ihm auf die Brust und er blickte mit halbgeschlossenen Augen zu Boden. Plötzlich drang der Ton eines fernen Saiteninstruments an sein Ohr und mit ihm der fast unvernehmbare Klang einer Männerstimme.

So verschwommen wie dieser Gesang auch war, wirkte er doch gewaltig auf des Jünglings Gemüt. An allen seinen Gliedern zitternd und mit Rachgier in seinem Gesicht, sprang er auf, als hätte ihn eine Schlange gebissen. Aus seinem Auge strahlte ein glühender Blick, seine Zähne waren geöffnet und die Finger seiner Fäuste krachten…

Er kannte diesen hässlichen Gesang, der schon diesen Morgen zu den Ohren Liesas wie eine höllische Stimme von sinnlichen Begierden gesprochen hatte. Sie brannten noch verzehrend in seinem Herzen, die befleckenden Worte, die aus Liesas Mund dem Verführer entgegengeklungen hatten.

In seiner Verzweiflung brach der Jüngling die herabhängenden Eichenzweige in Stücke und er keuchte vor Wut.

Die Töne des Gesanges schwollen an und wurden lauter, das Wort *Je vous aime!* drang, bis in das Eichengehölz verstehbar, aus der Kehle des Barons und wurde mit so viel Feuer und solch innigem Gefühl gesungen, dass es nicht anders sein konnte, sie mussten unmittelbar zu Liesa gesprochen sein.

Ganz außer sich und unbewusst alles dessen, was um ihn vorging, sprang Karl über den Graben, klomm auf der andern Seite hinauf und verschwand zwischen dem dichten Laubwerk eines Haselgesträuches, das sich längst eines breiten Pfades hinzog. Sich immer verbergend, schlich er wie ein wildes Tier durch das Laubwerk fort, bis er bei einem düsteren Laubgang anlangte. Hier waren zwei Buchenhecken

in geringem Abstand gepflanzt und man hatte ihre Zweige mit großer Sorgfalt zu einem grünenden Gewölbe zusammenverschlungen.
Obschon die letzten Strahlen der Sonne noch auf die eine Seite dieses
Laubganges fielen und die durchscheinenden Blätter wie Lichtpunkte
auf dem tieferen Grün hervorhoben, war es doch sehr dunkel darin.

Der Jüngling schlich mitten durch und näherte sich dem Hause und
dem Saal, wo der Baron mit seinen Gästen sich befand. Etwa drei oder
vier Schritte vor dem Fenster dieses Saales blühte eine Gruppe von
Holunderstauden. Mitten in diesem dunklen Gebüsche stand Karl
und sah aus diesem Versteck gerade und ungehindert in den Saal.

Ach, wie klopfte ihm das Herz, wie stieg ihm das Blut zu Kopf! Er
konnte von hier aus alles beobachten, alles hören; denn der Wein und
die Heiterkeit hatten die Stimmen im Saale lauter gemacht.

Es schien ihm, dass man Liesa wider ihres Willens zu etwas zwingen wollte. Der Baron zog sie mit sanfter Gewalt bei der Hand nach
dem Piano, ihr Vater aber schob sie mit weniger Achtsamkeit fort und
rief halb erzürnt: „Liesa, Liesa, dein Eigensinn wird mich noch aus
meiner Haut fahren lassen. Was du diesen Morgen getan hast, wirst
du doch jetzt auch noch tun können. Die Herren ersuchen dich so
freundlich, dies Liedchen nochmals zu singen und du bist ungebildet
genug, um dich zu weigern! Du brauchst deine Stimme nicht zu ver-
leugnen, Mädchen, sie lässt sich anhören.“

Der Baron drang aufs Neue in sie. Der Baas befahl ärgerlich. Liesa
gehorchte endlich und fing an, mit dem Baron unter Pianofortebeglei-
tung zu singen:

> *„Ah, pitié! Mon trouble est extrême!*
> *Dites, je vous aime,*
> *Je vous aime!“*

Der Holunderbusch erzitterte, wie wenn ein Windstoß ihn getroffen
hätte…

Baas Gansendonck war beinahe außer sich vor Stolz. Sein Gesicht
leuchtete und war ganz rot von Selbstzufriedenheit; er rieb sich die
Hände unaufhörlich und sprach so ungezwungen, so laut und so viel,
dass ein Fremder ihn ohne Zweifel für den Gutsbesitzer angesehen

hätte. Wie er so am Piano stand, wiegte er den Kopf und schlug er mit seinen plumpen Füßen den Takt ganz falsch auf dem gebohnten Estrich, indem er von Zeit zu Zeit zu seiner Tochter sagte:

„Lauter! … Schneller! … So ist es recht! … Bravo!"

Dass aber Adolf und sein Freund, ja selbst Viktor, mit ihm ihren Spott trieben, das fühlte er nicht. Er glaubte im Gegenteil, in ihrem lustigen Lachen einen Beweis von Beifall und Freundschaft zu erkennen.

Eben war das Lied zu Ende, als Adolf, der am Piano seine Finger einige Zeit über die Tasten gleiten ließ, einen Walzer begann, der in Ton und Takt so verführerisch klang, dass der Baas schon beim bloßen Anhören sich zum Tanze verlockt fühlte und sich wirklich auf die Zehen stellte, als wollte er sich im Saal herumdrehen.

„Tanzen, tanzen", rief er, „das kann unsere Liesa so, dass man sie wegstehlen muss, so wie sie nur den Fuß bewegt! Komm her, Liesa! Zeige einmal, was du im Pensionat gelernt hast!"

Das Mädchen, das sich bereits mit Unmut zum Singen gezwungen gesehen hatte, wollte sich vom Piano entfernen, um diesmal dem Befehle ihres Vaters zu entgehen; allein er brachte sie nach der Mitte des Saales zurück und gab dem Baron ein ermutigendes Zeichen. Dieser, voll leichtsinnigen Frohsinns, sprang herzu, schlang seinen Arm um die Hüften des Mädchens und tanzte mit ihr trotz ihres Widerstrebens fünf bis sechs Takte lang.

Da nun Liesa sich entschieden weigerte zu tanzen und sich unwillig weiter schleifen ließ, so musste der Baron van Bruinkasteel auch davon absehen. Er entschuldigte sich mit artigen Worten bei dem verschämten Mädchen und schien weder von ihrer sichtbaren Betrübnis, noch auch von ihrer Weigerung betroffen zu sein. Der leichtsinnige Junker vergnügte sich. Ohne Zweifel sah er in Liesa Gansendonck nur ein angenehmes und harmloses Mädchen, das ihm dazu diente, seine Zeit angenehm zu vertreiben. Wenn ein innigeres Gefühl ihn zu ihr hingezogen hätte, müsste ihn ihre Kälte gewiss gekränkt oder doch betrübt haben, aber er schien nicht im Geringsten acht darauf zu geben. Mit einer artigen Verbeugung bot er Liesa seinen Arm, die ihn nicht zu verweigern wagte, und rief den andern zu:

„Kommt mit, wir wollen einen Abendspaziergang durch den Garten machen, bis die Lichter hier angesteckt sind! Ihr nehmt es mir doch nicht übel, meine Freunde, dass ich der Kavalier von Jungfer Liesa bin?"

Alle gingen nun die steinerne Treppe hinunter und wandten sich nach dem schattigsten Teile des Gartens. Der Baron führte Liesa längs eines Beetes von Dahlienblumen und Adolf schlug mit seinen Freunden einen andern Weg ein. Mit Verwunderung und einer gewissen Angst bemerkte das Mädchen, dass ihr Vater sich ebenfalls von ihr entfernte. Sie warf ihm einen flehenden Blick zu und wollte den Baron verlassen; allein Baas Gansendonck befahl ihr mit erkünsteltem Zorne, ihrem Führer zu folgen, und lief lachend auf Adolf zu, als ob er etwas Wunderschönes getan hätte. Liesa zitterte. Ihr jungfräuliches Gewissen rief ihr laut zu, dass sie unrecht tue, so allein Arm in Arm mit dem Baron durch den einsamen Garten zu wandeln; aber er sagte ihr doch nichts Unanständiges und dort am Ende des Weges konnte sie immer ihrem Vater wieder begegnen. Würde es nicht eine große Unanständigkeit ihrerseits sein, den Baron stehen zu lassen und wie eine Bäuerin davonzulaufen?

Unter solchen Gedanken folgte sie dem Baron geduldig und antwortete ihm nur mit einzelnen zerstreuten Worten. Einige Zeit darauf waren alle zwischen den Gebüschen verschwunden.

Der unglückliche Karl war in einem fieberhaften Zustande und litt unaussprechliche Qualen. Schon zwanzigmal hatte ihn die glühende Rachsucht, die in seiner Brust kochte, angetrieben, aus dem Holunderbusch zu springen und über den Verführer herzufallen, aber dann stand immer das Bild seiner alten Mutter bittend vor seinen Augen und so schwankte er zwischen seiner Rachsucht und dem warnenden Gefühle der kindlichen Liebe hin und her, in seinem Innersten den Qualen der Verzweiflung preisgegeben.

Plötzlich hörte er von neuem und nur wenige Schritte entfernt die einschmeichelnde Stimme des Barons. Er sah Liesa still betrübt an seinem Arm einhergehen. Beide wandelten einen Gang entlang, der sie bei dem Holunderbusch vorbei und weiter in den dunklen Laubgang führen musste.

Liesa bemerkte erst einige Schritte vor der Stelle, wo Karl mit zurückgehaltenem Atem und in angstvoller Erwartung ihre kleinsten Bewegungen beobachtete, das Laubgewölbe, welches hier seinen dunklen Eingang öffnete. Sie bat den Baron, mit ihr zu ihrem Vater zurückzukehren und als dieser nun ihren Arm umso fester hielt und, ihrer Angst spottend, sie überreden wollte, mit ihm in die Laube zu treten, fing sie an wie ein Rohr zu beben und sie erbleichte vor Angst. Der Junker schien auf ihre Beklommenheit gar nicht zu achten, in dem Glauben, dass es sich bloß um eine vorgespiegelte Ängstlichkeit handle. Wie sie sah, dass er sie mit scherzhafter Gewalt in den Laubgang hineinziehen wollte, schrie sie in ihrer Herzensangst laut auf: „Vater! Vater!" Und ebenso schnell entfuhr ein noch heftigerer Schrei ihrer Brust…

Ehe sie ein einziges Wort hervorbringen konnte, fielen zwei mächtige Fäuste auf die Schultern des Barons und warfen ihn mit einem einzigen Stoß drei oder vier Schritte weit in den Sand.

Der Baron richtete sich wütend auf, riss einen Stock aus einem Dahlienbett und lief damit auf Karl los, der ihn mit einem wirren Lachen und brennendem Gesicht erwartete. Es gelang dem Baron, den Jüngling dergestalt auf den Kopf zu treffen, dass ihm das Blut die Wangen herunterströmte. Aber dies war das Zeichen zu einem wilden Kampfe. Karl ergriff seinen Gegner an den Hüften, hob ihn in die Höhe und warf ihn dann wie einen Stein auf den Boden. Der Baron sprang dennoch wieder auf und widersetzte sich dem weit stärkeren Jüngling so lange, bis dieser ihn endlich auf den Boden hinstreckte, mit seinen Knien niederhielt und ihm mit seinen schweren Fäusten Kopf und Gesicht jämmerlich zerbläute und blutig schlug.

Liesa war einen Augenblick wehklagend stehen geblieben, bis sie das erste Blut hatte fließen sehen. Dann floh sie schreiend hinweg und fiel eine Strecke entfernt ohnmächtig im Gras nieder.

Ihr Hilferuf hatte alsbald die anderen Spaziergänger und selbst die Dienstboten ereilt und aufgeschreckt. Alle kamen von verschiedenen Seiten herbeigelaufen und rissen den Brauer von dem Baron weg.

Adolf befahl den Dienern, dass sie den Brauer festnehmen sollten. Diese hingen wohl zu fünft oder sechst an ihm und hielten ihn bei den Armen, während er, als ob verrückt, lachend sah, wie er seinen Feind zugerichtet hatte.

Baas Gansendonck war zu seiner Tochter geeilt und riss sich vor Verzweiflung die Haare aus in der fürchterlichen Meinung, sein Kind sei ermordet. Adolf und seine Freunde halfen Herrn von Bruinkasteel auf die Beine. Der Baron war ganz zerschlagen im Gesicht und am Leibe. Dennoch flammte seine Wut heftig auf und er fand noch Kraft genug, dem Brauer zu sagen:

„Schelm, ich sollte Euch von meinen Knechten totschlagen lassen; aber das Schafott soll mich an einem Meuchelmörder rächen. Schließt ihn in den Keller ein und du, Steffen, lauf und hole die Gendarmen!“

Die Diener wollten, um den Befehl ihres Herrn zu vollziehen, den Jüngling fortschleppen. Aber dieser, jetzt einsehend was man mit ihm vorhatte, riss sich los, warf den, der vor ihm stand, hintenüber in den Holunderbusch, lief durch das Wasser und verschwand, ehe man ihn verfolgen konnte, aus allen Blicken hinter dem Gebüsch.

Stille Wasser gründen tief.

8.

Am andern Morgen saß Liesa in einem Nebenzimmer des „Heiligen Sebastian“ hinter den Musselinvorhängen eines Fensters. Die Leichenblässe ihres Gesichts und die Röte ihrer Augen bezeugten, dass sie vom Weinen gänzlich erschöpft war. Wie sehr aber Liesa auch ermattet schien, verriet ihr Gesicht dennoch einen heftigen Gemütszustand und bewegte sich krampfhaft unter dem Druck geheimer Aufregungen. Man hätte sagen können, dass ein jäher Schreck und ängstliche Erwartung ihr Herz beklemmten, denn von Zeit zu Zeit sah sie mit ängstlicher Neugierde auf die Straße, bis einige Vorbeigehende auf ihr Haus blickten. Obschon man sie aber von der Straße aus nicht sehen konnte, zog sie doch jedes Mal den Kopf zurück, die Schamröte färbte ihre bleichen Wangen, sie schlug die Augen nieder, als wollte sie sich den anklagenden Blicken der Leute entziehen und blieb so eine Zeit lang regungslos sitzen, um dann wieder mit zunehmender Neugierde und Angst auf die Straße zu schauen.

Was mochte sie wohl erwarten? Sie wusste es wohl selbst nicht, aber das Gewissen nagte wie ein Wurm in ihrem Herzen. Das Bild Karls schwebte ihr vor den Augen und rief ihr laut zu, dass sie allein schuld an allen Martern sei, die sein liebevolles Herz zu erleiden habe. In ihrer erregten Fantasie hörte sie alles, was die Dorfbewohner von ihr sagten und nun begriff sie erst recht lebhaft, dass ihr guter Ruf verloren war und dass Karl selbst sie mit vollem Rechte verstoßen könne. Darum errötete und erbebte sie bei den Blicken der Vorübergehende; denn sie merkte, dass diese über den gestrigen Vorfall sprachen und dass Spott, Verachtung und Zorn in ihren Worten miteinander wechselten. Ja, sie hatte gesehen, wie einige Bauern die Fäuste drohend nach dem Wirtshaus ausstreckten, wie um zu schwören, dass sie sich für die Schande rächen wollten, die durch die Gansendoncks ihrem Dorfe angetan wäre.

Während Liesa in dem Nebenzimmer den bitteren Kelch der Beschämung und Selbstanklage in langen Zügen leerte, saß Kobe still und einsam in der Gaststube am Herd. Er hielt seine Pfeife in der Hand ohne zu rauchen; tiefes Nachsinnen, trübe Gedanken schienen ihn ausschließlich zu beschäftigen· Sein Gesicht hatte einen ungewöhnlichen Ausdruck. Bitterkeit, ja selbst Trotz war darin zu lesen. Seine Lippen bewegten sich, als ob er zu sich selbst spräche und seine Augen blitzten von Zeit zu Zeit auf im Feuer des Zorns.

Plötzlich schien es ihm, als ob er die Stimme von Baas Gansendonck vernähme. Er verzog seinen Mund zu einem mitleidigen Lächeln, doch ebenso schnell verschwand dieses Zeichen sanfteren Empfindens und es blieb auf seinem Gesicht nichts bemerkbar als Bitterkeit und Verdruss.

Als der Baas sich der Hintertüre seines Hauses näherte, hörte der Knecht, wie er polternd und scheltend gegen die Leute losfuhr, die ihn verhöhnt haben mussten; allein Kobe konnte noch nicht verstehen, gegen wen oder warum er so in Harnisch geraten war. Es schien ihm jedoch auf jeden Fall sehr gleichgültig zu sein, denn er rührte sich nicht und blieb erwartend unter dem Kaminmantel sitzen.

Da stürmte der Baas plötzlich herein, mit den Füßen vor Wut stampfend und mit seinem Stock gegen die Stühle schlagend, als ob sie ihm auch etwas zuleide getan hätten.

„Das geht zu weit! Ja, wirklich zu weit !", rief er. „Ein Mann wie ich bin! Was – sie wollen mir auf der Straße mit den Fäusten drohen, mir nachrufen, mich auslachen, mich verhöhnen und wie einen Schelm, einen Esel anschreien! Denk dir das, Kobe, müssen sie nicht vom Teufel besessen sein? Die lumpigen Bauern laufen mir aus der Schmiede nach und rufen: 'Schande! Schande!' Hätte ich es nicht erduldet, nur um meine Hände an diesem Lumpenpack nicht zu besudeln, so glaube ich, dass ich drei oder vier von den Kerlen den Kopf eingeschlagen hätte. Doch der Sus soll für alle diese Halunken büßen! Ich werde ihn lehren, Baas Gansendonck mit Kot zu bewerfen! Wir werden doch einmal sehen, was daraus werden soll. Und sollte ich die Hälfte meines Vermögens daran setzen müssen, so soll er es schrecklich büßen! Die Gendarmen sollen kommen und so wie noch einer sich untersteht, mir ein schiefes Gesicht zu machen, so lasse ich das halbe Dorf vor das Gericht fordern! Geld genug habe ich dazu und Herr van Bruinkasteel, der ein Freund des Königlichen Staats-Prokurators ist, wird sie schon auf einige Monate ins Loch stecken lassen! Dann werden sie dastehen und wissen, mit wem sie es zu tun haben. Es muss endlich ein Ende nehmen und da sie mich auf eine so unverschämte Weise ärgern, so will ich auch ganz unbarmherzig sein und sie fühlen lassen, was Baas Gansendonck vermag! Nein, es ist abgemacht, keine Gnade mehr!"

Ganz gewiss würde der wütende Baas noch lange in diesem Ton fortgerast und getobt haben, wenn ihm nicht der Atem darüber ausgegangen wäre. Keuchend sank er auf einen Stuhl nieder und sah den Knecht mit zornigem Staunen an, der mit der größten Gleichgültigkeit in das Feuer blickte, als ob er nichts gehört hätte; nur die Traurigkeit konnte man auf seinem Gesichte erkennen.

„Was sitzest du denn wieder wie einer, der nicht drei zählen kann? Das faule Leben schadet dir, Kobe. Ich weiß nicht, du wirst so faul und so träge wie ein Schwein. Das passt mir nicht. Ich will haben, dass mein Knecht heftig ist und nicht so kalt bleibt, wenn ich erzürnt bin."

Kobe sah seinen Herrn mit einem wehen und mitleidigen Blick an.

„Ach, du hast wieder Leibschmerzen!", rief der Baas. „Das fängt auch endlich an, mir lästig zu fallen. Oder glaubst du etwa, dass der 'Heilige Sebastian' ein Gasthaus für dich ist? Ich will nicht, dass du

Leibschmerzen haben sollst! Darum musst du etwas weniger essen, du unersättlicher Vielfraß du! Sag an, wirst du nun reden oder nicht?"

„Ich würde recht gerne sprechen", antwortete Kobe. „Aber ich weiß nicht, ob Ihr mir nicht beim ersten Worte das Maulhalten befehlen und dann nach Eurer gewohnten Weise ausfallen und mir eine lange Litanei vorsingen werdet?"

„Was für einen Ton nimmst du an! Sage es nur gerade heraus, dass ich ein Schwätzer bin. Tu' dir keine Gewalt an, Kobe, denn sie sitzen doch nun schon alle dem Baas Gansendonck auf dem Leibe. Warum solltest du denn nicht auch Steine nach demjenigen werfen, der dir zu essen gibt?"

„Seht Ihr wohl?", sprach Kobe mit einem trüben Lachen. „Ich habe kaum sechs Worte gewagt und schon sitzt Ihr sperrbeinig auf dem Ross! Ich werde mich wohl hüten, Euch ein Scheltwort zu sagen, aber gesteht es nur, Baas, dass es eine tüchtige Spinne sein müsste, die vor Eurem Munde ein Gewebe machen sollte."

„Ich bin der Herr. Ich kann so lange allein sprechen, als ich will!"

„Gewiss, Baas. Allein dann lasst mich schweigen und sollte ich auch dabei ersticken!"

„Schweigen? Nein, eben das will ich nicht. Du sollst sprechen. Ich bin begierig zu wissen, was Gutes aus einem solchen Dummkopf, wie du bist, herauskommen kann."

„Stille Wasser gründen tief, Baas!"

„Nun, so lass doch hören, aber sprich mir nicht zu lange. Und vergiss besonders nicht, dass ich meinen Knecht nicht bezahle, um von ihm Belehrungen zu empfangen."

„Es ist ein altes Sprichwort, Baas, welches sagt: Der kluge Mann gehet bei dem Narren zu Rate und findet da die Wahrheit."

„Wohlan denn, sage einmal an, was der Narr dem weisen Mann für einen Rat gibt! Wenn du so vernünftig sprechen willst, so will ich dich ein wenig anhören."

Der Knecht wandte sich mit seinem Stuhl nach seinem Herrn hin und sprach in einer ganz ruhigen und offenen Weise:

„Baas, es gehen hier seit zwei Monaten Dinge vor, die selbst ein dummer Knecht nicht ansehen kann ohne dass ihm das Blut zuweilen anfängt überzukochen."

„Das glaube ich wohl, aber das wird nicht lange dauern, Kobe. Die Gendarmen werden nicht bezahlt, um Fliegen zu fangen."

„Was mich betrifft, Baas, ich bin ein Faulenzer, das gestehe ich ein. Aber mein Herz ist doch noch recht. Ich würde gern vieles tun, um unser braves Lieschen vor einem Unglücke zu retten, wenn ich dazu die Macht hätte und ich vergesse es auch niemals, Baas, dass Ihr trotz Euren heftigen Aufbrausens doch gut zu mir seid."

„Das ist wahr, Kobe", sagte Baas gerührt.

„Ich höre mit Vergnügen, dass du mir dankbar bist, aber was willst du mit dieser ernsten Miene sagen?"

„Spannt mir nicht den Wagen vor die Pferde, Baas, ich werde früh genug an den wehen Fleck rühren müssen."

„Mach' es kurz, ich laufe sonst zum Hause hinaus. Du machst mich bald krank vor Ungeduld mit deinem Zögern.

„Wohlan, wartet nur einen Augenblick. Liesa war seit langer Zeit mit Karl versprochen, der ein guter Junge ist, wenn er auch eine Unvorsichtigkeit begangen hat…"

„Ein guter Junge?", schrie der Baas auf. „Wie – Du nennst den einen guten Jungen, der wie ein Mörder den Herrn van Bruinkasteel auf seinem eigenen Gute anfiel und ihn beinahe erschlug?"

„Das beste Pferd stolpert wohl einmal."

„Ha, das nennst du stolpern? Er ist ein guter Junge? Dies Wort soll dir teuer zu stehen kommen. Mit deinem Weizenbrot hat es ein Ende, noch heute sollst du von hier wegziehen!"

„Mein Bündel ist schon geschnürt, Baas", antwortete Kobe ganz kaltblütig. „Aber ehe ich von hier wegziehe, müsst Ihr hören, was ich auf dem Herzen habe. Ihr sollt es hören, und müsste ich Euch auch bis aufs Feld nachlaufen, bis auf die Straße, bis in Eure Stube. Es ist meine Pflicht und der einzige Dank, den ich Euch bezeigen kann. Dass Ihr mich wegschicken wollt, wundert mich gar nicht, denn wer die Wahrheit sagt, der wird nirgends gern beherbergt."

Baas Gansendonck stampfte ungeduldig mit den Füßen; allein er sagte doch nichts, der ernste und unerschrockene Ton seines Knechtes überraschte und mäßigte ihn.

„Unsere Liesa", fuhr Kobe fort, „würde mit Karl glücklich gewesen sein. Aber Ihr, Baas, Ihr habt den Fuchs in unsern Gänsestall gebracht, einen leichtsinnigen Junker in Euer Haus gelockt, ihn ermutigt, in die Ohren Eures Kindes lauter eitle Redensarten zu blasen, ihr von einer geheuchelten Liebe vorzureden, ihr von Dingen vorzusingen, die gegen alle Ehrbarkeit streiten…"

„Das ist nicht wahr", knurrte der Baas.

„Ihr habt gewollt, dass er Französisch mit Eurer Tochter spreche. Wie konntet Ihr denn wissen, was er ihr sagte, da Ihr kein Wort Französisch versteht?"

„Und du, Lumpenkerl, verstehst du denn wohl etwas davon, dass du so keck darüber urteilen darfst?"

„Ich verstehe genug davon, Baas, um begriffen zu haben, dass der Teufel der Wolllust und der Spötterei im Spiele war. Was ist nun die Folge Eurer Unvorsichtigkeit gewesen? Soll ich es Euch sagen? Die Ehre Eurer Tochter ist gebrandmarkt, wenn auch nicht durch die Tat, aber doch hinreichend in der Vorstellung der Leute, so dass sie niemals in ihrer früheren Reinheit hergestellt werden kann. Karl, der einzige Mann, der sie aufrichtig liebte und glücklich gemacht hätte, vergeht und verzehrt sich aus Verzweiflung. Seine Mutter liegt aus Gram über die Leiden ihres einzigen Kindes darnieder. Ihr, Baas, werdet von jedermann gehasst und verspottet. Man sagt allgemein, dass Ihr Schuld an Karls Tod, an Eurer Tochter Schande und an Eurem eigenen Unglück sein werdet."

„Ja, wenn man einen Hund gern tot hätte, so gibt man an, dass er toll ist; aber sie haben alle nichts da rein zu reden!", schrie der Baas voll Ärger. „Es geht sie nichts an! Ich tu, was ich will! Aber du, Unverschämter, du sollst auch erfahren, weshalb du deine Nase in Dinge gesteckt hast, die dich nichts angehen."

„Es ist mir ganz einerlei, wie Euch meine Worte gefallen, Baas", antwortete Kobe. „Es sind ja ohnehin die letzten, die ich im 'Heiligen Sebastian' sprechen werde."

Baas Gansendonck musste ungeachtet seiner Drohungen ungemein viel von seinem Knecht halten und ihn nicht gern ziehen lassen, denn so oft dieser ihm kaltblütig ankündigte, dass er die Absicht habe, seinen Dienst zu verlassen, legte sich sein Ärger und er lieh seinem Knechte mit Nachgiebigkeit ein williges Gehör.

Kobe fuhr daher fort: „Was kann nun daraus entstehen? Wird man mit dem Sprichworte hier etwas sagen können: Der Krug geht so lange zu Wasser, bis er bricht? Nein, die angeborne Keuschheit Eurer Tochter wird sie vor größerer Schande bewahren; allein der Baron wird der Unterhaltung mit Liesa müde und sich einen andern Zeitvertreib suchen. Liesa wird sitzen bleiben und von allen gemieden werden, die es meinen. Die Leute werden Euch verspotten und sich über Eure Schande freuen…"

„Aber Kobe, wie kann man aller Welt genügen? Wer ein Haus an der Straße baut, hat viele Tadler. Ich begreife deine Torheit nicht! Oder weißt du nicht, was im Gange ist? Der Baron wird Liesa heiraten. Du brauchst gar nicht daran zu zweifeln – es ist ja deutlich genug. Und dann werden die Lästerzungen aus dem Dorf, und du auch, geblendet dastehen, wie die Eulen in der Sonne. Ja, wenn ich dessen nicht so sicher wäre, so ließe sich schon etwas dagegen sagen. Aber selbst dann brauchten andere sich nicht darum zu kümmern. Ich bin der Herr in meinem Haus."

„So! Der Baron wird sich mit Liesa verheiraten? Dann ist ja alles gut und Ihr könnt dann eine schöne Feder auf Euern Hut stecken, Baas!

Aber meinen und missen fangen beide mit demselben Buchstaben an. Darf ich Euch wohl etwas fragen, Baas?"

„Nun?"

„Hat der Baron mit Euch von dieser Heirat gesprochen?"

„Das ist nicht notwendig."

„Ah! Habt Ihr ihn vielleicht nach seinen Absichten befragt?

„Das ist auch nicht notwendig."

„Hat denn der Baron mit Liesa gesprochen?"

„Was für ein Kindergewäsch ist das nun, Kobe? Er soll wohl um Liesas Zustimmung fragen, ohne zu wissen, ob ich, der ich allein Herr bin, die Heirat genehmige? Das geht ja so nicht!"

„Nein? Aber der Baron hat über Euch und Eure Tochter gespottet, als ihn der Doktor auf dem Kirchhof in Gegenwart von wohl zehn Leuten fragte, ob er wirklich Liesa heiraten werde."

„Was sagst du da? Herr van Bruinkasteel sollte mit uns Spott getrieben haben?"

„Er hat den Doktor gefragt, ob er denn wohl meine, dass ein Baron die Tochter aus einem Bauernwirtshause heiraten könne und als man ihm nun sagte, dass Ihr bereits den Notar wegen der Heiratsbedingungen um Rat gefragt habt, rief er laut aus: 'Die Tochter ist ein braves Mädchen, aber der Vater ist ein verdrehter Narr, der eigentlich schon lange in Gheel[12] sitzen müsste!'"

Bei den letzten Worten sprang der Baas voller Zorn auf, als ob ihn jemand unversehens auf den Fuß getreten hätte.

„Wie kannst du dich unterstehen, so etwas zu sagen?", schrie er drohend. „Ich soll in Gheel sitzen müssen? Was fällt dir ein oder bist du ganz von Sinnen, Unverschämter? Es ist wohl wahr: ein toller Hund beißt sogar seinen eigenen Herrn."

„Ich wiederhole Euch ja nur, was zehn Menschen bezeugen können, gehört zu haben. Wollt Ihr es nicht glauben, Baas, so steht es Euch ja frei; aber was hilft…"

„Ja, sag es doch nur: Was hilft Kerze und Brill', wenn man doch nicht sehen will! Ich weiß gar nicht, warum ich dich nicht bei den Schultern gepackt und zur Türe hinausgeworfen habe!"

„Was hilft das Licht dem, der die Augen zuhält?", fuhr Kobe fort. „Der Baron hat noch bei andern Gelegenheiten über Eure Hoffnung gelacht…"

„Nein, nein, was du da sagen willst, ist nicht wahr. Es kann gar nicht wahr sein. Du hast geglaubt, was die Lästerungen von neidischen Leuten ausgesprochen haben, die vor Galle und Gift bersten, weil ich mehr Geld habe als sie und weil sie vorhersehen, dass Liesa eine gnädige Frau werden wird, zum Ärger aller, die es ihr missgönnen."

„Wenn der Blinde träumt, dass er sieht, dann sieht er was er gerne sieht", sagte Kobe. „Ist keine Salbe auf Eure Wunde zu streichen, Baas, dann kann ich Euch auch nicht helfen; und ich sage mit dem Sprichwort: Ein jeder kocht seinen Brei, so wie er ihn essen will; tut nach Eurem Willen und feiert morgen Hochzeit."

„Erdichtungen von elenden Neidhammeln und weiter nichts!"

„Der Doktor beneidet Euch nicht, Baas. Er ist ein ruhiger und vorsichtiger Mann, der vielleicht allein im ganzen Dorfe noch Euer Freund geblieben ist. Er selbst hat mich angeregt, Euch mit oder gegen Euren Willen die Gefahr vor Augen zu stellen."

„Aber der Doktor ist betrogen, Kobe. Man hat ihm falsche Dinge

---

12 Gheel ist ein Ort in den Kempen, wo man die Geisteskranken unterbringt.

vorgeredet. Es ist nicht anders möglich, sag ich dir! Das wäre wahrlich schön, wenn der Baron nicht die Liesa heiraten wollte."

„Ungelegte Eier sind ungewisse Küken, Baas."

„Ich bin so gewiss davon, als von meines Vaters Namen."

„Ihr sitzt noch nicht im Sattel und glaubt schon zu reiten. Ich sage Euch, Baas, dass der Baron Euch verspottet, Euch auslacht, Euch zum Narren hält. Ich sage Euch, dass Ihr blind seid und dass ich Liesa beklage; und dass ich morgen von hier fortziehe, um das trübe Ende des Trauerspiels nicht zu sehen. Und wenn Ihr Eure Ohren offen halten wollt, Baas, so gebe ich Euch vor meinem Abschiede noch einen Rat, einen guten Rat."

„Vor deinem Abschiede? Das werden wir später sehen! Aber lass deinen kostbaren Rat hören!"

„Seht, Baas, wer gern glaubt, wird leicht betrogen. Wäre ich an Eurer Stelle, so würde ich heute noch wissen wollen, woran ich bin. Ich würde gleich auf das Jagdgut gehen und Herrn van Bruinkasteel geradezu fragen, wie er es mit Liesa meint. Artige Redensarten und Komplimente in den Wind gesprochen würden mich nicht befriedigen. Ich würde immer die Frage wiederholen: 'Heiratet Ihr oder heiratet Ihr nicht?' Und so würde ich ihn zwingen, mit offenen Karten zu spielen und mir ein für alle Mal eine deutliche Antwort zu geben. Wenn er sich weigert, was ganz wahrscheinlich ist, dann würde ich nicht leiden, dass er noch ein Wort mit Liesa spricht. Ich würde schnell wieder in frühere Geleise einlenken, mich bei Karl entschuldigen, ihn zurückrufen und seine Heirat mit Liesa beschleunigen. – Das ist das einzige Mittel, das Euch noch übrigbleibt, um großes Unglück und Schande zu verhüten."

„Wohlan, wenn Herr van Bruinkasteel mir nicht bald von seiner Hochzeit sprechen sollte, so werde ich wohl selbst mutig genug sein, um ihn zu befragen. Aber das hat keine Eile."

„Keine Eile, Baas? Von der Hand bis zum Mund fällt das Brot auf den Grund. Ihr müsst heute noch wissen, was der Baron beabsichtigt."

„Nun gut", rief der Baas, „ich werde diesen Nachmittag nach dem Jagdhof gehen. Ich werde von dem Baron eine deutliche Erklärung verlangen; allein ich weiß im Voraus, was er antworten wird."

„Ich wünschte, dass Ihr die Wahrheit sagen könntet, Baas! Aber ich fürchte, dass Ihr einen Teufel für Euer Neujahr kriegen werdet."

„Was? Dass ich die Wahrheit sagen könnte!“

„Oder dass Ihr die Wahrheit diesmal mehr sagtet.“

„Die Welt ist verkehrt“, sagte der Baas mit verdrießlicher Ungeduld. „Der Knecht hält seinen Herrn für einen Trottel… und ich muss es mir gefallen lassen. Wenn man mit dem Esel spielt, so schlägt er einen mit dem Schweif ins Gesicht. Aber warte nur, ich werde bald gerächt sein. Noch diesen Nachmittag gehe ich nach dem Landgute… Und was wirst du dann sagen, du Unverschämter, wenn ich mit der Erklärung des Barons, dass er Liesa heiraten wird, zurückkommen werde?“

„Dass Ihr allein verständig seid, Baas, und dass alle andern, ich miteinbegriffen, dumme Tröpfe sind. Aber was werdet Ihr sagen, wenn Herr van Bruinkasteel Euch auslacht?“

„Das ist nicht möglich, sage ich dir.“

„Ja, aber wenn es nun doch so wäre?“

„Wenn? Wenn? Wenn der Himmel einfällt, dann sind wir alle tot!“

„Ich wiederhole meine Frage, Baas: wenn der Baron Euch mit Spott abwiese?“

„Ach, Baron oder nicht Baron, dann werde ich ihm zeigen, wer ich bin und…“

Ein grässlicher Hilferuf, ein schneidendes Angstgeschrei, erstickte ihm das Wort im Munde. Mit Angst und Schrecken sprangen beide auf und liefen aus dem Zimmer, wo Liesa sich befand.

Das Mädchen stand hinter dem Fenster und blickte auf die Straße. Was sie sah, musste schrecklich sein, denn ihr Mund zog sich krampfhaft über die geschlossenen Zähne; die weit aufstehenden Augen schienen aus ihren Höhlen zu treten und alle Glieder waren gespannt und zitterten schrecklich. Kaum war Baas Gansendonck bis zur Mitte des Zimmers vorgetreten, als ein aufs neue einschneidendes Angstgeschrei durch das Zimmer flog. Liesa hob beide Hände gegen Himmel und fiel senkrecht bewusstlos zu Boden. Der Baas kniete weinend bei ihr nieder.

Kobe lief nach dem Fenster und warf einen Blick auf die Straße hinaus. Er erblasste ebenfalls. Tränen entfielen seinen Augen und er war über das, was er sah, so entsetzt, dass er auf die Hilferufe seines Herrn gar nicht achtete·

Draußen schritt Karl mit auf dem Rücken gebundenen Händen zwischen zwei Gendarmen gerade vor der Türe vorbei über die Straße nach der Stadt. Eine alte Frau trippelte wehklagend hinter ihm her und benetzte die Fußstapfen ihres unglücklichen Kindes mit ihren Tränen. Sus, der Schmied, riss sich die Haare aus und wütete vor Zorn und Leid. Eine Anzahl Bauern und Bäuerinnen schritten mit gesenktem Kopf und trauriger Miene hintendrein. Manche Schürze wurde an die Augen gebracht, um eine Träne des Mitleids abzuwischen. Man hätte sagen mögen, dass hier ein Leichenzug vorbeiging, um einen teuren Toten zum Grabe zu begleiten.

9.

Kaum hatte Baas Gansendonck sein Mittagsmahl genossen, als er sich, dem Rat seines Knechtes gemäß, auf den Weg machte, um den Baron über seine Absichten zu befragen. Da er an der Schmiede nicht vorbei wollte, ging er bei der Hintertüre seiner Wohnung hinaus und schlug einen Seitenweg ein, der ihn durch Tannengehölz und einsame Felder nach dem Jagdhaus des Herrn van Bruinkasteel führen sollte.

Das Gesicht Baas Gansendoncks zeigte nichts von Kummer, obwohl seine Tochter seit diesem Morgen an einem schweren Nervenfieber zu Bette lag. Im Gegenteil zeigte er eine gewisse Zufriedenheit und manchmal lachte er so hell und zuversichtlich auf, als ob es sich um einen gewonnenen Sieg gehandelt hätte. An der Beweglichkeit seiner Züge und an ihrem wechselnden Ausdruck konnte man erkennen, dass er von angenehmen Dingen träumte und sich unvorsichtig vom Strome der Hoffnung und Täuschung treiben ließ. Eine Weile schon hatte er in sich hineingemurmelt und durch Gesten allein die Tätigkeit seines Geistes verraten. Allgemach aber entrückten ihn diese schönen Vorspiegelungen der Welt so, dass seine Stimme immer mehr anwuchs und er beinahe ganz laut sagte: „Ach, sie haben sich alle zusammen gegen mich verschworen und meinen, dass ich ihres lumpigen Geschreis halber nur einen einzigen Fuß zurücksetzen werde. Baas Gansendonck wird ihnen bald zeigen, wer er ist und was er vermag! Ein anderer als ich würde sagen: Es ist besser beneidet, als beklagt zu werden… Der Baron sollte Liesa nicht heiraten? – Und er hat am heutigen Tag seinen Diener schon zweimal geschickt, um sich nach ihrem Befinden zu erkundigen! Wenn ich mir das so recht genau überlege, ist es gar nicht möglich, daran zu zweifeln. Hat er mir nicht selbst gesagt, dass Liesa viel zu gut und zu gelehrt ist, um die Frau eines groben Bauern zu werden? Hat er nicht selbst noch hinzugefügt: 'Sie wird sich besser verheiraten und jemand glücklich machen, der imstande ist, sie zu begreifen?' Das dünkt mich, ist doch wahrlich klar genug. Oder denken die unverschämten Bauern etwa, dass ein Baron ebenso zu Werke geht, wie sie und so gerade heraus sagt: 'Trien, wollen wir uns verheiraten?' Nein, so geht das nicht! Herr van Bruinkasteel sollte die Heirat mit Liesa ausschlagen? Nun, so wette ich doch fünf Scheffel Land, dass er mir um den Hals fallen wird, sobald ich nur anfange, davon zu sprechen. Herr van Bruinkasteel sollte Liesa nicht heiraten? Nicht heiraten? Als ob ich nicht merken hätte können, warum er jederzeit so freundlich und zuvorkommend gegen mich gewesen ist, dass es jedermann sehen konnte! Es hieß: 'Herr Gansendonck hier, Freund Gansendonck da.' Er schickte Hasen, brachte Rebhühner selbst. Und Liesa isst kein Wild, also wünschte er doch, sich mir gefällig zu erweisen. Und warum? Es war sicherlich nicht um meiner schönen Augen wegen. Nein, nein, gewiss nicht, aber er machte sich den Weg sauber, ehe er den großen Schritt wagen wollte. Ich werde ihm die Sache erleichtern. Darüber wird er nicht wenig froh sein…"

Baas Gansendonck rieb sich voller Selbstzufriedenheit die Hände und schwieg eine Zeit lang, gewiss um das Liebliche seiner schmeichelhaften Vorstellungen besser zu genießen. Auf einmal schlug er eine laute Lache auf und sagte:

„Ah, ah, mir deucht, ich sehe schon allzumal die Leute im Dorfe stehen mit langen Nasen wie meine Forke! Da geht der Baron mit Liesa am Arme. Sie sind so gekleidet, dass die Bauern ihre Augen zudrücken müssen vor dem Glanz; vier Bediente mit Gold- und Silbertressen an den Hüten folgen ihnen; die Kutsche, mit vier Pferden bespannt, kommt hinterher gefahren; ich, Peter Gansendonck, ich gehe neben Herrn van Bruinkasteel und halte den Kopf recht hoch und sehe die elenden Lästerzungen und die Neider von oben bis unten an, wie der Schwiegervater eines Barons solch lumpiges Bauernpack ansehen darf und muss. Wir begeben uns zur Kirche; da liegen schon Teppiche und Kissen; da werden Blumen gestreut; die Orgel spielt, dass die Fenster klirren; das Jawort wird vor dem Altar gesprochen… und Liesa fährt mit ihrem Mann durch das Dorf mit Postpferden im Galopp, dass das Feuer aus den Steinen schlägt, stracks nach Paris… Andern Tags liegen wohl an die zwanzig Bauern aus Ärger und Neid krank zu Bette. Unterdessen verkaufe oder verpachte ich den ‚Heiligen Sebastian‘. Und wenn nun mein Schwiegersohn mit meiner Tochter zurückkehrt, ziehe ich zu ihnen auf ein großes Schloss. Baas Gansendonck, das heißt Herr Gansendonck, hat seine Schäfchen im Trocknen. Er tut nichts mehr als angeben, essen, jagen und spazieren fahren… Aber bei allen diesen Betrachtungen hätte ich mit meiner Nase beinahe das Tor des Landgutes eingestoßen!"

Bei diesen Worten zog der Baas an der Klingel. Nach einigen Augenblicken des Wartens öffnete ein Bedienter das Tor und sagte:

„Ah, guten Tag, Baas! Gewiss kommt Ihr, um den Herrn Baron zu besuchen?"

„Jawohl, Kerl", antwortete der Baas mit ärgerlichem Gesichte.

„Er ist nicht zu Haus."

„Was, er ist nicht zu Haus?"

„Das heißt, er ist nicht zu sprechen."

„Nicht zu sprechen für mich? Das wäre wahrhaftig noch schöner! Er liegt vielleicht zu Bett."

„Nein, allein er will niemand empfangen. Ihr könnt es wohl ahnen weshalb? Ein blaues Auge und das Gesicht ganz zerkratzt…"

„Das hat durchaus nichts zu bedeuten. Er braucht sein Gesicht vor mir nicht zu verbergen: Ich bin vertraut genug mit dem Baron, dass ich ihn sprechen dürfte und wenn er selbst im Bette läge… Und ich kann jeden Augenblick zu ihm, sein Verbot gilt nicht für mich."

„Nun, dann kommt mit", sprach der Bediente mit einem boshaften Lächeln. „Folgt mir, ich werde Euern Besuch anmelden."

„Das ist gar nicht nötig“, murmelte der Baas. „Dergleichen Komplimente sind unter uns überflüssig.“

Aber der Bediente führte ihn in ein kleines Vorzimmer und zwang
ihn, aller seiner Einwände ungeachtet, sich niederzulassen und auf die
Antwort des Barons zu warten.

Schon war gewiss beinahe eine halbe Stunde verlaufen und noch
war der Bediente nicht zurück. Der Baas fing an, sich schrecklich zu
langweilen und murrte zu sich selbst: „Dieser dumme Bediente meint
mich auch zum Narren zu halten. Es ist gut, ich werde mir das hinter
die Ohren schreiben. Er soll gewiss in unserem Dienst keine grauen
Haare bekommen. Fort muss er. Das wird ihn lehren! … Aber ich mag
horchen, so viel ich will, ich höre keinen Strohhalm auf dem Jagdgut
sich bewegen. Sollte der Bediente etwa ganz vergessen haben, dass ich
hier warte? So weit kann er doch unmöglich die Unbescheidenheit zu
treiben wagen. Auf keinen Fall kann ich bis morgen hier sitzen bleiben. Komm, komm, ich will doch einmal hinausschauen. Ah, da höre
ich ja den Schelm. Er lacht! Mit wem mag er doch lachen?“

„Baas Gansendonck“, sprach der Bediente, „wenn es Euch gefällig
ist, mir zu folgen, der Herr Baron hat die Güte Euch zu empfangen.
Allein es hat viele Mühe gekostet! Ohne meine Fürsprache hättet Ihr
wieder nach Hause gehen können, wie Ihr gekommen seid.“

„Eh, eh, was faselt Ihr da, Ihr Grobian?“, rief der Baas sehr ungehalten. „Wisst Ihr, wen Ihr vor Euch habt? Ich bin Herr Gansendonck!“

„Und ich bin Jakob Miermans, Euch zu dienen“, entgegnete der
Bediente.

„Ich. werde Euch zu finden wissen, Kerl“, sagte der Baas, die Treppe
hinaufsteigend. „Ihr sollt erfahren, warum Ihr mich eine gute halbe
Stunde warten habt lassen, hier in diesem Vorzimmer. Macht nur Euer
Bündel fertig. Ihr werdet hier nicht mehr lange mit Leuten wie ich bin
Euren Spott treiben.“

Der Bediente öffnete, ohne auf diese Drohungen zu antworten, die
Türe eines Saales und rief mit lauter Stimme: „Der Baas aus dem ‚Heiligen Sebastian‘!“ Woraufhin er den bestürzten Gansendonck stehen
ließ und rasch die Treppe hinunterging.

Herr van Bruinkasteel saß am Ende des Saales mit dem Ellenbogen
auf einen Tisch gelehnt. Sein linkes Auge war mit einer Binde bedeckt,

seine Stirne und seine Backen trugen die zahlreichen Spuren seines Kampfes mit dem Brauer.

Was aber die Aufmerksamkeit Baas Gansendoncks bei seinem Eintritt besonders fesselte, war der prächtige türkische Schlafrock des Barons. Dieses hell- und vielfarbige Kleidungsstück stach ihm in die Augen und mit einem freundlichen Lachen vor Bewunderung rief er, ehe er noch den Baron gegrüßt hatte:

„Donnerwetter, Herr Baron, was ist das für ein herrlicher Schlafrock!“

„Guten Tag, Herr Gansendonck“, sprach der Baron, ohne auf diese Bemerkung acht zu geben. „Ihr seid gewiss gekommen, um Euch zu erkundigen, wie es mir geht? Dafür danke ich Euch recht freundlich.“

„Nehmt es mir nicht übel, Herr Baron; aber ehe ich nach Eurer Gesundheit frage, möchte ich gerne wissen, wo Ihr Euch diesen Schlafrock habt machen lassen? Er sticht mir wahrlich die Augen aus.“

„Macht mich nicht lachen, Herr Gansendonck. Es verursacht mir Schmerzen an den Wangen.“

„Es ist nicht zum Lachen. Nein, nein, ich meine es im vollen Ernst.“

„Eure Frage ist sonderbar. Dieser Schlafrock ist in Paris gekauft.“

„In Paris? Das ist schade, Baron.“

„Warum denn?“

„Ich würde mir gern auch einen solchen machen lassen.“

„Er kostet gegen zweihundert Franken!“

„Ach, darauf kommt es mir nicht an.“

„Er würde Euch nicht stehen, Herr Gansendonck.“

„Nicht stehen? Wenn ich ihn bezahlen kann, dann muss er mir wohl stehen. Doch davon ein andermal. Wie steht es denn nun eigentlich mit Eurer Gesundheit, Herr van Bruinkasteel?“

„Ihr sehet es ja – ein blaues Auge und den Körper voller Beulen.“

„Der Bösewicht ist schon von den Gendarmen abgeholt und nach der Stadt gebracht worden. Ihr werdet ihm gewiss seine unverschämte Grobheit teuer bezahlen lassen.“

„Gewiss, er muss bestraft werden. Er hat mich auf meinem Grund und Boden vorsätzlich angefallen. Das Gericht bestraft dergleichen Verbrechen hart. Aber ich sehe es nicht gerne, dass er nach der Strenge des Gesetzes bestraft würde, denn dann bekommt er sicher wohl fünf Jahre.

Seine Mutter ist diesen Morgen hier gewesen, um mich flehentlich zu bitten. Ich habe mit der armen Frau Mitleiden…"

„Mitleiden!", rief der Baas mit grimmem Verwundern. „Mitleiden mit dem Schurken?"

„Wenn der Sohn auch ein Bösewicht ist, welche Schuld hat denn die unglückliche Mutter an der Sache?"

„Dann musste sie ihren Sohn besser erziehen. Dieser grobe Kerl bekommt nur das, was er verdient hat. Und was sollten die Bauern wohl denken, wenn sie mit Menschen von unserem Stande ebenso umgehen könnten, wie mit ihresgleichen? Nein, nein, das Ansehen, die Ehrerbietigkeit, die Untertänigkeit müssen aufrechterhalten werden. Sie tragen ohnehin schon so die Nase viel zu hoch. Wenn ich an Eurer Stelle wäre, ich würde kein Geld sparen, um dem Brauer und durch ihn dem ganzen Dorfe eine bittere Lehre zu geben."

„Nun, das ist meine Sache."

„Gewiss, ich weiß es wohl, lieber Baron. Ein jeder ist Herr in seiner Sache."

Die Wendung, die das Gespräch genommen hatte, schien dem Baron nicht zu gefallen, denn er kehrte sein Gesicht ab und blieb eine Weile sitzen ohne zu sprechen. Der Baas, der ebenfalls nicht wusste, was er sagen sollte, sah zerstreut im Zimmer umher und suchte etwas zu finden, um von der Heirat seiner Tochter anfangen zu können. Er bewegte die Füße und hustete einige Male, doch sein Verstand blieb widerspenstig.

„Und unser armes Lieschen?", fragte der Baron endlich, „der Anblick, als man den Brauer wegführte, muss sie fürchterlich ergriffen haben. Ich verstehe das recht wohl, sie liebt ihn seit ihrer Kindheit!"

Der Baas schien aus dem Schlafe zu erwachen, als er den Namen Liesas aus dem Munde des Barons in seinen Ohren klingen hörte. Dadurch glaubte er den Weg zur Erreichung seiner Absicht geebnet zu sehen. Lächelnd antwortete er:

„Sie liebt ihn, meint Ihr, Baron? Nein, nein! Das war früher so eine Kinderliebe, wie man es nennt. Aber damit ist's seit langem vorbei. Ich habe einen Riegel vorgeschoben und dem Brauer die Türe gewiesen. Denkt nur, Baron, das grobe Bierfass hätte wohl gern meine Liesa geheiratet."

„Es gibt auch wohl noch andere, Baas, die eine solche Neigung haben könnten.“

Ein freudiger Blick erhellte das Gesicht des Baas. Er sprang in seinem Lehnstuhle auf und sprach mit einem schlauen Lächeln:

„Ah, ah, ich weiß es schon lange. Ein verständiger Mann errät leicht, wo die Kuh liegt, sobald er ihren Schwanz nur sieht.“

„Der Vergleich ist recht artig.“

„Nicht wahr? Wir sind mit uns Sechsen einig! Aber nun lasst uns das Kalb beim Kopf packen. Umschweife sind zwischen uns nicht mehr nötig.“

Der Baron sah den Baas mit einem unterdrückten Lachen an.

„Also denkt der Herr Baron ernstlich daran, sich zu verheiraten?“, fragte Gansendonck siegestrunken.

„Wie wisst Ihr das? Ich habe es selbst vor meinen Freunden verborgen gehalten.“

„Ich weiß alles, Baron. Es steckt mehr in meinem Kopf, als Ihr meint!“

„In der Tat, Ihr müsst ein Wahrsager sein oder Ihr erratet es so genau. Ihr habt auf den Kopf getroffen.“

„Dann werden wir mit dem übrigen bald fertig sein“, sprach der Baas, sich die Hände reibend. „Hört, Baron, ich mache Euch einen Vorschlag: Ich gebe meiner Liesa dreißigtausend Franken in Geld und liegenden Gründen als Brautschatz mit. Und wenn ich sterbe, erhält sie noch dreißigtausend. Wir werden die Wirtschaft verkaufen, um keine Gemeinschaft mehr mit den lumpigen Bauern zu haben … und ich ziehe zu Euch auf Euer Schloss. Auf diese Weise erhaltet Ihr die sechzigtausend Franken schon in den ersten Tagen.“

Bei diesen Worten stand er vom Sessel auf, bot dem Baron seine Hand und rief:

„Ihr sehet, dass ich nicht viele Schwierigkeiten mache. Nun, Herr van Bruinkasteel, schlagt ein auf diese Heirat … Warum zieht Ihr Eure Hand zurück?“

„Auf diese Heirat? Welche Heirat?“, fragte der Baron.

„Nun, drückt nur immer die Hand Eures Schwiegervaters. In Zeit von vierzehn Tagen könnt Ihr mit meiner Tochter von der Kanzel verlesen werden! Die Hand! Die Hand!“

Der Baron brach in ein lautes Gelächter aus. Auf dem Gesichte von Baas Gansendonck zeigten sich Betroffenheit und Angst.

„Warum lacht Ihr, Herr van Bruinkasteel?“, fragte er betreten. „Ist es vielleicht aus Freude?“

„Ja, Herr Gansendonck“, rief der Baron, sobald er sein schallendes Gelächter überwinden konnte, „seid Ihr denn von Sinnen oder was geht sonst mit Euch vor?“

„Habt Ihr nicht selbst gesagt, dass Ihr Euch verheiraten wollt?“

„Gewiss, mit einer jungen Dame aus Paris! Sie ist nicht so schön wie Eure Liesa, aber sie ist eine Gräfin und stammt aus einem uralten und berühmten Hause.“

Ein plötzliches Zittern ging dem Baas durch alle Glieder und mit flehender Stimme sprach er:

„Herr Baron, allen Spaß beiseite, wenn es Euch beliebt. Ihr wollt doch meine Liesa heiraten? Dass Ihr gerne lacht, weiß ich wohl, und ich habe auch gar nichts dagegen. Wenn es Euch Vergnügen macht, aber seht die Sache einmal ernstlich an, Baron. Mädchen, wie unsere Liesa, laufen nicht in großer Zahl umher. Schön wie eine Blume auf dem Felde, gelehrt, gebildet, von ehrlicher Abkunft, dreißigtausend Franken in der Hand und ebenso viel noch zu erwarten! Das ist doch keine belachenswerte Sache und ich weiß nicht, ob eine Gräfin Euch wohl dergleichen Vorteile darbietet. Eine gute Gelegenheit fliegt mit den Störchen übers Meer und Gott weiß, wann sie wiederkommt.“

„Armer Gansendonck“, sagte der Baron, „ich bedaure Euch wirklich aufrichtig. Ihr habt Eure fünf Sinne wahrscheinlich nicht beisammen. Es ist in Eurem Gehirn nicht ganz richtig.“

„Was? Was ?“, rief der Baas bestürzt. „Aber ich will an mich halten, denn wahrscheinlich wollt Ihr lachen. Es muss doch endlich mit diesen Missverständnissen unter uns zu Ende gehen! Ich frage Euch also, Herr van Bruinkasteel, wollt Ihr meine Tochter heiraten oder nicht? Ich ersuche Euch, mir eine klare und kurze Antwort zu geben.“

„Es ist mir ebenso wenig möglich, Liesa zu heiraten, Baas, als Ihr mit dem Morgenstern Hochzeit machen könntet.“

„Warum denn“, fuhr der Baas erzürnt auf, „oder seid Ihr etwa zu vornehm für uns? Die Gansendoncks sind ehrliche Leute und sie haben manches schöne Stück Land unter dem blauen Himmel als

Eigentum! Sagt es mir nur kurzweg: Heiratet Ihr meine Tochter oder nicht?"

„Eure Frage ist lächerlich, doch will ich sie Euch beantworten. Nein, ich heirate Liesa nicht, weder heute noch morgen, noch jemals! Und nun lasst mich in Frieden mit Eurer Narrheit!"

Vor Wut bebend und rot wie ein Truthahn stampfte der Baas mit den Füßen auf den Teppich und rief:

„Ah so, also meine Frage ist lächerlich, ich bin ein Narr und Ihr wollt Liesa nicht heiraten? Das wollen wir sehen! Das Recht ist für alle da, für mich so gut wie für einen Baron. Und wenn ich auch die Hälfte meines Vermögens daransetzen müsste, ich werde Euch wohl zwingen, Liesa zu heiraten. Was, Ihr hättet mit scheinheiliger Miene in mein Haus Euch eingedrängt, meiner Tochter eine Menge Lügen vorgeschwatzt, ihren guten Ruf in Gefahr gebracht und mich zum Besten gehalten? … Und dann erlaubt Ihr Euch, mir zu erklären: Ich will sie nicht, ich werde eine Gräfin heiraten! Nein, so geht das nicht, Baron! Baas Gansendonck lässt nicht so mit sich umspringen. Nach allem, was geschehen ist, dürft Ihr Euch nicht mehr weigern. Ihr müsst die Ehre meiner Tochter wiederherstellen oder ich lasse Euch vor das Tribunal laden und verfolge Euch bis vor den höchsten Gerichtshof in Brüssel. Heiraten sollt Ihr! Und wenn Ihr nicht gleich Euer Jawort gebt, so verbiete ich Euch, noch einen Fuß über meine Schwelle zu setzen!"

Während dieser Äußerung hatte der Baron den Baas mit einem stillen Mitleidslächeln und mit großer Kälte betrachtet. Allein am Ende der Drohungen bewies die Röte, die sein Gesicht färbte, dass Unwillen und Zorn sich in ihm regten.

„Herr Gansendonck", sprach er, „aus Achtung vor mir selbst werde ich nicht an dieser Klingel ziehen und Euch durch meine Dienerschaft vor die Türe setzen lassen. Aber ich bemitleide Eure Torheit. Da Ihr es haben wollt, so werde ich ein für alle Mal Euch klar und deutlich auf alles antworten, was Ihr gesagt habt und noch sagen könntet. Es liegt in dieser Geschichte eine heilsame Lehre für uns beide. Wir werden beide gut tun, Nutzen für uns daraus zu ziehen."

„Ich will wissen", rief der Baas, „ob Ihr Liesa heiraten werdet oder nicht?"

„Habt Ihr denn keine Ohren, dass Ihr mich so oft immer wieder dasselbe fragt? Hört, Herr Gansendonck, auf das, was ich Euch sagen werde und unterbrecht mich nicht oder meine Leute müssten unserm lächerlichen Gespräche ein Ende machen."

„Ich höre schon, ich höre schon", sprach der Baas, sich auf die Zähne beißend, „und sollte ich auch darüber vergehen, ich werde schweigen, wenn nachher nur die Reihe wieder an mich kommt!"

„Ihr macht mir den Vorwurf, dass ich mich in Euer Haus eingedrängt habe", hob der Baron an. „Gleichwohl wisst Ihr, dass Ihr es selbst gewesen seid, der mich hineingelockt hat und mich dazu aufmunterte, mit Liesa Bekanntschaft zu machen. Was habe ich denn irgend getan, das ohne Eure offenbare Zustimmung geschehen wäre? Nichts. Dagegen habt Ihr stets gefunden, dass ich, nach Eurer Weise, nicht vertraut genug mit Eurer Tochter umging. Nun kommt Ihr gar und verlangt, dass ich Eure Tochter heiraten solle. Es war also eine Falle, welche Ihr mir gestellt habt und in die Ihr mich mit verborgenen Absichten hineinlocken wolltet!

Urteilt nun selbst, ob ich solche Mittel und solche Anschläge verachten muss oder nicht. Ich kam zu Liesa, weil ihre Gesellschaft mir zusagte und weil ich durch ein wahres Freundschaftsgefühl mich zu ihr hingezogen fühlte. Hat dieser Umgang, durch den ich Euch zu beehren glaubte, einen traurigen Ausgang für uns alle gehabt, so kommt dies einzig daher, weil wir das Sprichwort: 'Jeder bleibe bei seinesgleichen!' nicht beachtet haben. Wir haben beide unüberlegt gehandelt und nun sind wir beide dafür bestraft worden. Ich bin, zu meiner großen Beschämung, von einem Bauern beinahe in Stücke gehauen, Ihr seid dem ganzen Dorf zum Spott geworden und seht nun alle Eure Luftschlösser plötzlich einstürzen. Allein es ist besser unter dem Galgen zu beichten als gar nicht. Ich gestehe, dass ich unrecht getan habe, mich in einer Bauernschenke aufzuhalten und Eure Tochter so zu behandeln, als ob ich ihresgleichen wäre. Ich sehe nun ein, dass Liesa, wenn sie nicht von Natur aus sehr sittsam gewesen wäre, durch meine Reden und mein Benehmen in ihrer schönen Unschuld hätte verdorben werden können."

„Was wagt Ihr zu sagen?", rief der Baas herausplatzend. „Habt Ihr meiner Tochter Unanständigkeiten gesagt, Ihr Verführer?"

„Ich muss über Eure Dummheit lachen", fuhr der Baron fort, „und

will noch einen Augenblick vergessen, wer es ist, der so zu mir sprechen
darf… Ich habe Eurer Tochter nichts gesagt, als was man in der höhern
Welt für alltägliche Komplimente hält; Redensarten, die der französischen Sprache eigentümlich sind und vielleicht keine Gefahr für Personen haben, die von Jugend auf nichts anders hören, aber in den niedern
Ständen das Herz und die Sitten verderben, weil man sie für Wahrheit
nimmt und sie dadurch Leidenschaften erwecken, als ob sie keine eitlen
Komplimente wären. Ich habe hierin gefehlt, es ist der einzige Missgriff
oder Irrtum, den mir jeder vorwerfen mag, Ihr ausgenommen, der Ihr
mehr tun und sagen ließet als ich selbst wollte. Ihr habt mir da eben
gedroht, dass Ihr mir Euer Haus verbieten würdet? Das ist gar nicht
nötig. Ich hatte bereits beschlossen, mir die empfangenen Lehren zu
Herzen zu nehmen und nicht bloß zu Euch nicht mehr als Freund zu
gehen, sondern mich auch gegen das andere Bauernvolk so zu verhalten, wie es meinem Stande geziemt.“

„Bauernvolk!“, rief der Baas ungehalten. „Ich bin kein Bauer! Ich
heiße Baas Gansendonck. Findet Ihr etwa eine Ähnlichkeit zwischen
mir und einem Bauer? Sagt!“

„Die Ähnlichkeit ist zum Unglück für Euch nicht sehr groß“, antwortete der Baron. „Euer Hochmut hat Euch verführt; jetzt seid Ihr weder
Fleisch noch Fisch, weder Bauer noch Herr. Ihr werdet in Eurem ganzen Leben auf der einen Seite nur Feinden und Spöttern begegnen und
auf der andern Seite nur Mitleiden und Verachtung einflößen. Ihr müsst
Euch schämen, dass Ihr Euern eignen Stand so unbesonnen verachtet.
Ein Bauer ist auf Erden der nützlichste Mensch und ist er überdies ein
ehrlicher Mann, hat er ein gutes Herz und erfüllt er seine Pflichten, so
verdient er vor allen andern die Achtung und Liebe seiner Nebenmenschen. Aber wisst Ihr auch, wer die Bauern gewöhnlich bespöttelt? Das
sind Leute, wie Ihr, die meinen, dass man sich dadurch erhebt, wenn
man seine Brüder verleumdet, die glauben, kein Bauer mehr zu sein,
sobald man von den Bauern mit Geringschätzung spricht, und dass es
hinreichend sei, sich einige Adlersfedern anzuhängen, um ein Adler zu
werden.“

„Habe ich nun lange genug zugehört?“, rief der Baas, aus seinem
Sessel aufspringend. „Oder denkt Ihr, Herr Baron, dass ich gekommen
bin, um mich in den Kot werfen zu lassen ohne zu reden?“

„Noch ein Wort", fügte der Baron hinzu. „Soll ich Euch einen guten Rat geben, Herr Gansendonck? Schreibt auf die Türe Eures Schlafzimmers das Sprichwort: 'Schuster, bleib bei deinem Leisten.' Kleidet Euch wie die andern Bauern, sprecht und benehmt Euch wie die Leute Eures Standes, sucht für Eure Tochter einen braven Bauernsohn zum Manne aus, raucht Eure Pfeife Tabak und trinkt Euer Glas Bier in Freundschaft mit den Leuten aus dem Dorfe und tut Euch keine Gewalt an, mehr zu scheinen, als Ihr wirklich seid. Denkt, dass ein Esel, wenn er auch ein Löwenfell anhat, seine langen Ohren doch herausstehen hat und dass man jederzeit an Euren Federn und Eurer Stimme deutlich erkennen kann, dass Eure Mutter kein Entenvogel war. – Und nun gehet in Frieden mit dieser Lehre nach Hause! Ihr werdet mir später dafür danken! Wenn Ihr aber meint, noch etwas sagen zu müssen, dann sprecht, die Reihe zu hören ist jetzt an mir."

Wütend sprang der Baas aus seinem Sessel auf, kreuzte die Arme über die Brust und rief:

„Ach, Ihr denkt wohl, mich mit Eurer verstellten Ruhe und mit Euren Affensprüngen zu betören! Nein, nein, so geht das Ding nicht! Wir wollen doch nun sehen, ob kein Recht besteht, Euch zu zwingen, Herr Baron! Zu Eurem Vater werde ich in die Stadt gehen und ihm vorstellen, wie Ihr meinem Hause Schande gebracht habt! Und müsste ich auch nach Paris an die Gräfin schreiben, deren Namen Ihr mir aus Furcht verschweigt – Eure Heirat werde ich verhindern und der ganzen Welt werde ich wissen lassen, was Ihr für ein falscher Betrüger seid!"

„Ist das nun alles, was Ihr mir zu sagen hattet?", fragte der Baron mit verhaltenem Zorne.

„Heiratet Ihr Liesa oder nicht?", schrie der Baas, mit den Fäusten drohend.

Der Baron streckte die Hand aus und zog zweimal sehr stark an der Klingel. Man hörte ebenso schnell die hastigen Schritte von herzulaufenden Leuten auf der Treppe. Baas Gansendonck zitterte vor Ärger und Scham. Die Türe ging auf, drei Bediente erschienen im Saal.

„Der Herr Baron haben geschellt?", fragten alle zugleich verwundert.

„Begleitet Herrn Gansendonck bis an die Türe des Hauses", befahl der Baron so kaltblütig, als ihm möglich war.

„Was? Ihr wollt mich vor die Türe setzen lassen!", schrie der Baas mit erstickter Wut. „Ihr sollt es mir bezahlen, Ihr Bösewicht, Betrüger, Verführer…"

Der Baron gab seinen Leuten mit der Hand ein Zeichen, stand auf und verließ den Saal durch eine Seitentüre.

Baas Gansendonck stand da, wie vom Donner gerührt und wusste nicht, ob er schelten oder weinen sollte. Die Bedienten schoben ihn höflich aber unwiderstehlich bis zur Türe, ohne auf seine Ausrufe zu achten. Ehe der Baas ganz deutlich wusste, was mit ihm vorging, stand er auf dem Felde und hörte das Tor von dem Landgute hinter sich zuschließen.

Er ging eine Weile geradeaus wie ein Blinder, der nicht weiß, wo.er sich befindet, bis er mit dem Kopf gegen einen Baum rannte und durch den Stoß wieder zu sich kam. Dann eilte er auf der Landstraße weiter und erleichterte sein Herz, indem er seinem Ärger gegen den Baron durch Poltern und Schimpfen Luft machte.

Hinter der Ecke eines Gebüsches blieb er nachdenkend stehen. Nachdem er eine Viertelstunde in peinlichstem Überlegen zugebracht hatte, schlug er sich auf einmal mit den Fäusten und mit der flachen Hand gegen die Stirn, indem er sich bei jedem Schlage zurief:

„Esel, der du bist, darfst du nun noch nach Hause gehen? Gegeißelt muss ich werden, ich dummer Kerl! Das soll mich lehren, Baron oder gnädiger Herr zu werden! Jetzt zieh' noch einmal eine weiße Weste und gelbe Handschuhe an, eine Narrenkappe würde dir besser stehen. Einfältig und dumm genug, um eine Windmühle zu ertränken! Verbirg dich, sink in die Erde vor Scham, lumpiger Bauer! Du lumpiger Bauer! …"

Als er seinen Ärger an sich selbst ausgelassen hatte, schossen ihm die Tränen in die Augen. Weinend und schluchzend, voll Beschämung und Kummer, wankte er seiner Behausung zu. Plötzlich sah er seinen Knecht von Ferne auf sich zueilen, der unverständliche Rufe ausstieß.

„Baas, Baas, ach kommt schnell!", rief Kobe, sobald er seinem Herrn so nahe war, um gehört zu werden. „Unser armes Lieschen liegt in gefährlichen Krämpfen!"

„Gott! Gott!", schluchzte Baas Gansendonck. „Alles fällt mit einem Male auf mich zusammen. Jeder verlässt mich! Du auch, Kobe ?"

„Es ist alles vergessen, Baas", sprach der Knecht mit sanftem Mitleid. „Ihr seid unglücklich. Ich bleibe bei Euch, so lange ich Euch zu etwas nützlich sein kann... Aber kommt nur, kommt nur!"

Beide eilten mit schnellen Schritten und unter Ausbrüchen des Kummers nach dem Dorf.

Das Kind des Hochmuts heißt Schande!

10.

Der Winter ist vorüber. Die Bäume und Sträucher beginnen schon wieder ihr zartes Laub im milden Sonnenlichte zu entfalten. Die Vögel bauen ihre Nester und singen ihre süßen und fröhlichen Lieder. Alles prangt in jugendlicher Kraft, alles lächelt der Zukunft entgegen, als ob nie eine graue Wolke den schönen blauen Himmel verdüstert hätte.

In einem Seitenzimmer des „Heiligen Sebastian" ruht eine kranke Jungfrau mit dem Kopfe auf einem Kissen. Armes Lieschen, ein grausamer Wurm nagt an deinem Leben! Da sitzt sie unbeweglich und doch vor Mattigkeit stöhnend; die kleinste Bewegung verursacht ihr Pein. Bleich und durchsichtig wie Glas ist ihr Gesicht, aber auf jeder ihrer Wangen glüht ein rosiger Fleck... Zeichen, die erschrecken! In düsterem Träumen entblättert sie mit ihren mageren Fingern einige Maßliebchen, die man ihr wie einem Kinde zur Zerstreuung gebracht hat. Sie lässt die zerknitterten Blumen auf den Boden fallen, ihr Kopf sinkt kraftlos in die Kissen zurück und ihr verglaster Blick richtet sich gegen den Himmel ins Unendliche. Ihre Seele durchmisst bereits den Weg der Ewigkeit!

Ein wenig hinter dem Mädchen, gegen das Fenster hin, saß Baas Gansendonck die Arme über der Brust verschränkt. Sein Kopf war vornüber gebeugt, seine halbgeschlossenen Augen waren bodenwärts gerichtet. Alles in seinen Zügen, in seinem Wesen und seiner Haltung sprach bitteres Leid, Zerknirschung und Scham aus.

Welches waren die Gedanken des unglücklichen Vaters, der so sein einziges Kind wie eine Märtyrerin dahinwelken sah? Klagte er sich selbst an? Sah er ein, dass sein Hochmut es war, der dieses unschuldige Schlachtopfer auf die Folterbank gespannt hatte?

Es sei nun, wie ihm wolle, genug, um sein Herz musste sich eine Schlange gewunden haben, denn seine Stirn war von tiefen Furchen durchzogen. Seine welken Backen und seine trägen Bewegungen bezeugten hinlänglich, dass die letzten Funken von Selbstvertrauen, von Mut und Hoffnung in seinem Herzen erstorben waren.

Der geringste Seufzer seiner kranken Tochter erschütterte ihn, ihr angestrengter Husten durchschnitt sein Herz und sobald sie ihren leidenden Blick auf ihn richtete, erbebte er, wie wenn in ihren unstet herumschweifenden Blicken das schreckliche Wort Kindesmörder zu lesen wäre. – Und gleichwohl, nun das Liebesgefühl in seinem Herzen rein und glühend aus den Fesseln des Hochmuts auferstanden war, würde er den bittersten Tod gern erlitten haben, wenn er dadurch das Leben seines Kindes auch nur um ein Jahr verlängern hätte können.

Armer Gansendonck! Ihm hatte alles so entgegengelacht auf dieser Welt. Die wunderschönsten Träume von Glück und Größe hatten ihn sein ganzes Leben lang umschmeichelt und eingewiegt! Nun saß er da wie ein stummes Schattenbild an der Seite seines hinsterbenden Kindes – zitternd und bebend, wie der Missetäter am Pranger.

Hatten die beständigen Gewissensbisse, das immerwährende Grübeln seinen Körper altern machen, so hatte anderseits die Düsterheit des Hochmutes und eitlen Wahnes seinen Geist geläutert und sein Gemüt gemildert. Sein Anzug war jetzt schlicht, seine Sprache gutmütig, seine Haltung bescheiden. Geduldig in sein hartes Los sich fügend, hatte er sich zur einzigen Aufgabe seines Lebens gestellt, die Schmerzen seiner Tochter zu lindern und die Freilassung Karls zu bewirken.

Baas Gansendonck saß bereits seit einer halben Stunde in derselben Haltung. Er hielt den Atem an und rührte sich nicht, aus Furcht, die Ruhe seiner Tochter zu stören.

Endlich erhob Liesa ihren Kopf mit einem schmerzlichen Seufzer, als ob ihr das Kissen zu hart oder nicht bequem genug läge. Baas Gansendonck näherte sich ihr mit innigem Mitgefühl: „Liebe Liesa, es verdrießt dich wohl, hier so allein im Zimmer zu sitzen? Sieh einmal hinaus, die Sonne scheint so hell draußen, die Luft ist so rein und mild! Ich habe einen Stuhl mit zwei Kissen in den Garten gesetzt. Soll ich dich in den Sonnenschein tragen? Der Arzt hat gesagt, dass es dir gut tun würde."

„Ach nein, lasst mich hier sitzen", seufzte das Mädchen. „Das Kissen ist so hart!"

„Die ewige Stille in diesem Zimmer ist dir lästig, Liesa, dein Herz bedarf der Erquickung."

„Die ewige Stille?", wiederholte sie nachdenkend. „Wie muss es doch still und süß sein im Grab!"

„Lass diese trüben Gedanken, Liesa! Komm, ich will dir helfen! Niemand soll dich sehen. Ich werde das Gartengitter schließen und du setzest dich in die schöne Buchenlaube. Dort kannst du sehen, wie die Blumen blühen. Du wirst hören, wie lieblich die Vögel singen. Tue es mir zulieb, Liesa."

„Nun wohl, Vater", antwortete das Mädchen, „um Euch zu erfreuen, will ich versuchen, ob ich noch so weit gehen kann."

Sie richtete sich, beide Hände auf den Tisch gestützt, langsam auf. Die Augen des Vaters strömten von Tränen über, als er sah, wie Liesa so unsicher ging, wie sie an allen Gliedern zitterte, als sollte sie unter der Last ihres zarten Körpers erliegen. Er nahm sie stumm unter den Arm und trug sie mehr, als dass er sie unterstützte. So gingen die beiden, Schritt vor Schritt, aus dem Hause und erreichten nach mehrmaligem Ausruhen den Garten, wo Liesa, ganz erschöpft und schmerzlich hustend, in den Stuhl sank. Nachdem der Baas ihr die Kissen am Rücken und am Kopfe zurecht gerückt hatte, setzte er sich neben sie nieder auf einen andern Stuhl und wartete ruhig. ab, bis ihre Ermattung sich etwas vermindern würde.

Endlich sagte er mitten unter seinen Tränen in einem tröstenden Tone: „Habe nur gute Hoffnung, liebe Liesa; der schöne Sommer hat begonnen. Die reine, milde Luft wird dich stärken. Du wirst wieder genesen."

„Ach, Vater, warum mich täuschen?", seufzte das Mädchen, den Kopf schüttelnd. „Jeder, der mich sieht – und auch Ihr, Vater – weint und ist betrübt über mein Los! Es ist um mich geschehen, nicht wahr? Zur Kirmes werde ich wohl schon auf dem Kirchhof liegen?"

„Kind, betrübe dich nicht selbst mit diesem entsetzlichen Gedanken.“

„Entsetzlichen Gedanken? Auf der Welt ist es nicht gut, Vater. Wäre ich nur schon im Himmels Dort ist Gesundheit, Frohsinn, ewige Liebe.“

„Karl kommt bald zurück. Sagtest du nicht selbst, dass du dann schnell wieder gesund würdest? Er wird dich trösten, seine freundlichen Worte werden dich mit neuer Kraft aus deinem bittern Leiden erstehen lassen.“

„Noch sechs Monate!“, sagte das Mädchen, hoffnungslos gegen den Himmel blickend, als richte sie an Gott eine Frage. „Noch sechs Monate!“

„Nicht mehr so lange, Liesa. Kobe ist seit gestern nach Brüssel mit einem Brief von unserm Bürgermeister an den Herrn, der unser Fürsprecher bei dem Minister ist. Alles lässt uns hoffen, dass für Karl eine Strafverminderung eintreten wird. Dann wird er augenblicklich befreit. Gott weiß, ob nicht Kobe heute Nachricht von seiner baldigen Befreiung bringen wird. Liesa, mein Kind, fühlst du nicht neues Leben schon bei diesem Gedanken erwachen?“

„Armer Karl!“, seufzte Liesa im halbwachen Zustande. „Schon vier ewige Monate! Oh, Vater, wie habe ich doch gesündigt… aber er, der Schuldlose, was muss er in seinem dunklen Kerker leiden!“

„Ach nein, Liesa, ich habe ihn ja vorgestern noch in seinem Gefängnis besucht. Er ist ganz ergeben in sein Schicksal und würde ihn nicht dein Siechtum betrüben, so würde er sich glücklich fühlen.“

„Er hat so viel gelitten, Vater. Ihr werdet ihn doch nun lieben, nicht wahr? Ihn nicht mehr verstoßen? Er ist ja so gut!“

„Ihn verstoßen?“, rief der Baas mit bebender Stimme. „Ich habe ihn ja auf den Knien um Verzeihung gebeten. Ich habe seine Füße mit meinen Tränen benetzt…

„Himmel! Und er, Vater?“

„Er hat mich umarmt, mich geküsst, mich getröstet. Ich habe mich selbst anklagen und ihm sagen wollen, dass mein Hochmut allein die Ursache seines Unglückes ist, ihm geloben wollen, dass mein ganzes Leben eine Buße sein solle… Er hat mir aber mit einem Kusse den Mund geschlossen… mit einem Kuss, der wie himmlischer Balsam

Kraft und Hoffnung in mein Herz geträufelt und mich gestärkt hat, mit weniger Angst dem Beschluss Gottes entgegenzusehen. Gesegnet sei er, der Barmherzige, der das Böse mit Liebe lohnt!"

„Und mir hat er auch alles vergeben, nicht wahr, Vater?"

„Dir vergeben, Liesa? Was hast du denn Böses getan? Ach, wenn du leidest, wenn dich eine Strafe von oben zu treffen scheint, so ist die schwere Buße, die. du erträgst, mein armes Kind, für mich allein!"

„Bin ich denn nicht schuldig, Vater? Ist es nicht mein Leichtsinn, der Karl so hart gekränkt und ihn zur Verzweiflung gebracht hat? Und er hat mir doch alles vergeben, der Gute."

„Nein, nein!", rief der Vater aus. „Karl hat dir nichts zu vergeben. In seinen Augen warst du stets die reine, keusche Lilie! Selbst als mein sinnloser Hochmut dich zur Unvorsichtigkeit zwang und alles sich vereinigte, um ihm Misstrauen einzuflößen, selbst da noch verteidigte er dich gegen jede Verdächtigung und sagte sogar mit Stolz im Blicke: Meine Liesa ist unschuldig, mich allein liebt sie auf dieser Welt!"

Ein sanftes Lächeln erheiterte die Gesichtszüge des Mädchens, indem sie sagte:

„Ach, diese Gewissheit wird mein Totenbett sanft machen. Wenn ich dort oben sein werde, werde ich zu Gott für ihn beten, aus dem Himmel werde ich ihm auf jeden Schritt zulächeln… bis er auch kommen wird!"

Der heitere Ton von Liesas Stimme gab ihrem Vater Mut zu einem Versuche, ihren Geist den trüben Gedanken zu entziehen. Mit Freude fuhr er fort:

„Und weißt du wohl, Liesa, was er mir vorgestern sagte von einem schönen Garten, den er für dich einrichten lassen will, sobald er frei sein wird? Die schönsten Blumen aller Art werden im Überfluss da sein, verschlungene Wege und Gänge, Parkanlagen, Wasenplätze und Teiche. Und während daran gearbeitet wird, will er mit dir eine Reise nach Paris machen, dich die schönsten Dinge sehen lassen, die in der Welt zu finden sind, dir durch seine aufrichtige Liebe und durch allerlei Genüsse und Freuden den Geist aufheitern… Oh, Liesa, denk doch nur, dann bist du Karls Frau. Nichts auf Erden wird euch mehr voneinander trennen können. Euer Leben wird ein Himmel an Seligkeit sein! Und Karl will, dass ich mit dir und seiner Mutter in die Brauerei ziehe.

Er wird mein Sohn sein! Du, Liesa, du wirst wieder eine zärtliche Mutter haben. Ich werde durch die Einfachheit und Bescheidenheit in meinem Wesen die Liebe und Achtung der Dorfbewohner wiedergewinnen. Jedermann wird uns achten, uns lieb haben. Wir werden alle einander lieben, vereinigt sein durch das Band brüderlicher Liebe und friedlich unser Leben auf Erden beschließen... Aber Liesa, mein Kind, was ist dir? Du bebst ja! Bist du unwohl?"

Das Mädchen versuchte noch zu lächeln, doch war es sichtbar, dass ihr die Kraft dazu fehlte. Sie suchte die Hand ihres Vaters und als sie diese gefunden hatte, sprach sie mit matter, allmählich ersterbender Stimme:

„Lieber Vater, wenn Gott da droben mich nicht zu sich gerufen hätte, so würden mich Eure tröstenden Worte wohl gesund machen... aber ach, was kann mich retten... vom Tod, den ich immer, immer vor meinen Augen sehe... wie etwas, das ich nicht nennen kann... eine Wolke... etwas, das mir zuwinkt? Jetzt wieder, es ist wie Eis, das mir durch die Glieder geht; die Luft ist zu scharf... Wasser, Wasser auf meine Stirn! ... Oh, Vater, lieber Vater, ich glaube, dass ich sterbe..."

Bei diesen traurigen Worten schloss sie die Augen und sank bewusstlos zurück wie eine Leiche. Baas Gansendonck stürzte vor seiner Tochter auf die Knie nieder, erhob die Arme flehend zum Himmel, während ein Tränenstrom aus seinen Augen drang. Aber schnell wurde er seines Zustandes bewusst und sprang mit fieberhafter Angst auf. Er rieb die Pulse der mit dem Tod ringenden Liesa, richtete ihren Kopf in die Höhe, rief sie bei ihrem Namen, küsste ihre bleichen Lippen und benetzte ihre Stirn mit Tränen der Reue und Liebe.

Einige Zeit nachher kehrte das Bewusstsein in die Kranke wieder. Während ihr Vater, außer sich vor Freude, die Zeichen ihres Erwachens aus dem Todesschlaf auf ihrem Antlitz erspähte, öffnete sie langsam die Augen und starrte wie verwundert um sich her.

„Noch nicht! Noch auf Erden!", seufzte sie. „Oh Vater, führt mich wieder ins Zimmer zurück. Mein Kopf schwindelt, meine Brust brennt so sehr. Die Luft zehrt meine Lunge aus und die Sonne tut mir so weh."

Baas Gansendonck nahm seine Tochter, als ob er sie gegen den nahenden Tod hätte verteidigen wollen, mit eifersüchtiger Anstrengung aller Kräfte in seine Arme und trug sie ins Zimmer. Da saß nun

Liesa wieder neben dem Tische und legte den Kopf schweigend an das Kissen. Der Baas wollte ihr etwas Tröstliches sagen, doch sie flehte:

„Ach sprecht nicht, lieber Vater, ich bin so müde – lasst mich ruhen."

Baas Gansendonck kehrte ganz still auf seinen Stuhl zurück und vergoss Tränen über den nahe bevorstehenden Tod seiner geliebten Tochter…

So war eine halbe Stunde verflossen, ohne dass eine Bewegung, ein Laut, ein Seufzer die Anwesenheit von Menschen in diesem Zimmer verraten hätte, als man auf einmal einen Wagen vor der Türe halten hörte.

„Da ist Kobe, Liesa, da ist Kobe!", rief Baas freudig aus. „Ich hör' es am Tritt unseres Pferdes."

Ein Funke von Hoffnung glimmte in dem matten Auge des Mädchens.

Der Knecht trat wirklich ins Zimmer. Liesa schien alle ihre noch übrig gebliebene Kraft zu sammeln, um die frohe Botschaft zu hören. Sie erhob das Haupt und sah Kobe mit vorgestrecktem Nacken an. Der Baas sprang auf und rief:

„Nun, Kobe, nun, wie steht's?"

Mit nassen Augen antwortete der Knecht:

„Nichts! Der Herr, der bei dem Justizminister für Karl sprechen sollte, ist nach Deutschland verreist."

Ein leiser, doch scharfer Klagelaut entfuhr Liesas Mund. Ihr Kopf sank auf das Kissen zurück und stille Tränen entströmten ihren Augen.

„Ach, ach!", seufzte sie beinahe unhörbar. „Er soll mich also auf Erden nicht mehr sehen! …"

11.

An einem schönen Morgen ging ein junger Bauer in großer Eile über die Landstraße, welche von Antwerpen nach Breda führt. Er keuchte sichtbar und der Schweiß stand tropfenweise auf seiner Stirn. Desungeachtet strahlte eine unbeschreibliche Freude aus seinen Augen und in den flüchtigen Blicken, die er über die Felder weg nach dem unendlichen blauen Himmel sandte, erglänzten Dankbarkeit gegen Gott und Liebe für die aufblühende Natur. Seine Schritte waren leicht, von Zeit zu Zeit brach ein Freudenruf aus seinem Munde. Man konnte sehen, dass er mit brennender Ungeduld sich beeilte, nach einem Orte zu kommen, wo ein großes Glück seiner wartete.

Und wirklich, es war Karl, der Brauer, der durch Strafnachlass unerwartet aus seiner Gefangenschaft befreit war.

Nun kehrte er nach Hause zurück mit dem Herzen voll seliger Träume. Er sollte ja seine Liesa wiedersehen, sie trösten, sie wieder gesund machen! Denn, war es nicht seine Verurteilung, seine Gefangenschaft, die das Mädchen unter der Last eines nagenden Kummers niederhielt und mit Gram erfüllte? Und war seine Befreiung, seine Rückkehr nicht das unfehlbare Heilmittel für ihre Krankheit? Ja, er sollte sie wiedersehen, rein, liebevoll; sie überraschen durch sein Erscheinen und ihr zurufen: „Erhebe dich aus deinem Kummer, meine Liesa! Hier bin ich, dein getreuer Freund. Schöpfe Kräfte aus meiner Liebe. Erhebe das Haupt voll Hoffnung, ist uns auch wehe geschehen. Schau mutig und froh der Zukunft entgegen; lächle dem Leben wieder zu; es bleiben uns noch so viele schöne Jahre!" Und seine gute alte Mutter! Wie wollte er ihr die Tage versüßen für ihren erlittenen Gram! Schon sah er sie im Geiste ihm gerührt mit Tränen entgegeneilen! Er fühlte ihre Arme um seinen Hals sich schlingen, ihren Kuss auf seiner Stirn glühen, ihre Tränen seine Wange benetzen… Und er lachte diesem süßen Bilde mit Liebe entgegen, während das Wort „Mutter, Mutter!" von seinen Lippen fiel. Ach, der Jüngling war selig! Die wiedererlangte Freiheit schwellte ihm die Brust. Der Duft der Heide umwehte ihn und goss Lebensfeuer in seine Lunge. Die Frühlingssonne vergoldete das liebliche Tannengrün und kleidete die Natur in prächtiges Festgewand … Von einer schönen Zukunft träumend, Gott mit überströmendem Herzen dankend, alle seine Lieben sich vor die Augen zaubernd, in Liebe schwelgend und vor Glück lachend, schritt der junge Mann rasch aus, bis er ungefähr eine halbe Stunde von seinem Geburtsort entfernt war.

Da blieb er plötzlich stehen, als ob eine unangenehme Erscheinung ihm Schreck und Angst verursacht hätte. Aus einem Seitenwege schritten drei Herren auf die Landstraße zu. Der eine war Herr van Bruinkasteel.

Ob diese Personen den jungen Bauer bemerkt hatten, war kaum zu behaupten; wenigstens sahen sie ihn nicht näher an und gingen auf der Landstraße dem Dorfe zu.

Karl war in Verlegenheit. Mit dem Baron wollte er in kein Gespräch geraten, denn er fühlte wohl an seinem aufbrausenden Blute, wie sehr gefährlich ihm ein einziges höhnendes Wort seines Feindes werden könnte. Und dennoch konnte er nicht stehen bleiben. Viel zu mächtig war die Ungeduld, die ihn vorwärts trieb, um seine geliebte Liesa und seine alte Mutter in die Arme zu schließen. Nach einigem Überlegen fasste Karl einen schnellen Entschluss. Er sprang von der Landstraße nach einem Seitenweg und lief zwischen Feldern und Gebüschen einem Pfad zu, der ihn, wenngleich auf Umwegen, ins Dorf führen sollte.

***

Über dem Dorfe schweben die langsamen und traurigen Töne der Totenglocke … Auf dem Kirchhofe gähnt ein frisch geschaufeltes Grab; jeder Klang des Trauergeläutes widerhallt in der wartenden Grube, als ob eine hohle Stimme aus der Tiefe herauftönte und die Erde sehnsüchtig riefe: „Komm! Komm! Komm!"

Selbst Tiere zittern bei dem unheimlichen Todesruf: die Hunde heulen bei dem traurigen Glockenklang, die Stiere brüllen heiser. Trotz dieser traurigen Töne umfängt eine unbeschreibliche Stille die ganze Gemeinde. Man vernimmt keine andere Bewegung, als den müden Gang einzelner alter Leute, die mit Gebetbuch und Rosenkranz wie lautlose Schatten sich in die Kirche begeben.

In der Ferne nähert sich der düstere Zug... Doch wie feierlich ist dieser Zug zur letzten Ruhestätte! Vier schneeweiß gekleidete Mädchen tragen die Leiche ihrer Freundin, die in der Blüte ihres Lebens dahinstarb; noch vier andere Mädchen gehen in gleichen Gewändern daneben, um abwechselnd die teure Last zu übernehmen. Dann folgen alle Dorfmädchen mit Blumen und geweihten Palmen in der Hand. Ja selbst die kleinen Mädchen gehen mit, deren unschuldiges Gemüt noch nicht begreift, was das Wort Sterben bedeutet. Viele weinen bitterlich: alle gehen mit gesenktem Blick und trauern über den Tod der armen, unschuldigen Liesa!

Auf den Sarg sind Blumen gestreut: Rosen und Lilien, als Sinnbild der jungfräulichen Reinheit und Unschuld. – Sie leuchten so frisch, sie prangen so schön auf dem weißen Bahrtuche... Drinnen liegt auch eine Blume, eine Lilie, die der Wurm des Leidens zernagt hat, verwelkt und bleich! Armes unschuldiges Sündenlamm, schuldloses Schlachtopfer des Hochmuts und Wahnwitzes!

Nur drei Männer folgen unmittelbar hinter der Leiche. An einer Seite geht Kobe, der Knecht; auf der andern Sus, der Schmied. Weinend vor Mitleid und Schmerz, unterstützen sie einen alten Mann, der wie ein Betrunkener einherschwankt. Sein Gesicht ist mit den Händen bedeckt, die Tränen fließen an den Fingern herab, seine Brust hebt sich sichtbar unter schmerzlichem Schluchzen... Armer Gansendonck, schuldiger Vater, du wagst dein Auge nicht mehr auf diese Bahre zu richten! Bei jedem Blicke nagt der Wurm des Gewissens dein Herz blutig, nicht wahr? Du bebst vor Angst und Scham? Aber ich will nicht in dein Herz blicken. Die Marter, die du erleidest, flößt mir Ehrfurcht ein. Deinen unglücklichen Hochmut vergessend, will ich deinem bittren Leiden eine Träne des Mitleids weihen...

Man nähert sich dem Gottesacker. Da ist der Priester, um das letzte Gebet und den Segen über die Leiche zu sprechen.

Aber was ist das, was jedermann mit Schrecken erfüllt und starr macht vor Entsetzen? Woher kommt dieser Angstruf, der aus einer jeden Brust zugleich aufsteigt? Welche furchtbare Erscheinung macht die Mädchen erzittern?

Gott, da ist Karl! ... Er bleibt einen Augenblick wie vom Donner gerührt stehen und stiert wild auf den Zug, der bei seinem Anblick plötzlich unwillkürlich hält… Der zerschmetterte junge Mann erkennt, was hier vor sich geht! Mit gesträubten Haaren kommt er auf die Bahre zugelaufen. Er stürzt an der Leiche nieder, stößt mit Gewalt die Mädchen von sich, reißt das Bahrtuch ab, arbeitet an den Schrauben, dass ihm seine Hände bluten. Er will den Sarg öffnen, er ruft seine Liesa, er schnaubt, er heult, er lacht! …

Da kommen Männer heran und ziehen ihn mit unwiderstehlicher Gewalt von der Leiche weg…

Aber eine neue Ursache entreißt ihm einen Schrei der Wut, so entsetzlich und gewaltig, dass ein jeder davon erbebt. Was hat sein verwilderter Blick bemerkt, dass er wie rasend alles aus dem Wege wirft und mit furchtbarem Schreien fortstürzt?

Himmel, da, hinter dem Fenster eines Wirtshauses steht der Baron!

Entsetzen, Entsetzen! Der wahnsinnige Jüngling reißt ein Messer aus der Tasche! Er springt keuchend ins Haus hinein; ein Mord wird geschehen! Doch nein! Er strauchelt an der Schwelle und fällt wie ein Stein mit dem Kopf auf den Flur. Jedermann streckt jammernd die Hände empor und zittert… aber Karl steht nicht wieder auf. Er bleibt liegen, als ob der Tod an ihm ein neues Schlachtopfer gefunden hätte.

Sein Feind, der Baron, ist der erste bei ihm. Er hebt den Jüngling mitleidig auf. Er fühlt etwas, das in seinem eigenen Innern nagt und ihm zuruft: „Dein Leichtsinn hat Teil an dem Unglück, das rings um dich so grässlich waltet."

Kobe kommt auch zugelaufen. Beide heben den Jüngling in einen Stuhl und besprengen seine Stirne und Brust mit Wasser, doch er bleibt kraftlos und totenbleich im Stuhl liegen…

***

Unterdessen betet der Priester den letzten Friedensgruß über dem Grabe und die Erde fällt mit dumpfem Getön auf den Sarg nieder…

***

Karl ist aus seiner Ohnmacht erwacht. Der Baron will ihn trösten… Kobe spricht ihm von seiner Mutter, aber der Jüngling kennt weder Freund noch Feind mehr. Grässlich funkelt es aus seinen Augen; er lacht, er scheint so glücklich! – Er ist irre…

150

Lieber Leser, wenn du einst durch das Dorf kommen solltest, wo dieses traurige Ereignis sich zugetragen hat, dann wirst du vor der Brauerei auf einer hölzernen Bank zwei Männer sitzen sehen, welche spielen, wie wenn sie beide noch Kinder wären.

Der jüngere hat ein ausdrucksloses Gesicht, obgleich das Feuer des Wahnsinns in seinen Augen lodert; der andere ist ein alter Knecht, der ihn mit liebreichem Mitleid versorgt und zu erheitern sucht.

Fragst du den Knecht nach der Ursache von seines Herrn Unglück, so wird dir der gute Kobe traurige Dinge erzählen und dir das Grab zeigen, wo Baas Gansendonck neben seinem Kinde auf ewig schläft; und, sei sicher, er wird seine Erzählung unfehlbar mit dem Spruche schließen:

HOCHMUT IST DIE QUELLE ALLEN ÜBELS.

Wie man Maler wird

1.

Entdeckung eines wunderbaren Talents. – Familienrat über die Bestimmung eines Kindes. – Die Antwerpener Akademie durch einen Handwerker beschrieben. – Malen ist ein hübscher Beruf.

n einem kleinen Häuschen, das zur St. Andreas-Pfarrei in Antwerpen gehörte, saßen an einem Abend des Monats Mai 1832 drei Personen bei einer kleinen Blechlampe an der Arbeit zusammen. Eine alte Frau saß über einem Spitzenkissen und warf die rasselnden Klöppel unaufhörlich durcheinander, während sie mit wunderbarer Geschicklichkeit die Stecknadeln auf dem Kissen hin und her wandern ließ. In ihren Zügen glimmte jenes freundliche Wohlwollen, welches das Angesicht von manchen betagten Leuten, trotz der tiefgegrabenen Furchen, so anziehend machen kann.

Sie schien wohlgemut und ließ sich die einförmige Arbeit nicht verdrießen, indem sie von Zeit zu Zeit ihre heisere Stimme zur Hervorbringung wohllautender Töne zu zwingen versuchte und schleppend ein Liedchen sang aus ihrer Jugendzeit.

Neben ihr befand sich eine junge Frau von hübschem Aussehen und schöner Gestalt. Auch sie war mit Spitzenklöppeln beschäftigt. Sie trug wie die Alte die gewöhnliche Kleidung der armen Antwerpener Bürger- und Handwerksleute: ein rosenfarbiges Leibchen, einen schwarzen

bojenen Rock und eine Spitzenhaube von gefälliger Form. Zwischen der Kleidung der beiden Frauen bestand nur der Unterschied, dass der Stoff der Alten die großen Blumen des vorigen Jahrhunderts zeigte, während der der jungen Frau mehr die heutigen Farben trug, denn er hatte kleine Blümchen auf einem gemengten Grunde.

Die dritte Person, die sich in der Stube befand, war ein Knabe von ungefähr elf Jahren, mit einem Gesichtchen so fein und so zart, wie das eines Engelchens. Große schwarze Augen voll Bewegung und Leben glänzten unter seinen langen Wimpern hervor und stachen wie dunkle Achate gegen die Rosen seiner Wangen ab. Sein feiner Mund, dessen Winkel etwas einwärts gebogen waren, gab seinen Zügen den Ausdruck von Geist und Sinnigkeit. Darüber wallte ein schönes, lockiges Haar, sodass dieser Knabe, reich an Gesundheit des Leibes und der Seele, wahrlich ein schönes Bild eines Kindes darstellte und keineswegs die Kennzeichen der Armut trug.

Das Kind saß am Tische und schien mit einem Bleistift etwas auf ein Stück Papier zu schreiben. Zeitweise hob es sein Köpfchen in die Höhe, betrachtete mit messender Aufmerksamkeit die alte Frau, die an der anderen Seite des Tisches arbeitete, und machte dann immer wieder einen Strich mehr auf sein Papier. Man konnte nichts anders denken, als dass er die alte Frau abzeichnete oder dies wenigstens versuchte. Es war in den Blicken, die das Kind auf sein Papier und wieder auf die alte Frau heftete, so viel aufmerksames Sinnen und in seiner Haltung

und Gebärde so viel Ernst, dass man wohl nicht zweifeln konnte, es liege in diesem jungen Geiste ein ungewöhnlicher Trieb zur Nachbildung. Ein anderer Umstand musste diese Vermutung bestärken. Wenn man nämlich die geweißten Wände näher ansah, fand man mit Verwunderung, dass kaum eine handgroße Stelle leer war zwischen all den Zeichnungen von Bürgern, Soldaten, Katzen, Hunden, Vögeln, die darauf bis zu einer gewissen Höhe, zweifelsohne durch eine Kinderhand, mit Holzkohlen oder roter Kreide angebracht waren. Glühte denn vielleicht schon in dem Kopfe dieses Kindes ein Funke von dem Feuer des Genies? Keimte schon in ihm eine Saat von Kunstanlage?

Nachdem die drei Personen beinahe eine halbe Stunde in gleicher Haltung beisammen gesessen, hörte man in der Klosterstraße die Trommel den Zapfenstreich schlagen.

Die junge Frau stand auf, legte ihr Klöppelkissen auf einen Stuhl und sprach zu dem Kinde: „Fränzchen, du musst schlafen gehen… komm, tu die Papiere jetzt nur weg."

Fränzchen: „Ach, Mutter lieb, darf ich nicht noch ein wenig aufbleiben? Ich werde gewiss still sein."

Die Großmutter: „Komm, komm, Annemie[13], lass unser Fränzchen nur noch ein wenig außer Bett. Lass ihn noch ein wenig zeichnen."

Die Mutter: „Ja, aber wenn dann sein Vater heimkommt, gibt es wieder Zank… Auch ist er jetzt schon lange mit diesem Papier beschäftigt und hat Euch Gott weiß schon zwanzigmal wieder abgezeichnet."

Die Großmutter: „Ach, Annemie, wenn das Kind nun seine Freude daran findet, wie kannst du dagegen sein?"

Die Mutter: „Ihr, Großmutter, werdet unser Fränzchen noch ganz verderben, denn Ihr habt es lieber als Euern Augapfel. Aber er muss ins Bett. – Komm, Fränzchen!"

---

13   Anna Maria.

Während diese Worte gewechselt wurden, hatte Franz als ein gehorsames Kind seine Papierblätter zusammengerafft und seinen Bleistift hineingerollt.

Dann ging er zu einer kleinen Bettstelle, steckte seine Zeichnung sorgfältig unter das Kopfkissen und kam zu seiner Mutter, um entkleidet zu werden. Als dies geschehen war, sprach seine Mutter zu ihm: „Fränzchen, mach dein Kreuzchen und sag dein Gebetchen."

Das Kind kniete an der Bettstatt nieder und begann mit gefalteten Händen und mit lauter Stimme zu beten:

Abends wenn ich schlafen geh',
Vierzehn Engel ich um mich seh'.
Zwei an meinem Kopfend',
Zwei an meinem Fußend',
Zwei an meiner rechten Seit',
Zwei an meiner linken Seit'.
Zwei die mich decken,
Zwei die mich wecken,
Zwei die mich weisen
Zum Himmelsparadeise.

Darauf ging er zu seiner Mutter, dann zur Großmutter, bekam von jeder einen Kuss und ein Kreuzchen auf die Stirn und kroch dann stillschweigend in sein Bettchen. Als die Frauen glaubten, dass das Kind eingeschlafen sei, begannen sie leise folgendes Gespräch.

Die Großmutter: „Aber, Annemie, wenn ich du wäre, würde ich doch sehen, dass ich das Kind auf die Akademie kriegte. Sei sicher, es steckt ein Maler drin."

Die Mutter: „Ich weiß es wohl, Großmutter. Glaubt Ihr, dass ich's nicht sehe? Aber wie soll er auf die Akademie kommen? Noch gar so jung und dann ohne alle Fürsprache?"

Die Großmutter: „Ach, sie sagen, dass der Herr van Bree so ein guter Mann ist und dann Herr Wappers![14] Ich würde, obschon ich so alt und unbehilflich bin, es doch wohl noch wagen, zu ihnen zu gehn und um einen Platz für unser Fränzchen zu bitten."

Die Mutter: „Ja Ihr, Großmutter, Ihr würdet für das Kind durchs Feuer gehen, das weiß ich wohl. Aber das ist noch nicht das Schlimmste; sein Vater will aber durchaus haben, dass er ein Maurer werde."

Die Großmutter (mit Unwillen): „Was? Unser Fränzchen – ein Maurerjunge? Das einzige Kind meiner Annemie! Nein, das soll nicht wahr werden, solange ich lebe. Wenn er denn doch ein Handwerk lernen muss, so soll er ein Möbelmacher werden."

Die Mutter: „Ich muss es gerade heraus sagen: Ich würde doch auch unsern Franz lieber auf der Akademie sehn."

Die Großmutter (mit Eifer): „Ja, und denk einmal, Annemie, du kannst nicht wissen, was geschehen kann. Wenn unser Franz nun einmal gut lernte und er würde so ein Maler… was gäbe das? Wie würden die Nachbarn drein sehen! Franz schön gekleidet, Geld gewinnen wie Heu, in einem Hause von zwei Stockwerken wohnen, überall geachtet und gern gesehn wie ein Prinz! He? Und wenn er dann ein schönes Stück gemacht hat, dann werden sie auf der Gasse nach uns deuten und sagen: 'Seht, das ist die Mutter und die Großmutter von dem berühmten Maler!' He, Annemie, was sagst du dazu? Mir klopft das Herz, wenn ich daran denke."

Die Mutter (mit einem Seufzer): „Ja, ja; aber wenn dies nun wirklich so geschähe, sollte Franz dann seine Eltern wohl auch noch gern haben?"

Die Großmutter: „Wie kannst du so einfältig sein und so was denken? Wahrhaftig! Müsst' ich auch mein ganzes Leben lang trocken Brot essen und barfuß gehen, wenn unser Fränzchen nur fein Maler wird, dann wollte ich doch noch glücklich sein."

Die Mutter: „Seht, Großmutter, lasst uns nicht mehr davon spre-

---

14 Beide Leiter der Antwerpener Königlichen Kunstakademie.

chen. Ihr werdet mir den Kopf noch so voll davon machen, dass ich
ganz närrisch werde. Ich weiß es auch wohl, dass unser Franz kein Esel
ist und dass in dem Kind was steckt, aber mach das seinem Vater einmal weis."

Die Großmutter: „Eh wohl, eh wohl, ich werde es ihm weismachen
und dies noch heute Abend. Hilf mir nur ein bisschen... es wird
schon gehn."

Die Mutter: „Ich höre ihn. Da ist er, er klopft!"

Die Türe ging auf, ein Mann trat stillschweigend herein. Als er seinen Arbeitskittel ausgezogen, setzte er sich an den Tisch, wie jemand,
der essen will. Eine große Schüssel voll gedünsteter Erdäpfel wurde
ihm vorgesetzt und er begann begierig sein Abendessen.

Wie stark und sehnig auch des Mannes
Körper gebaut war, die Arbeit hatte ihn
doch schon gebeugt: sein Rücken ragte
wie ein Bogen über den Tisch; auf seinem
ernsten Gesicht lagen jene Falten, die
nicht durch Alter verursacht sind und die
steife Regungslosigkeit in seinen matten
Zügen zeigte genügsam, dass schweres,
ununterbrochenes Arbeiten sein Gefühl
zum Teil abgestumpft hatte.

Während er mit Essen beschäftigt war, forderten die zwei Frauen
sich gegenseitig durch Winke auf, das heikle Gespräch anzufangen.
Endlich nahm die Großmutter folgendermaßen das Wort: „Aber Paul,
ich muss Euch doch einmal was sagen."

Der Vater (gleichgültig): „Ja? Lasst hören, Großmutter, was ist es?"

Die Großmutter: „Nun, habt Ihr noch nicht bemerkt, dass unser
Franz den ganzen Tag nichts tut, als Männerchen zeichnen? Die ganze
Wand ist schon voll davon. Alle meine Muster sind voller Hunde,
Katzen und aller Arten von fremden Tieren, die ich selbst noch nicht
kenne. Keine Kaffeetüte kann ins Haus kommen oder puff! es stehen
sogleich Männerchen drauf."

Der Vater: „Lasst Ihr Fränzchen nur Männerchen zeichnen,
Großmutter. Es ist besser, dass er dies tut, als dass er auf der Gasse
herumläuft."

Die Großmutter: „Das sag' ich auch. Aber seht Ihr nicht, dass in dem Kind was drin steckt und dass es vielleicht schade ist, wenn er davon abgezogen wird? … Ihr könnt's ja doch nicht wissen."

Der Vater (mit Aufmerksamkeit): „Nun, und was ist. es denn? Sagt es nur rund heraus."

Die Großmutter: „Sollte es nicht gut sein, wenn wir ihn auf die Akademie täten? Gott weiß, ob er nicht in seinem Leben noch ein Maler wird."

Der Vater (mit Nachdruck): „Ich habe Euch schon lange auf Euren Socken kommen hören, Großmutter. Ihr denkt wohl, dass ich nicht merkte, wo Ihr hinaus wollt mit all Euren Finten. Fangt Ihr das alte Lied wieder an? Unser Franz soll Maurergesell werden und lasst ihn nur jetzt noch in Ruhe oder Ihr stört gar noch sein Wachstum."

Die Mutter (mit Heftigkeit aufspringend): „Höre, Paul, Fränzchen ist mein Kind so gut wie deines und du allein hast auch nicht alles darüber zu sagen… Unser Kind ist voll Talent und es steckt zu viel in ihm, um einen Maurergesellen daraus zu machen."

Der Vater (halb ärgerlich): „Ja, du hast dich gewiss aufhetzen lassen von der Großmutter. Ich sage euch, dass ich von keinem Maler hören will und zerbrecht mir den Kopf nicht länger damit."

Die Großmutter: „Annemie hat recht. Ihr liebt Euer Kind nicht, sonst würdet Ihr nicht so sprechen."

Die Mutter (beinahe schreiend): „Das habe ich längst gesehen, dass du unser Kind nicht gern hast. Es ist dir zu viel, dass du's nur anredest, das arme Schaf!"

Der Vater (mit Betrübnis, seine Stimme wird beklommen): „Ich sehe mein Kind nicht gern? Weil ich es ein gutes Handwerk will lernen lassen und es erziehen will, wie seine Eltern erzogen sind! Hat er keine Hände am Leib, um zu arbeiten oder wollt ihr lieber einen faulen Tagedieb aus ihm machen? – Malen! Malen! Das ist vielleicht kein schlechtes Gewerbe, aber es ist kostspielig und mühsam zu lernen."

Die Mutter (ihn anfahrend): „Ein anderer lernt's wohl auch!"

Der Vater: „Ja, aber ein anderer hat Geld und wir nicht. Schau, Weib, du verstehst nichts davon. Ihr seid mir nun schon so lange in den Ohren gelegen mit diesem Oremus, dass ich zu einem Maler gegangen bin, der zuweilen zu unserm Meister kommt. Und wüsstet ihr nur, was mir der alles erklärt hat über diesen hübschen Beruf, die Haare auf dem Kopf würden Euch zu Berge stehen!"

Die Großmutter: „Er hat Euch halt mit Lügen was vorgemacht. So sind die Maler alle. Wenn ihrer zu viele werden, dann verdirbt das Geschäft."

Der Vater: „Ja, merkt nur auf. Seht, so werdet ihr Maler: Wenn ihr auf die Akademie kommen könnt, dann geht ihr erst ein Jahr lang in die Klasse der *Nasen* und *Ohren*; dann ein Jahr in die der *Köpfe*; dann zwei Jahre in die der *Männerchen*; dann ein Jahr oder drei auf den *Gips*, und dann ein Jahr oder vier auf das *Leben*. Und wenn ihr dann so elf Jahre lang gesessen und gekratzt und euch die Brust zerschunden habt, dann könnt ihr gerade so viel Malereien machen, als ich oder ihr; denn dann müsst ihr noch erst wieder ein Jahr in die Klasse von *Tante Mie*[15] gehen und den Tod abzeichnen! Und wisst ihr, was ihr dann könnt? Noch nichts! – Vermögen wir's nun, unsern Franz zwölf Jahre zu unterhalten, ohne dass er was verdient? Ihm all die Zeit hindurch Farben, Pinsel und Leinwand zu kaufen? – Und wird er dann nicht

unglücklich sein, wenn er missrät? Ja, denn dann ist das Kalb ertrunken. Dann ist es zu spät; dann sind seine verweichlichten Hände zu nichts mehr gut und er selbst ist auch zu faul zum Arbeiten geworden. Nein, ich habe mein Kind so lieb wie ihr, aber ich bin zufrieden mit meinem Gewerbe. Mein Stück Brot fehlt mir nicht und ich glaube nichts Besseres tun zu können, als meinen Franz auch zu lehren, sein Brot zu verdienen. Dann weiß ich doch gewiss, dass er keine Not leiden wird. Er soll Maurergesell werden – ich will es und es ist mein letztes Wort: Maurergesell!"

Die zwei Frauen schwiegen. Sie konnten nichts vorbringen gegen die guten Gründe des Mannes. Auch hatten sie beim Anhören seiner

---

15   So nennt das Volk den Lehrgang der Anatomie.

Worte ihre Absicht aufgegeben und beschlossen, von der Sache nicht mehr zu reden. Aber in dem Augenblicke, als der Vater gleichsam zur Verurteilung ausgerufen hatte: „Er soll Maurergesell werden!" hörte man plötzlich das Kind in seinem Bette laut aufseufzen und schluchzen, wie jemand, dessen Tränen nach langem Bezwingen losbrechen.

Fränzchen hatte in größter Herzensangst alles mit angehört. Ein Strahl von Hoffnung und Freude war in sein Herz gedrungen, als er von der Akademie hatte sprechen hören. Allein die Worte seines Vaters, die wie der Ausspruch eines unwiderruflichen Urteils ihn zum Maurerhandwerk verdammten, hatten sein Herz mit Betrübnis erfüllt, und da er nicht länger mehr an sich halten konnte, war er auf einmal in lautes Weinen ausgebrochen.

Die Großmutter lief eilig zum Bettchen, nahm Fränzchen heraus, setzte es auf ihren Schoß und bemühte sich, das Kind zu beruhigen, während ihre eigenen Tränen ihr über das Gesicht herabflossen. Die Mutter fing gleichfalls zu weinen an und es herrschte nun in dieser Familie eine so innige, bittere Betrübnis, als wenn sich ein schreckliches Unglück ereignet hätte. Dann sprach die Großmutter mit Gereiztheit zu dem Manne: „Wie könnt Ihr Euer Kind doch so quälen? Ihr werdet es noch umbringen!"

Die Mutter: „Ja, ja, das wird wohl noch daraus werden; du wirst ihm wohl in sein Loch helfen… Warum kannst du Franz nicht auf die Akademie gehen lassen, sag'? Wenn er nun einmal Talent dazu hat?"

Der Vater (höchst ärgerlich, seine Faust zeigend): „Macht mich nicht bös!"

Fränzchen (er springt von dem Schoß der Großmutter und läuft zu seinem Vater): „Ach Väterchen lieb, werde nicht bös… ich will Maurergesell werden"

Der Vater (küsst das Kind mit Zärtlichkeit; eine Träne blinkt ihm im Auge): „Fränzchen, mein Kind, ich will nicht bös werden. Geh nur getrost in dein Bett."

Fränzchen (er nimmt des Vaters Hand und streichelt sie): „Vater, du weißt wohl, dass der Jakob hier aus dem Eckhause auch auf der Akademie ist und sein Vater ist doch auch nur Maurer."

Der Vater (ganz beruhigt): „Ja Kind, aber das ist was anderes· Er macht da keine Männerchen, sondern er ist in der Steinmetzenklasse."

Fränzchen: „Was machen sie denn da, Vater?"

Der Vater: „Das weiß ich nicht, wahrscheinlich Häuser. (Er besinnt sich ein wenig; das Kind sieht ihm ängstlich in die Augen.) Aber hört; ich sehe wohl, dass ihr mir doch keine Ruhe lassen werdet. So lasst den Franz denn in Gottes Namen auf die Akademie gehen, wenn ihr ihn darauf bringen könnt. (Das Kind hüpft auf vor Freude, küsst seinen Vater, küsst seine Mutter, küsst seine Großmutter und erfüllt die Stube mit seinem Freudengeschrei.) Aber unter einer Bedingung, nämlich, dass, wenn Franz nicht gut und schnell lernt, er auf mein erstes Wort von der Akademie wegbleibt."

Fränzchen (mit strahlenden Augen und mit Begeisterung): „Oh, ich werde gut lernen, Väterchen lieb!"

Der Vater: „Geh jetzt nur schlafen, Kind."

Fränzchen kroch wohlgemut und eilig in sein Bett. Die drei andern Personen nahmen die Lampe vom Tisch und stiegen eine kleine steile Treppe hinauf, um sich gleichfalls zur Ruhe zu begeben. Oben angekommen, hielten sie noch Rat über die Mittel, die angewendet werden könnten, um für Fränzchen einen Platz auf der Akademie zu erwirken. Nach ziemlich langer Verhandlung beschloss man folgendes:

Des Nachbars Trees[16] hat Bekanntschaft mit dem Lehrjungen des Barbiers, der den Bedienten des Herrn Direktors Wappers rasiert. Durch Trees würde man die Fürsprache dieses Lehrjungen gewinnen können; dieser sollte mit seinem Meister reden; der Meister mit des Herrn Wappers Bedienten und der Bediente mit Herrn Wappers selbst. Herr Wappers würde dann darüber mit Herrn van Bree sprechen.

Sie zweifelten nicht, dass diese ungewöhnliche Verkettung von Fürsprechern ihnen zum Ziele helfen würde und wurden hiervon noch mehr überzeugt, als die Großmutter bemerkte, dass nichts vorteilhafter sei, als die Fürsprache eines Barbiers, in Betracht, dass man demjenigen schwerlich etwas abschlagen werde, der uns täglich das Messer an die Kehle setzt usw.

Nun, übermorgen sollen Mutter und Großmutter ihren Sonntagsstaat anziehen: das saubere Leibchen, den stoffenen Rock, die Spitzenhaube und die Schuhe von Baumwollensamt. Sie sollen einige

---

16   Abkürzung für Theresia.

Zeichnungen von Franz mitnehmen, um sie den Herren von der Akademie zu zeigen und Großmutter soll das Wort führen, um ihnen darzutun, welches Talent in Fränzchen steckt.

2.

Gang zur Akademie. – Die Nachkommen Eulenspiegels. – Beratung der Professoren über Fränzchens Beruf. – Untersuchung der Beweisstücke. – Die Akademie kriegt einen Schüler mehr.

Die Sonne, die größte Malerin der Welt, war beschäftigt hinter dem Horizont ihre Palette zu bereiten; sie vereinigte und mischte auf derselben die schönsten Farben, welche sie besitzt, um diesen feierlichen Tag, um Fränzchens ersten Schritt auf der Bahn der Kunst, mit einem ungewöhnlichen Glanze zu bescheinen. Schon wirft sie mit einem einzigen Pinselstrich die graugelbe Grundfarbe auf ihre unermessliche  Leinwand und die Stadt Antwerpen steht da als angelegte Skizze, sichtbar im Dämmerlichte. Die Hähne, die götzendienerischen Anbeter der Sonne, begrüßen ihr Nahen mit gellenden Kehllauten und schreien so lange und so durchdringend, dass Großmutter darob erwacht und gleich ihren ersten Gedanken dem Glücke ihres Fränzchens widmet.

Obwohl die Nacht als schrecklich geschildert wird, ist sie doch nicht selten eine Wohltäterin. Sie allein ist gerecht nach allen Seiten: die Guten erfüllt sie mit Freude und Friede, die Bösen quält sie durch wahre oder eingebildete Strafen. Als Gottes Gesandtin sieht sie in das Innerste der Herzen und kündigt dem Menschen voraus an, welchen Lohn und welche Züchtigung seine Taten verdienen und erwarten müssen.

Die schönsten Bilder hatte sie diesmal aus ihrer Gaukeltasche hervorgeholt und vor den Blicken der träumenden Großmutter erscheinen lassen. Sie hatte Reichtümer gesehen, Häuser so schön wie Paläste,

163

Pferde wie Hirsche, Kutschen wie Throne, Lustgärten wie Paradiese –
grünende Lorbeerkränze! Und inmitten von alledem ihr Fränzchen,
seine Mutter und seinen Vater und sich selbst. – Erwachend rieb sie
sich die Augen, um die reizenden Bilder wiederzusehen und doch, als
sie nicht ohne Bedauern fand, dass alles nur ein Traum gewesen, verging ihre freudige Stimmung nicht ganz. Die süßen Vorahnungen verließen sie auch im wachen Leben nicht. Kaum war die Stadt mit einer
zweiten, einer goldgelben Tinte überzogen, als auch schon die ganze
Familie auf den Beinen war. Der Mann musste früh bei seiner Arbeit
sein und konnte nicht ohne Frühstück gehen; die Eltern kamen also
alle drei herab. Mit einem gleichzeitigen Blick sahen sie nach Fränzchen und bemerkten, dass er bereits in seinem Bettchen aufrecht saß
und bei dem noch zweifelhaften Morgenlicht ganz selbstvergessen
beim Zeichnen war. Die Mutter ging, nachdem sie Feuer angezündet
hatte, zu dem Kinde, hob es aus seinem Bette und ließ es niederknien:

„Sprich heute ein gutes Gebetchen, Fränzchen“, sagte sie, „dass der
liebe Gott uns Glück beschere.“

Der Kleine kniete so sittsam und feierlich nieder, dass deutlich zu
sehen war, welche Andacht und Inbrunst er in sein Gebet legte. Mit
feiner Stimme sprach er:

> *Des Morgens, wenn ich aufsteh',*
> *Zwei Engelchen ich vor mir seh';*
> *Engelchen lieb, Engelchen gut,*
> *Macht, dass Fränzchen nichts Böses tut.*

Nach diesem Gebet wurde das Kind angezogen und gewaschen und
sobald man es dann frei ließ, nahm es seine Stückchen Papier, setzte
sich zum Feuer und machte sich ans Nachzeichnen irgendeines Gegen-
standes, der sich in der Stube befand. Bald war der Kaffee gekocht, die
schweren Butterbrote geschnitten und die Tassen aufgesetzt. Bevor
sie jedoch zu essen anfingen, machten alle ein Kreuz; Fränzchen aber
fügte sein gewöhnliches Gebetchen hinzu:

> *Jesulein, komm, iss mit mir,*
> *Die liebste Mutter bring ich dir;*

Ein Handwerksmann verliert nicht viel Zeit bei Tisch. In wenigen Augenblicken waren die Butterbrote verschwunden. Der Vater zog seinen Kittel an und ging fort mit den Worten: „Bis Mittag denn!"

Nun begann erst die große Vorbereitung: Fränzchen wurde noch einmal ausgekleidet und aufs Neue mit spanischer Seife und warmem Wasser gewaschen. Seine lockigen Haare wurden sauber ausgekämmt und dann sein Sonntagsjäckchen, gestreiftes Höschen und sein reines Überkleid ihm angezogen. Nun gingen die Frauen an ihre eigene Toilette. Aus einem Schranke wurden zwei schneeweiße Spitzenhauben hervorgeholt, zwei Röcke (ein schwarzer und einer mit großen Blumen), zwei Paar Samtschuhe, zwei Leibchen (ein langes  und ein kurzes), und ein kattunener Mantel der Großmutter. Dies war alles. Mit diesen Kleidungsstücken mussten die Frauen sich zieren und herausputzen, um vorteilhaft vor den Herren der Akademie zu erscheinen. Als der Aufputz beinahe fertig war, frug die Großmutter:

„Aber, Annemie, du bist doch sicher, dass Nachbars Trees über unser Anliegen mit dem Lehrjungen des Barbiers des Bedienten des Herrn Wappers gesprochen hat?"

Die Mutter: „Ja, er sagt, dass es wohl viel Mühe kostet, jemand auf die Akademie zu bringen. Aber er hat versprochen, dass er alles, was er tun kann, für uns tun will und dass sein Meister wohl gut Freund ist mit dem Bedienten des Herrn Wappers."

Die Großmutter: „Die Akademie wird um sechs Uhr geöffnet. Wir müssen machen, dass wir nicht zu spät kommen. Spute dich also."

Die Mutter: „Aber wisst Ihr auch, wohin wir eigentlich gehen müs-

---

17   Eines der schönsten gereimten Kindergebete, die man finden kann, sowohl wegen seiner Zartheit, als wegen der weisen Ermahnung, womit es schließt.

sen? Sie sagen, dass die Akademie so groß ist, dass man leicht einen ganzen Tag darin herumirren kann."

Die Großmutter: „Geh, sei doch nicht so einfältig! Mit Fragen kommt man wohl gar bis nach Rom."

Die Mutter: „Ja, das ist wahr. Aber was sollen wir dann zu den Herren sagen? Denn Ihr wisst wohl, dass Ihr die Herren nicht ansprechen dürft wie unsereins und dass die vornehmen Leute leicht auf ihre Zehen getreten werden. Wenn Ihr Euch nun einmal versprächet!"

Die Großmutter: „Das hat keine Not. Lass mich nur machen. Wenn ich hineinkomme, dann sage ich: 'Guten Tag, mein Herr van Bree! Guten Tag, mein Herr Wappers! Ihre Dienerin, meine Herren!' – Können sie das nun übelnehmen? Ist dies doch höflich genug?"

Die Mutter: „Ja, ja. Aber dann? Wie wollt Ihr ihnen nun die Sache unsers Franz beibringen? Seht, da steckt der Haken."

Die Großmutter (mit Ungeduld): „Sei nur ruhig. Ich nehme die Zeichnungen von unserm Franz mit und wenn ich sie die sehen lasse,

dann werden sie vielleicht schon selbst wollen, dass er auf der Akademie bleibe. Komm, es ist gleich sechse. Lass uns gehen. Fränzchen, gib mir mal alle die Papiere her, dass ich sie in meinen Sack stecke. Bist du fertig Annemie? Vergiss du nichts! – So schließe denn die Türe zu."

Welche Freude war nicht in Fränzchens Herz, als er zwischen seiner Mutter und Großmutter nach der Akademie ging! Wie leicht und flüchtig waren seine hüpfenden Schritte! Mit welcher Liebe betrachtete er jeden Knaben, der mit einer Rolle Papier in der Hand an ihm vorüberging! Schon waren alle diese Schüler der Akademie seine Freunde. Hätte er sie nur umarmen können!

An dem Tore der Akademie angekommen, bevor noch die Klassen geöffnet waren, fielen die zwei erschrockenen Frauen zwischen einen Haufen wartender Jungen, die auf ihre Fragen nur mit Spöttereien ant-

worteten. Beschämt und verlegen wollten sie sich bis zum Öffnen des
Tores wieder entfernen; allein die ausgelassenen Buben liefen rings
um sie her und umschlossen sie mit einem undurchbrechbaren Kreis.
Dann folgte ein Konzert von hundert Pfeifen, die wie Messer in die
Ohren schnitten; ein grässliches Brummen in die Papierrollen und
hundertfältiges Rufen: „Ahnfrau, Ahnfrau, Wauwau, Wauwau!" und
ein zerschmetterndes Geschrei: „Hurra, Hurra!", sodass die bedrängten Frauen nicht mehr hörten noch sahen und dem Weinen nahe
waren. Aber glücklicher – vielmehr unglücklicherweise – wurde das
Tor der Akademie in diesem Augenblick geöffnet.

Gleich der tobenden Flut, die einen Damm durchbricht, strömten
die Knaben durch das Tor hinein. Die Frauen konnten dieser wüsten
Gewalt nicht widerstehen und wurden durch den Torweg und durch
den Hofraum gedrängt und fortgestoßen, bis sie sich in einem langen
Gang befanden, ohne zu wissen, wie sie dahin gekommen und noch
ganz betäubt von dem Sturme. Der Großmutter stand ihre Haube
ganz schief, ohne dass es ihr möglich war, sie wieder in die rechte
Form zu bringen. Fränzchens Haare waren wirr und die Kleider der
beiden Frauen garstig verknüllt.

Mit stiller bebender Stimme sprach die Großmutter: „Heiliger
Gott, Annemie! Was ist das für ein Leben? Das gleicht einem Haufen
Teufel!"

Die Mutter: „Ach Gott! Mutter, ich dachte, dass sie uns noch eine
halbe Stunde weiter fortgestoßen hätten. Aber wo sind wir hier? Das
ist wie ein Kloster. Seht, dort kommt ein kleiner Junge, der sieht keinem Taugenichts gleich. Fragt ihn einmal, wo das Zimmer des Herrn
van Bree ist."

Die Großmutter (zu dem Knaben): „Männchen, weißt du nicht, wo
wir hingehen müssen, um Herrn van Bree zu sprechen? Wo ist Herr
van Bree?"

Der Junge (er streckt die Zunge zwischen den zwei Zeigefingern
heraus): „In seiner Haut steckt Herr van Bree. Kommt er heraus,
dann ist ihm weh."[18]

---

18   Dieser Spottvers ist nicht etwa eine Eigentümlichkeit belgischer Kinder. In verschiede-
      nen Gegenden Ostpreußens, z. B. im Ermland, antworten Kinder auf die Frage: „Wer?"
      mit: „Peter Blär, hockt unterm Tisch und guckt hervär." Ähnlich auch in der Schweiz. Der

Die Großmutter (in Verzweiflung): „Pfui, pfui, welche Eulenspiegel allzumal! Annemie, hier kommen wir nie zurecht. (Es kommt ein Bube, der ihre Haube bei einem Flügel fasst und sie ihr beinah vom Kopfe reißt.) O pfui, ihr Schurken! Sie werden uns noch die Kleider vom Leibe reißen… Wollen wir nicht lieber nach Haus gehen?“

Die Mutter: „Geschwind, geschwind, setzt Eure Haube zurecht! Sie ist ja zerzaust wie eine Katze, der die Gassenbuben mitgespielt haben. Wir sehen jetzt nicht danach aus, um vor den Herren zu erscheinen.“

Fränzchen (mit leiser Stimme): „Seht, Großmütterchen, da kommt ein Herr. Seht, er nimmt den Hut vor Euch ab. Dort geht er in die Türe!“

Die Großmutter: „Ach Gott! Jetzt wissen wir noch nichts.“

Fränzchen: „Ja, aber Großmütterchen, da steht was ober der Türe zu lesen. Lass uns einmal sehen.“ (Sie gehen zur Türe.)

Die Mutter: „Kannst du das lesen, Fränzchen?“

Fränzchen: „Ja Mutter. (Er betrachtet die Aufschrift einen Augenblick und liest) Zimmer der Direktion.“

Die Großmutter: „Was wir aber auch dumm sind! Das ist ja nun das Zimmer des Herrn van Bree und des Herrn Wappers… Und wenn ich mich recht besinne: der junge Herr war Herr Wappers selbst. Fränzchen, du musst deine Kappe abnehmen.“

Fränzchen: „Ja, Großmutter.“

Die Großmutter: „Klopfe einmal.“

Die Mutter: „Ja, aber dürfen wir wohl klopfen? Da hängt eine Glocke ober der Türe… wir wollen lieber anläuten.“ (Sie suchen vergeblich nach dem Glockenzug, welcher inwendig im Zimmer hängt.)

Die Großmutter: „Das ist artig, he? Komm, klopf nur.“ (Es kommt ein Knabe vorbei, welcher, um die Frauen in Verlegenheit zu setzen, einen gewaltigen Tritt gegen die Türe macht, sodass der Gang davon erdröhnt.)

Die Mutter (erschrocken): „Ach, Mutter, lasst uns davonlaufen. Ich wag' es nicht länger hier zu bleiben.“

Die Großmutter: „Ja, ja, kommt, wir gehen nach Haus.“

Fränzchen (seine Mutter aufhaltend): „Ach nein, Mütterchen lieb, lasst uns noch nicht nach Haus gehen.“

Name Peter Bär kommt in einem Märchen vor, dessen Held von einem Bären abstammt. J.W. Wolf, Beiträge zur deutschen Mythologie II, 67. (A.d.Ü.)

Eine Stimme im Zimmer: „Herein!“

Fränzchen: „Hörst du, Mutter? Sie rufen, dass wir herein kommen sollen.“ (Die Frauen gehen zitternd hinein und bleiben angstvoll an der Türe stehn.)

Die Großmutter (mit dem Kopfe nickend): „Guten Tag, mein Herr von Bree, guten Tag, mein Herr Wappers. Ihre Dienerin, meine Herren!“

Herr Wappers: „Kommt her, Mütterchen! Was ist euer Verlangen?“

Die Großmutter: „Mein Herr Wappers, wenn Sie es nicht übel nehmen; Sie wissen wohl… Ihr Bedienter… der Barbier… und…“

Die Mutter (sie mit den Ellenbogen anstoßend): „Ist das nun Sprechen? Stottert doch nicht so!“

Herr van Bree: „Frauchen, gewiss ist es wegen dieses Kindes, dass Ihr kommt?“

Herr Snyers: „Wegen eines Platzes für ihn auf der Akademie? Ihr müsst Euch nicht fürchten, Frau. Sprecht nur gerad’ heraus und sagt nur, was Ihr begehrt.“

Die Großmutter (mit dankbarem Lächeln): „Ach, meine Herren, wie gütig sind Sie doch! Ja, mein Herr van Bree, ja, mein Herr Wappers, wenn Sie die Güte haben wollten, unser Fränzchen (sie führt das Kind ein wenig vor) auf die Akademie gehen zu lassen… Sie wissen nicht, wie froh wir dann sein würden.“

Herr van Bree: „Wie alt ist er, Mutter?“

Die Mutter: „Elf Jahre, mein Herr.“

Herr Wappers: „Das sollte man noch nicht sagen. Seht, Mutter, wenn ich Euch einen Rat geben soll, so lasst ihn lieber noch ein oder zwei Jahre in die Schule gehen. Denn hier würde er doch nichts lernen. Er ist zu klein und kann noch nicht an die Tafel hinanreichen.“

Die Großmutter (betrübt): „Ach, mein Herr Wappers! Er hat so großes Verlangen danach. Seht, die Tränen kommen ihm schon in die Augen – ach Armer! (Das Kind betrachtet der Reihe nach alle Professoren mit flehenden Blicken; seine Mienen sind so sprechend und so süß, dass es einen tiefen Eindruck auf ihr Gemüt macht.) Und wüssten Sie nur, meine Herren, wie fleißig er immer schon ist mit Zeichnen!“

Die Mutter (einfallend): „Ja, meine Herren, er ist stets damit beschäftigt. Beim Essen und beim Trinken, ja in seinem Bette sogar macht er nichts als Männerchen. Unser ganzes Haus ist voll davon. Gestern Abend noch hat er seine Großmutter, die da steht, abgezeichnet."

Die Großmutter: „Ja, es ist wahr, meine Herren." (Die Professoren zeigen große Neugierde.)

Herr Snyers: „Es steckt doch vielleicht etwas in dem Kinde. Habt Ihr dies Porträt nicht bei Euch, Mutter?"

Die Mutter: „Ja, Großmutter hat es in ihrer Tasche."

Herr Wappers: „Lasst es einmal sehen."

Die Großmutter (sie durchsucht ziemlich lange ihre Taschen): „Ach Gott, sollte ich's verloren haben! Ha, nein, hier ist es. Sehen Sie, meine Herren! Er ist noch erst ein Kind, meine Herren! …Ich sage nicht, dass das Porträt gut geraten ist, aber es gleicht doch ein bisschen."

(Die Professoren reichen einer dem andern das Stück Papier. Der eine beißt sich die Lippen, der andere scheint niesen zu müssen, doch beim Anschauen der Großmutter, die sich als Vergleichungsmodell mitten in das Zimmer stellt, brechen alle in ein heftiges Lachen aus.)

Die Mutter (leise zur Großmutter): „Mutter, sie lachen."

Die Großmutter (mit Freude): „Lass sie nur lachen. Je mehr, je lieber. Siehst du nicht, dass ich's darum tue; jetzt kommt Franz sicher auf die Akademie."

Die Mutter (bedenklich): „Ich glaube es nicht."

Die Großmutter (zu den Professoren): „Ja, meine Herren, niemand hat sein eigen Selbst gemacht. Es ist meine Schuld nicht, dass ich nicht mehr hübsch bin. Was ist ein alter Mensch?"

Herr Schäfels: „Aber, Frau, er hat gewiss bessere Sachen gezeichnet. Habt Ihr sonst nichts bei euch?"

Die Mutter: „Jawohl, mein Herr. Er kann nichts sehen oder er zeichnet es ab. Da ist der Regiments-Tambour vom 6. Regiment, der hat Bekannte in unserer Nachbarschaft. Er war noch keine dreimal durch unsere Straße gegangen, so hat ihn Fränzchen auch schon auf seinem Papier stehen… Zeigt einmal, Mutter."

Die Großmutter (dem Herrn van Bree ein Stück Papier reichend): „Hier, meine Herren! Das gleicht vielleicht noch besser."

(Die Professoren tun sich Gewalt an, um nicht zu lachen. Herr Schäfels liegt mit dem Kopf auf dem Tische.)

Die Großmutter (vortretend): „Und mit der St. Andreaskirche ist er auch schon nach Haus gekommen, und das wohl sauber mit Türen und Fenstern, wie sich's gehört. Ich hab' es auch in der Tasche – Sehen Sie, meine Herren!"

Herr van Bree: „Da steht was wie ein Schornstein auf der Kirche. Das ist was Neues."

Die Großmutter (mit sichtbarem Verdruss): „Ja, das ist wahr. Das ist verfehlt. Fränzchen, warum hast du doch einen Schornstein auf die Kirche gesetzt?"

Fränzchen: „Nun, Großmutter, das ist um dem Herrn Pfarrer sein Essen zu kochen." (Diese Antwort erweckt ein neues Gelächter.)

Herr van Bree (zu Herrn Wappers): „Was meinen Sie, sollen wir das Kind aufnehmen?"

Herr Wappers: „Ich meine wohl, der Knabe ist nicht ohne Geist. Mich deucht, dass wirklich etwas aus ihm zu machen sein werde."

Herr Serrüre: „Aber, Frauchen, kann er auch gut lesen und schreiben?"

Die Großmutter: „Jawohl, mein Herr; er geht schon fünf Jahre in unsre Pfarrschule. Fragen Sie nur den Lehrer Klinke: Er hat heuer noch zwei Preise bekommen. Im Flämischen kann man ihn schon nichts mehr lehren. Er lernt auch schon Französisch!"

Herr Serrüre: „So, das ist was andres."

Herr Wappers (zu Herrn van Bree): „Lassen Sie mich einmal mit dem Kinde reden. – Kleiner, komm du mal her! (Das Kind geht zu ihm; er streichelt es unter dem Kinn. Fränzchen lacht ihn dankbar an.) Sage mir mal, liebes Kind, welche Kunst möchtest du denn gern lernen?"

Fränzchen (seine Züge bekommen einen wunderbaren Ausdruck; aus seinen Augen strahlt ein feuriger Blick): „Malen wie Rubbes[19], mein Herr!"

Herr Wappers: „Aber sag' mir mal, Kind! Dies Männchen ist deine Großmutter, nicht wahr? So sieht sie aber doch nicht aus, mit diesen struppigen Haaren um den Kopf?"

Fränzchen (mit leiser Stimme): „Ja, wenn Großmutter abends klöppelt, dann tut sie ihre Haube ab und dann hat sie wohl solche Haare."

Herr Wappers (zu Herrn van Bree): „Wir werden dies Kind wohl auf die Akademie gehn lassen. Es sieht lebhaft und verständig aus."

Herr van Bree: „Ja, allerdings."

Herr Wappers (zu dem Kleinen): „Willst du gut lernen, Männchen?"

Fränzchen (ihm hoffnungsvoll in die Augen sehend): „Ach ja, mein Herr!"

Herr Schäfels: „Wir werden ihn auf eine kleine Bank stellen."

Herr Wappers: „Nun, so lerne nur gut. Und wart ein wenig – ich will bei Herrn Professor Van Hool einen Platz für dich aufsuchen."

Die Großmutter (voll Freude zu Fränzchen gehend): „Bedanke dich bei den Herren und küss die Hand."

(Das Kind küsst seine Hand und blickt der Reihe nach alle Professoren an, um ihnen zu danken. Dann geht es zur Mutter und Großmutter und sieht beide an mit Freudentränen in den Augen.)

Herr Wappers (zu den Frauen): „Geht jetzt nur nach Haus, Frauchen! Fränzchen bleibt auf der Akademie."

Die Großmutter (mit Verneigung): „Dank Ihnen, mein Herr van Bree. Dank Ihnen, mein Herr Wappers. Dank Ihnen, meine Herren allesamt. Jetzt komm nur, Annemie, jetzt ist's gut!" (Sie gehen zur Türe hinaus und begeben sich nach Haus.)

Die Mutter (mit heiterer Freude): „Nun, Mutter, wer hätte das gesagt! Was ist's doch um jemand, der noch nichts gesehn und erlebt hat! Wir, die wir so bange waren, vor den Herren zu erscheinen… Aber seht, ich will was sein, wenn ich nicht lieber mit solchen Leuten zu tun habe, als mit denen in unsrem Viertel. Wie gut und liebreich waren sie! Haben mit uns geredet wie Schwester und Bruder… Das

---

19   Der Name Rubens wird, wie auch der Name Wappers, vom Volk mit Weglassung des vorletzten Lautes ausgesprochen.

sind die rechten Leute! Ein Glück, dass Herr Wappers Euch half, sonst bliebt Ihr schön drin stecken!"

Die Großmutter: „Ja, Herr Wappers, der ist gut gegen Bürgersleute, das weiß ich schon lange. Schau, er ging selbst einen Platz für unser Fränzchen zu suchen als wär' es sein eigenes Kind gewesen."

Die Mutter: „Ja, aber Herr van Bree doch auch, Mutter."

Die Großmutter: „Ach, es sind allesamt gute Menschen!" (Die Frauen gehen so plaudernd nach Haus.)

Fränzchen hatte nun einen Platz auf der Akademie bekommen. Von diesem Abend an begann er die Bahn, in die er eintrat, mit ein wenig Sachkenntnis zu betrachten. Er begriff, wie langsam und mühselig das Studium der Kunst sein müsse, da er, der von Figuren und Gemälden geträumt hatte, nun schon einen ganzen Tag im Schweiße seines Angesichts bemüht gewesen war, eine große Nase nachzuzeichnen, ohne dass es ihm gelungen. Aber er versprach sich selbst zu Hause eine Entschädigung für dies lästige Studium. Zu diesem Ende betrachtete er jetzt mit gespannter Aufmerksamkeit alle die Bilder um sich her und prägte sich genau ein, wo ihnen die Augen, die Nase und der Mund im Kopfe standen und wie ihnen die Arme und Beine am Leibe saßen. Voll von diesen Erinnerungen verließ er dann nach dem Schlusse der Stunden die Akademie und eilte auf den Schlossplatz, der nicht weit von seiner Wohnung lag und wo, wie er wusste, die Soldaten in diesem Augenblicke exerzierten. Nachdem er sie eine halbe Stunde sorgfältig betrachtet hatte, rannte er nach Haus und warf sich sogleich aufs Zeichnen. Alsbald zeigte er seiner Großmutter ein Stück Papier und rief dabei triumphierend aus:

„Seht, so stehen die Soldaten auf dem Schlossplatz!"

„Aber, wie ist's möglich!", rief die erstaunte Großmutter.

3.

Die Bahn der Kunst. – Verschiedene Klassen der Akademie. – Preiseverteilung,
wo man Bekanntschaft macht mit dem Baron de Pret.

eit seiner Aufnahme in die Akademie war Franz mehr als je für die Malerkunst begeistert worden. Alle Spiele waren ihm verleidet. Es kam mehr Ernst in sein Gemüt und er lebte sich ganz in seinen hohen Beruf hinein. Papier und Bleistift verließen ihn nie und erhielt er von Eltern einen Spielpfennig, so verwendete er ihn gewiss sogleich für ein Blatt Figuren, die er dann wohl zwanzigmal nachzeichnete. Hierdurch wurde jedoch sein Fortgang auf der Akademie nicht merklich beschleunigt, denn er blieb ein ganzes Jahr bei den *Köpfen im Umrisse.* Dieser Gang war zu langsam für seinen ungeduldigen Geist. Kein Wunder also, dass er sich zu Hause immer um eine Klasse weiter zauberte als auf der Akademie. Hier noch bei den *Umrissen* stehend, zeichnete er dort schon *geschattete Bilder* nach, die er in der Schule zum Lohne für seine Aufmerksamkeit vom Pfarrer erhalten hatte. Im zweiten Jahre war Franz der Erste in der Klasse der *Figuren im Umriss.* Er erhielt einen Lorbeerzweig, der ihm bei der feierlichen Preiseverteilung unter Händeklatschen überreicht ward. Großmutter und Mutter küssten ihren Sohn wohl zehnmal und in ihrer Unwissenheit meinten die Frauen, dass nun die geträumten Reichtümer unfehlbar schon unterwegs seien. Der Vater allein betrachtete die Freudenbezeugungen mit Misstrauen und verhehlte nicht, dass noch keine große Kunst wahrzunehmen sei in den Bildern, die der Sohn noch am selben Tage gezeichnet hatte; allein er konnte die Freude der Frauen nicht vermindern.

Im vierten Jahre erhielt Franz den zweiten Preis aus der *geschatteten Figur.* Er war nun bereits fünfzehn Jahre alt und wegen seiner aufgeschossenen Gestalt hielt man ihn schon für einen jungen Mann. All sein Streben ging jetzt dahin, in die Klasse der *Antike* zu kommen; allein dies gelang ihm nicht, weil hier kein Platz mehr übrig war. In

174

Erwartung dessen machte er Bekanntschaft mit einem Schüler, der
schon *nach dem Leben* zeichnete und befragte ihn jede Woche, welche
Gegenstände als Aufgaben für die *Komposition* und den *Ausdruck*
gegeben wären und zeichnete dann in der Stille diese gegebenen The-
men, um sie von dem gedachten Schüler verbessern zu lassen. Das
erste Mal, als er eine *Komposition* zu machen versuchte, hatte Herr van
Bree folgende Vorlage gegeben:

„Der Maler Brauwer, der in einem Wirtshause brav gezecht und
kein Geld hat, den Wirt zu bezahlen, verlangt ein Blatt Papier und
macht eine Zeichnung auf dem Tische, woran er gegessen. Um diese
zu sehen, drängten seine Zechbrüder sich hinter ihn und einige steigen sogar auf die Stühle.“

Franz zeigte diese seine Komposition dem Schüler von dem
„Leben“, der sie nicht ohne Lächeln ansah. Wie wenig ihm aber auch
dieser erste Versuch gelungen war, er fuhr darum nicht minder eifrig
fort und machte in kur-
zer Zeit ziemlich gute
Kompositionen.

Obwohl Franz durch
den täglichen Umgang
mit seinen Mitschülern
die anziehende Zartheit
seines Wesens zum Teil
eingebüßt hatte, war den-
noch sein Herz an rei-
nem, tiefem Gefühl und
an Tugend nicht ärmer

geworden. Seiner Großmutter hatte er die tiefste Ehrerbietung und
die wärmste Liebe geweiht. Manchmal, wenn die alte Frau ihn durch
schmeichelnde Voraussichten ermutigte, rief er, und die Augen glänzten ihm dabei vor Dankbarkeit:

„Oh, Großmutter! Wenn ich Maler werde und glücklich bin, sodass
ich etwas verdienen kann, dann will ich Euch und den Eltern alle Eure
Sorgfalt und Güte vergelten. Dann will ich Eure alten Tage schön und
freudig machen. Ihr sollt mich nicht verlassen und ich will nicht heiraten, damit ich Euch stets meine ganze Liebe zuwenden könne. Fürch-

tet nicht, dass ich es etwa mache, wie manche andere Künstler, die gleich mir von armen Leuten hergekommen sind und die ihre Eltern dann nicht mehr kennen wollen. Nein, wenn mir auch die größte Ehre widerfahren, wenn ich auch die schönsten Erfolge in der Kunst erleben sollte, ich würde mit Stolz auf Euch zeigen und sagen: 'Die ist es, die mich zu einem Künstler gemacht hat!'"

Die Freudentränen rollten dann über die gefurchten Wangen der alten Frau und ein wechselseitiger Kuss besiegelte solche Liebesbezeigungen.

Nun begann Franz die wahre Bahn der Kunst zu beschreiten. Er war in der Klasse der *Antike* und durfte jetzt nicht mehr bloß gezeichnete Vorbilder nachahmen; er durfte die edlen Formen des *Apollo* oder des *Laokoon* auf dem Papier wiedergeben. Dies fiel ihm anfangs schwer und es dauerte geraume Zeit, ehe er die Mittel erfasst hatte, die Erhöhungen und Vertiefungen, die Lichter und Schatten genau und fließend auszudrücken. Zu gleicher Zeit musste er die Lehrgänge der *Komposition* und des *Ausdruckes* verfolgen. An dieser letzten Übung fand er ein sonderliches Behagen und schon an seiner ersten, wenn auch noch so fehlerhaften, Probe konnte man ein besonderes Geschick bemerken für den Ausdruck der Empfindungen in den Gesichtszügen. Die Vorlage war:

„Zwei Personen erblicken etwas Befremdendes, wie ein Gespenst. Der eine ist furchtsam und erschrickt, der andere lacht darüber."

Man denke nicht bei diesen unvollkommenen Proben von des Jünglings Kunst, dass er keine Fortschritte machte. Wir haben bis hierher
nur die Früchte seiner ersten Bemühungen in jedem Fache gegeben.

Von nun aber wird seine Hand bald imstande sein, den Eingebungen seines Geistes gerecht zu werden, denn er ist jetzt in die Klasse des
lebendigen Modells vorgerückt. Nun wird er die Formen des menschlichen Leibes in der Natur selbst studieren und berechnen.

Seit einiger Zeit war eine merkliche Veränderung in der Lebensweise unsers Franz vorgegangen. Er hatte begriffen, dass ein Maler, der
nicht gar manche Kenntnisse wenigstens oberflächlich besitzt, nicht
wohl ein großer Künstler werden und seiner Kunst selbst keine Ehre
machen könne. Darum sah er sich jetzt eifrig um nach Büchern über
Geschichte, Altertümer, Kleidertrachten u. dgl. und kaufte oder ent-
lehnte sie, um dann seine Abende mit dem Studium derselben zuzubringen und flüchtige Zeichnungen darnach zu machen und so seine
Hand in Kompositionen zu üben. Ungefähr um diese Zeit fiel ihm ein
neues Buch, *Das Wunder-Jahr*[20], in die Hände. Als er die darin befind-
lichen Bilder sah, fühlte er sich angeregt zu versuchen, ob er das Werk

nicht besser hätte verzie-
ren können und zeichnete
mehrere   Darstellungen
daraus. Wir wollen hier
nur einen Teil einer seiner
Zeichnungen geben. Sie
zeigt Godmaert, der im
ersten Kapitel des „Wun-
derjahrs" eine Anrede an
die Geusen hält.

Wenn Franz auf ein
Werk stieß, das ihm schöne
Vorstellungen   erweckte,
so warf er diese sogleich
auf das Papier und bildete

---

20   Titel des ersten historischen Romans, den Conscience 1834 herausgab. Der Roman schil-
dert die gegen die spanische Herrschaft in den Niederlanden entstandene Verschwörung
und den Aufruhr der protestantischen Geusen. (A d.Ü)

sich in dieser Weise eine reiche Sammlung von Studien und Skizzen, die ihm später sehr nützlich werden mussten. Was er immer finden mochte, das ihn in der Ausbildung seines Geistes förderte, er machte fleißigen Gebrauch davon und hatte so das wahre Mittel gefunden, ein tüchtiger und unterrichteter Künstler zu werden. In einem französischen Werke eines unsrer Stadtgenossen, *L'Ecuelle et la besace*, das ihm zur Hand kam, fand er eine Schilderung des Spions *Guarez*, der einen Redenden belauscht. So schwierig dieser Gegenstand zu zeichnen war, er versuchte sich dennoch daran und brachte das nachstehende Bild zustande, das wir wie das vorhergehende nur darum hier beigefügt haben, um seine Lernbegierde, seinen Fleiß und merklichen Fortschritt anzuzeigen.

So viel Mühe und Fleiß, gepaart mit angebornem Talent, förderten des jungen Künstlers Entwicklung in solchem Grade, dass er seine Mitschüler weit hinter sich zurückließ. Im Laufe des Jahres 1839, da er neunzehn Jahre alt war, gewann er fast alle ersten Preise in den obersten Klassen der Akademie. Für die Preisbewerbung aus der *Komposition* war als Gegenstand aufgegeben: ein öffentliches feierliches Halsgericht in Spanien.

Franz machte eine schöne Skizze davon. Es ward aber eine noch bessere eingeliefert, denn er erhielt nur den zweiten Preis. Glücklicher war er in der Aufgabe des *Ausdruckes*. Hier übertraf er alle seine Mitkämpfer. Der Gegenstand war das *Gebet*. Franz wählte zu dieser Darstellung einen betenden Mönch oder Geistlichen und legte so viel Andacht und Geisteserhebung in dessen Gesichtszüge, dass diese Zeichnung sogar von seinen Mitschülern bewundert wurde. Sie war in der Tat schön und gewiss unendlich besser, als der rohe Abriss, den wir hier davon geben.

Endlich, zum Übermaß des Glückes, errang Franz in diesem Jahre den ersten

Preis für die *Zeichnung nach dem lebenden Modell* – den höchsten Gipfel, den man damals auf der Akademie erreichen konnte.

Am Tage der Preiseverteilung konnte man unter den zahlreichen Zuschauern eine alte Frau sitzen sehen, die jedes Mal, wenn Franzens Name ausgerufen ward, von ihrem Stuhle aufsprang und mit Mühe eine Träne der Freude zurückhielt. Ihr Herz war voll Glückseligkeit, hatte sie ja doch ihren Enkel, ihren geliebten Franz, schon viermal bekrönt und mit vier silbernen oder goldenen Medaillen unter anhaltendem Händeklatschen von der Siegesbühne herabkommen sehen!

Der Bürgermeister hatte ihn umarmt, der Gouverneur ihm die Hand gedrückt! Und die glückliche Großmutter sah dies mit Wonne, ja mit Entzücken an.

Als die Preiseverteilung beendigt war, wollte der Herr Baron de Pret in seiner eigenen Kutsche den Bekrönten nach Hause führen. Zuvor jedoch nahm er ihn mit in seine eigene Wohnung, bewirtete ihn dort mit einem Glase Wein und beschenkte ihn mit einigen kostbaren Büchern über Altertümer und Kleidertrachten, sowie mit einigen nützlichen Ratschlägen.

Unterwegs hatte Franz die Fragen und Erkundigungen des Barons de Pret mit so viel Aufrichtigkeit beantwortet und auch von seiner Großmutter mit so viel Liebe gesprochen, dass der Baron die alte Frau sehen wollte.

Als der Wagen in die St. Andreas-Straße, in die Nähe von Franzens Wohnung kam, musste der Kutscher die Pferde anhalten und langsamen Schritt gehen lassen, so viel Volk war in der Gasse versammelt; die ganze weite Nachbarschaft war auf den Beinen, Jung und Alt wetteiferten, um dem Franz, ihrem armen Nachbarskinde, ihre freudige Anerkennung zu beweisen und überall ward er mit lautem, anhaltendem Jubelgeschrei begrüßt.

Der Baron stieg mit Franz aus dem Wagen, begleitete ihn in das Haus und sprach ungemein freundliche Worte mit den Eltern und der Großmutter, worauf er sich entfernte. Mutter und Großmutter waren nahe daran, vor Freude närrisch zu werden. Sogar der Vater war voll Stolz; wie konnte es mit den Frauen anders sein? Der Baron de Pret, dieser edle Beschützer der Künste, war in ihrem Hause gewesen. Er hatte so freundlich mit ihnen gesprochen. Die ganze Nachbarschaft wusste es. Jedermann bezeigte ihnen nun Ehrerbietung oder beneidete ihr Glück!

Aber noch mehr Ehre und neues Entzücken! Am Abend kam eine zahlreiche Musikbande und brachte vor der Türe der armen Wohnung ein herrliches Ständchen!

Vor allem brachte das Lied *Wo kann man besser sein* die Freude in den Herzen der Frauen auf ihren Gipfel. Großmutter, ihr Alter und ihre Steifheit vergessend, sprang wie ein junges Mädchen von ihrem Stuhle auf, nahm Franz und seine Mutter bei der Hand und nötigte sie zu einem Ringeltanz, während sie mit heiserer Stimme die Worte des Liedes zu der Musik sang:

Wo kann man besser sein,
Wo kann man besser sein,
Als in der Freunde Mitte?
Wir sind hier froh vereint,
Und kennen keinen Feind;
Die Gläser blinken,
Drum lasst uns trinken,
Nach alter Sitte.

Ihre Stimme wurde aber bald erdrückt durch das gewaltige Rufen der Schüler der Akademie, die vor der Türe standen und aus vollen Kehlen schrien:

„Vivat Franz! … Der Preisträger lebe hoch!"

Wer könnte die Tränen zählen, die an diesem Tage von dieser glücklichen Familie vor Freude vergossen wurden? …

4.

Änderung des Tons. – Warum es so wenige gute Maler gibt. – Mittel, um in der Kunst sichere Fortschritte zu machen.

Es gibt in Belgien unzählig viele Künstler. Aber warum sind ihrer so wenige, deren Namen mit einigem Glanze umgeben sind? Warum fehlt so manchem Erwerb und Brot? Hierauf könnte man oberflächlich mit dem bekannten Spruche antworten: „Viele sind berufen, aber wenige auserwählt" oder auch mit den Worten eines französischen Dichters: „Bleibe Maurer lieber, wenn' s dein Handwerk ist."

Jedoch diese Gründe allein sind nicht genügend, um die Seltenheit tüchtiger Künstler zu erklären. Es gibt noch andere Ursachen, die einen viel schädlichern Einfluss auf junge Schüler ausüben und sie für ihre Bestimmung verderben, bevor sie noch wissen können, ob sie auch wirklich für das Kunstleben berufen sind. Um diese Ursachen anschaulich zu machen, wollen wir hier mit ein paar Zügen die Art und Weise schildern, wie ein Lehrling, der misslingen muss, seine Studien beginnt.

Ein Vater glaubt in seinem Sohne große Anlagen für die Malerkunst zu bemerken. Wer glaubt nicht gern so was von seinen Kindern? Er lässt ihn eine Zeichenschule seines Wohnorts besuchen. Faul und geisteslahm, lernt der Junge denn doch in einigen Jahren die Anfänge der Zeichenkunst; oder, fleißiger und begabter, lernt er sie in kürzerer Zeit.

Und nehmen wir an, dass er wirklich das Zeug zu einem wahren Künstler in sich trage; nun kommt aber der Hochmut, dieser Betrüger und falsche Ratgeber, und mischt sich in die Sache. Der unkundige Vater bewundert mit Entzücken die noch wenig geförderten Studien seines Sohnes; er hält sie schon für

Meisterstücke der Kunst. Er spricht davon in Wirtshäusern und Gesellschaften und belästigt jedermann durch das unaufhörliche Rühmen der seltenen Talente des Jungen. Einige glauben daran und tragen es weiter. Endlich gilt der Sohn in der ganzen Nachbarschaft für ein kleines Kunstwunder und alle diese Lobpreisungen kommen ihm wieder zu Ohren. Er bläht sich auf und nicht sobald hat er ein Weilchen nach der *Antike* gezeichnet, so muss er auch schon ein *Atelier* haben; er muss in Öl malen, muss Bilder fertigen – er, der noch keine gute Nase aus dem Kopfe zeichnen kann! Nun hat er sich Leinwand und Rahmen und eine Staffelei angeschafft. Ein weißer flaumiger Schnurrbart keimt beschämt auf seinen Lippen; sein Haar hängt lang und wild um seinen Kopf und die Gassenbuben rufen ihm nach: „Ein *Künstler*!"

Er malt nun ein Bild, aber was stellt es vor? Es ist eine Gestalt, die den Kopf schlafend auf einen Tisch lehnt – dadurch vermeidet er die Notwendigkeit, das Gesicht zu malen – daneben eine Schüssel mit einem Schinken und ein Hund, der an letzterem nagt, im Hintergrund einige Kasten, Töpfe, Kessel usw.

An dieser unbedeutenden Komposition arbeitet er drei Monate. Er reibt, er fegt, er schmiert und stiehlt – und siehe da, endlich hat er ein Ding fertig, das von weitem einem Gemälde ähnlich sieht.

Der Vater und die Freunde sagen: „Es ist ein kleiner Teniers[21]!" Andere aber sagen mit mehr Grund, dass es ein armseliges Machwerk ist. Die Perspektive ist darin ganz verfehlt, die Gegenstände der zweiten Tiefe sind größer gehalten als die der ersten; Arme und Beine hängen wie zerbrochen an dem Körper oder sind zu lang oder zu kurz; die Gegenstände fallen um; der Hund ist ein Rätsel, das selbst ein Buffon[22] nicht würde gelöst haben…

Bis jetzt ist das Übel noch nicht groß: der Junge hört noch auf den Rat älterer Künstler; er geht noch auf die Zeichenschule, wenn ihm gleich das Lernen zuwider ist. Aber, oh Unglück! Ein Freund der

---

21   David Teniers (1610-90): einer der größten Maler niederländischen Volkslebens, besonders von Bauern- und Kirchweih-Szenen.

22   Berühmter französischer Naturforscher. (A. d. Ü.)

Familie, ein unkundiger Gönner oder Liebhaber zahlt ihm hundert Franken für sein Gemälde.

Jetzt ist die Bombe geplatzt… Er will und muss ein Atelier außerhalb des väterlichen Hauses haben, damit man fortan frage: „Wo ist das Atelier von dem und dem?" Er nimmt einen Jungen auf, den er verdirbt und hat nun auch einen Schüler oder *Eleven*: ist also Meister. Kann er noch ferner auf die Akademie in den Zeichenunterricht gehen? Kann er, als Meister, noch zwischen den Schülern sitzen? Das verträgt sein Stolz nimmermehr! Er verlässt also die Akademie und die Zeichenschule.

Was kann nun aus diesem sogenannten Künstler werden? Er kann nicht zeichnen. Er weiß nichts vom menschlichen Gliederbau, die Regeln der Perspektive sind ihm fremde Dinge.

Er kann aber doch, sollte man vielleicht denken, seine Zeichenstudien für sich fortsetzen und sich darin vervollkommnen. Allein es ist eine unter den Künstlern nur zu bekannte Wahrheit, dass, wer einmal zu malen angefangen, fast immer einen Widerwillen gegen das Zeichnen bekommt.

Nein, der ungeschulte Künstler bleibt sein Leben lang ein Pfuscher. Er verkauft von Zeit zu Zeit ein schlechtes oder unbedeutendes Bild und schleppt seine bittern Tage zwischen Hochmut, Neid und Mutlosigkeit dahin. Er ist missgünstig gegen jeden, begeifert seine Kunstgenossen… und stirbt als Möbelmaler.

Und doch war er vielleicht berufen sein Vaterland zu verherrlichen! Vielleicht war Ehre, Reichtum, Glück ihm vorbehalten. Aber seine schlechten Studien haben ihn scheitern lassen, haben sein angebornes Talent unnütz gemacht. Es gibt, wir gestehen es, einzelne kräftige Geister, die in solchem Zustande noch die Mittel erkennen und ergreifen, sich zu retten, und denen dies auch gelingt. Aber dazu gehört ungewöhnlicher Mut. Wir kennen solche, die einen Teil ihrer Tageszeit und manche Abende darauf verwenden, sich noch im Zeichnen zu üben; die lesen, untersuchen, vergleichen und rastlos bemüht sind, die verlorne Zeit wieder zu gewinnen. Wir kennen solche, die durch suchen und versuchen eine eigentümliche Entwicklung errungen haben; die arbeiten vom Morgen bis Abend und zeichnen sich durch wirklich gelungene Hervorbringungen aus. An solche fleißigen

Künstler sind unsere harten Worte nicht gerichtet. Im Gegenteil, solche preisen und achten wir als Männer, die vieles beitragen zu dem Ruhme der flämischen Schule. Niemals, das beweisen sie, wird eine Arbeit mit Mut unternommen und mit Standhaftigkeit vollführt, ohne dass sie lohnende Früchte trägt.

Nein, unsere bleiernen Wahrheiten fallen denen auf den Nacken, die ihre Zeit sorglos vergeuden; die einen geringen Teil des Tages an einem Pfuschwerke arbeiten und vielleicht nicht einmal Bleistift oder Kreide in ihrem Besitze haben; die das ganze Jahr nicht einen einzigen Abend aus dem Wirtshause bleiben und hier durch Räsonieren und Pochen glauben machen, dass die Kunst im Schwätzen bestehe, sodass selbst einfältige Menschen darüber die Achseln zucken. Denen also gilt unsere Rüge, die mit unerhörter Anmaßung über alles absprechen dürfen, in dem Glauben, dass es genüge, mit dem Namen „Künstler" behangen zu sein, um ein eingegossenes Wissen zu besitzen, ohne dass man ein Buch in die Hand zu nehmen brauche… denen, die durch ihre hochmütige Unwissenheit die Kunst herabwürdigen!

Wann endlich werden diese Unglücklichen begreifen, dass die Kunst ein Tempel ist, den man ohne Vorbereitung und Einweihung nicht betreten darf? Wann werden sie einsehen, dass man das Vaterland nicht verherrlichen kann, bevor man nicht sich selbst der Ehre und Achtung würdig gemacht? Niemals: Begreift wohl je der Unverstand? – Ihr jüngeren Schüler, die ihr eure Zeichenstudien beginnt, merkt auf meine Worte! Ich sage euch: Wollt ihr Maler werden und Ruhm erringen, dann lernet alles, was in Sachen der Kunst nur immer gelernt werden kann. Reich an Kenntnissen, wird dann euer Geist sich frei entfalten, euer Talent wird sich ohne Mühe befruchten und eure Hand leicht gehorchen den Eingebungen eures Genius und nichts wird euch in der Ausführung eurer Schöpfungen hinderlich sein. Lernet und arbeitet in euren jungen Jahren… wo nicht, so möget ihr diese Worte als eine Vorhersagung annehmen: *Vergessener Stümper – armes Leben – bitteres Brot!*

5.

Franzens Schicksal wird traurig. – Wie Baron de Pret die Künste unterstützt. – Schwere Bedrängnis für Franz. – Wie er endlich den Lohn seines Fleißes empfängt. – Was er jetzt ist und wie er lebt. – Schluss.

Zu sehr irren die, welche meinen, dass man selbst mit viel Geist, mit entschiedenen Anlagen und mit dem besten Fleiße nur so in kurzer Zeit ein Maler werden könne. Nein, es vergehen noch manche lange Monate, Jahre sogar, ehe man der Farben und Töne Meister wird und damit wie mit gehorsamen Werkstoffen frei schalten kann. Wie viel schlechte Malereien muss man gemacht haben, bis man ein gutes Bild an den Tag bringt!

Dies fing die Familie unseres Franz und er selbst erst jetzt bitter zu fühlen an. Seine Eltern hatten bisher alle möglichen Opfer freudig und rückhaltlos für ihn gebracht. Sie zweifelten ja nicht, dass er in nicht ferner Zeit einen großen Lohn für seine Arbeiten erlangen werde. Aber ach, wie betrogen sich die guten Leute. Ihre Opfer wurden notwendig immer größer und lästiger, je mehr ihr Sohn sich den Mannesjahren näherte. Seine Bedürfnisse mehrten sich; er brauchte alle Augenblicke Farben, Pinsel und Leinwand und alle diese Ausgaben mussten neben den übrigen bestritten werden von dem Klöppelverdienst der beiden Frauen und dem Taglohn des Vaters.

Die Frauen hielten es vor diesem lange geheim, dass sie Geld entlehnt hatten. Endlich gestanden sie ihm, dass sie bis über die Ohren in Schulden steckten.

Darob erschrak der ehrliche und ehrenhafte Arbeitsmann sehr. Er ging mehr als einmal mit Verdruss an seine Arbeit, doch sagte er kein einziges kränkendes Wort weder zu Franz noch zu den Frauen; er selbst war stolz geworden auf seinen Sohn und sah ein, dass es nun nicht mehr Zeit sei umzukehren. So verbiss er denn im Stillen die Scham, die ihm der Gedanke verursachte, verschuldet zu sein und sah einer bitteren Zukunft entgegen.

Ein einfacher Vorfall rettete die bedrängte Familie aus der drohenden Not. Die Großmutter ging seit einiger Zeit täglich in die St.

186

Andreaskirche, um dort vor dem Bilde der schmerzhaften Mutter zu beten. Als sie eines Tages nach verrichtetem Gebete heimging, begegnete ihr auf der Straße an der Kirche der Baron de Pret. Der edelmütige Mann erinnerte sich der Züge der alten Frau und fragte sie mit großer Teilnahme, wie es ihr gehe, und ob sie zufrieden sei. Hierauf erfolgte natürlich eine lange Klage von Seiten der Großmutter, umso mehr, da sie nicht anders dachte, als es sei ihr dieser Wohltäter der Künstler durch Zutun der Mutter Gottes zu Hilfe gesandt. Sie täuschte sich nicht in

ihrem Glauben, die gute Frau! Baron de Pret fasste ihre dürre Hand in die seinige und sprach lächelnd zu ihr: „Warum habt Ihr mich dies nicht eher wissen lassen? Seid nur getrost, Mütterchen. Kennt Ihr Herrn Wappers?"

„Ja, Herr Baron!"

„Wohlan, so sagt dem Franz, dass er bei Herrn Wappers jeden Monat fünfundzwanzig Franken abholen kann. Ich werde sie dort für ihn hinterlegen."

Hiermit entfernte sich der Baron und ließ sie überrascht stehen. Die halbe Straße entlang betrachtete er mit Rührung zwei runde Tränen, die wie zwei Tautropfen auf dem Rücken seiner Hand blinkend standen – Tränen, welche die Großmutter als ein Unterpfand ewiger Dankbarkeit mit einem Handkusse dort niedergelegt hatte!

Diese Unterstützung gestattete dem Franz, seine Studien ohne Kummer fortzusetzen und er kam nun bald so weit, dass er es wagen durfte, ein Bild zu komponieren und auszuführen.

Ein unvorsichtiger oder vielmehr ein dummer Freund machte ihn glauben, dass sein Bild gelungen sei und dass er es in der ständigen Ausstellung aufhängen dürfe. Aber wie sehr hatte Franz diese seine Unbesonnenheit zu bereuen! Sein Gemälde, das in der Tat noch sehr mangelhaft war, wurde umso mehr bekrittelt und umso lauter verworfen, weil es von einem Anfänger herrührte, der sich noch keine ständigen Verteidiger und Lobpreiser angeschafft hatte.

Franz malte dann schönere, bessere Bilder; aber das bereits eingewurzelte Vorurteil stieß ihn jedes Mal zurück. Jetzt schien es, dass er zu gar nichts tauge, dass er nie etwas anders als Stümperwerk werde hervorbringen können. Dieses Vorurteil war zuletzt so allgemein und stark geworden, dass selbst seine Freunde das Gute an seinen Werken nicht mehr zu preisen wagten aus Furcht, für Gewürzkrämer oder für Leute von schlechtem Geschmack zu gelten. Verstoßen aus dem Kreise der Künstler, stets zurückgesetzt von Leuten, die minder Talent hatten als er, allgemein für einen Stümper ausgeschrien, blieb Franz dennoch fleißig am Lernen und Arbeiten, aber seine Bilder blieben auch, zu der Großmutter Verwunderung, an den Wänden seiner armen Wohnung hängen.

Das sei eine gute Lehre für alle jungen Künstler! Wer je zum ersten Mal ein Bild zur Schau aushängt mit dem Bewusstsein, dass er ein besseres malen könnte oder können sollte, der ist ein Tor, der sich selbst unberechenbaren Schaden zufügt. Denn ist es nicht auf Grund seines ersten Erzeugnisses, dass man über Vergangenheit, Gegenwart und Zukunft eines Künstlertalents aburteilt? Und welche Mühe, welch angestrengtes Ringen wird nicht nötig sein, um dieses erste Urteil zu vernichten? Diejenigen, welche die schlechten Malereien einmal gesehen haben, sehen eben darum niemals mehr die guten und bleiben so bei ihrem ersten Eindrucke und Ausspruche stehen.

Mehr als einmal noch beweinte Franz bitterlich seine erste Unbesonnenheit. Oft, wenn er auf seinem Speicher, seinem Atelier, an der Staffelei saß, schlug er sich mit der Faust vor die Stirn und rief:

„Wie ist's möglich! Welche Dummheit, welche Verblendung hat mich getrieben? Ich wusste, dass mein Bild voller Mängel sei und doch hing ich's zur Schau auf! Wahrhaftig, ich war nicht bei Sinnen!"

Aber seine Missgeschicke waren noch nicht zu Ende. Wie wenn Gott ihn in der Bahn der Kunst erproben wollte, wurde er auf einmal von zwei schrecklichen Unfällen getroffen. Sein Vater, der beim Ausladen von Schiffen mitarbeitete, brach durch das Fallen eines Fasses seinen rechten Arm, der überdies noch zum Teil zerschmettert ward.

Zwei Tage später starb sein einziger Wohltäter Baron de Pret! Dies letzte Unglück traf die ganze Familie so schwer, dass sie alle zwei volle Tage in Tränen zubrachten fast ohne ein Wort zu reden.

Am Begräbnistage des Baron de Pret folgte ein bescheidener Fiaker von fern dem Leichenzuge. Zu Hemirem und bei dem Begräbnisplatze angekommen, stiegen drei Personen aus dem geringen Fuhrwerk. Sie gingen neben dem Kirchhof in einen Seitenweg und waren während der Beerdigung nicht sichtbar. Als aber alles vorüber war und die prächtigen Kutschen alle die Zuschauer des Leichenzuges eiligen Fluges wieder in die Stadt zurückbrachten, da sah man drei Personen mit leisen Schritten in den Kirchhof treten. Es war Franz, der seine steinalte Großmutter am Arme führte, während seine Mutter sie an der Seite unterstützte. Niemand sah sie, denn alles war totenstill auf dem Kirchhofe und die größte Einsamkeit herrschte hier.

Seht ihr sie alle drei mit rotgeweinten Augen, mit stockendem Atem jenem Haufen frisch aufgeworfener Erde sich nahen? Dort ruht er, der das Gute im Stillen tat… Oh saget nicht, dass die Tugend nicht geehrt, nicht belohnt werde. Die Tränen dieser Menschen wiegen Tausende in der Waagschale Gottes!

Seht, die Frauen knien nieder auf dem Erdhaufen. Sie falten ihre Hände und beugen das Haupt über dem Grabe, ihre Lippen bewegen sich… Reden sie wohl in rhetorischer Sprache? Sind ihre Worte berechnet, gemessen, geschrieben, damit sie sie nicht vergessen? Oh nein! Sie kennen nur ein Gebet, das der Erlöser selbst sie gelehrt. Sie beten und beten wieder ihr kraftvolles allumfassendes Vaterunser. Ihre Stimmen werden heller, indem sie beten: „Vergib uns unsre Schuld, wie wir vergeben unsern Schuldnern… Heilige Maria, Mutter Gottes, bitte für uns arme Sünder, jetzt und in der Stunde unsres Todes. Amen.“ Ihre Seelen, ihre Tränen, ihre Seufzer sagen das übrige dem Herrn. „Schlafe ruhig, du Guter! Wir pflanzen keine Blumen auf dein Grab. Sie sind nicht unsterblich wie das Andenken deiner unzählbaren Wohltaten… Deine Seele empfange in dem Schoße der Gottheit einen Lohn, den die Welt nicht geben kann.“

Aber warum kniet nicht auch Franz auf dem Grabe? Warum? Er ist verschlungen von dem Schmerze. Er fühlt sich nicht mehr leben und hat vergessen, wo er sich befindet. Seht, da steht er wie ein steinern Bild, den Kopf auf die Brust gesenkt und die Hand an die Stirn geklammert. Wie blinken die rollenden Tränen, die seinen Augen entstürzen! Unglücklicher Jüngling, wer beschreibt die tödliche Verzweiflung, die dein Herz bis zum Zerspringen drückt!

Erwache! Siehst du nicht, dass die kalte Erde der Gesundheit deiner Großmutter schaden wird? Entferne sie von diesem Grabe, sonst findet vielleicht der Abend sie noch hier knien und weinen. Fasset Mut, kehrt zurück in eure Wohnung…

Des andern Tages sagte Franz in betrübtem Tone folgendes zu seinen Eltern:

„Wir sind unglücklich und arm. Ich bin schuld an eurem Kummer, ich weiß es. Aber lasst mich jetzt eine Frage an euch tun und antwortet mir aufrichtig: Können wir noch drei Monate bestehn, ohne das mindeste Geld einzunehmen?"

Diese Frage blieb eine lange Zeit ohne Antwort. Die Mutter ging zu dem kranken Manne und überlegte mit ihm die Sache ernstlich. Dann sagte sie:

„Drei Monate, mit genauer Not, aber nicht länger."

„Wohlan!", erwiderte Franz. „So will ich einen letzten Versuch wagen. Ein Bild noch will ich malen, ein einziges, und verkaufe ich das nicht in kurzer Zeit… dann, oh Mutter, oh Großmutter, dann werde ich Dekorationsmaler!"

Dies letzte Wort kostete ihm sichtliche Mühe. Es kam wie ein Krampf in seine Kehle, doch fasste er sich bald und fragte nochmals, ob man ihn drei Monate lang ruhig und ungehindert wolle arbeiten lassen. Seine Eltern sagten ihm dies noch einmal willig zu.

Franz ging dann zu Herrn Wappers und empfing die letzten fünfundzwanzig Franken, die sein Wohltäter dort noch für ihn hinterlegt hatte. Für einen Teil dieses Geldes kaufte er Farben und schloss sich am folgenden Tage auf dem Speicher seines Hauses ein, wo er zu arbeiten pflegte und entwarf auf der Leinwand die Grundzüge des Bildes, das er auszuführen sich vorgesetzt.

Es war der Kirchhof von Hemirem mit einem geschlossenen Grabe, worauf zwei Frauen betend knieten. Rückwärts sah man einen jungen Mann weinend und im tiefsten Schmerz versunken stehen; seitwärts die Mauern der Kirche, im Hintergrunde eine üppige Landschaft.

Während zweieinhalb Monaten arbeitete Franz ohne Unterbrechung. Er ging auf den Kirchhof von Hemirem hinaus, um die ganze Örtlichkeit und Umgebung treu nach der Natur aufzunehmen und ließ Mutter und Großmutter als Modelle vor sich hinsitzen.

Niemals hatte wohl ein Künstler mit mehr Begeisterung, mit mehr Liebe und Fleiß an einem Bilde gearbeitet. Franz war voll von seinem Gegenstande und all die Zeit hindurch, da er mit seinem Werke beschäftigt war, hatte ihm der Kopf gebrannt wie einem Fieberkranken. Konnte dieses Bild schlecht ausfallen? Nein, es musste mit dem Stempel der Begeisterung gezeichnet sein. Und das war es denn auch.

Franz erhielt auf Kredit einen passenden Rahmen für die Ausstellung. Diesmal jedoch hatte er eine andere Eingebung: er sandte sein Bild nach Deutschland auf die Kölner Kunstausstellung… Wird er hier glücklicher sein? – Doch das Gemälde war weg und blieb weg, ohne dass man das Mindeste davon hörte.

Die Armut drang nun auf die harrende Familie ein, wie diese sie noch nie gefühlt hatte. Sie aß bitteres Brot und war wie erdrückt durch eine schreckliche Enttäuschung. Wer noch am meisten Mut zeigte, war die gute Großmutter. Sie trug in der Stille ihre besten Kleider und ihre paar kleinen Goldsachen in das Pfandhaus und tröstete die andern. Aber das konnte nicht lange so dauern. Die Kleider des Franz und der Mutter mussten endlich auch versetzt werden – ja, die Preismedaillen und andere Ehrenzeichen wanderten zum Bäcker als Pfänder für einiges Brot.

Man hatte Schulden gemacht beim Fleischhauer, beim Krämer; der Bäcker wollte jetzt auch nichts mehr hergeben. Niemand wollte dem armseligen Künstler – so hieß Franz in der Nachbarschaft – mehr etwas borgen. Die wöchentliche Hausmiete war schon vom ganzen Monat ausständig und der Hausherr hatte schon dreimal den Gerichtsboten geschickt, um Zahlung zu fordern.

An einem Nachmittag des Monats September war die Armut dieser Leute auf den Höhepunkt gestiegen. Niemand hatte etwas genossen seit dem Abend des vorigen Tages. Der Gerichtsbote hatte sich soeben mit der Warnung entfernt, dass er noch einmal um sechs Uhr wieder kommen werde und dass, falls sie dann die Miete nicht zahlten, sie am andern Morgen mit ihrem Hausgeräte würden auf die Gasse gesetzt werden.

Großmutter hielt die Hand des Franz in der ihrigen und suchte ihn zu trösten. Die Mutter weinte in der Stille; der Vater, der den Arm noch in einer Schlinge trug, saß am Kamin und starrte finster in die Kammer hinein. Plötzlich brach der Arbeiter schluchzend in Tränen aus.

Noch niemals hatte Franz seinen Vater weinen sehen. Dies war das erste Mal in seinem Leben. Auch traf es ihn wie einen Donnerschlag; ein Schrei des Schreckens drang aus seiner Kehle und er fiel kniend vor seinem Vater nieder.

„Oh, Vater", rief er, „Vater, Ihr weint? Ihr? – Oh, beruhigt Euch! Morgen werde ich Dekorationsmaler. Ich werde alle Tage drei Franken verdienen." Der Arbeitsmann hob seinen Sohn vom Boden auf und drückte ihn mit seinem Arm ans Herz.

„Franz", sprach er, „ich schreibe die Schuld nicht dir zu, Junge; aber wir sind so unglücklich! Ich weine, weil ich in Verzweiflung bin, nicht arbeiten zu können. Es hungert uns, in unseren Eingeweiden wütet der Schmerz. Wer wird uns zu essen geben bevor die Nacht kommt? Wohin sollen wir gehen, wenn man uns morgen auf die Gasse setzt? Ist es nicht zum Rasendwerden oder um sich selbst ins Wasser zu…“

Franz schloss seinen Vater mit Macht gegen seine Brust und erstickte dies letzte schreckliche Wort auf seinen Lippen durch einen ängstlichen Kuss.

Während Vater und Sohn so aneinander geklammert waren, ging die Türe der Kammer auf, ein Mann mit·einer ledernen Tasche über der Schulter streckte seine Hand und in ihr einen Brief voraus. Mit einem gewaltigen Sprung machte sich Franz von seinem Vater los und griff nach dem Briefe, aber der Postbote zog ihn zurück und sagte trocken: „Ein Brief aus Deutschland, zwei Franken!“

Zwei Franken! An welchem verborgenen Orte dieser Wohnung befindet sich ein solcher Schatz! Zwei Franken – von Menschen, die Hungers sterben?

Wer kann den Kummer und den Folterschmerz dieser Familie beschreiben? Der Brief enthält vielleicht das Ende ihrer Not. Vielleicht trocknet er ihre Tränen, stillt ihren Hunger und schützt sie vor der Vertreibung… Und ach, während sie mit pochendem Herzen den Brief anstarren, ihn so sehnlich eröffnen möchten, will der Briefträger sich wieder damit entfernen und ihnen alle ihre Hoffnung rauben. Die Erde brennt unter den Füßen der Unglücklichen. Sie stampfen vor Ungeduld, reißen sich die Haare aus… Der arme Franz windet sich, dass seine Glieder krachen. Er wird wie ein hilfloses Schiff in seinem Elend hin- und hergeschleudert; er hofft und fürchtet zu gleicher Zeit. Der Brief ist vielleicht der Hafen der Erlösung, er sieht ihn… und er geht ihm verloren!

Jetzt kniet die Mutter nieder vor dem Briefträger, sie hebt die flehenden Hände zu ihm empor. – Ha! Er weint! Sein Herz ist nicht von

Stein. Da! Er reicht Franz den Brief: „Nehmt ihn nur. Ich bin auch arm, aber dies kann ich nicht länger ansehen."

Franz öffnet langsam mit zitternder Hand den Brief, jeder Bug wird vorsichtig entfaltet. Aber kaum hat er seine Augen auf den Inhalt geworfen, so beginnen seine Gesichtsmuskeln krampfhaft zu zucken. Er wird totenbleich und ein seltsamer Schrei entfährt seiner Brust. Er lehnt sich an den Tisch und der Brief fällt aus seiner Hand auf die Flur... Die Stube ist erfüllt von Wehegeschrei. Großmutter hebt die Hände zum Himmel, die Mutter sinkt wie gelähmt rücklings vom Stuhle. Franz tat sich Gewalt an, zu sprechen. Sichtbar wollte er etwas sagen, aber er brachte es nicht über seine bebenden Lippen. Endlich brach seine Sprache los. Er raffte den Brief auf und rief mit schriller Stimme:

„Großmutter! Mutter! Vater! Ich bin Maler! Fünfhundert Franken für mein Bild!"

Die vier Glücklichen lagen einander in den Armen, sich drückend, küssend, streichelnd und ein verwirrtes Durcheinander von Freudenrufen erfüllte die Stube. Nach den ersten Ausbrüchen der Freude und Liebe äußerten die Frauen ihre Neugierde nach dem Inhalte des Briefes. Franz, der das Französische ziemlich gut verstand, dolmetschte ihnen den Brief, der also lautete:

Köln, den…

Mein Herr!

Das Bild, welches uns von Ihnen unter dem Titel *Das Grab eines Wohltäters* zugesendet wurde, ist von Kunstfreunden viel angesehen und gelobt worden. Ich schätze mich glücklich, Ihnen anzeigen zu können, dass es von dem hiesigen Herrn E… für den bezeichneten Preis angekauft worden ist.

Sie werden bei Vorzeigung dieses den Betrag von 500 Franken auf dem Kontor des Bankiers M.C. … daselbst empfangen.

Mit nicht geringerer Freude werden Sie, hoffe ich, vernehmen, dass derselbe Herr E… ein zweites Bild von gleicher Größe von Ihnen zu erhalten wünscht. Die Zahlung dafür wird sogleich erfolgen, wenn das Bild an mich gelangt sein wird.

Der Sekretär des Kölnischen Kunstvereins.

„Ha!", rief Franz zum zweiten Male. „Nun bin ich Maler! Großmutter, nun bin ich Maler!"

„Ja, Kind", antwortete diese mit einem stolzen Blick, „hab' ich es dir nicht gesagt? Jetzt sind wir so reich, dass wir unseres Geldes kein Ende finden werden. Lass sie jetzt nur sagen: *Der armselige Künstler*! Das seht ihr jetzt: Gott ist doch gut und wir hatten schon zu viel ausgestanden. Ich werde noch neun Tage vor dem Bilde Unserer Lieben Frau von den sieben Schmerzen beten gehen, um ihr zu danken für ihre Fürsprache. Und nun, Franz mein Junge, nun auch nur fröhlich das Unsere genommen, von dem, was unser Herr uns bescheret hat. Wir werden jetzt wohl einen Krug Doppelbier und ein oder zwei Pfund Schweinerippen bekommen können. Lasst uns jetzt nur schmausen! Der Briefträger, der gute Mensch, soll auch mithalten. Eine Viertelstunde später hörte man schon an der Türe die Schweinerippen in der Bratpfanne protzeln; der Geruch des Bratens trug wie ein Bote die frohe Nachricht in der nächsten Nachbarschaft umher. Das schäumende Doppelbier stand eingeschenkt auf dem Tische und der Briefträger war diesen Abend mit Franz und seinen Eltern einmal recht fröhlich.

Des andern Tages wurden zwei geschickte Chirurgen zu dem Vater gerufen. Die verpfändeten Kleider, Medaillen usw. wurden eingelöst und alle gemachten Schulden getilgt.

Von diesem Augenblicke an arbeitete Franz mit Mut und Sicherheit. Seine Bilder waren schon verkauft, noch ehe sie ganz fertig waren und bald konnte er die Bestellungen der Liebhaber nicht mehr befriedigen.

Gegenwärtig wohnt Franz mit seinen Eltern nicht mehr in dem ärmlichen Hause; sie haben jetzt wirklich die geträumten zwei Stockwerke und schöne wohlmöblierte Zimmer. Der Vater arbeitet nicht mehr für Taglohn; er raucht seine Tabakpfeife hinter einem schönen warmen Ofen.

Großmütterchen hat eine Magd, die sie bedient, und die Liebe ihres Franz, die sie auf Erden glücklich macht.

Hier endigt unsre Erzählung. Doch müssen wir beifügen, dass wir mit Absicht und um Verwirrung zu vermeiden, vergessen haben, unsern Lesern zu sagen, dass Franz während des ersten Jahres seiner Aufnahme auf die Akademie ein Brüderchen bekommen hatte. Dieses Kind ist jetzt auch zehn oder elf Jahre alt und wird uns vielleicht einmal Stoff zu einer zweiten Erzählung geben.

„Oh Vater, vergib!... Halte ihn zurück!"

Rikke-tikke-tak!

1.

Es ist noch nicht lange her, dass ich den Pachthof besucht habe, wo die Geschichte von Rikke-tikke-tak ihren Anfang nimmt. Er liegt zwischen Desschel und Milgem, etwa zwölf Meilen ostwärts von Antwerpen und ist von Landleuten bewohnt, die sich des Namens Jan Daelmans kaum mehr entsinnen.

Wie malerisch dieses Haus auch ist, es bietet doch nichts Besonderes. Donnerwurz und Moose begrünen sein verwittertes Dach, seine zerbröckelnden Mauern verbergen sich hinter dichtem Laubwerk, Schweinchen spielen auf dem Düngerhaufen zwischen Hühnern und Tauben und weiter zurück im Stall sieht man drei glänzende Kühe den weichen Klee käuen.

Aber das Schönste bei dem einsamen Hofe ist die unermessliche Heide, die sich vor seinem First bis weit an den Gesichtskreis ausdehnt, der Bach, der hinter dem Blumenhof sich nach den Moorweiden schlängelt, und die grünen Gebüsche der Erlen und Weiden, die den Lauf der silbernen Heideader begleiten; dazu der ungetrübte blaue Himmel, das geheimnisvolle Gezirpe der Grillen und das verliebte Gezwitscher der Vögel, welche sich diese abgelegene Stätte zur Heimat und zum Ruheplatz erkoren haben.

Es war an einem frühen Morgen des Jahres 1807. Die Sonnenscheibe hatte sich noch nicht über die Fläche der Heide erhoben und kaum hörte man hier und da einen Vogel das Vorspiel zu dem prächtigen Morgengesang der Natur anstimmen. Innerhalb des Gehöftes herrschte ebenfalls noch eine tiefe Nachtstille; nur ein kleines Feuer brannte knisternd im weiten Kamin; die Uhr setzte ihr rastloses Getick fort, und weiterhin, in einem halbdüsteren Winkel, surrte eintönig ein Spinnrad.

Bei diesem Arbeitsgerät befand sich ein Mädchen von seltsamem Aussehen. Nach ihrem Gesicht zu schließen, musste sie ungefähr sechzehn Jahre alt sein. Ihre Kleidung war nicht gewählt, ja viel eher unordentlich, aber ihr sauberes Gesicht hatte in seinem Ausdruck etwas Fremdes, etwas Edles, das die Aufmerksamkeit eines Beobachters auf sich zog und ihn unfehlbar durch eine Art Mitgefühl an das Mädchen fesselte. Nicht dass man sie schön hätte nennen können, denn sie war bleich wie durchscheinender Marmor und ihre pechschwarzen Augen schienen, wenn sie unter den langen Wimpern einen Blick wie einen Feuerfunken hervorwarfen, hart und unangenehm. Aber es kamen auch Stunden, wo sie wie unbewusst das Auge langsam und schmachtend umherirren ließ, wobei ein frohes Lächeln über ihr Gesicht glitt, als ob in ihrem Herzen eine freudige Stimme spräche – und dann, dann, war sie schön wie ein alabasternes Bild einer schwindenden Blume, die ihren Kelch noch vor der Sonne erschließt, obschon der Wurm bereits ihre Wurzel durchnagt hat.

Seit einer Stunde saß sie da vor dem Spinnrad als hätte sie einen Teil des Arbeitsgerätes gebildet, so achtlos ließ sie den Flachs durch ihre Finger gleiten. Eine tiefe Träumerei hatte ihre Sinne umfangen. Die stoffliche Welt war für sie entschwunden und nun bestrahlte eine himmlische Freude ihr Angesicht.

Welch ein fröhlicher Gedanke stieg denn aus ihrer Seele auf und widerstrahlte in ihrem lächelnden Gesichte? Sie wusste es selbst nicht. – Sieh, sie öffnet ihren schönen Mund, sie singt! Hinreißend muss dieses Lied sein, wenn es ihre Empfindung ausdrückt.

Ihre Stimme ist süß, beinahe wunderschön, wie der ferne Klang einer silbernen Schale; aber fremd und seltsam ist ihr Lied – sie singt:

> *„Rikke-tikke-tak,*
> *Rikke-tikke-tu!*
> *Eisen warm*
> *Hoch den Arm!*
> *Schlag nur zu!*
> *Rikke-tikke-tu!“*

Und dann verfällt sie wieder in ihr geheimnisvolles Sinnen. Während das Mädchen mit gesenktem Haupte vor dem Spinnrade saß und in Selbstvergessenheit versunken schien, kam eine bejahrte Frau von der Treppe her in die Kammer. Nach dem herrischen Blick zu schließen, den sie auf das verlöschende Feuer und dann auf das Mädchen warf, musste sie wohl die Pächterin sein. Ihr Auge funkelte alsbald vor Zorn. Sie ging auf das sinnende Mädchen zu und gab ihr einen solch harten Backenstreich, dass die überraschte Träumerin beinahe vom Stuhl sank.

„Was?", rief die Pächterin. „Du faules Ding! Das Feuer an! Schnell oder ich nehm einen Stock, um dich wacker zu machen, nichtsnutzige Dirne, die du bist!"

Das Mädchen stand auf und ging zum Feuer, um den barschen Befehl der Pächterin zu vollziehen. Sie musste eine derartige raue Behandlung seit langem gewohnt sein, denn ihr marmornes Gesicht verriet weder Unmut noch Schmerz. Nur auf ihrer Wange glühte ein roter Fleck, der zur Genüge andeutete, dass der empfangene Schlag sie hart getroffen hatte.

Sobald die Pächterin das Feuer unter dem Kuhkessel lodern sah, ging sie nach der Treppe und rief mit lauter Stimme:

„Auf, auf, ihr Faulenzer; oder ich werde euch kommen, ihr Schlafhauben! Marsch! Trien, Barbel, Jan! Auf, auf, es ist vier Uhr!"

Wenige Augenblicke später kamen die Gerufenen herab. Was die zwei Mädchen betrifft, so waren sie Töchter der Pächterin und mochten etwas unter zwanzig Jahre alt sein; übrigens, gleich den meisten Bäuerinnen, schwerfällig und stark gebaut, ohne dass sie etwas Besonderes unterschied. Der Junge, den seine Mutter Jan genannt hatte, zählte nicht mehr als siebzehn Jahre. Sein Gesicht zeigte grobe, doch regelmäßige und männliche Züge; seine lebhaften Blicke und sein lebendiger Gesichtsausdruck bewiesen, dass er, wenn ihn auch die Natur nicht mit großen Geisteskräften begabt hatte, doch ein hübscher und wackerer Bursche war. Seine blauen Augen und langen blonden Haare prägten seinen Zügen den Stempel von Güte und von sanftem Empfinden auf, die in der Tat sein Herz beherrschten.

Er allein ging zu dem Mädchen, das beim Feuer stand, und sagte mit leiser Stimme zu ihr: „Guten Morgen, Lena!"

Worauf eine noch leisere Stimme erwiderte: „Guten Morgen, Jan. Ich danke dir."

Bevor jedes auf dem Hofe an seine Arbeit ging, wurde der Kaffee auf den Tisch gesetzt und die Pächterin schnitt einem jeden die Butterbrote vor. Die junge Lena bekam für ihren Teil ein Stück Brot, das nicht hinreichend gewesen wäre, um den Hunger eines Kindes zu stillen. Dennoch schien sie es nicht zu bemerken und selbst ihre Augen klagten nicht über die Härte der Pächterin. Jan sah Lena mit tiefem Mitleid an und als er wahrnahm, dass sie ihr Brot größtenteils verzehrt hatte, legte er ihr dafür von dem seinen hin, als seine Mutter eben wegblickte.

Nach dem Frühmahl ging Jan mit seinen Schwestern aus dem Haus, um die tägliche Arbeit zu beginnen. Lena blieb auf dem Hofe mit der Pächterin, um beim Buttern mitzuhelfen, während der Hund die Buttermühle drehen sollte.

Sobald die Milch in die Kerne gegossen und alles zum Buttern bereit war, ging die Pächterin hinaus, um den Hund in die Mühle zu holen, aber sie fand ihn tot in seiner Hütte liegen. Da kannte ihre Wut keine Grenzen mehr. Sie kam wie eine Furie hereingestürzt, schlug die arme Lena ins Gesicht, stieß sie zu Boden und schrie dann erst:

„Der Hund ist tot, du abscheuliche Dirne! Du hast ihm gestern nichts zu fressen gegeben, aber ich will dich schon lehren. Hier! …"

Und dann begann sie das schweigende Mädchen aufs Neue fürchterlich zu schlagen, wobei sie schrie:

„Schweig, bis du berstest, dickköpfiger Esel! Ist es nicht wahr, dass du dem Hund gestern nichts zu fressen gegeben hast? Willst du sprechen, oder ich brech' dir Hals und Bein!"

„Pächterin", sagte Lena wie gleichgültig, „ich habe dem Hund sein Fressen gestern gegeben. Die Schüssel steht noch voll vor seiner Hütte."

„Was? Schüssel voll?" kreischte die Pächterin.

„Betrügerin, die du bist! Diesen Morgen hast du das Fressen in die Schüssel getan. Glaubst du, dass wir deine Schliche nicht kennen? Aber es wird dich reuen. Jetzt sollst du selbst in der Buttermühle laufen. Vorwärts und in die Mühle hinein!"

Diese neue Art von Misshandlung versetzte Lena in einen großen Schreck, denn sie begann an allen Gliedern zu zittern und stand inmitten der Stube mit gesenktem Haupt und schlaffen Armen, wie eine Verurteilte, die nach dem Schafott geführt werden soll. Trotzdem sprach sie kein Wort. Die geduldige Sanftmut des Mädchens behagte der Bäuerin nicht. In ihrer Wut zog sie einen Stecken aus dem Reisigbündel, das beim Herd lag, hob ihn in die Höhe, als wollte sie Lena damit auf den Kopf schlagen und wiederholte ihren Befehl:

„Marsch, in die Mühle hinein! Gehst du oder nicht?"

Lena sank langsam auf die Knie nieder, streckte die Hände flehend aus, richtete ihr schwarzes Auge bittend auf ihre Verfolgerin und sprach:

„Oh, habt Mitleiden mit mir! Ich will in die Buttermühle gehen, aber schlagt mich nicht mehr, um Gottes willen."

In diesem Augenblicke flog die Türe mit Gewalt auf und Jan sprang in die Stube. Er eilte auf Lena zu, hob sie vom Boden auf und sprach dann mit verhaltenem Zorne zu seiner Mutter:

„Aber, Mutter, wie könnt Ihr doch so sein? Es ist immer dasselbe. Ich kann nicht aufs Feld gehen oder ich höre Euch auf die unglückliche Lena losschreien und schimpfen wie auf ein Vieh. Wenn Ihr sie denn doch umbringen wollt, so schlagt sie lieber gleich auf einmal tot. Seht Ihr denn nicht, dass sie krank und abgezehrt ist?"

Bei diesen letzten Worten stürzten dem Burschen Tränen aus den Augen und er setzte bittend hinzu:

„Ach, Mutter, lasst sie doch in Ruhe! Oder seht, ich sag es Euch: mit den ersten Soldaten, die vorbeikommen, gehe ich fort und Ihr seht mich zeitlebens nicht mehr!"

„Ich sage, dass sie in die Buttermühle gehen soll! Das wird sie lehren, den Hund verenden zu lassen!", schrie die Pächterin.

„Was habt Ihr da gesagt, Mutter?", rief Jan erschrocken und entrüstet. „Sie? Lena? In die Buttermühle gehen? Hoho, Mutter, das geht zu weit. Schnell, sagt mir, dass Ihr von diesem abscheulichen Gedanken abseht – schnell, schnell."

„Sieh doch den Narren zittern!", sagte die Mutter mit spöttischem Lachen. „Und was willst du denn tun?"

„Hört, Mutter", antwortete Jan mit einem Ernst, der auf die Pächterin einen tiefen Eindruck machte, „wenn Lena in die Buttermühle muss, gehe ich von hier fort und wenn Ihr mich mit Ketten festbinden würdet. Glaubt mir, glaubt mir, Mutter, oder ich beschwöre es mit einem fürchterlichen Eid!"

Nun zitterte die Pächterin ebenfalls vor verhaltenem Zorn. Eine sinnlose Wut bemächtigte sich ihrer, dass sie sich vor der Drohung ihres Sohnes beugen musste. Er war der einzige Mann auf dem Hofe und hatte schon Stärke und Erfahrung genug, um in der Landwirtschaft die Stelle seines verstorbenen Vaters auszufüllen. Sein Weggang wäre der Ruin des Hofes gewesen.

Während das Mädchen noch den Blick vor den flammenden Augen der Pächterin senkte, rief diese:

„Wohlan, dass sie mir aus den Augen gehe! Auf, faules Geschöpf, mit der weißen Kuh auf die Weide und dass ich dich vor vier Uhr nicht sehe oder ich komme dir ordentlich an den Leib! – Und du, Jan, sag der Trien, sie solle buttern kommen!"

Lena ging langsamen Schrittes aus der Kammer, um die Kuh aus dem Stall zu holen. Bei der Türe angelangt, wandte sie den Kopf herum und sandte mit ihren glitzernden schwarzen Augen einen langen, innigen Blick auf Jan, als wollte sie sagen:

„Dank, Dank! Du beschirmst eine Sterbende! Ich werde für dich beten, wenn ich in den Himmel gekommen bin."

2.

Lena geht mit der Kuh längs des Bächleins, um das spärliche Gras aufzusuchen. Sie hält sie an einem Strick fest und schreitet langsam vor ihr her auf dem Fußsteige. An einer Stelle angekommen, wo die Heide an den niedrigen Moorgrund grenzt und dieser dicht mit Erlenholz und mit Wacholdergesträuch bestanden ist, weicht Lena einige Schritte vom Pfade ab. Hier steht eine Buche, die gewiss durch einen Vogel gesäet worden ist, denn soweit man schauen kann, gewahrt man kein Laub mehr, das dem ihrigen gleicht. Am Fuß der riesigen Buche sinkt Lena zu Boden, sie senkt den Kopf tief, sieht bewegungslos vor sich hin, lässt den Strick los und vergräbt sich in ihre gewöhnliche Träumerei.

Jetzt, in der freien Luft, unter dem klaren Himmel entlastet sie ihr Herz von dem aufgehäuften Leid. Ihr Mund klagt nicht, kein Seufzer entgleitet ihrer Brust, aber eine stille Flut von glitzernden Wasserperlen rinnt in ihren Schoß. Lang, sehr lang dauert ihr Schmerz; indessen vermindern sich ihre Tränen allmählich und endlich erhebt sie das Haupt. Sie richtet ihre feuchten Augen himmelwärts und singt, als sende sie ein Gebet zu Gott:

> *„Rikke-tikke-tak,*
> *Rikke-tikke-tu!*
> *Eisen warm,*
> *Hoch den Arm!*
> *Schlag nur zu!*
> *Rikke-tikke-tu!"*

Was mochte doch dieses geheimnisvolle und seltsame Lied im Munde Lenas zu bedeuten haben? Man würde sie hierüber vergebens um eine Aufklärung gebeten haben; denn sie selbst wusste nicht, wie es kam, dass ihre Lippen die Worte dieses Liedes fortwährend wiederholten. Sie erinnerte sich auch nicht, dass ihr jemand dieses Lied je vorgesungen habe und glaubte selbst, dass es, ohne vorherige Ursache, mit Reim und Form sich in ihrem Herzen gebildet habe. Nun machte es einen Teil ihres rätselhaften Wesens aus, wie eine zweite, für sie allein verständliche Stimme. Obschon dieses Lied ihrem Geiste nichts Deutliches sagte, liebte sie es doch wie einen reichen Brunnen von Trost und Erquickung in ihrem Leiden und sie pflegte es in den Augenblicken von Schmerz oder Freude als Ausdruck ihrer tiefsten Empfindungen zu gebrauchen.

So mächtig wirkte das Lied auf ihr eigenes Gemüt, dass sie, nachdem sie es verschiedene Male in mehr oder minder fröhlichem Ton wiederholt hatte, ganz vergessen zu haben schien, dass sie bestimmt war, unter rohen Misshandlungen hinsiechen und sterben zu müssen. Das bezaubernde Rikke-tikke-tak hatte in ihr Antlitz Ruhe und Frieden gestreut. Sie stand dann langsam auf, brachte die Kuh etwas weiter zu einer besseren Stelle und lief die Heide hinauf zu einem Sandhügel, der sich ein wenig über die unermessliche Ebene erhob. Dem Gipfel dieses nackten Sandberges war die Form einer sitzenden Menschengestalt eingedrückt. Ohne Zweifel musste Lena diesen Platz öfters besuchen, denn sie setzte sich auch jetzt auf die Stelle nieder, die den Eindruck ihres Körpers zeigte. Mit dem Haupte vorwärts gebeugt und die Arme um die Knie geschlungen, starrte sie mit ihren schwarzen Augen nach einem blauen Punkt am fernen Gesichtskreise. Von diesem Punkt, gewiss einer entlegenen Stadt, schien eine Straße auszugehen, die in allerlei Windungen sich durch die Heide schlängelte und am Hofe vorbei in die Moorgründe einlief. Auf den fernen Anfang dieser Straße war Lenas Auge bewegungslos gerichtet. Sie saß da wie die Fischerwaise, die vom Gipfel der Dünen her die weite Seefläche überschaut und bangen Herzens ein Boot erwartet, das niemals wiederkehren wird! Aber es war nicht ganz so mit Lena. Auch sie erwartete etwas, wusste aber nicht, wie oder was ihr Herz verlangte. Wohl sah sie immer die Straße hinauf und vielleicht lag in ihr die geheime Hoffnung, dass von dorther ein Erlöser kommen werde, aber sie kannte niemand in der Welt und Hunderte von Reisenden mochten an ihr vorüberziehen, ohne dass sie darauf achtete. War sie denn irrsinnig? Ach, eigentlich nicht, obschon die Töchter der Pächterin sie eine Närrin nannten.

Lena hatte sich unter dem beständigen Leid und unter dem zermalmenden Druck der Verlassenheit ein Leben für sich selbst geschaffen. Da schienen ihre unbegriffenen Handlungen wohl manchmal den Stempel der Verrücktheit zu tragen, aber durch das unaufhörliche Nachdenken hatte ihr Geist sich verfeinert und ihre Einbildungskraft eine wunderbare Gewalt erhalten. Die geheimen Empfindungen, die aus ihrer Brust aufstiegen, hatten ihr Urteil nicht im Mindesten getrübt. Sie überlegte und erwog alles, was ihr geschah, aber das Ergebnis ihres Nachdenkens blieb stets in ihr verschlossen. Was half ihr doch Verstand und Sprache? War sie nicht bestimmt zu einem sicheren Schleichtode?

Schon beschien die Sonne den westlichen Abhang des Sandhügels. Es war längst Nachmittag und noch saß Lena da, das Auge unverrückt nach dem blauen Punkt gerichtet. Sie hatte Hunger und fühlte das wohl; ihr Magen sprach eine schmerzliche Sprache… aber sie blieb sitzen.

In diesem Augenblick drang ein junger Bauer vorsichtig aus dem Erlenholz längs des Bachufers; er wandte hie und da den Kopf nach dem Hofe um, als fürchtete er, gesehen zu werden und kam endlich zu der Buche, wo das junge Mädchen ihre Tränen vergossen hatte. Sich nach dem Sandhügel wendend, legte er seine Hände an den Mund, um seiner Stimme eine sichere und verstärkte Richtung zu geben und rief: „Lena, Lena!"

Das Mädchen erhob sich und nahte mit langsamem Schritt dem jungen Bauern, der ihr mit dem Finger bedeutete, sich neben ihm niederzusetzen. Er holte dann unter seinem Kittel eine tüchtige Brotschnitte und ein Stück Speck hervor, schnitt diesen mit seinem Messer auf dem Brot in kleine Brocken und, indem er sie dem Mädchen anbot und einen Krug Bier unter ein Wacholderbäumchen stellte, sagte er:

„Lena, hier ist Essen und Trinken."

Das Mädchen sah ihn mit tiefer Dankbarkeit an und begann zu essen, wobei sie mit leiser Stimme sagte:

„Jan, Gott wird es dir lohnen, dass du mir in meinem elenden Leben beistehst. Dank für deine Güte."

Unterdessen füllte die Brust des jungen Landmanns nagender Schmerz. Er sagte nichts und eine flüchtige Träne fiel aus seinen blauen Augen, bis Lena, nachdem sie gegessen hatte, ihm die Hand auf die Schulter legte und zu ihm also sprach:

„Jan, mein guter Freund, betrübe dich nicht meinetwegen. Deine Tränen schmerzen mich mehr als die Schläge deiner Mutter."

„Vergib es ihr, Lena, vergib es ihr um meinetwillen. Denn wenn du sterben solltest, ohne für sie zu beten, dann gäbe es für sie niemals einen Himmel. Sie ist doch meine Mutter, Lena, vergib ihr denn."

„Ich habe ihr nichts zu vergeben, Jan. In mir ist kein Hass. Ich erinnere mich selbst nicht mehr meiner Leiden. Ich habe bereits alles vergessen."

„Täusche mich nicht, Lena. Wer kann solche Misshandlungen vergessen?"

„Ich habe es dir schon mehr als einmal gesagt und du begreifst mich nicht, weil ich mich selbst nicht verstehe, wie ich lebe. Während man mich schlägt und stößt, fühlt mein Körper wohl Schmerz, aber mein Geist bleibt frei und träumt weiter von zweifelhaften und unbekannten Dingen, die vor meinen Blicken vorübergleiten und mich ergötzen. Diese Träume sind die Speise meiner Seele, durch sie vergesse ich alles: Sie sprechen mir von einem andern, besseren Leben und erwecken in mir den Gedanken, dass ich nicht immer ein Waisenkind bleiben werde. Wird Gott im Himmel mein Vater werden oder soll ich meine Mutter sehen bevor ich sterbe? Ich weiß es nicht!"

„Deine Eltern sind tot, Lena. Meine Mutter hat es mir oft gesagt, aber sei deshalb nicht traurig. Sieh meine Arme, wie kräftig sie schon sind! Noch einige Jahre und ich werde ein Mann sein. Oh, bleib doch am Leben bis dahin, Lena! Ich werde für dich schaffen von Morgen bis Abend und müsste ich immer dein Knecht sein!"

„Mein Knecht, du? Das wird niemals sein, Jan. Schau in mein Gesicht und sage mir, was du in meinen durchscheinenden Wangen siehst?"

Der junge Bauer fasste sich mit beiden Händen am Kopf und sprach mit einem schmerzlichen Seufzer in sich hinein:

„Den Tod, den Tod!"

Eine lange Stille herrschte nun unter dem Wacholderbäumchen, bis Jan Lenas Hand ergriff und so zu ihr sprach:

„Lena, du hast deine verstorbenen Eltern nicht gekannt. Von Kindheit an hat dich meine Mutter aufgezogen und du hast mehr Leid ausgestanden und mehr Traurigkeit gehabt als zehn Menschen ertragen können. Wenn dies so andauert, wirst du sterben, ich bekenn es mit tränenden Augen; aber wenn man dich von nun an in Ruhe ließe und gut behandelte, würdest du dann nicht am Leben bleiben?"

„Am Leben bleiben?", wiederholte Lena. „Wer kennt die Stunde seines Todes? Ich begreife, was du tun willst. Warum um meinetwillen deine Mutter erzürnen und ihren Hass auf dich laden?"

„Warum?", rief Jan mit halber Entrüstung. „Warum? Oh, ich weiß es nicht, aber glaube mir: hast du einen festen Gedanken, einen Traum, der dich ganz erfüllt, so habe auch ich einen Gedanken, der mich überall begleitet, bei der schwersten Arbeit wie im tiefsten Schlaf. Dieser Gedanke ist, dass ich dir das Böse, was dir meine Mutter angetan hat, vergüten muss. Oh Lena, ich spreche nicht so schön, noch so kraftvoll wie du; aber um Gotteswillen, zweifle nicht daran: von deinem Todestage an wird Jan nicht mehr arbeiten und bald wird er auf dem

Kirchhof neben dir unter der Erde liegen! Und wenn du mich fragst, warum, so kann ich dir keine Erklärung geben. Unter meinem Kittel schlägt ein Herz, das fühlt: du bist ein unglückliches Waisenkind – das ist mir genug. Bleibe am Leben, Lena, bis ich groß und selbständig bin. Meine Arbeit soll …“

„Nach Haus mit der Kuh!“, rief plötzlich in der Ferne eine drohende Stimme.

Jan stand auf, blickte flehend in die Augen Lenas und verschwand zwischen dem Erlenholz, während er leise sagte: „Ich komme gleich nach dem Hof. Geh nur, sie wird dich nicht schlagen!“

Lena ergriff den Kuhstrick und schlug langsam den Fußpfad nach dem Hofe ein.

3.

Im Dorfe Westmal – vier Stunden von Antwerpen und mitten in der Heide gelegen – stand eine kleine Schmiede, worin vier Leute, der Meister und drei Gesellen, mit verschiedenen Schmiedearbeiten beschäftigt waren. Soviel es das Geräusch der Feilen und Hämmer zuließ, sprach man vom Kaiser Napoleon und seinen Großtaten. Einer der Gesellen, dem an der linken Hand zwei Finger fehlten, begann eben eine interessante Geschichte aus dem Krieg in Italien, als plötzlich zwei Reiter vor der Schmiede anhielten und einer von ihnen rief:

„Auf, Leute! Man beschlage mein Pferd!“

Die Gesellen beschauten sich neugierig die beiden Fremden, die nun von ihren Rossen stiegen· Man konnte leicht sehen, dass beide Kriegsleute waren, denn der eine hatte eine tiefe Narbe quer über dem Gesicht und trug ein rotes Band an seinem Rocke; der andere, auch in bürgerlicher Kleidung, schien ihm untergeben; er fasste den Zaum des Pferdes und fragte:

„An welchem Fuß, Oberst?“

„Vorne, am linken, Leutnant!“, lautete die Antwort. Während ein Gesell das Pferd nahm und in den Notstall leitete, trat der Oberst in die Schmiede, blickte sich neugierig um und nahm ein Werkzeug nach dem andern in die Hand, als ob er unter denselben etwas suchte. Und wirklich fand er bald was er wollte. In der einen Hand hielt er eine schwere Zange, in der andern einen Hammer. Er beschaute sich die beiden Geräte mit seltsamem Lächeln, sodass die Gesellen verwundert den Fremdling anstarrten.

Unterdessen war das Eisen ins Feuer gelegt worden, der Blasebalg rauschte und helle Funken sprühten von den glühenden Kohlen. Die Gesellen standen mit den Hämmern in der Hand bereit, der Meister nahm das Eisen heraus und begann nun das hüpfende Schmiedegeräusch.

Diese fröhliche Musik schien den Oberst höchlich zu ergötzen. Er lauschte so vergnügt, als sei ein reizendes Saitenspiel in sein Ohr geklungen. Als man jedoch das Hufeisen vom Amboss nehmen und an den Fuß des Rosses schlagen wollte, ging ein Zug von tadelnder Missbilligung über sein Gesicht. Er nahm die Zange mit dem Eisen aus der Hand des Meisters, legte dieses wieder ins Feuer und rief:

„So nicht! Was macht ihr mir da für ein grobes Hufeisen? Lustig, ihr Burschen, blast einmal!“

Während man diesen Befehl ehrerbietig vollzog und jeder den Oberst mit Bewunderung ansah, zog dieser den Rock aus und entblößte seine kräftigen Arme. Als das Eisen in heller Glut stand, legte er es auf den Amboss. Dann ergriff er den Handhammer wie der geübteste Feuerwerker[23] und rief den Gesellen fröhlich zu:

„Aufgepasst! Leute! Ich gebe den Takt. Wir wollen einmal ein Eisen schmieden, wie des Kaisers Pferd kein besseres trägt. So, das geht! Passt wohl auf, was ich dazu singe:

Rikke-tikke-tak,
Rikke-tikke-tu!
Eisen warm,
Hoch den Arm,
Schlag nur zu!
Rikke-tikke-tu!

---

23   Feuerwerker ist jener, der beim Schmieden das Eisen mit der Zange dreht und so die Arbeit leitet.

Rikke-tikke-tak,
Rikke-tikke-tu!
Hart wie Erz
Mutvoll Herz!
Schlag nur zu!
Rikke-tikke-tu!

Nun, beschaut mir einmal das Eisen!"

Die Gesellen besahen sich das hübsche und leichte Eisen stumm und mit offenem Munde. Nur der Meister schien an etwas anderes zu denken und schüttelte von Zeit zu Zeit den Kopf, wie jemand, der in tiefe Zweifel versunken ist. Er trat dicht auf den Fremden zu, der seinen Rock bereits wieder angezogen hatte. Aber wie neugierig er ihn auch anschaute, er schien ihn doch nicht zu erkennen.

Rasch wurde nun das Pferd beschlagen und es stand schon vor der Schmiede bereit, seinen Reiter aufzunehmen. Der Oberst drückte Meister und Gesellen freundlich die Hand und legte zwei Napoleons auf den Amboss, wobei er sprach:

„Einen für den Meister, einen für die Gesellen! Trinkt dafür auf meine Gesundheit!"

Damit schwang er sich aufs Pferd und ritt mit seinem Begleiter ins Dorf.

Die Fremden waren kaum um die Ecke verschwunden, als die Gesellen sich zu ihrem Meister wandten und ihn mit fragenden Blicken ansahen.

„Oberst! Oberst!", murmelte einer von ihnen. „Ich sage, der Kerl ist noch ein Schmied oder wenigstens einmal einer gewesen. Ihr kennt ihn gewiss, Meister?"

„Das heißt", erwiderte der Meister, „ich habe in meinem Leben nur einen Menschen gekannt, der mit dieser Leichtigkeit und Gewandtheit solch ein Hufeisen schmieden konnte. Wenn ich mich nicht irre, so ist dieser Oberst niemand als Karl van Milgem, den man gewöhnlich den Rikke-tikke-tak hieß."

„Sollte es der lustige Schmied von Westmal sein?", sagte ein Geselle.

„Ich habe vom Karl Rikke-tikke-tak oft reden hören; aber der war ja ein Trunkenbold, ein Säufer, der das ganze Dorf auf den Kopf stellen konnte. Der Oberst hat dafür ein viel zu vortreffliches Äußeres. Es ist unmöglich!"

Der Meister setzte sich auf den Amboss wie jemand, der eine Erzählung anfangen will, und sprach dann zu den Gesellen:

„Leute, unseren Taglohn haben wir doch schon doppelt verdient. Wir wollen Feierabend machen. Hört und urteilt selbst. Der Oberst ist gewiss Karl van Milgem. Vor ungefähr sechzehn Jahren wohnte hier, in dieser nämlichen Schmiede, ein junger Kerl, der mit dem allerschönsten Bauernmädchen aus den Weiden von Moll getraut war. Sie hatten einander so lieb, dass das ganze Dorf über ihre glückliche Ehe verwundert war. Karl van Milgem – denn so hieß der Schmied – arbeitete von früh bis spät, dass ihm der Schweiß von der Stirne rann und weil er den ganzen Tag bei seinem Amboss das hübsche Liedchen sang, das der Oberst auch so gut kann, hießen ihn seine Freunde nur den Karl Rikke-tikke-tak. Er war beständig gut gelaunt, klug in allen seinen Antworten und kein Wort kam über seine Lippen, bei dem man nicht hätte lachen müssen. Auch war in Westmal niemand so allgemein beliebt als Karl, der lustige Schmied. Er war schon ein paar Jahre verheiratet gewesen, ohne Kinder bekommen zu haben, bis er eines Tages bemerkte, dass er Vater werden würde. Nun kannte seine Freude keine Grenzen mehr. Das hübsche Liedchen vom Rikke-tikke-tak erklang vom Morgen bis Abend. Hier und da fürchtete man, Karl könnte verrückt werden, denn er kannte kein Maß in seiner Freude. Der Tag kam endlich; Karl wurde Vater eines allerliebsten Töchterchens. Aber der Arme! Sein unglückliches Weib stand nicht wieder auf, sie liegt auf dem Kirchhof. Ihr wisst wohl, wo das eiserne Kreuz steht. Von diesem Augenblick an war Karl nicht mehr derselbe. Er ließ den Hammer ruhig neben dem Amboss liegen, zündete sein Feuer nicht zweimal in der Woche mehr an und ergab sich ganz dem Trunk, als wolle er Selbstmord begehen. Alle seine Liedchen waren vergessen und er führte ein so wüstes Leben, dass er die Schande des ganzen Dorfes wurde. Wenn er dann vollgetrunken nach Hause kam, gebärdete er sich wie wahnsinnig. Die Magd aber, die bei ihm wohnte, um das Kind aufzuziehen, hatte ein sicheres Mittel, ihn zu beruhigen: sie gab ihm sein Töchterchen auf den Schoß und wie betrunken Karl auch war, er wurde sanft beim Anblick seines Kindes, wie durch eine unbekannte Zaubergewalt. Dann lachte er so fröhlich wie ehedem, nahm das Mädchen auf den Schoß, um es reiten zu lassen, und sang dabei noch manchmal sein hübsches Liedchen. Dass Karl ein grundschlechter Kerl geworden ist, glaub ich nicht. Jedermann wusste, dass der frühe Tod des geliebten Weibes die Ursache seines Grams und seiner Trunkenheit war. So oft Karl über den Kirchhof an dem eisernen Kreuze vorbei musste und wäre er auch so voll gewesen, dass er nicht mehr stehen konnte, stürzten ihm die hellen Tränen aus den Augen. Darum hatte man großes Mitleid mit ihm und die Nachbarn versorgten sein Kind mit allem Nötigen, ohne dass er es wusste. Dieses Leben dauerte ungefähr drei Jahre, da wurde Karl sehr krank und musste lange Zeit das Bett hüten. Seine Freunde, vom Pastor unterstützt, wussten ihm während der Krankheit so zuzureden, dass er von der Trunksucht ganz geheilt zu sein schien. Aber jetzt war ihm ein anderer Gedanke gekommen. Er beschloss, das Dorf zu verlassen, wo das Grab seines Weibes ihm so oft vor die Augen trat. Ohne jemand ein Wort davon zu sagen, wohin er wollte, verkaufte er seine Schmiede, wie sie da steht, an meinen Vater, nahm sein vierjähriges Kind eines frühen Morgens mit über die Heide und blieb fort, ohne dass wir seitdem von ihm und seinem Kinde je wieder etwas gehört haben."

„Der Oberst ist der Karl Rikke-tikke-tak; da ist kein Zweifel daran!", rief ein Geselle.

„Gewiss, es ist der van Milgem", fuhr der Meister fort. „Er hat viele von den Werkzeugen in die Hand genommen. Alle, die mein Vater oder ich verfertigt oder angekauft haben, legte er gleichgültig beiseite; alle jedoch, die noch aus der Schmiede des Rikke-tikke-tak sind, besah er mit einer solchen Aufregung – ihr habt es ja deutlich genug bemerken können – und dann seine kempensche Aussprache, seine Gewandtheit im Schmieden und besonders sein Liedchen. Ja, ja, es ist ein Sohn aus unserem Dorf... Wer sollte das sagen, ein Oberst!"

Während man sich so in der Schmiede über Karl Rikke-tikke-tak unterhielt, waren die beiden Fremden ins Wirtshaus „Zur Krone" gegangen, hatten ihre Pferde in den Stall bringen lassen und etwas gegessen. Dann verließ der Oberst das Wirtshaus und ging über die Hauptstraße nach der Wohnung des Gemeindeschreibers. Hier wurde er in eine besondere Stube geführt und musste ziemlich lange warten, bis jener vom Felde kam und mit einer tiefen, feierlichen Verbeugung eintrat.

„Herr Oberst van Milgem“, sagte er, „Ihr gehorsamer Diener. Nehmen Sie ja nicht übel, dass ich…“

Der Oberst ließ ihm jedoch keine Zeit zu weiteren Höflichkeiten, fasste ihn freundlich bei der Hand und sagte:

„Nun, mein Freund, was habt Ihr vernommen? Ist mein Kind entdeckt?“

„Nein, Herr Oberst, noch nicht“, erwiderte der Gemeindeschreiber betrübt.

„Ach!“, seufzte der Krieger und schlug sich verzweifelt an die Stirne. „Ist denn jede Hoffnung verschwunden?“

„Herr Oberst“, begann der Gemeindeschreiber, „hören Sie mich an und Sie werden finden, dass wir, weit entfernt alle Hoffnung aufgeben zu müssen, vielmehr mit aller Wahrscheinlichkeit der Entdeckung nahe sind. Sie haben mir bei Ihrem letzten Besuche Geld genug hier gelassen, um keine Kosten sparen zu brauchen und, glauben Sie, ich habe nichts versäumt, mir Ihre Gewogenheit und die versprochenen tausend Franken zu verdienen. Hören Sie, was ich in Erfahrung gebracht habe. Als Karl van Milgem“ – der Gemeindeschreiber verbeugte sich hier tief vor dem Obersten – „mit seinem vierjährigen Kind Westmal verließ, teilte er niemand mit, wohin er zu gehen vorhatte; vielleicht wusste er es selbst nicht. Dann habe ich von Ihnen vernommen und meine Nachforschungen bestätigen es, dass er in Weelde, über Turnhout hinaus, sein Kind einem alten Schulmeister, einem gewissen Peter Driessens, anvertraut habe, der vor dem Dorf wohnte. Karl van Milgem gab den Pflegern seines Kindes ein eisernes Kästchen, worin sich der Kaufpreis für seine Schmiede befand. Die alten Leute sollten es in der Zeit der Not öffnen, damit ihnen und dem Kinde nichts mangle. Darauf ist Karl van Milgem nach Holland gegangen und hat, allem Vermuten nach, unter dem französischen General Pichegru Dienste genommen. Doch hat er sich seit dieser Zeit nicht mehr nach dem Kind erkundigt, so erzählten mir die Leute in Weelde, die den Peter Driessens gekannt haben.“

„Die Leute wissen nicht, was sie reden, Freund“, fiel der Oberst ihm ins Wort. „Ich habe selbst zweimal aus Ägypten geschrieben, um etwas von meinem Kind zu hören. Meine Briefe blieben unbeantwortet und bis ich nach dem Tode Klebers wieder nach Frankreich zurückkehrte und es mir endlich gestattet war, selbst mein Kind besuchen zu dürfen, durchschritt ich mit klopfendem Herzen die Heide. Als ich mich aber der Stelle näherte, wo ich meine Tochter zurückgelassen hatte, fand ich nichts als einen Aschenhaufen. Ich kann Euch nicht sagen, was ich bei diesem Anblick fühlte. Glücklicherweise vernahm ich von einigen Bauern, dass Peter Driessens mit der kleinen Monika dem Brande entkommen und fort sei, um sich hier oder dort ein Almosen zu erbetteln.“

„So ist es, Herr Oberst. Driessens Frau verbrannte zu Asche. Er allein, die kleine Monika auf dem Rücken und mit dem eisernen Kästchen unterm Arm, rettete sich aus den Flammen. Dann erhielt er einen Bettelbrief und ging mit seinem Pflegekind bettelnd von Dorf zu Dorf. Ich weiß aus sicherer Quelle, dass man ihn mit der kleinen Monika betteln gesehen hat in Ravens, in Merplas, in Beerse, in Arndonk und in Rethy. Seitdem war er allein. Man hat ihn ohne die kleine Monika gesehen in Meerhout, Olmen, Balen und Moll, wo er krank wurde und starb. Erst seit vorgestern kenne ich Ort und Tag seines Todes. Der Gemeindeschreiber von Moll hat mir den Sterbeschein gesendet und beigefügt, dass sich in der Hinterlassenschaft des abgebrannten Driessens nichts gefunden habe, was auf eine Spur des Kindes leiten könnte, nach dem ich, wie er weiß, beständig suche· Er sagt auch nichts von der eisernen Kiste. Glauben Sie, Herr Oberst, dass Peter Driessens imstande gewesen ist, dem Kind ein Leid anzutun oder es auf der Heide oder im Walde liegen zu lassen?“

„Oh nein“, erwiderte der Oberst. „Er war mein Lehrer gewesen und ist stets mein bester Freund geblieben. Als ich mit meinem Kinde zu ihm kam und ihm sagte, ich wollte nach Holland, um, wie Ihr richtig vermutet habt, unter Pichegru Dienste zu nehmen, bat er mich selbst, ich möchte doch Monika bei ihm lassen, sowohl zu seiner eigenen Erheiterung im Alter, als zum Besten des Kindes, das ich sonst fremden Händen anvertrauen müsste. Ich bin gewiss, dass er die kleine Monika irgendwo guten Leuten anvertraut und ihren Pflegeeltern das eiserne Kistchen übergeben hat.“

„Das ist auch meine Überzeugung, Herr Oberst, und da sich meinen Nachforschungen zufolge Monika zwischen Rethy und Meerhout
befinden muss, so hatte ich vor, morgen nach Moll zu gehen und alle
die umliegenden Dörfer und Pachthöfe zu durchsuchen.“

„Gut, mein Freund, tut, wie Ihr sagt. Eure Mühe wird nicht unbe-
lohnt bleiben. Ich habe noch einige Tage Zeit und will sehen, ob ich
Euch nicht helfen kann. Diesen Abend schlafen wir in Lichtaert und
morgen gegen Mittag werden wir uns auch bei dem Gemeindeschreiber von Moll einfinden, um mit Euch zu überlegen, was zu tun ist.
Spart nur kein Geld, mein Freund, nehmt einen gemächlichen Wagen
und strengt Euch um meinetwillen nicht unnötig an. Also bis morgen.
Gott gebe uns einen glücklichen Ausgang!“

Mit diesen Worten erhob sich der Oberst, drückte die Hand des
Gemeindeschreibers und kehrte nach der „Krone“ zurück. Eine
Stunde später schlugen zwei Reiter den Weg nach Lichtaert ein.

4.

Des andern Tages in der Frühe ritt der Oberst van Milgem mit seinem
Reisegefährten auf dem sich in krummen Windungen hinziehenden
Heideweg, der von Lichtaert nach Moll leitet. Die Sonne stand im vollen Glanz am blauen Himmel und zog aus der sandigen Fläche einen
wogenden Dunst, sodass die Ebene einem glühenden Herd mit far-
bloser Flamme glich. Der eigentümliche Heideduft, sowie der Geruch
der Schaddenfeuer[24] erfüllten ringsum die Gegend. Die Grillen zirp-
ten ihr eintöniges Lied und Tausende von anderen kleinen Tierchen
tummelten sich zwischen den Heideblümchen.
Dies alles wirkte mächtig auf das Gemüt des Obersten. Unter solchem
Himmel hatte er seine schönsten Jahre verlebt. Alles, selbst das spär-

---

24   Schadden heißt man die auf der Heide gestochenen Rasenstücke. Sie werden als Torf
gebrannt und verbreiten in der Luft einen eigentümlichen Geruch, der sich bei günsti-
gem Wetter weithin ankündigt. Wer einige Zeit in den Kempen gewohnt hat, wird diesen
Geruch selbst nach langjähriger Abwesenheit nicht vergessen.

liche Gras, weckte in ihm rührende Erinnerungen. Er ritt, den Kopf gesenkt, vor seinem Gefährten her und ließ, in tiefes Schweigen begraben, achtlos den Zaum seines Pferdes hängen.

Mehr als eine Stunde achtete der junge Leutnant das Schweigen seines Obersten. Dann aber ritt er neben ihn und begann mit tröstender Stimme: „Oberst, verscheuchen Sie doch Ihren Trübsinn. Ich begreife die Sehnsucht, Ihr Kind wiederzusehen, sehr wohl; aber ein Mann wie Sie, der dem Tod und den Feinden hundertmal furchtlos ins Auge geblickt hat, soll der sich durch einen gewöhnlichen Schmerz beugen lassen?“

„Einen gewöhnlichen Schmerz?“, erwiderte der Oberst. „In der Tat, Adolf, das ist er, aber darum nicht weniger tief. Begreife wohl, mein Freund, in meinem ganzen Leben habe ich nur einmal ein Weib geliebt. Obwohl sie nur eine Bäuerin war, so verfolgt mich doch ihr Bild selbst auf das Schlachtfeld. Sie ist tot, meine arme Barbara! Aber sie hat mir ein Kind hinterlassen als Pfand unserer Liebe, das sie mir um den Preis ihres Lebens schenkte. Fürchten zu müssen, dass die einzige Frucht ehelichen Glückes vielleicht betteln geht, Hunger und Durst leidet, während ich selbst die Mittel besitze, sie für immer glücklich zu machen! Zu denken, dass meine Barbara vielleicht vom Himmel Rechenschaft fordert wegen des Kindes…“

„Oberst! Oberst!“, fiel der Leutnant ein. „Sie nehmen den Schmerz zu sehr von der poetischen Seite. Das ist nicht der rechte Weg, ihn zu vermindern. Sehen Sie doch die Sache kaltblütig an. Ein Soldat besitzt immer Macht genug über sein Gemüt, um sich bei einem Unglück zu trösten und wäre es auch noch größer.“

„Glaubst du, Adolf“, entgegnete der Oberst, „dass man sein Herz so leicht mit Eisen bepanzert wie den Körper? Dann täuschest du dich. Ich weiß es, du meinst gefühllos zu sein und rühmst dich dessen. Es ist ein eitler Wahn. Vor sechs Jahren hast du euer Dorf verlassen, nicht wahr? Wohlan, sage mir, wenn dein Auge plötzlich am fernen Horizont die Hütte entdeckte, wo deine alte Mutter lebt, würdest du Tränen vergießen oder nicht?“

Der junge Leutnant schwieg einige Augenblicke und antwortete dann, die Augen niederschlagend, als schäme er sich:

„Oh, ich würde niederknien und in Tränen ausbrechen, Oberst!“

„Ah, dann wirst du auch begreifen, wie ich nur der Hoffnung lebe, mein Kind zu finden und wie meine Tränen unaufhaltsam fließen würden, wenn Gott es mir vergönnte. Wisse, Adolf, ich habe nicht Vater, nicht Mutter, nicht Bruder, nicht Verwandte. Auf der Welt gibt es nur ein Geschöpf, das durch die Bande des Blutes und der Erinnerung an mich gefesselt ist – das Kind meiner armen Barbara! Im Sterben legte sie es mir in den Arm und sprach noch mit ihrem letzten Seufzer: 'Oh behalte es doch immer recht lieb, mein Freund.'“

Die Stimme des Obersten wurde bei diesen Worten so leise, dass der Leutnant aus Achtung vor seiner tiefen Rührung zurückblieb und sich schweigend in einiger Entfernung von seinem Obersten hielt. Dieser brachte gleich darauf sein Pferd in einen langsameren Gang und erwartete seinen Begleiter. Dann sprach er tief bewegt:

„Adolf, lege deine Hand auf meine Brust. Du wirst fühlen, mit welcher Gewalt das Blut in meinen Adern geht. Wundere dich nicht, mein guter Freund, dass in meinen Augen Wasser glänzt. Siehst du dort über den Wacholdersträuchern eine riesige Buche an dem Bache ihre stattliche Krone erheben? Dieser Baum hörte mein erstes Liebeswort! Unter seinem Schatten empfing ein zitterndes Mädchen mein banges Bekenntnis! Alles kennt mich hier: das Gras, die Heide, das Wasser, die Bäume – alles begrüßt mich mit einer rührenden Sprache! Komm, steigen wir ab. Ich will nachsehen, ob die Buchenrinde das Zeichen unserer Liebe bewahrt hat…“

Einige Augenblicke führten sie ihre Pferde am Zaum, bis sie mit den Tieren nicht mehr weiter konnten. Dann banden sie sie an einen Baum und sprangen über den Bach. Bei der Buche angelangt, faltete der Oberst seine Hände, senkte sein Haupt und blickte unter seinen Wimpern her fest auf das eingeschnittene Zeichen, welches ihm wie ein Gruß seiner Geliebten entgegenstrahlte.

Plötzlich, als wenn ihn ein geheimer Schlag getroffen hätte, sprang er auf und horchte nach einem leisen, fernher klingenden Laut. Der Leutnant erschrak über diese Bewegung seines Obersten und fuhr schon mit der Hand nach der Seite, wo gewöhnlich der Degen hing; doch ein zwingendes Zeichen des Obersten gebot ihm die tiefste Stille. Aus der Erlentrift, die sich längs des Baches hinzog, erklangen süße, silberartige Töne und bald hörte man deutlich, wie eine Kinderstimme sang:

„Rikke-tikke-tak,
Rikke-tikke-tu!
Eisen warm,
Hoch den Arm!
Schlagt nur zu!
Rikke-tikke-tu!"

Der Oberst stand regungslos, nachdem bereits die ferne Stimme wieder verklungen war. Er wartete vermutlich auf die zweite Strophe des Liedes. Da begann er selbst in seltsamem und leisem Tone zu singen:

„Rikke-tikke-tak,
Rikke-tikke-zu!
Hart wie Erz –
Schlagt nur zu!
Rikke-tikke-tu!"

Kein Laut antwortete ihm. In den Erlen blieb es stumm. Er ging hastig zum Leutnant, zog ihn weiter und sprach mit erstickter Stimme:

„Komm, komm, mein Freund! Alle meine Nerven zittern. Ich bin aufs Tiefste bewegt. Es ist meine Barbara, die du gehört hast. Es ist ihre Stimme, ihr Lied … Oh mein Gott, was hast du vor mit mir?"

Plötzlich hielt der Oberst seinen Gefährten an und deutete schweigend auf ein junges Mädchen, welches zu Füßen eines Wacholderstrauches im Grase saß. Sie schien nicht zu wissen, dass man sie beobachtete. Ihre schwarzen, weit geöffneten Augen ruhten bewegungslos auf der Buche, die gebogenen Finger ihrer rechten Hand hielt sie vor den Mund, als wolle sie die Töne der Heide verscheuchen, um nur einem einzigen zu lauschen.

Der Oberst trat einen Schritt näher und nun erst bemerkte sie, dass sie von fremden Personen beobachtet wurde. Ihre Furcht verging jedoch augenblicklich und mit einem unbeschreiblichen Lächeln sah sie die beiden Fremdlinge an.

Der Oberst, außer sich vor Ungeduld, ging auf das Mädchen los, kniete neben sie, ergriff eine ihrer Hände und fragte dann zitternd:

„Kind, wie heißt du?"

„Lena", war die Antwort.

Ein Schmerzensschrei entrang sich der Brust des verzweifelten Kriegers. Er rief: „Lena? Oh Himmel, sie ist es nicht!"

Bei dieser Klage stürzten Tränen aus seinen Augen. Er verbarg sein Gesicht in den Händen. Der junge Leutnant wollte seinem Obersten beispringen. Dieser drängte ihn jedoch sanft von sich und bedeutete ihm, dass er ungehindert seinem Schmerz überlassen sein wolle.

Lena sah bald den einen, bald den andern mit fragender Miene an, bis sie endlich bemerkte, dass der kniende Mann bitterlich weinte. Da ergriff sie seine Hand und sprach sanft und mitleidsvoll:

„Was ist der Grund Eurer Betrübnis, Herr? Verursacht das Liedchen Euch Schmerz? Ich werde es nicht mehr singen."

Der Oberst, von dem Ton ihrer Stimme getroffen, wischte sich die Tränen mit Gewalt aus den Augen, rückte dem Mädchen noch näher und fragte voll Herzensangst:

„Sprich, Mädchen, wer hat dich dieses Lied gelehrt?"

„Ich weiß nicht", entgegnete sie leise. „Ich kann es schon lange, doch weiß ich nicht seit wann."

„Erinnerst du dich nicht, mein Kind, dass du, als du noch sehr jung warst, stets einen Lärm hörtest, wie von Hämmern, die abwechselnd auf einen Amboss fallen?"

Lena antwortete nicht auf diese Frage, aber ihre Augen öffneten sich weit und mit der Hand fuhr sie nach der Stirne, als wollte sie ihre Erinnerung wecken. „

„Horch", sagte der Oberst noch rascher, „horch, ob du es nicht öfter gehört hast?"

Er schlug dann mit dem Stiel seiner Reitpeitsche in die Hand, ahmte den Rhythmus des Hammers auf dem Amboss nach und sang:

> *„Rikke-tikke-tak,*
> *Rikke-tikke-tu!*
> *Hart wie Erz –*
> *Mutvoll Herz!*
> *Schlag nur zu!*
> *Rikke-tikke-tu!"*

Das Mädchen zitterte heftig. Als das Lied beendigt war, rief sie freudig erregt: „Ja, ja, Rikke-tikke-tak!", und schlug mit den Händen gleichfalls den Takt des Liedes.

„Erinnerst du dich nicht, Mädchen, dass jemand dich nach dem Rikke-tikke-tak auf seinen Knien reiten ließ?"

Lena brachte den Finger an den Mund und schloss die Augen. Nach einem Augenblicke des Schweigens sagte sie leise, als zweifle sie noch: „Der Mann… der Mann… war mein Vater!"

Bei diesem Worte erzitterte der Oberst an allen Gliedern. Er öffnete bereits seine Arme, um Lena an sein Herz zu schließen, doch er fasste sich noch und sagte:

„Mein Kind, ist dein Name wohl Lena? Besinne dich einmal… Solltest du nicht mehr wissen, wie dich der Mann nannte, der dich reiten ließ?"

Lena blickte zu Boden und sann einen Augenblick nach. Dann sprach sie langsam:

„Er sagte: 'Liebe… liebe… liebe Monika!'"

„Mein Kind! Mein Kind!", rief der Oberst, dass es durch die Heide klang und er schloss Monika in seine Arme.

Das Mädchen hob ihre Augen langsam zu ihm empor und sank dann, von ihrem Gefühl überwältigt, kraftlos an das pochende Herz ihres Vaters.

Eine Stunde später trat der Oberst, seine Tochter am Arme, aus dem Erlengebüsch und schlug den Weg nach Moll ein. Der Leutnant ritt eines der Pferde und leitete das andere am Zügel. Auf Monikas bleichem Antlitz zeigte sich eine leichte Röte, wie man sie wohl auf den Blättern der weißen Rose sieht. Sie konnte ihre Augen nicht abwenden von dem Angesichte ihres Vaters und lächelte ihn glückselig an. Er streichelte ihr Haupt und ihre Schultern und blieb häufig stehen, um einen Kuss auf ihre Stirne zu drücken.

So gingen sie, öfters anhaltend, über die Heide fort, bis sie den einsamen Pachthof zur Rechten vor sich liegen hatten und nicht weiter gehen konnten, ohne sich wieder davon zu entfernen.

Ohne Zweifel war des Obersten Absicht, keinen Fuß in ein Haus zu setzen, wo seine Tochter so viel gelitten hatte. Besonders scheute er den Anblick der rohen Pächterin, die den Namen des ihr anvertrauten Kindes verändert hatte, um das eiserne Kästchen und das darin aufbewahrte Geld behalten zu können. So zog er denn mit einer gewissen Ungeduld Monika an der Hand weiter fort und suchte durch sanfte Worte und zarte Liebkosungen ihre Aufmerksamkeit zu fesseln und von dem Hof abzulenken. Natürlich hatte Monika ihm alles erzählt und ihm auch offenherzig von dem jungen Bauern gesprochen, der sie so getreu und edelsinnig beschützt und geliebt hatte. Der Oberst vermutete wohl, dass sie nicht ohne Betrübnis von ihm scheiden würde, der ihr in bittrem Leid Bruder und Tröster gewesen war, aber mit welcher heißen Dankbarkeit Monika auch von Jan mochte gesprochen haben, ihr Vater fühlte doch eine tiefe Abneigung gegen den Sohn der herzlosen Peinigerin und hätte am liebsten für immer allen Verkehr mit der bösen Familie abgebrochen. Trotz dieser Besorgtheit ihres Vaters riss sich Monika plötzlich aus seinen Armen los, wandte das Gesicht dem Hofe zu und blieb regungslos stehen.

Der Oberst ehrte eine Weile ihre tiefe Ergriffenheit. Bald aber sah er Tränen aus ihren Augen rinnen und er sprach:

„Liebe Monika, kannst du dich betrüben beim Scheiden von einem Orte, wo dir so viel Leid zugefügt worden ist?"

„Wird er nicht sterben?", seufzte sie.

„Denk nicht daran, mein Kind. Die Trennung von dir wird ihn anfangs vielleicht schmerzen, doch wird er sich bald trösten und dich vergessen."

Ein eigentümliches Feuer glühte in dem Auge des Mädchens. „Mich vergessen?", rief sie. „Er seine Schwester vergessen? Oh könnte ich ihn noch einmal sehen! – Sieh, sieh, da ist er! Jan! Jan!"

Und wie ein Pfeil aus dem Bogen flog sie über die Heide bis zu dem jungen Bauern, den sie in der Ferne zwischen dem Erlengebüsch hatte vorbeigehen sehen. Mit offenen Armen sprang sie auf ihn zu und rief:

„Jan, ich gehe fort, weit, weit, von hier!"

Der Jüngling starrte sie erstaunt an und schien sie nicht zu verstehen. Sie aber wies mit dem Finger nach der Heide und sagte:

„Sieh, dort drüben kommt mein Vater! Dies war die Stimme, die immer in mir sprach."

„Der Herr dort dein Vater?", hauchte Jan mit steigender Bestürztheit.

„Ja, und ich heiße nicht mehr Lena. Mein Name ist viel schöner: Monika!"

Der junge Bauer, der nun erst sein Unglück ganz erfasste, begann wie ein Schilfrohr zu zittern und ließ seine irrenden Augen stumm zwischen dem Obersten und dem Mädchen hin- und hergehen. Jetzt schlug er die Hand krampfhaft um einen Erlenstamm und lehnte Haupt und Schulter dagegen, während Tränen seinen Augen entstürzten. Monika begriff den Schmerz, der sein Herz durchzucken musste. Sie schlang ihre Arme um seinen Hals, bog seinen Kopf mit sanfter Gewalt vom Baume weg und drückte zum ersten Mal in ihrem Leben einen glühenden Kuss auf seine Stirne.

„Jan, Jan!", rief sie. „Oh sei nicht betrübt! Ich werde ja doch wohl wiederkommen. Auch mich schmerzt es, dass ich dich verlassen muss."

Diese Liebesbeweise schienen dem Jüngling etwas mehr Kraft zu geben. Mit stillerem Schmerz sah er auf das weinende Mädchen, die ihren Arm noch immer um seinen Hals geschlungen hatte… Nun aber unterbrach die Ankunft des Obersten plötzlich den Austausch der gegenseitigen Gefühle. Der Vater sah in diesem Schauspiel nichts anderes als den Beweis der Freundschaft zwischen zwei Kindern. Er fasste den jungen Bauer bei der Hand und sprach:

„Jan Daelmans, ich danke Euch für Eure Güte gegen mein Kind. Braucht Ihr je einen Beschützer, werdet Ihr ihn stets in mir finden. Wir gehen nach Moll und dann nach Frankreich. Seid nicht traurig, mein Sohn, über das Glück Eurer Schwester Monika. Das wäre nicht schön von Euch. Kommt gleich auch nach Moll in den ‚Adler', da könnt ihr noch einige Stunden beisammen sein. Da! Ich will Euch doch eine kleine Belohnung geben."

Mit diesen Worten drückte er dem Jüngling einige Napoleons in die Hand. Statt sich dankbar zu zeigen, blickte Jan traurig in die Augen des Obersten und schien nicht zu wissen, was vorging.

„Komm nun, Monika", sprach der Oberst zu seiner Tochter. „Wir müssen eilen. Mäßigt eure Betrübtheit; ihr könnt ja zu Moll noch lange beisammen sein."

Mit Tränen fasste Monika ihres Freundes Hand und sagte, während sie sich langsam von ihm entfernte: „Sogleich, Jan! Sogleich!"

Der junge Bauer schlug die Augen zu Boden und blieb eine Zeitlang unbeweglich stehen. Als er aufblickte, war der Oberst mit Monika schon lange verschwunden. Nun erst fühlte er etwas Schweres in seiner Hand. Er besah die Goldstücke mit verächtlichem Lächeln und schleuderte sie weit von sich auf die Heide. Dann sank er am Fuß des Baumes nieder und vergrub das Gesicht in den Händen.

Einige Tage später verließ eine schöne Postkutsche das Dorf Moll. Drei Personen saßen in dem Wagen: ein stattlicher Kriegsmann, ein hübsches Mädchen und ein junger Offizier als Reisegenosse.

5.

Noch eine Stunde und die Sonne wird die Heide mit ihren Strahlen übergießen; schon quillt das Licht im Osten empor; die Finsternis entweicht; einige unbestimmte Töne verkünden das Erwachen der Natur.

In der Kammer des einsamen Hofes setzt das Uhrwerk sein rastloses Geticke fort; die tiefe Stille der Nacht herrscht hier noch ungestört, der Herd ist kalt.

In einem halb düsteren Winkel der Kammer steht ein Spinnrad mit fein gecheheltem Flachs auf dem Rocken, der Faden ist ungebrochen, als ob die Spinnerin es eben erst verlassen.

Zwei oder drei Schritte vom Spinnrad entfernt, zeigt sich die undeutliche Gestalt eines Menschen. Es ist ein junger Mann, der in sitzender Stellung sich das Rad mit fremdartigem Ausdruck beschaut. Die Arme auf die Brust gekreuzt und mit gesenktem Kopf blickt er bald auf das Spinnrad, bald auf den daneben stehenden Stuhl. Sein Antlitz trägt die Zeichen eines tiefen Schmerzes, eine düstere Glut brennt in seinem Auge, als wohne Verzweiflung in seinem Herzen. Und dennoch erscheint dann und wann ein flüchtiges Lächeln auf seinen Lippen. Wer ihn da sitzen sah, hätte fast glauben können, es sei an dem Rade eine unsichtbare Spinnerin, mit der der junge Mann mittels der Augen eine rührende Zwiesprache halte. Laute, so sanft, dass sie

224

die Nachtstille kaum unterbrechen, klingen leise durch die Kammer. Der Jüngling bringt den Finger an den Mund und scheint zu lauschen, obwohl er selbst es ist, der unbewusst singt:

> *„Rikke-tikke-tak,*
> *Rikke-tikke-tu!*
> *Eisen warm,*
> *Hoch den Arm!*
> *Schlagt nur zu!*
> *Rikke-tikke-tu!"*

Dann steht er auf, nimmt einen Hirtenstab in die Hand und verlässt langsam die Kammer. Träumend wandelt er jetzt über die Erlenweide. Er bleibt stehen, pflückt eine Blume, lächelt sie selig an, zerpflückt sie und lässt die Blätter unachtsam zu Boden gleiten. So gelangt er an die Grenze der Straße und schaut über die Heide hin nach den fernen kleinen Hügeln. In seine Augen schießen Tränen; er setzt sich nieder und weint bitterlich.

Er steht wieder auf, eilt bis zu dem Stamme einer prächtigen Buche, in deren Nähe einige dunkelgrüne Wacholdersträuche ihre sich wiegenden Kronen erheben. Hier verweilt er einige Augenblicke wie selbstvergessen und lauscht, als wenn aus dem Baume eine geheime Stimme zu ihm spräche. Aus seinem Herzen strömt ein leiser Gesang über die Lippen. Zwischen den Zweigen des Wacholders klingen die Töne seines Liedes:

> *„Rikke-tikke-tak,*
> *Rikke-tikke-tu!*
> *Eisen warm,*
> *Hoch den Arm!*
> *Schlag nur zu!*
> *Rikke-tikke-tu!"*

Der Traum ist zu Ende. Der sinnende Jüngling verlässt die Buche und betritt die Heide. Er besteigt einen hohen Sandhügel. Auf der Spitze angelangt, steckt er seinen Hirtenstab vor sich hin, lässt ihn an der

Schulter ruhen, schlägt den rechten Arm darum und steht so, gelehnt auf diese Stütze, bewegungslos gleich einem Marmorbilde. Sein Auge ist auf einen blauen Punkt gerichtet, der am äußersten Gesichtskreise bemerklich ist. Von da aus zieht sich eine Straße in schlangenförmigen Windungen durch die Heide und verschwindet hinter dem Sandhügel.

Was mag doch der betrübte Jüngling erwarten? Was hofft er, dass ihm der Heideweg bringe? Zu wem führt der Wind die Seufzer, die sich so tief und schmerzlich seiner Brust entringen?

Horch! Er sagt es selbst, denn nun formt sich der Seufzer zu einem Worte, zu einem Namen, mit Liebe und Schmerz gesprochen:

„Lena! … Monika!"

Hinter ihm besteigt eine Bauerndirne den Sandberg und ruft, wie sie näher kommt, in bissigem Tone:

„Jan, du sollst nach Hause kommen!"

Der Jüngling fährt auf und blickt sie, die ihn in seinen Träumereien stört, unwillig an. Sein Angesicht erhält jedoch sogleich wieder den Ausdruck von Ruhe und Gleichgültigkeit. Er steigt herab und spricht:

„Schwester, ich komme!" Während er mit gebeugtem Haupt folgt, sagt sie:

„Das ist ein schönes Leben, das du führst! Mit all den Eigenarten! Du meinst gewiss, man könnte sein Brot mit Träumen verdienen? Drei Monate nun gerade so verrückt wie die faule Lena, die mit ihrem Vater, wie die Leute sagen, auf und davon ist! Der hast du ihre Narrheiten schön abgeguckt! Da steht man vom Morgen bis zum Abend, gleichviel ob es nass oder trocken ist, auf dem Sandberg, um nach den Krähen zu gaffen! Ich würde mich schämen! Du lässt unsere kranke Mutter ruhig im Bette liegen und keifen, um deinen Narrengang zu gehen! So geht der Hof zugrunde – wir kommen noch aufs Stroh und du nach Gheel[25]!"

Der Jüngling gab keine Antwort auf diese Vorwürfe. Er schien sie gar nicht gehört zu haben. Er ließ seine Schwester reden, ohne sich im Mindesten um ihre Worte zu bekümmern und folgte ihr völlig gleichgültig zum Hofe.

---

25   Ein Ort in den Kempen, wohin man die Geisteskranken schickt.

6.

An einem Nachmittag stand Jan wieder träumend vor der Buche und starrte auf einige Gedenkzeichen, die noch nicht lange in die glatte Rinde des Baumes eingeschnitten waren. Der arme Bursche sah traurig und abgezehrt aus. Statt der Jugendröte zeigte sein Antlitz eine kränkliche Blässe, seine Augen leuchteten wie im Feuer des Wahnsinns, sein Haupt ruhte trübselig auf der linken Schulter.

So mochte er eine halbe Stunde, ohne sich zu rühren, verweilt haben, als er in der Erlentrift die abgefallenen Blätter unter dem Tritte eines Menschen rascheln hörte. Er blickte auf und sah den alten Pastor von Desschel vor sich. Der Jüngling tat sich augenscheinlich Gewalt an, um seinen Zügen einen heiteren Ausdruck zu geben. Indem er den Geistlichen ehrerbietig grüßte, versuchte er zu lächeln. Aber ach! Sein Lächeln verriet nur Pein und nagenden Schmerz.

Der Pastor bedeutete ihm, sich ins Gras zu setzen, ergriff ihn bei der Hand und begann mit tiefem Mitleiden, doch in ernstem Tone:

„Jan, Jan, so hältst du dein feierliches Versprechen? Noch immer unter der Buche? Du willst also, dass deine Mutter ihre Drohung ausführt und den Baum umhauen lässt, um deiner Genesung willen?"

Bei diesen Worten erfasste den Jüngling eine krampfhafte Bewegung an allen Gliedern. Das Auge stechend auf den Priester gerichtet, rief er aus:

„Was? Den Baum, die Buche, umhauen? Nein, Vater, nein, eher schlüg ich die Arbeitsleute tot…"

Die Heftigkeit dieses Ausfalles setzte den guten Pastor in Verwunderung. Er hatte schon öfters versucht, aus dem Herzen des Jünglings den Gegenstand seiner Betrübnis zu verdrängen und glaubte damit schon weit gekommen zu sein. Ohne allen Unwillen und mit väterlichem Ton sprach er:

„Jan, mein Sohn, es sind sündhafte Worte, die du sprichst. Deine Mutter hat das nur so geredet und du weißt es wohl. Nicht alles, was sie sagt, ist ein Evangelium. Aber dass du, ein mit Gefühl und Verstand begabter Mann, dich um solcher Nichtigkeiten, um eines unsinnigen Traumes willen, verleiten lässest, mit Mord zu drohen, das begreife ich nicht und es verursacht mir Kummer. Hab ich verdient, dass du mir eine solche Antwort gibst?"

„Vergebt mir, Vater", sprach der Jüngling mit aufrichtig reuigen Blicken. „Ich weiß, Ihr wollt nichts, was mir nicht wirklich gut und nützlich ist. Aber in meinem Herzen gibt es eine unbegreifliche Gewalt, die mächtiger ist, als Euer Wort und mein Wille."

„Hör, Jan, es steht geschrieben: Wer die Gefahr sucht, wird darin umkommen und so ist es auch mit dir, Junge. Wenn du nicht deinen Träumereien nachhingest, die den Körper aus Mangel an Bewegung zerrütten; wenn du auf dem Felde arbeitetest, wie es deine Pflicht ist, dann würdest du bald die Ursache deines Kummers vergessen; Gesundheit und Mut würden zurückkehren, und du würdest wieder tüchtig für deine kranke Mutter arbeiten. Aber nein, stattdessen verbringst du deine Tage unter diesem Baum oder auf dem Sandberg. Du bist nicht bloß ein großer Sünder, weil du deine Pflichten gegen Gott und deine Mutter nicht gehörig erfüllst, sondern auch ein Sinnloser, ein Narr, der sich nährt mit der Hoffnung auf eine Unmöglichkeit und sein Leben einem Hirngespinst opfert."

„Ach, Vater! Seit sie weg ist, habe ich noch lange gearbeitet und ich kam hierher nur nach der Arbeitszeit. Ich hoffte damals auch, sie vergessen zu können, aber ihr Bild verfolgte mich überall. Bei dem Pfluge lispelte sie mir meinen Namen ins Ohr, auf der Tenne schlugen die Dreschflegel das liebe Rikke-tikke-tak; in den Gesängen der Vögel vernahm ich ihre Sprache; jeder Klang, jedes Geräusch, alle Stimmen der Natur riefen: Monika! Monika! Wozu diente mir doch die Arbeit? Wusste ich, was ich tat? Ach nein, Vater, es half mir nichts. Mein Schlaf selbst war ein lichteres Leben als mein Wachen. Ich fand Trost. Ich sah sie, ich sprach mit ihr, aber Ruhe fand ich nimmer· Auch beim besten Willen kann ich jetzt nicht mehr arbeiten. Ich bin schwach und krank."

Der Pfarrer schüttelte den Kopf und schwieg eine Weile. Dann fasste er aufs Neue des Jünglings Hand und sprach:

„Höre, Jan, du musst mir sagen, ob das so bleiben soll oder nicht. Es ist sicher, und du weißt es, dass Monika nicht mehr zurückkommt – und käme sie selbst, umso schlimmer. Sie ist nun ein reiches Fräulein und du bist ein Bauer. Deine Krankheit ist also eine Narretei."

„Ach, könnte ich sie nur vergessen, Vater!"

„Wünschest du das wirklich?"

„Aus Herzensgrund wünsche ich es, Vater; denn schon lange sind meine Tränen nichts als Galle und Bitterkeit. In meinem Herzen wohnt die größte Verzweiflung."

„Wohlan, so zeige denn, dass du wirklich Mut besitzest und genesen willst. Vollziehe den Wunsch deiner Mutter und folge meinem Rat: Geh nach Mecheln!"

„Das wäre mein Tod, Vater."

„Warum?"

„Oh warum? Vater, ich bin vor einigen Monaten in Brüssel gewesen und musste acht Tage dort bleiben. Was habe ich Träume vergossen während dieser kurzen Zeit! Welches unsägliche Leid habe ich ausgestanden!"

„Ich begreife dich nicht."

„Nun, so will ich es Euch erklären. Als ich zurückkehren durfte, lief ich Tag und Nacht rastlos weiter und als der Wind mir das erste Mal den Geruch der Schaddenfeuer zutrug, habe ich vor Rührung geweint wie ein Kind. Bei der ersten Tanne kniete ich nieder und dankte meinem Gott mit lauter Stimme, dass ich meine lieben Tannenbäume wieder sah. Ich habe von dem ersten Heidekraut gegessen, das ich sah, um die teure Pflanze dichter an meinem Herzen zu haben und als ich hierher kam, ging ich nicht gleich in unser Haus, sondern umarmte erst meinen Freund, die Buche, und mit Tränen in den Augen redete ich zu den Wacholdersträuchern wie zu Menschen… Und Ihr schlagt mir vor, mich sechs Jahre lang von meiner Heide zu entfernen! Unmöglich!"

„Mein Sohn, ich weiß, aus welcher Ursache du die Heide mehr liebst als jeder andere, aber gerade die Ursache müssen wir zu vernichten suchen. Die Studien werden eher als körperliche Arbeit das Bild, das dir folgt, aus deinem Geiste verscheuchen und die Überzeugung, gänzlich dem Dienste des Herrn gewidmet zu sein, wird den Sieg davontragen über deine weltliche Träumerei. Zweifle nicht daran!"

Der Priester lieh seiner Stimme einen feierlichen, halb unmutigen Ton, was auf den Jüngling tiefen Eindruck machte und fuhr fort:

„Noch andere Gründe will ich anführen, um dich auf bessere Gedanken zu bringen. Jan, du tötest dich selbst, indem du deine

Lebenskraft verzehrst durch den unaufhörlichen Kummer. Glaubst du, Gott werde dir deine frevelhaften Torheiten verzeihen, wenn du bis zum Tode darin verharrst? In deinem eitlen Traume denkst du nur an einen Gegenstand. Steigt wohl je ein Gedanke an den Himmel in deiner Seele auf? Sind es Gebete, die dein Mund ausspricht, während dein Inneres die Gottheit verhöhnt, während du ein Menschenbild, selbst in dem Tempel des Herrn, anbetest? Bedenkst du wohl, dass das Grab vor dir geöffnet ist; dass deine Seele dem Bösen zuteil und das ewige Feuer der Lohn für deine wahnsinnige Sorglosigkeit sein wird?"

Diese, mit ernstem Nachdruck gesprochenen Worte des Priesters hatten tief auf das Gemüt des Jünglings gewirkt. Er begriff wohl, welche schrecklichen Wahrheiten ihm der Pastor gesagt hatte und er zitterte vor seinen Drohungen. Er sah einige Zeit sprachlos zu Boden und dann erhob er sein Haupt wie jemand, der einen ernsten Entschluss gefasst hat und sprach:

„Wohlan, Vater, es sei so! Ich werde nach Mecheln gehen."

„Morgen?", fragte der Pastor erfreut.

„Schon morgen?", wiederholte der Jüngling. „Schon morgen meine Heide verlassen? Und vielleicht für immer!"

„Nein, Jan, sprich doch nicht so ungeschickt!", sagte der Pastor. „Du kannst jährlich mehr als einmal deine Mutter besuchen und während der Schulferien deine Heide wiedersehen. Und wenn du Priester bist, magst du vielleicht in ein Dorf der Kempen[26] versetzt werden und dann kannst du erst recht friedlich und ruhig in der Heideluft leben. – Morgen, nicht wahr?"

„Wohlan, morgen! Es sei!", rief der Jüngling mit so schneidender Stimme, dass der Ruf durch die Erlentrift klang. „Morgen! Morgen!"

Er schlug sich die Hände vor die Augen, aus denen eine bittere Tränenflut brach. Eine halbe Stunde später ging er an der Hand des Pastors nach dem Hofe.

---

26   Kempen heißt das ausgestreckte Heideland im nördlichen Teil Belgiens.

Als Monika die Heide verließ, um nach Frankreich zu reisen, war ihr Herz voll seliger Freude. Ihre Träume waren verwirklicht. Sie hatte ihn gefunden, nachdem sie vom Sandhügel aus so viele Jahre geschaut hatte. Ganz in der Liebe ihres Vaters und in seinen zarten Liebkosungen aufgehend, vergaß sie allmählich, dass jemand auf dem einsamen Hofe ihrem Scheiden nachtrauerte und bald schien die Erinnerung an ihr früheres Schicksal und an denjenigen, der ihr ein Verteidiger und Freund im Unglück gewesen war, ganz aus ihrer Seele verschwunden zu sein.

Als sie mit ihrem Vater nach Paris gekommen war, wurden ihr die besten Lehrer gegeben. Da sie einen scharfen Verstand besaß und sich durch den unaufhörlichen Beifall ihres Vaters ermutigt sah, eignete sie sich in vier Jahren alles an, was ein wohlerzogenes Mädchen wissen muss, um in Gesellschaften neben anderen zu glänzen, wenn die Natur sie noch dazu mit Schönheit ausgestattet hat.

Bald erschien ein blühendes Rot auf den Wangen Monikas und ihr Körper wurde kräftiger. Die immerwährende Zufriedenheit hatte ihr die Gesundheit wieder geschenkt. Man hätte glauben können, dass die Abzehrung sie ganz verlassen hatte. Der Mensch gewöhnt sich an alles, vielleicht noch am raschesten an das Glück. So ging es mit Monika. Ein Jahr lang fand sie Geschmack an allem. Sie besuchte Abendgesellschaften und Bälle, liebte die Welt und verlangte nach ihrem Beifall. Aber dieser freie und flüchtige Genuss hielt nicht lange stand. Öfters traten nun flüchtige Erinnerungen vor Monikas Blick und während des zweiten Jahres schienen wieder stille Träume ihr Gemüt gegen ihren Willen einzunehmen. Bei den aufreizenden Klängen der Musik, unter dem Glanz der Lichter, inmitten des Festgeräusches blieb sie immer zerstreut, als ob ihr eine geheime Erinnerung folgte. Schwach war zwar noch dieses Aufwallen ihres träumenden Herzens, doch bekannte sie aufrichtig ihrem Vater, dass sie noch zeitweilig die Heide mit der stattlichen Buche und den wiegenden Wacholdersträuchern vor sich sehe. Dieses Bekenntnis machte sie lachend und sie spottete selbst über ihre Traumsucht, wie sie es nannte.

Sah sie auch in ihrem Traumgebilde zwischen dem Gesträuch der Heide eine Menschengestalt, einen Jüngling, der sich um sie härmte? Wer weiß es? Indes, sie hatte es weder sich selbst noch andern bekannt.

Allgemach bekam Monika einen Ekel vor der Welt und ihren Vergnügen. Sie ging zu den Abendfesten und in andere Gesellschaften nur mehr auf ernstes Drängen des Vaters und begann die Einsamkeit zu suchen. Von Zeit zu Zeit rührten sich ihre Lippen unwillkürlich und das vergessene Lied von Rikke-tikke-tak floss fast unhörbar aus ihrem Mund. Die Farben verschwanden wieder von ihren Wangen; sie wurde neuerdings mager und kränklich, sodass ihr Vater, nach allen möglichen Versuchen sie aufzuheitern, befürchtete, er werde sein Kind überleben. Ein gelehrter Arzt, den er zu Rate zog, bezeichnete ihm eine Heirat als das beste Mittel und behauptete, Monika werde sicher genesen, wenn man sie überreden könne, sich einen Gatten zu wählen. Der Oberst van Milgem mochte hierbei an niemand anders denken als an den jungen Offizier Adolf, seinen treuen Gefährten, der bei der Auffindung seines Kindes zugegen gewesen war.

Mittlerweile hatte der Oberst bei seiner Tochter alles versucht, um ihr Augenmerk auf Adolf zu lenken. Er fand sie zwar nicht gleichgültig gegen seine Liebesbeweise und seine schönen Eigenschaften, aber Gegenliebe fand er nicht in ihr. Eiskalt blieb ihr Herz für den jungen Offizier. Dieses schmerzte den Vater sehr, da er sich des einzigen Mittels, auf das er zur Rettung seines Kindes gehofft hatte, beraubt sah. Beinahe täglich versuchte der Oberst bei seiner Tochter zu erforschen, was ihr Herz verlange und woraus ihr Leiden entspringe. Doch sie behauptete, nicht krank zu sein und wusste seine Fragen stets durch Bezeigungen der zärtlichsten Liebe abzuwenden. Alles was der Oberst hörte und merkte war, dass sie nach Brabant und nach der Heide zurückzukehren verlangte, mit einem Wort, dass sie am Heimweh litt.

Mehr als einmal hatte er seiner Tochter versprochen, mit ihr nach dem Kempenland zu reisen und dort eine geraume Zeit zu verweilen, damit sie sich in der Heideluft erholen könne, aber stets wurden seine bezüglichen Pläne durch die rasch aufeinanderfolgenden Kriegsereignisse vereitelt. Gegen das Ende des Jahres 1813 hatte er auf andauerndes Ansuchen vom Kriegsminister die Erlaubnis zu einem dreimonatigen Urlaub im nächsten Frühjahr erhalten. Monika erfreute sich der Gewissheit, nach ihrem lieben Vaterland zurückzukehren und sie schien sich von ihrer Krankheit zu erholen. Aber aus dem Norden kamen furchtbare Nachrichten: das französische Heer war von den Russen und von der unerträglichen Kälte beinahe gänzlich vernichtet; niemand konnte voraussehen, welche neuen Ereignisse aus der Niederlage Napoleons entstehen würden. Eine allgemeine Bestürzung hatte die in Frankreich zurückgebliebenen Kriegsleute ergriffen. Der Oberst konnte seiner Tochter die herumschweifenden Gerüchte nicht vorenthalten, noch auch ihr den Kummer ersparen, der ihr Herz bei der Überzeugung erfüllte, dass nichts in der Welt jetzt so unsicher war als ihre Reise ins Kempenland.

Plötzlich kehrte der Kaiser von seinem Heere aus Russland zurück und ließ durch den Senat einen Beschluss verkündigen, wonach 350 000 junge Leute unter die Waffen gerufen wurden. Auch der Oberst erhielt Befehl, sich zu seinen Mannschaften zum Heere in Deutschland zu verfügen. Er ließ seine Tochter in einer Erziehungsanstalt zu Paris und nahm mit Tränen von seinem kranken Kinde Abschied, um dem Kaiser über den Rhein zu folgen.

Sechs Monate später traf ihn auf dem Schlachtfeld von Dresden eine Kugel in das Knie. Nachdem die Wunde geheilt war, blieb sein Bein steif. Er musste sein ganzes Leben lang hinken und an einem Stock gehen. Dieser Ursache wegen ließ man ihn auf sein Ansuchen hin nach Paris zurückkehren. Er fand seine Monika noch abgemagerter, mit durchscheinendem Gesicht und glitzernden Augen, im Gespräche zerstreut und träumerisch. Nur zwei Saiten noch klangen in ihrem Herzen, zwei heiße Leidenschaften: ihre Liebe zu ihm und ihre Sehnsucht nach dem beklagten Kempenlande.

Sofort und in der größten Eile traf er die nötigen Vorbereitungen, um mit Monika nach Brabant zurückzukehren Ein Bote wurde nach Antwerpen geschickt, um ein geeignetes Haus zu mieten und einzurichten, bis die Zeitverhältnisse sich geklärt haben würden und der Oberst ein kleines Gut in der Umgebung von Moll kaufen oder mieten könnte.

Einige Tage darauf reisten sie in einer Postkutsche ab. Nichts Besonderes unterbrach die frohe Reise nach dem Vaterlande. Nur in Antwerpen selbst, als der Wagen sich der neuen Wohnung des Obersten näherte, blickte Monika zufällig auf die Straße hinaus und ließ einen scharfen Schrei der Bestürzung ertönen, sodass der Oberst vor Schrecken aufsprang.

Auf die Frage, was ihr diese plötzliche Aufregung verursacht habe, antwortete sie:

„Ach, es ist nichts, Vater. Ich bin auch so leicht zu erschrecken. Da sah ich in der Straße einen armen jungen Menschen in schmutzigen Kleidern, der mich anstarrte, als wollte er mich mit seinen Augen durchbohren. Und sieh, Vater, weil er Jan Daelmans so stark gleicht, ist mir ein Schrei entfahren. Doch es war nichts. – Es ist schon vorüber, ich bin ganz ruhig.“

8.

Sechs Wochen waren verlaufen seit Ankunft des Obersten in Antwerpen. Auf dem Dachboden eines armen Häuschens auf dem Guldenberg saß eine sehr alte Frau schon ganz früh am Abend bei der Lampe und klöppelte. Armselig sah ihre Umgebung aus, denn sie wohnte unter den nackten Dachsparren und hatte als Hausrat nur ein Tischchen, zwei Stühle und ein Bett, dessen Decke aus allerlei zusammengerafften Lappen aneinandergenäht war. Die Frau schien gleichgültig ihre hölzernen Klöppel hin und her zu werfen. Indessen beugte sie sich von Zeit zu Zeit nach dem Alkoven hin, wo das Bett stand, und lauschte dann gespannt auf ein unbestimmtes Geräusch. Eben hatte sie ihre Hände zur Ruhe auf das Spitzenkissen gelegt, als die Türe der Kammer aufging und eine andere Frau hereintrat. Die Alte legte den Finger auf den Mund und nötigte die Eintretende durch ein leises Pst! zum Schweigen. Dann erhob sie sich zu ihr, führte sie an der Hand zu dem Tisch und sagte, während sie ihr einen Stuhl anwies:

„Trien, seid etwas still, denn er schläft so ruhig!“

Trien zog ihr Strickzeug aus der Tasche und sagte mit ebenso leiser Stimme: „Ach, das ist der Mensch, den Ihr ins Haus genommen

234

habt! Glaubt Ihr nicht, Mecken[27] Teerlinck, dass Ihr ein gutes Werk getan habt, wie man zu sagen pflegt?"

„Ja, Trien, gewiss! Ohne mich wäre der arme Junge tot und begraben."

Nachdem Trien noch einen Augenblick lang das Kämmerchen in allen seinen Winkeln gemustert hatte, fuhr sie wieder leise fort:

„Aber, Mecken, wenn ich mich nicht irre, habt Ihr diesen Menschen schon fünf oder sechs Wochen in der Stube. Wo schlaft Ihr denn?"

„Ja, Trien, wo schlaft Ihr denn? In diesem Winkel auf einem Stuhl, den Kopf auf dem Tisch. An mir ist nicht viel mehr gelegen, ich habe meine Zeit gehabt, meine Liebe."

„Ach, wie könnt Ihr das nur aushalten! Sechs Wochen ohne ins Bett zu kommen? Das ist ja zum Sterben!"

„Ja, Trien, jeder gibt seinem Nächsten, was er hat. Die Reichen geben ihr Geld und ich – ich gebe auch was ich habe: mein Bett und meine Ruhe."

„Nun, ich gestehe, dass ich das nicht tun könnte, aber es ist doch schön und Ihr verdient Euch was damit bei Gott, Mecken… Aber ich kenne das Eigentliche von der Geschichte noch nicht. Der eine sagt dies, der andere das; und zuletzt weiß man doch nichts. Wie ist es denn eigentlich zugegangen?"

„Nun, ich will Euch das erzählen. Aber kommt, sitzt etwas näher, damit er nicht wach wird. – Es ist fünf oder sechs Wochen her, an einem Samstag. Es war gegen elf Uhr abends. Ich hatte für meine Katze etwas Milch gekauft und weil sie den ganzen Nachmittag noch nicht daheim gewesen war, nahm ich mein Lämpchen und ging nach der blinden Mauer zu, zwischen die Karren und Wagen, um meine Hexe zu suchen. Wie ich nun da herumkrabbele und rufe: Puss! Puss! höre ich plötzlich ein Stöhnen wie von einem Menschen. Ich springe vor Schreck auf und suche auf dem Boden. Aber ich kann meinen Schrecken nicht aussprechen. Da lag ein Mensch auf seinem Rücken, das Gesicht voll Blut!"

„Ach Gott, voll Blut?"

„Ja, Trien, voll Blut. Ihr könnt Euch denken, ich lief sogleich zu den

---

Nachbarn. Sie kamen mit Licht herbei und da sahen wir, dass es ein junger Mensch war, der sich wahrscheinlich zum Schlafen auf einen Kohlenwagen gelegt hatte und herabgefallen war. Er musste schon lange da gelegen haben, denn das Blut, das aus seinem Kopf lief, war beinahe ganz gestockt.“

„Und war er tot, Mecken?“

„Ach tot, Ihr Närrin! Er schläft ja dort in meinem Bett!“

„Ja, Mecken, was kann ich dafür? Mein Gedächtnis ist schwach. Nun, was taten sie dann?“

„Ja, was sie taten? Wie halt immer, viel Rat und wenig Tat. Während der Zeit lag der junge Mensch in seinem Blut auf den kalten Steinen und mein Herz brach bei diesem Anblick. Und da sagte ich zu mir selbst: Komm, komm, die Menschen sind Brüder und ich habe nicht gewartet, bis der Doktor kam und den Verunglückten ins Spital bringen ließ. Ich habe ihn aufnehmen und hier in mein Bett bringen lassen.“

„Aber, Mecken, wie habt Ihr ihn besorgen und den Unterhalt beschaffen können? Oder habt Ihr irgendwo einen Strumpf unter den Dachpfannen stecken?“

„Ach nein, Trien. Ich habe viel gearbeitet und auch ein bisschen Schulden gemacht, aber das tut nichts. Was man mit gutem Herzen schenkt, gibt der Herr uns wieder.“

„Das ist doch recht schön! Kennt Ihr seine Eltern und wisst Ihr, woher er ist?“

„Nein, ich hab ihn noch nicht darum gefragt. Als er aber das Fieber im Kopfe hatte, träumte er immer ganz laut und da habe ich wohl gehört, dass seine Eltern tot sind.“

„Und habt Ihr nichts anderes verstehen können?“

„Nein, ich weiß nicht, was er da immer sprach von einem Buchenbaum und von einer Heide und von Tannenbüschen. Latein sprach er auch und manchmal rief er: ’Monika! Monika!’ Das ist vermutlich der Name seiner Mutter oder Schwester. Er kann ein Liedchen, Trien. Ich gäb’ einen Sechzehner drum, dass Ihr es hörtet. Es kommt da immer was von Rikke-tikke-tak vor, dass man dazu tanzen möchte. Was aber noch das Schönste ist, er sprach immer, als wollten sie ihn gegen seinen Willen zum Pastor oder Geistlichen machen – und da habe ich einmal seinen Kopf besehen, ob sie ihm eine Tonsur geschoren haben, aber an dem blonden Krauskopf ist noch kein Schermesser gewesen."

„Ach Gott, es ist gewiss ein armer Junge, der betrunken war oder verrückt geworden ist."

„Verrückt, Trien, verrückt? Hörtet Ihr ihn reden, Ihr fielet aufs Knie vor ihm! Er spricht wie gedruckt, die schönste Predigt von unserm Vikar ist nichts dagegen. Da hängen noch seine Kleider. Schaut Trien, sie sind von feinem Tuch. Jedes Mal, wenn er den Mund auftut, sich bei mir zu bedanken, kommen mir Tränen in die Augen. Es ist, als ob ein Engel redete. Glaubt mir, ich hab ihn lieber, als wenn er mein eigenes Kind wäre und wenn er bei mir bleiben will, arbeite ich für ihn bis an meinen Tod. Er nennt mich Mutter, Trien. Ihr müsstet das Wort aus seinem Munde hören!"

„Aber wie steht es denn mit ihm? Wird er gesund?"

„Nun ja, er ist einen ganzen Monat ohne Verstand gewesen und hat das Fieber im Kopf gehabt. Seit acht Tagen ist er aber besser. Es geht so allmählich und jetzt sucht er sein Gedächtnis wieder zusammen. Sonst ist er ganz bei Verstand. Wenn er mehr spräche, würd ich auch mehr wissen. Bis jetzt aber redet er nur, um sich bei mir zu bedanken. Ich frag ihn nicht gerne aus. Er heißt Jan, das hat er mir gestern gesagt; das übrige soll wohl kommen, Trien, wenn er gesünder ist. Nur ist er noch so mager, wie ein Gerippe, und so bleich wie eure Haube. Das erste Mal, wo er aufstand, war er so schwach, dass ich ihn halten musste, weil er sonst umgefallen wäre."

„Das arme Lamm!"

„Jetzt ist es aber doch viel besser. Mit dem Gehen macht es sich wieder und gestern sagte er mir, er wolle heute Abend ausgehen, um Luft zu schöpfen."

Als Mecken Teerlinck diese letzten Worte gesprochen, ertönte hinter den Gardinen eine leise, sanfte Stimme:

„Mutter, gute Mutter!"

Dieser Name, sowie der Ton, mit dem er ausgesprochen worden, mussten eine Zauberkraft auf das Gemüt der Alten ausüben. Ihre Augen leuchteten vor Freude, hastig ergriff sie die Lampe nebst einem Glas Wasser und Milch und eilte auf das Bett zu.

Der Kranke blickte sie mit solcher Liebe und Dankbarkeit an, dass sie den Kopf abwandte, um sich eine Träne aus ihren Augen zu wischen. Unterdessen nahm der Jüngling ihre Hand und drückte einen langen Kuss darauf.

„Gute Mutter!", sagte er nochmals.

Trien reckte den Hals, um das Gesicht des Kranken zu sehen. Ihr Herz pochte dabei und ein tiefer Schrecken durchbebte sie, als seine ausgehöhlten Augen sich auf sie richteten. Sie schob ihren Stuhl zurück, als fliehe sie vor einer fürchterlichen Erscheinung.

Der Kranke schlang seinen abgemagerten Arm um das Haupt Meckens und zog sie an sich. Er sagte ihr wahrscheinlich etwas ins Ohr, denn unmittelbar hernach holte sie die Kleider und zog, nachdem sie diese aufs Bett gelegt hatte, die Gardinen wieder vor. Dann kam sie zum Tische zurück und sagte leise, aber hocherfreut zu der zitternden Trien:

„Er will aufstehen!"

Diese Worte beruhigten die Nachbarin durchaus nicht. Ihr Gesicht wurde bleich und ängstlich sah sie nach der Türe. Ohne Zweifel trieb der Schrecken sie an, die Kammer zu verlassen, bevor der gespenstische Jüngling erschien, aber die weibliche Neugierde hielt sie doch an ihren Stuhl gefesselt. Einige Augenblicke später öffnete sich die Gardine der Bettstatt. Mecken lief zu dem Kranken hin, half ihm aus dem Bette und unterstützte ihn, bis er vor dem Tische stand.

Ist dieses lebende Gerippe der junge Landmann, den wir kennen? Ja, er ist es, der Unglückliche! Deutlich sieht man seine Knochen unter der farblosen Haut, seine Augen sind in ihren Höhlen tief eingesunken, sein Rücken ist gebeugt, die schmutzigen und schlecht geflickten Kleider gehören einem Bettler an. Was mag der Jüngling alles gelitten haben!

Nun stand er vor der alten Frau und hielt eine ihrer Hände. Er blickte sie mit der Zärtlichkeit an, welche nur einem flehenden Kinde eigen ist und sprach:

„Gute Mutter, ich möchte gern ausgehen. Wird es Euch aber nicht betrüben?"

„Jan, mein Junge", erwiderte die Alte, „ihr seid noch so schwach, armes Lamm. Ihr fallt gewiss. Und denkt daran, welche Angst ich ausstehen werde."

Meckens Sorge war so tief in ihrem runzligen Angesichte zu lesen, dass Jan durch ihre liebreichen Blicke bis in die innerste Seele bewegt wurde.

„Oh Mutter", seufzte er, „warum, warum liebt Ihr mich so? Ja, Ihr seid mein Schutzengel! Was niemand konnte, das vollbringt noch die uneigennützige Liebe einer armen Frau! Die gute Seele! Am Rande des Grabes besitzt sie noch Wohlwollen genug, einem Elenden, wie ich bin, das Leben zu verschönern und ihn aus dem tiefsten Abgrund der Verzweiflung zu erretten. Oh, ich habe zu Gott gebetet, dass er Euch segne! – und beurteilt darnach meine Dankbarkeit, gute Mutter, es ist das erste innige Gebet, das ich seit sieben Jahren zum Himmel emporschicken konnte."

Die Rede des Jünglings hatte einen seltsamen und begeisterten Ton, der auf Triens Gemüt einen tiefen Eindruck machte. Ihre Angst war ganz verschwunden und nun horchte sie mit offenem Mund und weitgespaltenen Augen auf des Jünglings Worte, die sie entzückten und rührten, als hätte sie ein wohllautendes Saitenspiel vernommen.

Mecken warf ihr einen fragenden Blick zu und schien zu sagen: „Nun, was sagt Ihr zu meinem Sohn? Ist er verrückt?"

Aber Trien horchte sprachlos, selbst noch dann, als Jan zu sprechen aufgehört hatte.

„Armer Junge!", seufzte Mecken. „Habt nur Mut. Ich bin arm und gebrechlich, es ist wahr. Doch wenn Ihr bei mir bleiben wollt, werde ich Euch immer gerne sehen und ich werde mir für Euch die Finger von den Händen arbeiten."

Der Jüngling führte die Hand der alten Frau an seine Lippen, antwortete jedoch nicht.

„Jan", sagte Mecken sanft, „wenn Ihr gerne ausgehen wollt, lasst es meinetwegen nicht. Ich werde mitgehen."

„Gute Mutter", antwortete Jan bittend, „ich möchte ausgehen, aber ich muss allein sein. Mein Kopf brennt, in der Einsamkeit werde ich Kühlung finden. Morgen, gute Mutter, werde ich Euch sagen, wer ich bin und welches schwere Leid mein Leben vergiftet hat. Lasst mich nun gehen und bleibt ruhig zu Hause, bis in einer Stunde komme ich wieder."

Mecken gab Jan ihren Krückstock in die Hand, geleitete ihn die

Stiege hinunter, sprach noch einige sanfte Worte und schloss dann die Türe hinter ihm.

Da geht nun der kranke Jüngling wankenden Schrittes dicht neben den Häusern durch die Dunkelheit. Er stützt sich auf den Stock, den ihm Mecken gab und atmet schwer vor Müdigkeit. Gewiss hat sein Weg ein Ziel, denn er zögert nicht in der Wahl der Straßen. Zeitweilig bleibt er stehen und rastet, dann setzt er den Weg wieder fort bis zum Meierplatz. Hier drückt er sich dicht an die Häuser und schleicht im Dunklen langsam vorwärts, wie ein Dieb oder ein Spion. Bald bleibt er unter dem verschlossenen Fenster einer prächtigen Wohnung stehen. Er stützt sich mit dem Ellenbogen auf das steinerne Fenstergesimse und versucht durch die Vorhänge zu blicken. Im Haus drinnen ist Licht, denn ein Seitenstrahl beglänzt das Gesicht des lauschenden Jünglings, der, nachdem er lange Zeit dort gestanden, vor Schwäche zusammensinkt und wie gefühllos mit dem Kopf auf dem Fenstergesims liegen bleibt.

9.

In dem prächtigen Gemach, auf dessen Fenster das müde Haupt des Jünglings ruhte, befanden sich zwei Personen. Der Oberst van Milgem saß in einem samtenen Lehnstuhl bei dem Marmorkamin; ihn schien ein tiefer Gedanke zu beschäftigen, denn er sah sinnend auf den Fußteppich. An einem Tische, worauf einige silberne Nähgerätschaften lagen, saß ein junges Fräulein, beschäftigt, kleine Perlen an einer Schnur aufzureihen. Ihr Gesicht war ungemein bleich und trug alle Kennzeichen einer langen und schleichenden Krankheit; die Blässe ihres Gesichtes schien sich noch zu erhöhen durch die rabenschwarzen langen Locken, die bei der geringsten Bewegung ihre Wangen streiften. Nach längerem Schweigen sang das Fräulein mit ganz leiser Stimme den Kehrreim des Liedchens Rikke-tikke-tak. Wahrscheinlich gefiel dies dem Obersten nicht, weil er den Kopf verdrießlich schüttelte und zu dem Fräulein sagte: „Monika, sing doch nicht immer dieses Liedchen. Es nährt deinen Trübsinn und du weißt, dass es mich schmerzt.“

„Gott, habe ich es wieder gesungen?“, rief Monika wie verwundert. „Ich wusste es nicht, Vater. Vergib mir doch meine Zerstreutheit.“

„Nun“, fragte der Oberst, „ist die Börse bald fertig? – Armer Adolf, welche Freude wird ihm dein Geschenk bereiten! Er, der dich so innig liebt.“

„Wo mag er jetzt sein?“

„Ja, das ist schwer zu sagen. Wer mag wissen, ob er nicht in irgendeinem Hospital liegt oder ob ihn eine feindliche Kugel nicht schon auf dem Feld der Ehre getroffen hat.“

„Himmel! Mein Vater, du machst mich zittern!“

„So, ich mach dich zittern? Liegt dir denn etwas an seinem Geschick?“

„Ich liebe ihn wie einen Bruder.“

„Du solltest ihn anders lieben, Monika, er verdient es im höchsten Grad. Er ist ein schöner junger Mann, begabt mit allem, was einen Menschen in den Augen einer Frau heben kann. Überdies war er der Retter deines Vaters auf dem blutigen Schlachtfeld von Dresden. Findet die Liebe nicht den Weg zu deinem Herzen, so müsste dich die Dankbarkeit anspornen, meinem Rat, meinem Wunsch zu folgen und ihm endlich den Lohn für seinen Edelsinn, für seine Liebe schenken.“

„Oh Vater, sieh mich an! Was sollte ich Adolf geben können? Es ist in meinem Herzen kein Platz mehr neben meiner Liebe zu dir. – Eine gefühllose Braut? Soll ich ihn unglücklich machen durch meine Gleichgültigkeit? Ein Bräutigam verlangt mehr zu seinem Glück als kalte Freundschaft. Und dann fühle ich eine unwiderstehliche Abneigung vor Banden, die mich meiner Freiheit berauben würden.“

„Welcher Freiheit, Monika? Der Freiheit, zu träumen und zu brüten? Gebe Gott, dass du ihrer beraubt würdest, dieser Freiheit, die dich erschöpft und krank macht. Sieh, mein Kind, wenn wir das Landgut bei Moll bewohnen werden, wie glücklich würdest du da nicht sein, einen Freund zu haben, mit dem du durch die Heide streifen könntest und der mit uns die Buche und das Bächlein aufsuchte, um uns ein Begleiter in der Einsamkeit zu sein? Denn dies alles, mein Kind, ist kalt und tot, wenn kein Gefühl der Liebe es verlebendigt. Das Herz vertrocknet, wenn man es nicht in ein anderes Herz ausgießen kann.“

„Vater, dies mag wahr sein. Aber Adolf ist kein Sohn der Heide. Würde er verstehen, was das träumerische Zirpen der Grille sagt? Haben Tannen die Spiele seiner Kindheit beschattet? Würde die Unendlichkeit der Heide und ihr unermesslicher Himmel ihm nicht eintönig erscheinen – ihm, einem Sohn der Berge? Ja, Vater, gestehe es nur, zwischen mir und meiner Heide wäre ein Fremder, der unsere Sprache nicht verstünde."

Monikas Worte gefielen ihrem Vater nicht. Sein Gesicht nahm einen trüben Ausdruck an und indem er sich jetzt ganz zu seiner Tochter wandte, sprach er mit nachdrucksamer Stimme:

„Monika, mein Kind, hat denn die Bitte deines Vaters nicht die mindeste Gewalt über dein Gemüt? Jahrelang habe ich für Adolf bei dir gebeten. Ich habe seine Schönheit, seinen Mut, seinen Ruhm hervorgehoben, um in deiner Brust ein zartes Gefühl für ihn zu erwecken. Ich habe dir gesagt, dass er deinen Vater bei Dresden mit eigener Lebensgefahr gerettet hat – und ich bat zum Lohn für ihn und für mich, dass du zustimmen mögest, ihn durch heilige Bande an unsere Familie zu fesseln. Du hast dich geweigert und weigerst dich noch. Warum? Um dich ganz deinen Träumereien zu überlassen, die dich töten. – Weil du ihn nicht liebst? Aber er begehrt deine Liebe nicht."

Monika sah ihren Vater erstaunt an und wiederholte:

„Er begehrt meine Liebe nicht? Was will er denn von mir?"

Der Oberst fuhr mit beklommener Stimme fort:

„Du zwingst mich, Monika, dir ein Geheimnis mitzuteilen, das niemals über meine Lippen kommen dürfte. Höre denn und bewundere den Mann, den du verschmähst. Monika, seit Jahren gehst du mit raschen Schritten dem Grabe entgegen. Niemals blicke ich dich an, mein teures und einziges Kind, ohne dass ich den Tod an deiner Seite stehen sehe. Oh, die Gewissheit, dass ich dich verlieren soll, zerreißt mir das Herz schon seit Jahren. Dieses Schwert, das über deinem Haupte schwebt, verkürzt auch mein Leben und ich leide unsägliche Pein. Ich habe Adolf in mein banges Herz sehen lassen. Ich habe ihm gesagt, dass es nur ein Mittel gebe, um dich von deinen geheimnisvollen Träumereien und von einem unfehlbaren Tode zu befreien. Ich selbst, ich, dein Vater, habe ihn gebeten, dir Liebe zu erweisen und um deine Hand anzuhalten. Er, der den Vater einst gerettet hat, wollte auch das Kind retten. Ihn fesselten andere Liebesbande. Reichtum, Ehre, Schönheit – alles besaß seine Verlobte und doch brachte er aus Edelmut, von Selbstverleugnung getrieben, das Opfer und löste die Bande, um mir und dir eine unendliche Wohltat zu bereiten. Er, der schöne Jüngling, den alles in der Welt anlachte, er willigte ein, sein Leben mit dem eines kranken und gefühllosen Mädchens zu verknüpfen. Er entsagte der Hoffnung, einst im Gebirge bei seiner alten Mutter zu leben und wollte uns in die öde Heide folgen und dies nur, um dir, die ihn verschmäht, das Leben zu retten und wie ein Schutzengel den Tod von deiner Seite zu verscheuchen. Oh Monika, sollte ein solcher Edelmut in dir sonst nichts als ein dankbares Gefühl erwecken? Sind alle Saiten in deinem Herzen gerissen, sodass du mir nichts zu antworten hast als nein?"

Monika war tief gerührt, ihr Gesicht gab es deutlich genug zu erkennen. Sie antwortete auf die an sie gerichtete Frage:

„Vater, ich bin undankbar gewesen gegen Adolf und gegen dich. Ich bekenne es mit wehem Herzen. Aber ach, was begehrst du von mir? Bedenke doch, guter Vater, dass man die Vernichtung aller meiner Erinnerungen verlangt. Denn wenn ich einwillige, Adolfs Frau zu werden, müsste ich ihm einen breiten Raum in meinem Herzen geben. Ich würde nicht undankbar sein, ich würde ihm seinen Edelmut durch innige Freundschaft, wenn nicht durch warme Liebe vergelten. Und dann müsste ich allem entsagen, was mir mein früheres Leben übriggelassen hat."

Ein Ausdruck der Freude glitt über das Gesicht des Obersten. Er fasste die Hand seiner Tochter und sagte:

„Liebe Monika, um dein Leben zu verlängern, musst du deinen Träumereien entsagen. Ich bitte dich, sei mutig! Sage mir, dass du Adolf zum Bräutigam willst. Mache mich glücklich. Teures Kind, sieh, ich bitte dich mit gefalteten Händen. Sage, dass du einwilligst, sage ja!"

Das Mädchen zitterte ersichtlich, während sie stumm das Haupt vornüber neigte.

„Kind, Kind!", fuhr der Oberst fort. „Lasse den glücklichen Augenblick nicht vorübergehen. Sage ja! Sage ja!"

Langsam erhob Monika ihr Haupt und antwortete entschlossen:

„Wohlan, Vater, wenn es dich glücklich machen kann…"

Plötzlich wurde sie wie vom Schlage getroffen. Sie erhob den Finger und lauschte zitternd einem leisen Gesange.

„Was hörst du?", fragte der Oberst erstaunt.

„Horch, horch!", antwortete Monika mit einem seligen Lächeln. Nun erschollen vom Fenster her einige Klänge und der Oberst hörte deutlich das Lied:

„Rikke-tikke-tak,
Rikke-tikke-tu!
Eisen warm,
Hoch den Arm!
Schlag nur zu
Rikke-tikke-tu!"

Der Oberst kannte die unbegreifliche Gewalt dieses Liedes auf das Gemüt seiner Tochter. Überdies betrachtete er es diesmal als einen Schimpf, den man ihm wegen seiner niedrigen Geburt zufügte. Der Zorn erfasste ihn und indem er den Glockenzug ergriff, stampfte er ärgerlich auf den Teppich.

„Ich will wissen", rief er, „wer sich hier untersteht, mich zu verhöhnen!"

Ein Diener erschien, um den Befehl seines Herrn entgegenzunehmen. Dieser sagte scharf:

„Da steht ein Unverschämter vor dem Fenster draußen und singt. Gehe mit den andern und ergreife ihn. Ich will ihn sehen! Wenn er Widerstand leistet, so gebraucht Gewalt."

„Oh Vater!", rief Monika, indem sie aufstand. „Was sagst du? Gewalt? Weißt du gegen wen?"

„Wir werden sehen", antwortete der Oberst zornig. Das junge Fräulein kehrte an den Tisch zurück. Man hörte die Haustüre öffnen und wieder schließen. Dann trat der Diener in den Saal und sagte zu seinem Herrn:

„Herr Oberst, es ist ein armer Bettler, so schwach und krank, dass er kaum weiter kann. Widerstand vermochte er nicht zu leisten. Er steht im Hausgang. Sollen wir ihn wieder gehen lassen?"

„Nein, nein", rief der Oberst. „Dieses Rätsel soll aufgeklärt werden.

Dahinter steckt was – Monika, was zitterst du so? Kennst du denn diesen Bettler? Man führe ihn herein!"

Kaum war der Unglückliche mit gesenktem Haupte und niedergeschlagenen Augen an der Saaltüre erschienen, als Monika mit einem lauten Schrei auf ihn losstürzte und ihn mit den Worten: „Jan, Jan, bist du es?" bei der Hand ergriff.

„Ich bin es, Fräulein", erwiderte der Jüngling, immer noch den Blick zu Boden richtend.

Der Oberst stand eine Zeitlang sprachlos da und rieb sich die Stirne, als ob ihm ein überraschender Gedanke gekommen wäre. Er verscheuchte ihn jedoch wieder, führte den Jüngling freundlich zu einem Samtsessel und nötigte ihn, Platz zu nehmen. Monika hielt noch immer Jans Hand und blickte gleich ihm zu Boden, ohne ein Wort zu sagen. Der Oberst setzte sich und sprach zu dem Jüngling:

„Jan Daelmans, warum habt Ihr Euch im Unglück nicht meiner erinnert? Versprach ich Euch nicht auf Eurem einsamen Hofe, Euer Beschützer zu werden, wenn Ihr eines solchen bedürfen solltet? Ich sehe, bis zu welchem Grade des Elends Ihr gekommen seid, aber von heute an soll Euch nichts mehr fehlen. Habt Mut, ich bin nicht undankbar und will heute den Anfang machen, meine Schuld bei Euch zu tilgen."

Mit diesen Worten ging der Oberst zu einem Schreibtisch, nahm eine Handvoll Napoleons heraus und sprach, indem er diese vor dem Jüngling auf einen Spieltisch hinlegte:

„Seht, mein Freund, es ist kein Almosen, das ich Euch anbiete. Es ist eine kleine Vergeltung für alles, was Ihr einst für meine Tochter getan habt. Ich bitte, nehmt es von mir an, von Eurem Freund und Beschützer."

Jan wandte seine Augen von dem Spieltische auf den Oberst und seufzte, verbissen lächelnd:

„Gold! Immer Gold!"

Und indem er einen Blick auf seine lumpigen Kleider warf, setzte er hinzu:

„Ja, Gold könnte mir helfen. Ich schaffte mir dann Kleider an und belohnte diejenige, die für mich Sorge getragen hat. Aber, Herr, erspart mir die Erniedrigung: aus Euren Händen nehme ich kein Geld und wenn ich mich dadurch vom Tode loskaufen könnte."

Diese Worte hatte Jan mit einer Bewegung der Hand begleitet und diese dadurch aus Monikas Hand befreit. Das tief gerührte und noch immer zitternde Mädchen hatte ihren Stuhl wieder eingenommen und saß schweigend da, den Blick starr auf den Jüngling gerichtet.

„Aber Jan, mein Freund", begann der Oberst wieder, „Ihr seid ungerecht gegen mich und gegen Euch selbst. Wollt Ihr kein Geld, so sagt mir, was ich für Euch tun kann. Ich werde mich glücklich schätzen, Euch einen Dienst zu erweisen. Wenn Ihr mir gestattet, dass ich Euch gefällig sein kann, so bin ich Euch dankbar dafür."

„Ihr wollt mir einen Dienst erweisen?", antwortete der Jüngling. „Gut, ich bitte Euch um eine Gnade. Wollt Ihr sie zugestehen?"

„Sprecht, Jan, ich tue, was Ihr verlangt. Was wünscht Ihr?"

Der Jüngling richtete sich in seinem Stuhl auf und schien sich sammeln zu wollen. Dann sprach er:

„Herr Oberst van Milgem, morgen beginnt für mich ein neues Leben! Ich errichte dann eine unübersteigliche Grenzmauer zwischen meiner Vergangenheit und meiner Zukunft. Man macht sich nicht so leicht von Erinnerungen frei, die mit unserm Kopf und unserm Herzen wie Teile dieses Lebens verwachsen sind. Vielleicht würde ich in diesem Kampf am Rand eines gähnenden Grabes gestrauchelt sein. Das Schicksal war mir günstig. Ich befinde mich nun vor ihr, die mich allein in der Welt begreifen kann. Lasst mich sprechen, lasst mich lange und ungestört sprechen, damit sie höre, was mein Los auf dieser Erde war – und dann sage ich, nicht heiter, aber gefasst, dem Traum Lebewohl, der mich tötet. Seht, Herr Oberst van Milgem, das ist die Gnade, die ich von Euch erbitte. Erlaubt mir, dass ich spreche. – Erzürnt Euch aber nicht über das, was ich sagen werde. Ihr gebt mir mehr als mein Leben."

Es lag etwas so Sanftes und Schmerzliches in der Stimme des Jünglings, dass sich der Oberst tief gerührt fühlte. Überdies war er höchst neugierig, Aufklärung zu erhalten, die ihn in gewissen Vermutungen zu bestärken schienen. Er sagte also gütig:

„Sprecht nur, mein Freund, und fürchtet Euch nicht, ich werde Euch aufmerksam zuhören."

Der Jüngling begann langsam und wehmütig:

„Ich war jung, zufrieden mit meinem Los und liebte das Leben. Mein Herz trieb mich, in unserer Magd meine Schwester zu sehen.

Mit ihrem Leiden und ihrem Elend wuchs meine Neigung zu ihr, ein unschuldiges und reines Gefühl, das sich, mir unbewusst, in meinem Herzen entwickelte und später, zu einem vernichtenden Feuer geworden, mein Inneres verzehren sollte. Herr Oberst, noch fühle ich in meiner Hand die Stelle brennen, wo Ihr mir damals auf der Heide zu meiner Erniedrigung die Napoleons hineindrücktet. Wie? Ihr dachtet mich für den Verlust meiner Schwester mit einigen schmutzigen Geldstücken entschädigen zu können? Und Ihr tötetet mich! Damals schon begriff ich die Größe meines Unglücks. Schmerz und Verzweiflung zerrissen mein Herz, in welchem ihr Scheiden den blutigen Dolch des Liebesschmerzes zurückgelassen hat.

Alles in der Welt vergaß ich, um nur einer einzigen traurigen Erinnerung nachzuhängen. Jahrelang habe ich am Fuß der Buche meine Tränen vergossen. Ich habe auf dem Sandhügel gesessen, gewartet und gehofft; ich bin mager und siech geworden. Nichts vermochte mich zu trösten, nichts zu zerstreuen. Unfähig zu arbeiten, gleichgültig gegen alles, lebte ich in einer schmerzlichen Traumwelt. Ich habe meine Mutter auf ihrem Sterbebette gesehen, ohne in meinem Herzen Raum zu finden für den neuen Kummer. Alle, die mich kannten, hatten Mitleid mit mir, dem armen Narren, der ich war. Ich war verliebt in meine eigenen Tränen, denn sie flossen für sie, um die ich trauerte. Weinen war mein Leben, Seufzen meine Sprache. Mein kräftiger Körper schmolz dahin wie Schnee und wie ein wandelnder Schatten irrte ich durch das Gehölz, das auch ihre Klagen gehört hatte.

Ein alter Freund meines Vaters wollte mich mit Gewalt von meinem Geburtsort entfernen. Er hoffte für mich Genesung. Aber ich widerstand den Bitten aller, die mich liebten. Warum? Weil der Himmel der Heide blauer ist? Weil die Luft dort balsamische Gerüche mit sich führt? Weil die Unermesslichkeit der Ebene den Geist erhebt? Oh nein, nein, sie hatte dort gelebt. Dort war der Pfad, auf dem sie gegangen war. Oh ich wusste, welche Grashalme sich unter ihren Füßen gebeugt hatten; ich wusste in der Baumrinde noch die Stelle zu finden, auf die sie einst ihre Hand gelegt hatte; ich kannte die Kräuter, die einstens mit den Perlen ihrer Tränen geglänzt hatten. Die Bäume, die Heide, das Bächlein – alles hatte für mich eine Sprache, die mir von ihr redete. Da war ich nicht allein. Immer stand sie neben mir, mit mir eingehüllt in die Nebelwolke der Weltvergessenheit. Von der Weide her brachte mir der Südwind ihre Stimme, aus dem Gezirpe der Grillen sang sie mir das verführerische Rikke-tikke-tak! – Unaussprechlich war mein Leiden; ich erkannte die eine fürchterliche Wahrheit, dass sie nicht mehr kommen würde. Ich hatte meine Schwester für immer verloren und freute mich in der Hoffnung eines frühen Todes.

Der alte Pastor von Desschel und die Tränen meiner kranken Mutter riefen endlich bessere Gefühle in mir wach und gaben mir für einen Augenblick genügend Kraft, gegen diese Erinnerungen anzukämpfen. Ich wollte das marternde Bild verjagen, mich frei machen von ihrer Tyrannei auf mein Gemüt, mich retten aus dem Abgrund des Jammers, in den ich versunken war, aufs Neue meine vergessenen Pflichten gegen Gott und meine Mutter erfüllen. Ich ging nach Mecheln, um nach den Studienjahren Schutz im geistlichen Stande gegen ihre Verfolgung zu finden. Ach, wer vermag zu beschreiben, was ich in der Einsamkeit des Seminars ausgestanden habe! Wer kann es schildern, wie blutig mein Herz und meine Seele in diesem verzweifelten Kampf gegen sie verwundet wurden! Was ich tat, was ich beschloss oder wohin ich ging, immer war sie gegenwärtig, um alle andern Gedanken wie eine Tyrannin aus meinem Geist zu verdrängen! Sie und immer sie!

Mit dem Wissen entwickelte sich auch die Kraft meiner Phantasie und nun nahm sie erst vollständig meine träumende Seele in Besitz. Stets schweigend, hielt ich mich von meinen Mitschülern ferne. Ich versteckte mich in düstere Winkel, um das Lied Rikke-tikke-tak leise singen zu können ohne verspottet zu werden. Ich war der Gegenstand des allgemeinen Hohns. Nichts konnte mir helfen, weder die Strenge meiner Lehrer, noch ihre sanften Ermahnungen. Endlich kam die Zeit, wo ich mich entschließen sollte, ob ich in den geistlichen Stand treten wolle. Aber, oh Himmel, wozu konnte mir diese Erwägung dienen? Ich war unwürdig, mich dem Altar zu nähern und sogar unfähig, um zu beten. Niemals erhob ich meine Stimme oder meine Gedanken zum Himmel, ohne dass ich zwischen Gott und mir ihr Bild gestellt hätte. Ich weigerte mich also, sowohl aus eigener Überzeugung von meiner Unwürdigkeit wie auch auf Anraten meiner mitleidigen Lehrer. Ich verließ das Seminar. Meine Mutter war gestorben, ich hatte noch einen kleinen Teil meines Erbteils. Mein Leben wurde ein sorgloses Traumwandeln. Unbekümmert um die Zukunft, die mir gleichgültig war, verzehrte ich schnell, was ich noch besaß. Auch das Elend fand mich gefühllos: ich schlief unterm blauen Himmel, unter Karren oder auf der Stadtmauer. Ich ließ den Hunger in meinem Magen wühlen und nahm spöttisch das Brot des Almosens an. Was war doch das Leben mir und was waren die Qualen des Leibes gegen die aufreibenden Schmerzen meiner Brust? Nichts in der Welt konnte mich rühren, nichts mich aus meiner Gleichgültigkeit aufwecken. Ihr Bild beständig vor meinen Augen sehen, mit ihrem Geiste sprechen, das Lied vor mich hinsummen – das war mein Leben, alles andere war tot in mir."

Hier schwieg der Jüngling eine Weile. Sein Atem ging schwer vor Erschöpfung.

Monika lag mit dem Haupt auf dem Tische und weinte bitterlich. Man hörte die Seufzer, die aus ihrem bedrängten Herzen aufstiegen. Der Oberst saß still auf seinem Sessel und blickte mit gebeugtem Haupte zu Boden.

Der Jüngling fuhr fort:

„Eines noch versuchte ich auf Anraten von Freunden, ein kräftiges Heilmittel. Ich genoss starke Getränke in vollen Zügen und fiel trunken zu Boden. Nichts konnte helfen. Vor meinem verwirrten Auge stand noch immer ihr Bild! Eines Tages, ich vergesse es niemals, ging ich trägen Schrittes über den Meierplatz, da sah ich sie plötzlich in einem Wagen rasch an mir vorüberfahren. Ihr flüchtiger Blick drang wie ein Pfeil durch meine Seele. Mein Herz brach in der erschütterten Brust. Ich fiel besinnungslos zu Boden. Doch vermochte ich mich noch einmal aufzurichten und ging, um meinen Jammer in der Einsamkeit zu bergen. Des Abends legte ich mich auf einen Wagen schlafen. Wie Feuer glühte das Fieber in meinem Gehirn. Ich stürzte herab und fiel mit dem Kopf so heftig auf die Steine, dass mir ein Blutstrom entfloss.

Eine arme Frau nahm mich in ihre Kammer. Sie hat mich wie eine Mutter gepflegt. Ihr habe ich mein künftiges Leben geschenkt. Ihre sanfte, uneigennützige Liebe hat sich einen Weg in mein Herz gebahnt und neben dem Bilde, das mich beherrscht, eine Stelle gefunden. Nun begreife ich, dass ich noch frei werden kann. Ich muss leben, um meine Mutter zu lieben und zu belohnen. Gebe Gott, dass diese letzte Hoffnung nicht auch eitel sei, sonst wird das Grab, das meiner wartet, über meine verächtliche Schwäche richten. Morgen kenne ich Euch nicht mehr, Fräulein, noch Euch, Oberst van Milgem! Vergesst auch Ihr, dass jemand in der Erinnerung an Euer Kind unaussprechliche Leiden erduldet hat. Ich entbinde Euch von allem, was Ihr mir schuldig seid. Vergebt einem armen Wahnsinnigen die kühnen Worte, die er zu reden wagte. Wenn Ihr einigen Anteil genommen habt an dem jungen Bauern, so schont des Armseligen, der vor Euch sitzt. Und Ihr, Fräulein, oh ich bitte Euch, denkt meiner in Euren Gebeten, dass ich Kraft finde, meinen letzten Kampf wider Euch zu streiten. – Lasst mich jetzt fort, Ihr sollt nichts mehr von mir hören, noch sehen. Lebt wohl, Gott überschütte Euch mit seinem Segen!"

Jan hatte sich während dieser Worte erhoben und wollte nach der Türe, aber plötzlich sprang Monika auf. Sie warf ihre Locken zurück, unterdrückte die Tränen, die in ihren Augen quollen, und rief, indem sie den Finger wie zu einem Befehle erhob:

„Bleib! Bleib!"

Dann warf sie sich mit erhobenen Händen vor ihrem Vater nieder:

„Oh Vater, vergib! Vergib! Halte ihn zurück oder ich sterbe! Auch in meinen Träumen sah ich ja sein Bild. Er ist mein Bruder, mein Beschützer, mein Geliebter! Oh Gott, er geht! Er allein kann mich retten! Gib mir ihn! Du vergießest Tränen? Hast du gefühlt, was er litt? Oh, nur er oder das Grab wird mich besitzen! Vater, liebster Vater, lass mich nicht sterben! Ich will leben, genesen, dich segnen! Im Namen meiner seligen Mutter, gib mir ihn!"

Der Oberst machte eine rasche Bewegung und hob seine Tochter auf. Dann sprach er mit gerührter Stimme:

„Das war also das Rätsel! Welch ein Herz! Monika, es sei! Er sei dein Bräutigam!"

Ein durchdringender Schrei fuhr aus Jans Brust. Er hielt sich eine Weile am Stuhle aufrecht, dann aber stürzte er besinnungslos auf den Teppich, gerade als Monika ihn in ihre offenen Arme aufnehmen wollte.

10.

Im Jahre 1831, kurz nach der belgischen Revolution, schritt ein Soldat, das Gewehr auf der Schulter und den Tornister auf dem Rücken, über die Heide zwischen Moll und Desschel. Er näherte sich bald einem ansehnlichen Hofe, der das Äußere eines Landgutes hatte und zeigte einem Manne, der in der Türe stand, seinen Quartierzettel. Der Mann rief eine Magd und beide begannen freundlich den Soldaten von seinem Tornister und dem übrigen Gepäck zu entlasten. Der junge Krieger wunderte sich über diese gute Aufnahme und sagte, indem er dem Landmann wohlgemut auf die Schulter klopfte: „Ihr habt gedient, Pächter!"

„Das nicht", erwiderte der Landmann, „aber Ihr könntet doch wohl einen hier finden, der vom Krieg und von Feldschlachten zu sprechen versteht. Kommt herein, Freund. Schinken und Bier stehen bereits auf dem Tisch."

Bei seinem Eintritt sah der Soldat einen Mann am Herde sitzen, dessen Gesicht und ergrautes Haar ihm sogleich Ehrerbietung einflößten. Eine große Narbe im Gesicht und das Band der Ehrenlegion am Rock bezeugten, dass er derjenige war, von dem der Pächter gesagt hatte, dass er von Krieg und Feldschlachten zu sprechen wisse.

Der alte Krieger grüßte den Soldaten mit freundlichem Lächeln und wies auf den Tisch, als wollte er sagen: „Esst und trinkt erst. Hernach wollen wir sprechen."

Während der Soldat diesem Rate folgte und sich an die angebotenen Erfrischungen machte, betrachtete er neugierig die Personen, die sich um ihn befanden. Im Hintergrunde saß eine Frau vor dem Spinnrade, neben ihr der Mann, den er zuerst bei der Türe getroffen. Gesundheit und stille Freude glänzte in beider Angesicht und ein Strahl der Liebe schien aus ihren Augen zu leuchten, während sie einander ansahen. Zur andern Seite der Frau saß ein uraltes Mütterchen und warf noch mit raschen Fingern auf einem Spitzenkissen die Klöppel durcheinander.

Als der Soldat sich diese Seite des Gemaches eine Weile angesehen, vernahm er hinter sich einen Gesang, bei dessen eigentümlichem Takt er sich nach dem Herde umwandte. Auf jedem Knie des Greises mit der Narbe sah er jetzt ein blühendes Kind sitzen, einen Buben und ein

Mädchen; nach dem Takte jenes Liedchens ließ der Großvater sie reiten. Bald hatte der junge Soldat mit allen Insassen des Hofes Bekanntschaft gemacht. Er fand so viel süßes Behagen bei diesen Menschen, die alle durch das gleiche Band der Liebe und Dankbarkeit aneinander verknüpft zu sein schienen, dass er nach zweimonatigem Aufenthalt sich der Tränen nicht erwehren konnte, als er von dieser friedlichen und glücklichen Familie, die ihn wie einen Sohn behandelt hatte, Abschied nehmen musste. Als er mit dem Tornister auf dem Rücken schon zum Abmarsch bereit stand, kamen alle Hausgenossen an die Türe und reichten ihm noch freundschaftlich die Hand. Mit feuchten Augen schlug er die Straße über die Heide ein, wandte sich in einiger Entfernung noch einmal um und rief bewegt: „Lebt wohl, Herr Oberst van Milgem! Lebt wohl, Pächter Daelmans! Lebt wohl, Frau Pächterin! Lebt wohl, Mecken Teerlinck! Lebt alle wohl!"

Auf der Heide sprach der Soldat zu sich selbst: „Wäre ich ein Dichter oder Schriftsteller, ich brächte ihre Geschichte zu Papier. Vielleicht werde ich es noch einmal – Tata. Dummes Zeug!" Indem er dann seinen Schritt beschleunigte, marschierte er nach dem Takt eines Liedes, das er gewiss auf dem Hofe gelernt hatte. Er sang:

> *„Rikke-tikke-tak,*
> *Rikke-tikke-tu!*
> *Eisen warm,*
> *Hoch den Arm!*
> *Schlagt nur zu!*
> *Rikke-tikke-tu!*
>
> *Rikke-tikke-tak,*
> *Rikke-tikke-tu!*
> *Hart wie Erz –*
> *Mutvoll Herz!*
> *Schlagt nur zu!*
> *Rikke-tikke-tu!"*

Lieber Leser, siehst du wohl, dass der junge Soldat sein Wort gehalten hat?

Was eine Mutter leiden kann

Eine wahre Geschichte

1.

Heftige Kälte herrschte in den letzten Tagen des Monats Januar 1841. Die Straßen von Antwerpen hatten ihr Winterkleid angezogen und glänzten in reiner Weiße. Der Schnee fiel noch immer, nicht in weichen, das Auge durch ihren Wirbeltanz ergötzenden Flocken, sondern in festen Kristallen, die wie Hagel gegen die Fenster der geschlossenen Häuser schlugen und der schneidende Nordwind trieb die meisten Bürger, die sich auf ihrer Türschwelle zeigten, zum glühenden Kachelofen zurück.

Ungeachtet der bitteren Kälte und obwohl es erst neun Uhr morgens war, sah man doch, des Markttages wegen, viele Leute auf der Gasse gehen. Die Jüngeren suchten sich durch Laufen zu erwärmen, die guten Bürger hauchten in ihre erstarrenden Finger und die Werkleute schlugen sich mit Gewalt die Arme um den Leib. In diesem Augenblicke ging eine Frauensperson gemäßigten Schrittes durch die Winkelstraße, deren Bewohner sie wohl kennen musste, da sie in den armen Häusern ein- und ausging und diese häufig mit dem Ausdrucke von Zufriedenheit verließ. Ein seidener wattierter Mantel umhüllte ihre feine Gestalt, ein Samthut bedeckte ihren schönen Kopf und schirmte ihre Wangen, die dennoch von der scharfen Luft etwas rot angehaucht waren; eine Boa umschlang ihren Hals und die Hände verbargen sich in einem feinen Muff. Dieses Fräulein, das ziemlich reich zu sein schien, stand an der Schwelle eines Hauses, das sie eben betreten wollte, als sie plötzlich in der Ferne ein anderes Fräulein ihrer Bekanntschaft herankommen sah. Sie blieb nun vor der Türe der armen Wohnung stehn, bis ihre Freundin nahekam, ging dann mit freundlichem Lächeln auf sie zu und sprach sie also an:

„Guten Tag, Adele! Wie geht es?“

„Ziemlich wohl. Und dir?“

„Gut, Gott sei Dank. Ich bin gesund und so vergnügt, dass ich's dir nicht sagen kann.“

„Warum? Mir scheint doch, dass das Wetter nicht so angenehm ist.“

„Oh ja, für mich wohl, Adele. Ich bin kaum erst eine Stunde außer Bett und habe schon zwanzig arme Wohnungen besucht. Aber ich habe Armut gesehn, liebe Adele, Armut, dass das Herz davon brechen könnte. Hunger, Kälte, Krankheit, Nacktheit… es ist unbeschreiblich. Oh ich schätze mich glücklich, wohlhabend zu sein, denn es ist so schön, Gutes zu tun!“

„Man sollte sagen, du hättest Lust zu weinen, Anna. Ich sehe Wasser in deinen Augen blinken. Sei doch nicht gar so gefühlvoll. Die armen Leute sind doch diesen Winter nicht sehr zu beklagen. Sieh nur, wie viele Austeilungen geschehen: Kohlen, Brot, Kartoffeln – alles wird im Überfluss gegeben. Erst gestern noch unterschrieb ich wieder für fünfzig Franken; und ich gestehe dir gern, dass ich lieber mein Geld durch andere austeilen lasse, als selbst in alle die schmutzigen Wohnungen zu gehen.“

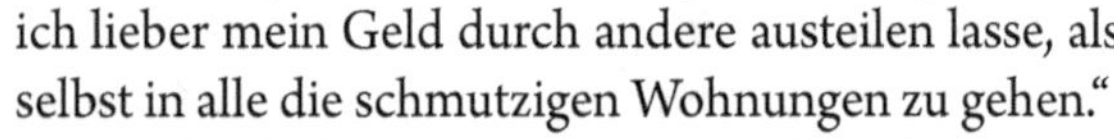

„Adele, du kennst keine armen Menschen. Beurteile sie nicht nach jenen zerlumpten Bettlern, die den Bettel als ein gutes Gewerbe ansehen und ihre Kleider absichtlich zerfetzen und beschmutzen, um Abscheu und Mitleid zu erregen. Komm mit mir, Liebe, ich will dir Arbeiter zeigen, deren Kleider nicht zerrissen, deren Stuben nicht unreinlich sind und

deren Mund sich nicht öffnen wird, um zu begehren, sondern nur um zu danken und zu segnen. Du wirst den grässlichen Hunger in ihren Zügen gemalt sehen, das gefrorene Schwarzbrot zwischen den erstarrten Fingern der Kinder, die Tränen der Mutter, die finstere Verzweiflung des Vaters. Oh würdest du deine Augen auf dieses stumme Schmerzensbild des Elends richten, welche Engelsfreude würdest du darin finden, dies alles mit ein wenig Geld zu verän-dern! Du sähest arme Kinder hüpfend sich an deine Kleider hängen, die Mutter mit gefalteten Händen dankbar dich anlächeln, den Vater in freudetrunkener Vergessenheit deine feine Hand in seinen knochigen Händen drücken und mit brennenden Tränen benetzen. Und oh, dann würdest auch du selige Tränen vergießen, Adele, und deine Hände den ihrigen, auch noch so rauen, nicht entziehen… Sieh, Adele, die Erinnerung an solche Stunden rührt mich zu sehr."

Während Anna mit tiefem Gefühl und weicher Stimme diese Szenen schilderte, hatte ihre Freundin nicht gesprochen, selbst nicht solche kurzen Worte oder Laute, welche die Teilnahme des Zuhörers andeuten. Die Rührung ihrer Freundin war ganz in sie übergegangen und als Anna sie betrachtete, war sie eben beschäftigt, das Sacktuch aus ihrem Muff zu ziehen und zwei Tränen zu verwischen, die auf ihren Wangen herabglitten.

„Anna", sprach sie, „ich gehe mit dir die armen Leute besuchen. Ich habe genug Geld bei mir; lass uns diesen Morgen auf gute Werke verwenden. Oh wie froh bin ich, dass ich dich traf! Die gute Anna betrachtete ihre Freundin mit Rührung und ihr Ausdruck verriet, wie glücklich sie sich fühlte, eine Wohltäterin mehr für ihre armen Mitbürger geworben zu haben. Begleitet von Adele ging sie einige Schritte weiter in ein Haus, wo sie Unglückliche zu finden wusste.

Das Haus, an dessen Schwelle sie stand, als sie ihre Freundin zuerst erblickte, wurde vergessen. Dies war ihr wohl zu verzeihen, zumal sie es noch nie betreten hatte und jetzt nur aufs Geratewohl hineingehen wollte, um zu sehen, ob es nicht vielleicht ihr noch unbekannte arme Familien berge.

2.

In einer Kammer des Hauses, vor dem das wohltätige Fräulein stehengeblieben war, wohnte eine unglückliche Familie. Vier nackte Mauern waren hier die stummen und einzigen Zeugen von Schmerz und Elend und das Jammerbild, das sich bot, war geeignet, das Herz nicht bloß mit Betrübnis, sondern auch mit einem gewissen Gefühl von Bitterkeit gegen die menschliche Gesellschaft zu erfüllen. Die Luft war hier so kalt wie auf der Gasse, nur noch unerträglicher gemacht durch eine dumpfe Feuchtigkeit, die durch alle Kleider drang. Auf dem Herde brannte ein kleines Feuer, genährt von Stücken zerbrochener schlechter Möbel und nur mühsam von Zeit zu Zeit in schwacher Flamme aufflackernd. In einem Bettchen, das mitten in der Kammer stand, lag ein krankes Kind, das nicht über ein Jahr alt war. Sein fahl gelbes Gesichtchen, seine magern Ärmchen und seine eingesunkenen Augen verrieten deutlich, dass der Begräbnisplatz das arme Geschöpf wohl bald umfangen werde. Auf einem schweren Steine neben dem Bette saß eine noch junge Frau, das Gesicht mit beiden Händen verhüllend. Ihre Kleidung, aus verschossenen Stoffen hergestellt, trug dennoch nicht die Merkmale jener Armut, welche die Hilfe öffentlich anspricht. Vielmehr konnte man an der Reinlichkeit derselben und

256

an den vielen aber beinahe unsichtbaren Nähten wahrnehmen, wie sehr sie bemüht gewesen, ihre Not zu verbergen.

Von Zeit zu Zeit drang ein beklommener Seufzer aus ihrem Busen hervor und einige helle Tropfen rannen an den Fingern herab, womit sie ihr Gesicht bedeckt hielt. Bei der mindesten Bewegung des Kindes hob sie jedoch den Kopf, betrachtete schluchzend und schaudernd seine welken Wangen, drückte die dünne Decke näher an seine kalten Glieder und sank dann wieder weinend und verzweifelnd auf ihren Stein zurück.

Die tiefste Stille herrschte in dieser Schmerzenskammer; nur der harte Schnee schlug rasselnd gegen die Fensterscheiben und der Wind pfiff durch die Ritzen und heulte im Kamine.

Schon war die Frau eine Zeitlang wie schlafend auf ihrem Steine gesessen, das kranke Kind hatte sich nicht geregt und sie hatte den Kopf nicht aufgehoben. Sie schien sogar nicht mehr zu weinen, denn es glänzte kein Tropfen mehr an ihren Fingern. Es war in der Kammer wie in einem Grabe, von Toten bewohnt, das sich nimmermehr öffnen soll. Plötzlich ertönte vom Herde her eine schwache Stimme:

„Mutter! Mutter lieb, ich habe Hunger!"

Der diese Klage erhob, war ein Knabe von fünf oder sechs Jahren, welcher in der Ecke des Herdes saß und sich so sehr bei dem kleinen Feuer zusammengekrümmt hatte, dass man ihn nur mühsam entdeckte. Er zitterte vor Frost, als ob das Fieber ihn schüttelte und man konnte, genau aufmerkend, das Aufeinanderschlagen seiner Zähne hören.

Ob die Frau seine Klage nicht gehört hatte oder ob sie sich in der Unmöglichkeit befand, sein Verlangen zu befriedigen, genug, sie antwortete ihm nicht und blieb regungslos sitzen. Es folgte dann wieder ein Augenblick von Todesstille, doch bald erhob der Knabe seine Stimme abermals und rief:

„Mutter lieb, ich habe Hunger! Oh gib mir ein klein Stückchen Brot!"

Diesmal hob die Frau den Kopf, denn die Stimme des Knaben war schneidend und musste wie ein Messerstich durch das Mutterherz gehen. Ein dunkles Feuer glimmte in ihren Augen, Verzweiflung war darin zu lesen. Sie antwortete unter einer Tränenflut:

„Hänschen lieb, schweige doch um Gottes willen! Ich sterbe selbst vor Hunger, mein armes Kind, und es ist nichts mehr im Hause."

„Ach Mutter, ich habe solche Pein in meinem Leib… nur ein Stückchen Brot, ach bitte!"

Des Knaben Miene war jetzt so flehend, der Hunger mit seiner gelbbleichen Farbe war so tief darin ausgedrückt, dass die verwirrte Mutter aufsprang, als wolle sie etwas Verzweifeltes tun. Mit zitternder Hast griff sie unter die Decke des Bettchens und zog ein kleines Zweipfennig-Brötchen hervor, das sie dem Knaben brachte:

„Da, Hänschen", sprach sie, „das habe ich noch bewahrt, um Brei für dein armes Schwesterchen davon zu kochen. Aber es wird's, denke ich, kaum mehr nötig haben, das unschuldige Schäfchen."

Ihre Stimme brach, denn ihr Mutterherz floss über von Pein. Sobald Hänschen das Brot als einen Glücksstern vor seinen Augen blinken sah, floss ihm vor Essbegierde der Speichel in Fäden von den Lippen, die Muskeln seiner Wangen zuckten, er sprang auf und ergriff mit beiden Händen zugleich das kleine Brot, wie ein Wolf, der seine Beute packt.

Die Frau kehrte zu ihrem kranken Kinde zurück, welches sie noch einmal anblickte, und sank dann wieder wie kraftlos auf den Stein.

Mit Gier und unaussprechlicher Lust schlug der Knabe feine Zähne in das Brot und verschlang mehrere Bissen davon, bis er etwas mehr als die Hälfte aufgezehrt hatte. Dann hielt er plötzlich inne,

besah das Stück mehr als einmal mit Begierde, brachte es mehr als einmal an seinen Mund, aß aber nichts davon. Endlich stand er auf, ging langsam zur sitzenden Frau, rüttelte ihren Arm, um sie aus dem Schlafe, darein sie versunken schien, aufzuwecken, reichte ihr das Stück Brot und sprach mit einer süßen Stimme:

„Mütterchen lieb, da! Ich habe ein Stückchen gespart für unser Miechen. Ich habe wohl noch großen Hunger und Pein in meinem Leib, aber wenn Vater heimkommt, dann kriege ich ja ein Butterbrot, nicht wahr, Mutter?"

Die unglückliche Frau schlang beide Arme um das gute Kind und drückte es liebevoll an ihre Brust. Einen Augenblick danach ließ sie es gefühllos von ihrem Schoße aufstehen und verfiel wieder in ihre erste Niedergeschlagenheit. Hänschen schlich leise zu seinem kranken Schwesterchen, küsste es auf seine mageren Wangen mit den Worten: „Schlaf nur, Miechen lieb“ und kehrte zum Herde zurück, wo er wieder schweigend niederkauerte.

Eben um die Zeit war es, dass die wohltätige Dame an der Schwelle dieses armen Hauses stand und in der Ferne ihre Freundin kommen sah. Noch eine ganze Stunde verstrich, bevor die unglückliche Mutter aus ihrem Trübsinne aufstand. Auch sie hatte Hunger, auch sie fühlte die Stimme des darbenden Körpers und der Schmerz wühlte in ihren leeren Eingeweiden… Aber sie saß an einem schmerzlichen Sterbebette. Sie erwartete angstvoll die schreckliche Stunde, da ihr Mutterauge ihr Kind sollte verscheiden sehen. Konnte sie da wohl an ihre eigene Qual denken? Nein, eine Mutter ist allzeit Mutter. Glücklich oder unglücklich, reich oder arm; es gibt kein tieferes Gefühl, keinen mächtigeren Trieb, als den, welcher eine Mutter an ihr Kind fesselt und dies Gefühl, dieser Trieb, ist noch inniger und stärker bei denen, welche wissen, wie viel Sorge, wie viel Angst, Mühe und Schweiß sie ihren Kindern gewidmet haben. Und das wissen arme Leute vor allen.

Um zehn Uhr wurden die Frau und der Knabe zeitig wie von einer geheimen Berührung angeregt. Sie sprang von dem Steine, er von dem Herde auf, und beide riefen zugleich:

„Ha, da ist Vater, Hänschen!“

„Ha, Mutter, da ist Vater!“

Ein freudiges Lächeln gab den Zügen der beiden einen neuen Ausdruck. Sie hatten das Geräusch eines Fuhrwerks an der Türe gehört und eilten dem, den sie erwarteten, entgegen. Aber ein Mann trat in die Kammer, noch bevor sie die Türe erreicht hatten. Während er den Schnee von seinen Schultern schüttelte, hatte Hänschen seine eine Hand gefasst, als wolle er an derselben seinen Vater tiefer in die Kammer hereinziehen. Seine andere Hand hatte der Mann seiner Frau gereicht. Er betrachtete diese mit tiefer Betrübnis.

Endlich seufzte er: „Theres, wir sind recht unglücklich, Weib! Ich stehe schon den ganzen Morgen an der Eisenbahn mit meinem Schubkarren und habe noch keinen Pfennig verdient. Was tun wir jetzt? Wahrhaftig, ich wollte, ich wäre tot!"

Wie unzureichend auch des Mannes Worte waren, um einen heftigen Gram auszudrücken, so war doch dieser darum nicht minder nagend. Der Kopf hing ihm mutlos auf der Schulter, seine Augen waren regungslos auf den Boden gerichtet und man sah an dem Ringen seiner Fäuste, man hörte an dem Krachen seiner Finger, dass ein Kampf der Verzweiflung an seinen Lebensfasern zerrte. Die Frau, die ihr eigenes Weh vergaß und begriff, welche Folter ihr Mann litt, schlang ihren Arm um seinen Hals und antwortete schluchzend:

„Ach stille! Schweige nur, es wird ja nicht immer dauern. Du kannst ja nichts dafür, dass wir so unglücklich sind."

„Vater! Vater!", rief der Knabe. „Ich habe Hunger, kriege ich jetzt ein Butterbrot?"

Diese Worte verursachten in dem Manne eine grässliche Bewegung. Alle seine Glieder erbebten, seine Blicke fielen wie rasend auf das klagende Kind und er starrte es eine Zeitlang so wild und seltsam an, dass Häuschen erschrocken und heulend an den Herd floh und von dort seinem Vater weinend zurief:

„Ach, Väterchen lieb, ich will es nicht wieder tun!"

Ohne von seiner Geistes- und Körperspannung befreit zu sein, ging der Mann nun zu dem Bettchen und betrachtete mit noch schärferen Blicken das sterbende kleine Wesen, das seine erlöschenden Äuglein noch einmal gegen seinen Vater aufschlug.

„Theres!", rief er. „Wahrhaftig, ich kann es nicht mehr aushalten. Es ist vorbei; einmal muss es denn doch so weit kommen."

„Was ist es? Ach Gott, was hast du?"

Der Mann, in dessen Brust ein harter Kampf vorgegangen war, verstummte sogleich und wahrnehmend, welche große Angst er seiner guten Frau durch seinen verzweifelten Ausruf verursacht hatte, fasste er ihre Hand und sprach ganz niedergeschlagen:

„Theres, du weißt es, Weib. Seit wir verheiratet sind, habe ich allzeit redlich gearbeitet. Nicht einen einzigen Tag habe ich vorbeigehen lassen, ohne für dich und die Kinder zu sorgen. Sollte ich nun nach zehnjähriger saurer Arbeit betteln müssen? Sollte ich das Brot, das ich durch meinen Schweiß bisher verdient habe, jetzt von Türe zu Türe erbitten müssen? Theres, das kann ich nicht. Und sollten wir auch alle vor Not und Elend sterben. Sieh, ich werde rot vor Scham, wenn ich nur daran denke. Betteln? Nein – noch bleibt uns ein anderes Mittel, um wenigstens auf kurze Zeit Speise zu bekommen. Es kommt mich zwar hart an, Frau, aber ich gehe und verkaufe unsern Schubkarren auf der heutigen Versteigerung. Bis wir das Geld dafür verzehrt haben, bekomme ich vielleicht wieder Arbeit und dann wollen wir sparen, um einen neuen Karren anzuschaffen. Wartet also jetzt nur noch ein halbes Stündchen, dann bringe ich euch allen was zu essen.“

Der Schubkarren war das einzige Werkzeug, womit der arme Arbeitsmann sein Brot verdienen musste. Kein Wunder also, dass es ihm so schwer ankam, ihn zu verkaufen. Auch die Frau war nicht minder trostlos über diesen notgedrungenen Entschluss, aber da ihr Mutterherz mit zwingender Stimme für ihre verschmachtenden Kinder um Hilfe rief, hieß sie das Vorhaben ihres Mannes gut und antwortete:

„Ja, gehe nur auf die Versteigerung und verkaufe den Schubkarren, denn unser Hänschen schrumpft zusammen vor lauter Hunger und ich selbst kann kaum mehr auf meinen Beinen stehen… und das unschuldige Blut, das lechzend daliegt… Oh wärest du schon ein Engelchen im Himmel, liebes Kind!“

Hier fingen ihre Tränen wieder zu fließen an. Eine Erschütterung, wie die vorher schon empfundene, befiel von neuem den Körper des Mannes, seine Fäuste klemmten sich wieder krachend zu. Jedoch bezwang er sich und sprang verzweifelnd aus der Türe. Man hörte sogleich das Rasseln eines Karrens, der hastig fortgetrieben wurde. Es verging aber augenblicklich.

hne Rücksicht auf das kalte Wetter ging das Versteigerungsgeschäft auf dem Freitagsmarkte seinen Gang· Unweit des Ausrufplatzes stand neben andern ähnlichen Gegenständen ein zweiräderiger Handkarren und nahe dabei ein Mann, der äußerst niedergeschlagen aussah. Die Arme auf der Brust gekreuzt, wendete er seine feuchten Augen fortwährend von dem Karren auf den Ausrufer, der noch mit dem Ausbieten anderer Sachen beschäftigt war. Von Zeit zu Zeit stampfte der trostlose Mann ungeduldig den Boden, als ob peinliche Gedanken ihn quälten; doch verfiel er sogleich in tiefen Trübsinn, wenn sein Blick den Gegenstand traf, der ihm bisher gedient hatte, als ehrlicher Taglöhner sein Brot zu gewinnen.

Während er so in Trostlosigkeit versunken war, kamen zwei Fräulein mit hastigen Schritten über den Markt gegangen. Eine davon musste den schmerzlichen Ausdruck in dem Gesichte des Arbeiters bemerkt haben, denn sie hielt ihre Begleiterin einige Schritte an und fragte sie:

„Hast du nicht gesehen, Adele, welche Betrübnis in den Zügen jenes Menschen dort zu lesen ist?“

„Welches Menschen, Liebe?“

„Dessen dort, der so mit dem Fuße stampft. Sieh, wie er seine Ellbogen gegen seine Seiten stemmt. Gewiss, Adele, es ist ein Unglücklicher!“

„Vielleicht, Anna. Gott weiß, ob dies nicht aus einem besonderen Verdruss geschieht.“

„Nein, Adele. Ich kenne das nur zu gut. Der Ausdruck des wahren Unglücks trägt einen unverkennbaren Stempel. Es liegt etwas Anziehendes, Mitleiderregendes darin für ein gefühlvolles Herz; während Zorn und Ärger im Gegenteile den Anschauenden zurückstoßen. Ich habe mich nicht getäuscht, Liebe; der Arbeiter dort ist ein Opfer des langen Winters. Sieh nur, seine Kleider sind nicht schmutzig und zerrissen. Lass uns zu ihm gehen. Ich will ihn um die Ursache seines Kummers fragen.“

Die zwei Fräulein kehrten zurück zu dem Manne. Als sie ihm aber nahten, wurde er gerade von einem Dritten angesprochen, der, wie er, zur arbeitenden Klasse zu gehören schien. Mit einem Handschlag auf seine Schulter sagte dieser zu ihm:

„Nun, was sagst du zu dem Wetterchen? Kalt, he? Komm, geh' mit mir, ich zahle dir einen Schnaps."

Der betrübte Arbeitsmann entrückte seine Schulter mit Gewalt der Hand, die sie gefasst hatte, antwortete aber nichts. Der andere, darüber verwundert, sah ihm schärfer ins Gesicht und bemerkte, wie verwildert ihm die Augen im Kopfe standen.

„Wie nun?", rief er. „Was hast du, Freund?"

Die Antwort erfolgte nicht so schnell, dass nicht die zwei Fräulein Zeit hatten, näher zu kommen und besser zu hören, was der, den sie für unglücklich hielten, sagen werde.

Eine dumpfe Stimme, die durch lange Atemzüge unterbrochen war und tiefe Verstörung kundgab, sprach endlich:

„Sieh, Gerhard, du sprichst mir von einem Schnaps; aber lieber stürbe ich, als jetzt Branntwein trinken! Wüsstest du, Freund, welche Not mich drückt!"

Diese Worte waren mit so tiefem Kummer ausgesprochen, dass Gerhard ganz ergriffen davon ward und seine scherzende Weise verließ, um ernsthafter zu reden. Er fasste die Hand seines Kameraden und fragte mit sichtbarer Teilnahme:

„Wieso, Freund, was ist dir doch? Du siehst ja aus, als wolltest du wirklich sterben. Ist Theres tot?"

„Nein, nein, das ist es nicht, Gerhard. Aber dir will ich's sagen, da du doch unser Freund bist. Du weißt es, nicht wahr, Gerhard? Ich bin nie zu faul gewesen, um mein Brot zu verdienen und ich habe es Gottlob bisher verdienen können. Aber jetzt – jetzt ist's aus. Meine Theres, das gute Weib, ach die Arme! Zwei Tage sind's nun, dass sie nichts gegessen hat. Unser Hänschen schrumpft zusammen vor Hunger und mein kleinstes Kind, unser Miechen, das ist vielleicht jetzt schon tot; die Brüste seiner Mutter sind verdorrt vor Kälte und Not. Wahrhaftig,

Gert, wenn ich daran denke, könnte ich mir ein Leides antun. Würdest du betteln können, Gert?"

„Betteln? Nein, wahrhaftig nicht. Ich habe noch Hände am Leibe."

„Ganz recht, ich auch. Aber dennoch ist's so weit gekommen, dass wir alles verkauft und versetzt haben bis auf unsern Schubkarren, der da steht. Wir hatten so gespart, um ihn anschaffen zu können und so lange saures Brot darum gegessen. Wenn es aber Gottes Wille ist, nun so mag es so sein. Wenn nur der Ausrufer jetzt schnell hierher käme, dass ich meinem Weib und meinen Kindern etwas Brot bringen könnte."

„Da ist er! Aber sag mir geschwind, du wohnst noch immer in der Winkelstraße?"

„Ja."

Der Ausrufer kam in seinem Stuhle auf die Stelle, wo der unglückliche Arbeitsmann wartete und rief laut: „Kauflustige herbei! Käufer von Schubkarren herbei!"

Ein bitteres Lächeln flog über die Züge des Taglöhners. Die zwei Fräuleins sprachen leise über etwas, das sie zu vergnügen schien. Der Ausrufer begann wieder: „Dreißig Franken für den Schubkarren! Dreißig Franken! – Fünfundzwanzig! Er ist so gut wie neu! Er ist halb geschenkt – Zwanzig Franken!"

Eines der Fräulein gab ihm ein Zeichen mit dem Kopf und der

Ausrufer fuhr fort: „Zwanzig Franken sind da! – Zwanzig Franken! Niemand mehr?" Nun boten auch andere darauf, aber das Fräulein trieb den Preis immer höher. Der Ausrufer wandte sich von einem zum andern, um die Winke der Bietenden zu beachten.

„Einundzwanzig Franken!"
„Zweiundzwanzig!"
„Dreiundzwanzig!"
„Vierundzwanzig!"
„Fünfundzwanzig!"
„Siebenundzwanzig!"
„Siebenundzwanzig Franken!

Niemand mehr? Siebenundzwanzig Franken zum ersten, zum andern, zum dritten Mal! Viel Glück zum Kaufe!"

Das Fräulein sagte einige Worte zu dem Knechte des Ausrufers, der sogleich, gegen seine Wohnung gewendet, mit mächtiger Stimme rief:

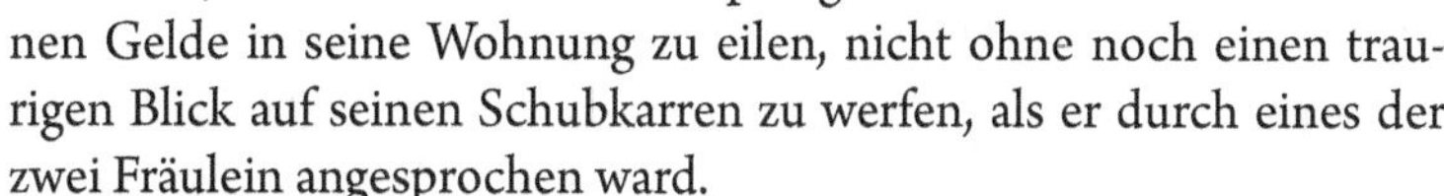

„Es wird gleich bezahlt!"

Schon war der Taglöhner in des Ausrufers Haus, um alsbald mit dem empfangenen Gelde in seine Wohnung zu eilen, nicht ohne noch einen traurigen Blick auf seinen Schubkarren zu werfen, als er durch eines der zwei Fräulein angesprochen ward.

„Guter Mann, wollt Ihr was verdienen?"

Der Taglöhner besann sich einen Augenblick und fragte: „Was ist zu Eurem Dienst, Fräulein?"

„Wir hätten diesen Schubkarren gern nach Haus gefahren."

„Es ist mir leid, dass ich's nicht tun kann. Ich hab' ein eiliges Geschäft."

Anna, die sehr liebreich war und darum auch noch besser als ihre Freundin die armen Leute verstand, sagte hastig zu dem Manne, der schon im Begriffe war sich zu entfernen:

„Nach der Winkelstraße wollen wir hin."

„Dann kann ich es tun, Fräulein. Denn gerade dahin gehe ich auch."

Er fasste den Schubkarren, zog ihn zwischen den umherliegenden Verkaufsgegenständen hervor und folgte den zwei Fräulein, die sich mit schnellen Schritten entfernten. Ein bitteres Gefühl beklemmte seine Brust, da er bedachte, dass er nun seinen eigenen Karren für andere fortschaffen musste. Allein die Gewissheit, jetzt mit dem erhaltenen Gelde die Tränen seines braven Weibes trocknen zu können, mischte süßen Trost in sein Leid. Ungern empfing er von den Fräulein den Befehl, vor einem Laden anzuhalten. Er durfte jedoch nicht lange warten, denn die Damen hatten nur einen Augenblick in dem Laden verweilt und man lud nun aus demselben auf seinen Karren einen Sack Erdäpfel, mehrere große Brote, einige Bündel Holz und Anna selbst stellte mit Sorgfalt einen irdenen Topf gegen den Sack.

In der Winkelstraße angelangt, fragte der Mann, wohin die Damen den Karren gebracht haben wollten. Anna antwortete bedachtsam:

„Nur vorwärts, es ist noch weiter." Ungeachtet dieses Befehls hielt der Mann vor einer kleinen Türe an, welche Anna als dieselbe  erkannte, die sie am Morgen hatte betreten wollen. Der Mann nahm seine Mütze ab und bat höflich:

„Erlaubt mir gütigst, Fräulein, hier einen Augenblick einzukehren!" Als sie's ihm bewilligt, öffnete er die Türe und ging eilig hinein, aber die Damen folgten ihm auf der Ferse und drangen mit ihm in die Kammer.

Eiskalter Schauder befiel Anna und ihre Freundin. Das Schauspiel, das sich hier vor ihren Blicken auftat, war grässlich zum Erstarren. Die junge Frau, die neben dem Bette gesessen war, lag bewusstlos auf dem Steine, ihre Wangen bleich, ihre Augen geschlossen, ihre Lippen blau und ihr Kopf rückwärts auf die Ecke des Bettes gesenkt wie eine gefühllose Leiche. Das Knäbchen hatte den schlaffen Arm seiner Mutter gefasst und rief in dem Augenblicke, als die zwei Fräulein mit dem Vater eintraten:

„Mütterchen lieb, ich habe Hunger, ein Stückchen Brot!"

Der Mann, ohne Adelens und ihrer Freundin Gegenwart zu beachten, sprang voraus auf seine Frau zu, rief sie bei ihrem Namen, raufte sich die Haare aus und brachte nur abgebrochene Worte hervor.

„Theres", schrie er heulend, „ach liebe Theres... unglückliches Weib! Gott im Himmel, ist's möglich? Tot... tot vor Hunger und Kälte! Haben wir das verdient auf der Welt?"

Bei diesen Ausrufungen schlug er seine Hand auf den Tisch und ergriff ein Messer. Doch Anna, die diese Bewegung mit einem Angstschrei bemerkt hatte, sprang auf ihn zu und nahm ihm das tödliche Werkzeug aus der Hand.

„Eure gute Frau ist nicht tot", rief sie. „Hier nehmt und lauft nur schnell um etwas Wein in die nächste Schenke."

Sie gab ihm ein Stück Geld und zeigte ihm die Türe. Er flog aus der Kammer und verschwand wie ein Pfeil. Anna nahm die unglückliche Frau in ihren Arm. Ihr Seidenmantel und ihr Samthut zerdrückten sich an den schlechten Kleidern der Unglücklichen. Aber darauf achtete die Edle nicht, sondern sie tat, als ob sie eine Schwester pflege.

Und in der Tat betrachtete sie, gemäß Christi göttlichem Gebote, diese vor Elend sterbende Frau als eine wahre Schwester. Sie nahm aus der Tasche eine Pomeranze und drückte den Saft zwischen die blauen Lippen der Frau und rieb sorgfältig deren Hände in den ihrigen. Einen Freudenschrei stieß sie aus, als sie endlich die Augen der Mutter sich öffnen sah.

Währenddessen hatte Adele sich nicht darauf beschränkt, dieses Bild von Hunger und Armut anzustarren. Sie hatte, sobald sie des kleinen Knaben Ausruf gehört, von dem Schubkarren den irdenen Topf und ein Brot hereingeholt und durch den Kleinen einige Stücke Holz auf das Feuer legen lassen.

Kaum hatte Hänschen das Brot gesehen, als seine Augen sich nicht mehr davon wegwandten und er hatte nun wieder um ein Butterbrot gebeten. Adele, die am Morgen noch so viel Abscheu vor armen Leuten gezeigt hatte, fühlte sich angesichts so bitterer Not dermaßen gerührt, dass sie selbst das Brot vom Tische nahm und es gegen ihre Brust und ihre schönen Kleider setzte, um dem Kleinen das ersehnte Butterbrot zu schneiden.

„Da, mein Kind", sprach sie. „Iss du nur. Du sollst keinen Hunger mehr leiden."

Hänschen fasste das Butterbrot mit Freude, küsste ihre Hand zum Zeichen des Dankes und betrachtete Adele mit so süßen Blicken, dass diese sich umwenden musste, um ihre Rührung zu verbergen.

Zu gleicher Zeit hatte die Mutter ihre Augen aufgeschlagen und sie mit seliger Freude auf ihr essendes Kind geheftet. Schon wollte sie dem Danke gegen ihre Wohltäterinnen Worte geben, als die Rückkehr des Mannes sie unterbrach. Er, gegen alle Erwartung seine Frau lebendig wiederfindend, stellte hastig eine Flasche auf den Tisch und flog an seines Weibes Hals, unter einer Flut von Tränen sie mit Küssen bedeckend. Er hielt sie in seinen Armen geschlossen, als fürchtete er, sie nochmals zu verlieren und rief wie außer sich:

„Theres, liebes Weib! Lebst du denn noch? Oh dann ist's nichts! Ich habe Geld von unserm Karren. Jetzt können wir essen; sei nur ruhig.

Ach Gott, sieh, in all meinem Unglück bin ich noch so froh wie ein Engel … Ja, liebe Theres, denn ich dachte sicher, dass ich dich niemals lebend wiedersehen würde."

Anna kam herzu mit einer Tasse Wein und hielt sie an die Lippen der schwachen Frau. Während diese den stärkenden Trunk schlürfte, warf der Mann verwunderte Blicke auf Anna und ihre Freundin, die etwas weiter mit Hänschen beim Herde stand und des Kindes zwei Händchen gegen das Feuer hielt, indem sie sprach:

„Wärme deine Pfötchen nur, mein Männchen, und iss dein Butterbrot geschwind – ich will dir noch eines geben."

Der Mann schien aus einem Traume zu erwachen. Es war, als wenn er die Gegenwart der zwei Damen erst jetzt bemerkte.

„Fräulein", sprach er stammelnd, „vergebt, dass ich euch noch nicht gedankt habe für die Hilfe, die ihr meiner armen Frau leistetet. Es ist gewiss viel Güte von euch, so in ein armes Leutehaus zu kommen und ich danke euch viel tausendmal."

„Ihr guten Leute", antwortete Anna mit erhöhter Stimme, „wir wissen, was ihr von Hunger und Kälte ausgestanden und welche Pein es euch sein würde, betteln zu müssen, da ihr als ehrliche Arbeitsleute lieber euer Brot im Schweiße eures Angesichtes verdientet. Solche Gesinnung muss belohnt sein. Ihr sollt keinen Mangel mehr leiden."

Hier legte sie eine Handvoll Geld auf den Tisch nieder und fuhr fort: „Da ist Geld, vor eurer Türe stehen Kartoffeln, Holz und Brot; das alles gehört euch. Auch der Schubkarren ist nicht verkauft worden. Er bleibt euer Eigentum. Gebrauchet ihn zu eurem täglichen Erwerb, lebet tugendhaft und bettelt nicht. Sollte aber Hunger und Kälte euch nochmals überfallen, so steht auf diesem Blatte hier mein Name und meine Wohnung und ich werde stets eure Stütze und Freundin sein."

Während Anna sprach, hörte man keinen Atemzug in der Kammer, so still war alles; aber eine Tränenflut entströmte den Augen des Taglöhners und seiner Frau. Er konnte kein Wort hervorbringen, sondern betrachtete nur wechselweise die zwei Fräulein voll Erstaunen, als könne er nicht glauben, was er hörte. Als Anna schwieg, ließ sich die überwältigte Mutter vom Steine auf den Boden fallen und weinend auf den Knien fortkriechend erfasste sie Annas Hand, benetzte sie mit Tränen und rief:

„Ach, Fräuleins! Ihr sollt eines seligen Todes sterben. Gott wird es euch lohnen, dass ihr unser Haus wie zwei Schutzengel betreten und mich vom Tode errettet habt!"

„Seid Ihr nun vergnügt, Mutter?" fragte Anna.

„Ach ja, gutes Fräulein, jetzt sind wir glücklich. Seht unser Hänschen dort vor Freude hüpfen bei dem warmen Feuer, der Arme! Und könnte das unschuldige Schaf, das da sterbend liegt, reden, es würde euch wohl auch danken und euch segnen!"

Anna lief bei diesen Worten zu dem kranken Kinde und wahrnehmend, dass es durch Mangel ebenfalls dem Tode nahegebracht war, winkte sie der Adele zum Fortgehn. Diese, die sich an der Freude des Knäbchens ergötzte, hob es auf, küsste es auf die Wange und kam dann zu ihrer Freundin. Anna, die sich nach der Türe gewandt hatte, sprach im Weggehn: „Seid getrost, ihr guten Leute, wir schicken euch sogleich einen Arzt für das kranke Kind und ich hoffe, Mutter, ihr werdet es noch zu euerm Troste heranwachsen sehn."

Ein seliges Lächeln glänzte bei diesen Worten zugleich auf den Zügen der Frau und des Mannes. Beide eilten den Weggehenden an die Türe nach und ein Strom von Dank und Segen quoll von ihren Lippen, bis sie die zwei Wohltäterinnen aus den Augen verloren.

Weder Anna noch Adele sprachen ein Wort, bis sie auf den Markt kamen. Ihr Gemüt war zu voll, als dass sie ihre Empfindungen sogleich durch die Sprache hätten ausdrücken können. Endlich fragte Anna:

„Nun, liebe Adele, sage mir, findest du die armen Leute so abschreckend und ekelerregend, wie man sie gewöhnlich dafür hält?"

„Oh nein!", antwortete Adele. „Ich bin so froh, dass ich dir heute begegnete. Mir ist jetzt, als hätte etwas Heiliges mich erhoben und ich fühle eine Seelenrührung, die mir unbekannt war. Ich erschrecke jetzt nicht mehr vor der Armut. Sahst du nicht, wie ich den Kleinen auf meinen Schoß nahm und küsste? Welch artiges, liebes Kind! Ich liebe es schon."

„Armes Hänschen, die Tränen drangen aus seinen Augen, als er dich fortgehn sah… Wohlan, Liebe, sage mir, gibt es auf Erden ein größeres Glück, als das wir jetzt empfinden? Diese guten Menschen starben fast Hungers. Sie hoben ihre Hände zum Himmel und schrien um Hilfe zum Herrn. Wir kamen zu ihnen als Gesandte der göttlichen Barmherzigkeit. Sie haben vor uns gekniet wie vor Engeln, die ihnen verkündeten, dass ihr Gebet erhört sei und sie haben in uns Gott gesegnet und gedankt. Oh Adele! Unser bisheriges Leben mag wertlos und eitel sein… die Dankestränen dieser Menschen können viele unserer Sünden wegwaschen."

„Sage mir nichts mehr", fiel Adele mit Ungeduld ein. „Ich habe es genugsam verstanden. Oh, von nun an will ich alle Tage mit dir ausgehn, um arme Menschen zu besuchen und um teilzuhaben an deinen guten Werken. Ja, denn jetzt erst kenne ich eine himmlische Freude und einen Vorgeschmack der Seligkeit auf dieser Welt… Heiliges Wohltun! Unglücklich sind die Reichen, die dich nicht kennen. Welch süße Rührung, welch seliges Entzücken entbehren sie!"

In diesem Augenblicke wandten sie sich um die Straßenecke und verschwanden.

Der Rekrut

1.

Die junge Frühlingssonne stand in vollem Glanze auf ihrer blauen Himmelsbahn. Als wäre sie das majestätische Antlitz der Gottheit, die mit lächelndem Blick den Geschöpfen zuruft: „Auf! Auf! Der Winter ist vorbei; lebet auf und seid fröhlich vor meinem Angesicht!" So sanft ergoss sie ihr jugendliches Licht über Heide und Feld und machte den feuchten Boden unter der Glut ihrer Strahlen gären und dampfen. Nur wenige Pflanzen hatten den Ruf der Weltfreundin gehört. Bloß das Schneeglöckchen bewegte seine Silbersternchen, die Haselstaude öffnete ihre schaukelnden Kätzchen, die Waldanemone zeigte ihre ersten Blätter im Gesträuch, aber die Vöglein hüpften munter in dem warmen Lichtstrome und sangen mit heller Stimme von der nahenden Zeit der Liebe.

Nicht weit von Zoerselbosch standen, einsam und vergessen, zwei Lehmhütten nebeneinander. In der einen wohnte eine arme Witwe mit ihrer Tochter. Ihre ganze Habe in dieser Welt bestand in einer Kuh. In dem andern Häuschen wohnte ebenfalls eine Witwe mit ihrem sehr alten Vater und zwei Söhnen, von denen nur der eine die Jünglingsjahre erreicht hatte. Sie waren reicher als ihre Nachbarn, denn sie besaßen einen Ochsen und eine Kuh und hatten viel mehr Land in Pacht. Dennoch bildeten die Bewohner der beiden Hütten – und es waren Hütten – seit vielen Jahren nur eine einzige Familie, die sich gegenseitig liebte und einander half, wo es Not tat. Jan arbeitete mit seinem Ochsen auf dem Felde der armen Witwe; Trien holte auch das Futter für den Ochsen, weidete für ihre Nachbarn und half ihnen bei der Ernte, ohne dass in diesen Menschen jemals der Gedanke entstanden wäre, zu berechnen, wer für den andern am meisten getan hatte.

Einfach und unbekümmert um alles, was draußen im wogenden Menschenschwarm vorging, lebten sie zufrieden mit dem Stück Roggenbrot, das Gott ihnen gegönnt hatte. Ihre Welt hatte enge Grenzen: auf der einen Seite das Dorf mit seinem bescheidenen Kirchlein, auf der andern die unermessliche Heide und den unendlichen Horizont.

Und dennoch lachte und sang alles rings um die einsame Behausung. Freude und Lust gab es da in reichem Maße und keiner dieser armen Leute würde sein Los mit einem scheinbar besseren vertauscht haben. Dies kam daher, weil die Liebe mit ihrem goldenen Zauberstabe auch hier die Einsamkeit belebt hatte. Jan und Trien liebten einander, ohne es zu wissen, mit jenem unausgesprochenen und schüchternen Gefühl, welches das Herz bei dem geringsten Anlass zum Klopfen bringt, die Stirne bei dem leisesten Wort rötet und das Leben in seinen langen Traum, in seinen blauen Himmel voll glitzernder Glückssterne, unermesslich tief, verwandelt, als müsse das Menschenherz ewig bleiben, wie es der erste Liebesseufzer, der keusche Weihrauch der Seele, machte.

Arme Menschen! Sie dachten nicht an die große Gesellschaft, die sich dort fern in den Städten umhertreibt. Da sie nichts von ihr verlangten, wähnten sie, dass man sich auch ihrer nicht erinnern würde und sie lebten mit Zuversicht fort in ihrer schönen und süßen Armut. Aber plötzlich kam man, um aus den Lehmhütten den Blutzoll zu fordern. Der einzige junge Mann, der darin wohnte, der einzige, der die Kraft besaß, um den undankbaren Boden mit seinem Schweiß zu befruchten, sollte losen und Soldat werden, wenn seine bebende Hand eine unglückliche Nummer zog; seiner Heide, seiner Mutter, seiner Freundin ein langes Lebewohl sagen, vielleicht auf ewig von ihnen Abschied nehmen und an den Wunden dahinsiechen, die das wüste Soldatenleben seiner reinen, stillen Seele zugefügt hatte.

Er war gekommen, der traurige Märztag 1833, von Trien mit einem schwarzen Kreuz im Kalender angemerkt. Der junge Mann war mit etwa zehn Kameraden aus dem Dorfe nach Brecht gegangen, um zu losen. Daheim knieten die beiden Mütter mit dem Jüngsten vor dem Muttergottesbild und beteten mit aufgehobenen Armen. Der alte Großvater wankte stumm hin und her und blieb endlich vor der Türe stehen, mit der Hand an den Stamm einer Rebe gestützt und das Haupt zur Erde gebeugt, als blicke er in ein Grab. Das Mädchen stand im Stall vor ihrer Kuh, sah ihr trüb und starr in die Augen und streichelte ihr sachte den Kopf, als wollte sie das Tier trösten über das bevorstehende Unglück.

Über den beiden Hütten hing es, wie ein Trauerflor, von unheimlicher Stille, die nur hie und da von dem dumpfen Gebrüll des Ochsen unterbrochen wurde. Bald darauf kam Trien, stellte sich schweigend neben den Großvater und blickte ihm eine Weile bittend und fragend in die Augen.

Der Greis erwachte aus seinem peinlichen Nachsinnen. Er fasste einen Gehstock und sagte zu dem Mädchen:

„Verliere den Mut nicht, Trien. Gott wird uns beistehen in dieser schrecklichen Not. Komm, es ist Zeit. Wir wollen den armen Rekruten entgegengehen."

Trien folgte dem Großvater auf dem Steige, der neben dem Häuschen vorbeilief und nach dem Dorfe führte. Obschon eine brennende Ungeduld sie verzehrte, ging sie doch langsamen Schrittes hinterdrein. Der Greis wandte sich nach dem Mädchen um und bemerkte, wie sie mit gesenktem Kopf und ganz bleichen Wangen hinter ihm herzog. Er ergriff voll Mitleides ihre Hand und sprach:

„Arm Kind, wie musst du doch unsern Jan gern haben! Er ist dein Bruder nicht und doch bist du betrübter als wir. Sei doch mutiger, Trien lieb, du weißt noch nicht, was Gott beschlossen hat."

„Mir ist so bange", seufzte das Mädchen, sichtbar zitternd und mit scharfem Blick in das Gehölz starrend.

„Bange?", wiederholte der Greis, während er die Ursache von dem Schrecken des Mädchens zu· entdecken suchte.

„Ja, ja", schluchzte Trien, indem sie die Augen mit der Schürze bedeckte, „es ist geschehen, wir sind unglücklich, er hat sich eingelost!"

„Aber wie kannst du das wissen? Ach, du machst mich auch zittern", sprach der Großvater mit Benommenheit.

Das Mädchen zeigte mit dem Finger weit über die Bäume weg und antwortete: „Dort drüben, hinter dem Gebüsch… hört!"

„Ich höre nichts. Komm, lass uns lieber eilen. Es werden die Rekruten sein. Umso besser!"

„Gott, Gott", rief das Mädchen, „ich höre eine Stimme… so schmerzlich, so traurig. Es ist wie ein klagendes Seufzen, das mir in die Ohren tönt."

Eine Weile sah der Großvater mit ängstlicher Verwirrung das Mädchen an, während es einem fernen Geräusch zu lauschen schien. Auch er strengte sein Gehör an, um das Geräusch der stillen Heide zu vernehmen. Ein sanftes Lächeln erheiterte sein Gesicht, indem er sprach: „Närrin, es ist der Wind, der durch die Tannen weht."

„Nein, nein", antwortete das Mädchen, „weiter, weiter, hinter dem Gebüsch. Hört Ihr die klagende Stimme nicht?"

Nach einem Augenblick des Aufhorchens antwortete der Greis:

„Nun begreife ich, was du sagen willst. Es ist des Pächters Klaas Hund, der wegen einer Toten heult. Die Pächterin, die die Auszehrung hat, wird diese Nacht gestorben sein. Gott möge ihre arme Seele zu sich nehmen!"

Das Mädchen, das infolge ihres aufgeregten Gemütes das nahe Geheul wie den Vorboten eines sicheren Unglücks aufgefasst hatte, sah ihren Irrtum ein. Indem sie sich die Tränen aus den Augen wischte, beschleunigte sie den Schritt und folgte schweigend dem Greise, bis dieser zu ihr sprach:

„Aber, Trien, wenn du schon so untröstlich bist, was muss seine Mutter, was muss ich, sein Großvater, dann sagen? Wir haben ihn aufgezogen im Schweiße unseres Angesichts, ihn geliebt wie unsern Augapfel. Nun sind wir alt und gebrechlich, er sollte für uns in unseren harten Tagen arbeiten… Und nun, ach, wenn Gott seinen guten Engel nicht gesandt hat, um seine Hand zu leiten, dann muss er Soldat werden und uns in unserer Not verlassen."

Diese Worte machten das Mädchen weinen. Sie antwortete mit einem gewissen Trotz:

„Ja, das ist alles nichts, Vater. Ich habe auch Arme am Leib und wenn Ihr es nicht mehr könnt, werde ich selbst mit dem Ochsen auf das Feld gehen und alle grobe Arbeit allein verrichten. Aber er, Jan, ach der Arme! Nichts hören als fluchen und schwören, Schläge kriegen, im Loch sitzen, Hunger leiden und vor Verdruss auszehren wie der unglückliche Paul Stuyck, den sie da in vier Monaten zu Tode gemartert haben. Und niemand mehr sehen von allen, die ihn auf

Erden lieb haben, weder Euch, noch seine Mutter, noch sein Brüderchen noch… keinen Menschen mehr als die wüsten, bösen Soldaten!"

„Sprich nicht so, Trien!", sagte der Greis mit gepresster Stimme. „Deine Worte tun mir weh. Warum jammerst du so bitter? Du klagst und bebst, als ob du an seinem Unglück nicht mehr zweifeltest. Ich dagegen habe ein Gefühl, das mich glauben lässt, er habe sich freigelost. Ich vertraue auf die Güte Gottes."

Ein leichtes Lächeln huschte zwischen den Tränen des Mädchens. Sie antwortete indes nichts und beide stapften schweigend fort, bis sie das Dorf erreicht hatten.

Hier, längs dem Wege auf dem die Rekruten von Brecht kommen mussten, standen viele Leute, in kleinen Haufen geschart, alle den Ausgang der Losung erwartend. Es war sehr leicht, diejenigen zu erkennen, deren Sohn oder Bruder oder Geliebter nach Brecht gegangen war. Da und dort sah man eine Mutter mit der Schürze vor den Augen stehen, einen Vater, der mit Gewalt die Angst zu verbergen suchte, die sich wider seinen Willen auf dem Gesicht abprägte; ein Mädchen, das mit bleichen Wangen und schüchternem Blick von einem Haufen zum andern ging, wie von einer heimlichen Angst getrieben. Viele andere, die aus bloßer Neugierde dastanden, sprachen und scherzten mit lauter Stimme. Der alte Schmied, der ehemals unter Napoleons Dragonern gedient hatte, lobte das Soldatenleben über den Schellenkönig und fand hierin Unterstützung bei dem betrunkenen Müllerssohn, der elf Monate gedient und in dieser Zeit sein Elterngut schon halb vergeudet und vertrunken hatte. Der Schmied tat es nicht in böser Absicht. Er wollte seine bangen Freunde mit einer so schönen Schilderung nur trösten und rief immerzu:

„Alle Tage Suppe und Fleisch, viel Geld, gutes Bier, hübsche Mädchen, tanzen und springen und fechten, dass die Stücke davonfliegen – das erst ist ein Leben! Ihr kennt es nicht! Ihr kennt es nicht!"

Aber seine Worte hatten nur eine verkehrte Wirkung, denn sie machten die Tränen der Mütter reichlicher fließen und regten viele Gemüter auf. Trien konnte sich nicht mehr halten. In diesen Scherzen war ein Wort, das ihr Herz verwundet hatte. Mit drohender Faust sprang sie vor den Spötter hin und rief: „Pfui, Ihr abscheulicher Schmied! Sie müssen wohl alle Trunkenbolde werden, wie Ihr, und schlechte Kerle wie dieser nichtsnutzige Landläufer da, der bei den Soldaten nichts anderes gelernt hat als leichtfertig leben und seine Eltern in die Grube bringen!"

Der Müllerssohn fuhr zornig auf und wollte das unerschrockene Mädchen grob anfahren, aber in diesem Augenblick rief man auf der andern Seite des Weges: „Da sind sie! Da sind sie!"

Wirklich sah man von weitem die Rekruten hinter dem Gebüsch auf dem Weg erscheinen und nun kamen sie daher, singend und jauchzend, dass es in der Luft davon widerhallte. Einige schleuderten ihre Hüte und Mützen vor Freude in die Höhe und alle sahen aus wie ein Haufen Trunkener, die von einer Kirmes zurückkehren. Aber wer sang und fröhlich war, wer schwieg und sich härmte, das konnte man noch nicht sehen.

Sobald sich die Rekruten auf dem Wege zeigten, liefen ihnen ihre Blutsverwandten und Freunde von allen Seiten entgegen. Der alte Großvater konnte so schnell nicht gehen, obschon Trien ihn bei der Hand fortzog. Da sie endlich ihrer Ungeduld nicht mehr widerstehen konnte und sie sah, wie dort die Mütter und Mädchen mit freudigem Rufe einige der Burschen umarmten, ließ sie die Hand des Greises los und eilte schnell voraus. Halbwegs aber hielt sie plötzlich inne, als hätte eine unbekannte Kraft sie gelähmt. Sie trat wankend zur Seite und lehnte weinend den Kopf gegen einen Baum.

Der Greis holte sie ein und fragte: „Ist denn Jan nicht dabei, dass du stehen bleibst, Trien?"

„Gott, Gott, ich sterbe daran!", rief das Mädchen. „Sieh, dort weit hinter den andern kommt er mit hängendem Kopf und bleichem Gesicht. Er ist schon halb tot, ach, der Arme!"

„Er ist es vielleicht vor lauter Freude, Trien."

„Wie glücklich Ihr seid, Vater", rief das Mädchen, „dass Ihr nicht mehr gut seht."

Mittlerweile näherte sich Jan der Stelle, wo er seinen Großvater merkte und ging mit schleppendem Schritt zu ihm hin. Trien ging ihm nicht entgegen. Sie verbarg vielmehr ihr Gesicht am Baum und schluchzte hörbar. Der Jüngling ergriff die Hand des Greises und indem er ihm seine Nummer zeigte, sagte er mit tonloser Stimme: „Vater, ich habe mich festgelost."

Dann begab er sich zu dem Mädchen und seufzte, während Tränen aus seinen Augen rannen: „Trien! Trien!"

Mehr konnte er nicht sagen, die Stimme erstarb in seiner Kehle. Der Greis war zu sehr bestürzt, um ein Wort sprechen oder einen Gedanken fassen zu können. Während einige Tränen in den Furchen seiner Wangen herabrollten, stand er stumm und den Blick zur Erde gerichtet da.

Eine Weile herrschte die tiefste Stille, bis Jan plötzlich mit düsterer Verzweiflung ausrief:

„Oh meine arme Mutter! Meine arme Mutter!"

Bei diesem Ausruf kam eine ganze Veränderung über das Mädchen. Sie war ein edles, starkherziges Wesen. So lange sie im Zweifel blieb, weinte sie; doch als sie sich des Unglücks gewiss war und ein erhabenes Pflichtgefühl sie aus ihrem Kummer aufweckte, kehrte ihr die Seelenstärke, die ihr eigen war, zurück. Sie erhob den Kopf, wischte die Tränen aus den Augen und sagte mit Gelassenheit:

„Jan, Freund, Gott hat es so beschlossen. Wer kann gegen seinen Willen? Du bleibst doch noch ein Jahr. Vielleicht findet sich noch ein Mittel. Lass mich vorausgehen. Ich will es deiner Mutter sagen. Brächte ihr ein anderer die schreckliche Nachricht, sie stürbe sicher."

Mit diesen Worten sprang sie seitwärts durch das Gebüsch und verschwand. Der Greis und der bedauernswerte Rekrut gingen den gewohnten Weg ins Dorf. Sie hörten singen, schreien und jubeln, doch waren sie zu tief in ihre Betrübtheit versunken, um auf diesen Lärm zu achten. Als sie sich ihrer armen Wohnung näherten, sahen sie Trien mit den beiden Frauen und dem Brüderchen ihnen weinend entgegenkommen.

Der Jüngling sandte in die Augen seiner lieben Freundin einen Blick innigster Dankbarkeit, denn er bemerkte auf dem Gesicht seiner Mutter, dass das brave Mädchen in der Tat ein Gefühl der Hoffnung im Herzen der leidenden Frau erweckt hatte.

Gestärkt durch diese Wahrnehmung, bezwang auch er seinen Schmerz und eilte mit offenen Armen auf seine Mutter zu. Nach einem harten Seelenkampf, einer herben Gemütsbewegung und einer Tränenflut wich die Verzweiflung und allmählich kehrte der Friede zurück in die Hütten der beiden Witwen.

2.

Die Abschiedsstunde ist erschienen! Dort vor der Hütte steht ein hübscher junger Mann mit dem Wanderstab über der Schulter und einem Päckchen daran. Seine sonst so lebhaften Augen bewegen sich nur langsam. Sein Gesicht ist ruhig und alles scheint den Frieden seines Gemütes kund zu tun, obschon ihm das Herz heftig klopft und seine Brust sich schwer hebt und senkt. Seine Mutter hält ihn bei der Hand und überhäuft ihn mit Bezeugungen wärmster Liebe. Die arme Frau weint nicht, aber ihre Wangen zittern unter der Gewalt, die sie sich antut, um ihren Schmerz zu verbergen. Sie lacht ihren Sohn an, um ihn zu trösten; doch dieses Lachen, erzwungen und schmerzlich, ist trauriger als die bitterste Klage. Die andere Witwe ist bemüht, den kleinen Jungen zu beschwichtigen und ihm weis zu machen, dass Jan bald zurückkommen wird. Aber das Kind hat durch die lange Betrübnis seiner Eltern schon begriffen, dass der Abschied ein schweres Unglück ist und es schreit nun laut auf.

Der Großvater und Trien sind in der Hütte, um die letzten Vorbereitungen zur Reise zu treffen. Sie schneiden in ein großes Brot ein Loch und füllen es mit Butter. Jetzt treten sie damit aus der Türe und bleiben vor dem Jüngling stehen. Der Stall ist offen, traurig schaut der Ochs nach seinem jungen Herrn und brüllt von Zeit zu Zeit ganz leise und mutlos, als wüsste er, was vorgeht.

Alles ist bereit: jetzt geht's dahin! Schon hat Jan die Hand der Mutter fester gedrückt und einen Fuß vorgesetzt, aber er sieht nochmals umher, umfasst mit einem zärtlichen Blicke die kleine Hütte, wo seine Wiege stand, die Heide und das Gebüsch, die Zeugen seiner Kindheit und die Felder, von seinem Schweiß so oft schon befruchtet! Er schaut sie alle nochmal an, die er liebt, auch den Ochsen, seinen treuen Freund bei der schweren Arbeit, drückt die Hand vors Auge, um die Träne zu verbergen, die über seine Wange rollt und seufzt unhörbar: „Lebt wohl!"

Wieder erhebt er den Kopf, schüttelt sein volles Haar wie eine Mähne zurück und geht entschlossen fort. Aber alle folgen ihm, sie wollen ihn noch nicht verlassen. Etwas näher beim Dorfe, am Kreuzweg, hängt ein Muttergottesbild unter der Linde. Trien hatte es an einem schönen Maiabend dort aufgehängt und Jan eine Kniebank davor gezimmert. An diesem heiligen Orte, wohin jeden Tag eines aus ihnen dem lieben Gott zu danken und ihn zu bitten kam, sollte das traurige Lebewohl ihren Lippen entfallen. Schon sehen sie den Lindenbaum von ferne, die Grenze, wo die schmerzliche Abwesenheit beginnen soll. Der Jüngling hemmt seinen Schritt, während die Mutter zärtlich zu ihm spricht:

„Jan, mein Junge, vergiss nicht, was ich dir gesagt habe. Halte allzeit Gott vor Augen und unterlasse nie zu beten, bevor du schlafen gehst. So lange du das tust, bleibt dein Herz rein. Sollte es aber geschehen, dass du es einmal vergisst, so denke am folgenden Tage nur an mich, an deine Mutter, und du wirst wieder gut und brav werden; denn wer an Gott und seine Mutter denkt, ist gefeit gegen alles Böse, Kind lieb."

„Ich will immer, immer an dich denken, Mutter", seufzte der Jüngling leise. „Wenn ich betrübt bin und den Mut verliere, soll das Andenken an dich mich stützen und trösten. Ach, ich fühle es wohl, ich werde recht unglücklich sein, denn ich habe euch alle zu lieb."

„Und dann musst du nicht fluchen, hörst du, und keinen schlechten Wandel führen. Du wirst zur Kirche gehen, nicht wahr? Und uns so oft als möglich Nachricht geben, wie es dir geht, und immer denken, dass die geringste Kunde von ihrem Kinde eine Mutter glücklich macht! Oh ich werde jeden Tag deinen Schutzengel bitten, dass er dich nicht verlasse."

Der junge Mann ist tief gerührt durch den wundersüßen Ton von seiner Mutter Stimme. Er wagt nicht sie anzusehen, so sehr erschüttert ihn in dieser feierlichen Stunde der glänzende Blick dieser Frau. Seine einzige Antwort ist bisweilen ein stärkerer Druck der Hand und ein langer Seufzer, worin sich mitunter die Worte: „Mutter, liebe Mutter!" mischen. Schweigend nahen sie nun dem Kreuzweg. Der Großvater tritt an die andere Seite des Jünglings und spricht mit ernstem Tone zu ihm: „Jan, mein Sohn, du wirst deine Pflicht tun ohne Widersetzlichkeit und mit Liebe, nicht wahr? Du wirst deinen Vorgesetzten gehorsam sein und still Unrecht leiden, wenn man es dir antun sollte? Acht haben und dienstbereit sein gegen jedermann und was man dir aufträgt, gutwillig und pünktlich ausrichten? Dann wird Gott dir beistehen und deine Vorgesetzten und Kameraden werden dich gern haben…"

Trien und ihre Mutter mit dem Knaben knien schon unter der Linde neben der Bank und beten. Jan hat keine Zeit mehr, dem Großvater zu antworten, seine Mutter führt ihn zur Bank. Alle knien nieder und beten mit aufgehobenen Händen. Der Wind rauscht sanft in den Wipfeln der Tannen, die Sonne scheint mild auf den sandigen Weg, die Vögel singen ein fröhliches Lied. Aber doch ist alles still und feierlich und hörbar erhebt sich das fromme Gebet unter dem Lindenbaum…

Es ist zu Ende. Alle stehen auf, die Augen füllen sich mit Tränen. Unter bitteren Klagen umarmt die Mutter ihren Sohn. Sie lässt ihn nicht los, obwohl alle bereit stehen, ihn zu umfassen, küsst ihm die Tränen von den Wangen und stammelt unverständliche Worte des Schmerzes und der Liebe. Endlich setzt sie sich ermattet und noch immer weinend auf die Kniebank. Jan umarmt hastig seinen Großvater und Triens Mutter, macht mit freundlicher Gewalt sich von seinem schreienden Brüderchen los, läuft noch einmal zu seiner Mutter, küsst ihre Stirn und drückt sie an sein Herz, ruft mit schneidender Stimme: „Lebt wohl!" und eilt dann, ohne sich umzusehen, dem Dorfe zu, bis er hinter dem Gebüsch ihren Augen entschwindet.

Trien, die das Brot noch unter dem Arme trägt, vermag ihn nur mit Mühe einzuholen. Eine Zeit lang gehen die beiden jungen Leute nebeneinander, ohne ein Wort zu sagen. Ihr Herz pocht, die Scham rötet beider Wangen und sie wagen nicht, sich anzusehen. Feierliche Stunde, wo zwei Seelen zittern vor einem Geständnis, bei dem sie fühlen, dass ihnen ein heilig bewahrtes Geheimnis entschlüpfen wird. Jan sucht mit Schüchternheit die Hand Triens. Er erfasst sie, doch als ob diese Berührung eine Missetat wäre, als ob diese Hand ihn brennte, ließ er sie wieder los und zitterte. Nach einigem Stillschweigen ergreift er abermals ihre Hand und seufzt mit eigenartigem Ton:

„Trien, wirst du mich auch nicht vergessen?"

Tränen sind die einzige Antwort des Mädchens.

„Willst du warten, bis Jan wieder von den Soldaten zurückkommt?", fragte der Jüngling wieder. „Darf er wenigstens den Trost mitnehmen, um vor Gram nicht zu sterben?"

Das Mädchen hebt ihre großen blauen Augen zu ihm auf und sieht ihn mit einem langen traurigen Blick an, der ihm wie ein Feuerstrahl in die Seele dringt und sein Herz vor unbekannter Seligkeit schmelzen lässt. Bewusstlos bleibt er einen Augenblick stehen. Wie es kommt, weiß er nicht, aber seine heißen Lippen haben die Stirne des Mädchens berührt. Er ist wie aus Furcht zurückgewichen und hat seinen Arm um einen Eichbaum geschlungen. Da vor ihm erglänzt das Antlitz des Mädchens im Feuer der Keuschheit und des Glückes. Er legt die Hand auf sein Herz, denn in seiner Brust droht etwas von dem ungestümen Pochen zu zerspringen. Doch ein unaussprechliches Lächeln geht über sein Gesicht; seine Augen strahlen in männlicher Glut, sein Haupt ist stolz und frei emporgerichtet; ein einziger Blick der Geliebten scheint ihm Riesenkraft und Riesenmut gegeben zu haben.

Aber hinter dem Gehölz ertönt eine bekannte Stimme. Jemand naht sich, der ein lustiges Lied singt. Es ist des Patatbauers Karl, der auch Soldat werden muss und sich ins Dorf begibt. Trien sucht mit Gewalt ihre Verwirrung zu verbergen. Diese Überraschung reißt sie aus allen ihren Träumen. Sie wirft einen hastigen Blick auf ihren Freund und drängt ihn zum Gehen, damit Karl sie nicht erreiche und kein fremdes Auge lese, was in ihren Seelen vorgehe.

Aber Karl schreitet rasch aus, um seinen Weggenossen einzuholen. Trien bemerkt es wohl und sagt hastig:

„Jan, wenn du fort bist, werde ich schon allein für deine Mutter, deinen Großvater und dein Brüderchen sorgen. Ich werde hinter dem Pflug hergehen wie sich's gehört und den Ochsen versorgen, damit er nicht zu kurz kommt. Ich bin stark und gesund genug und ich will schon machen, dass du bei deiner Rückkehr alles so wieder finden sollst, wie bei deinem Scheiden."

„Alles?", wiederholte der Jüngling, indem er ihr tief in die Augen sah. „Alles?"

„Ja, alles – und ich will auch nicht zur Kirmes gehen, so lange du weg bist. Denn ohne dich habe ich doch nur Kummer. Aber... aber du musst auch nicht tun, wie der abscheuliche Schmied immer sagt vom Trinken und hübschen Mädchen. Wenn ich das wüsste, läge ich bald auf dem Kirchhof..."

In diesem Augenblick klopfte Karl mit seiner schweren Hand dem Jüngling auf die Schulter, während er scherzend singt:

Das Mädchen wurde schamrot. Jan, der es bemerkte, fasste Karl beim Arm und antwortete mit einigen flüchtigen Bemerkungen auf den Scherz seines Gefährten. Trien folgte schweigend hinter her. Endlich kamen sie in das Dorf. Vor der „Krone" standen noch drei Burschen mit dem Bündel auf dem Rücken. Sie warteten auf Jan und Karl. Jeder küsst seine Eltern und Freunde. Trien allein küsst niemand. Aber der verstohlene Blick, den sie mit Jan wechselt, während sie ihm das Brot gibt, birgt eine rührende Sprache des Herzens. Die Rekruten ziehen in die Stadt.

Trien verlässt das Dorf ohne zu weinen, doch hinter dem Tannendickicht verlässt sie ihre Stärke und mit der Schürze vor den Augen kehrt sie nach der Hütte zurück, wo alles leer sein wird, wenn nicht die Erinnerung die Lücke ausfüllt, die das Scheiden des Sohnes und Geliebten zurückgelassen hat.

3.

An einem heiteren Herbsttage verließ Trien unter Springen das Dorf, um heimzukehren. Ihr Gesicht, von einem süßen Lächeln geziert, verriet Freude und fröhliche Hast. Leichten Schrittes eilte sie auf dem sandigen Wege dahin und von Zeit zu Zeit kamen einige unbestimmte Laute aus ihrer wogenden Brust, als spräche sie mit sich selbst. In der einen Hand hielt sie zwei Bogen Schreibpapier, in der andern eine geschnittene Feder und ein Fläschchen Tinte, die ihr der Küster geschenkt hatte.

Unterwegs begegnete ihr die schöne Kaet des Holzschuhmachers, die singend mit einem Kleebündel auf dem Kopf von einem Seitenweg kam und ihre Freundin mit der Frage anhielt: „He, Trien, he, wo laufst du denn mit dem Papier hin? Wie eilig du's hast! Es brennt wohl, nicht? Sag, wie geht's eurem Jan?"

„Ja, unserm Jan", antwortete Trien, „das weiß der liebe Gott, Kaet-
chen lieb. Seit er fort ist, haben wir erst dreimal Nachricht von ihm
gehabt, dass er gesund ist. Nun ist es schon sechs Monate her, dass
ein Kamerad aus Turnhout in der ‚Krone' eine Botschaft für uns abge-
geben hat. Aber es muss doch mühsam sein, denn er liegt irgendwo
oberhalb Maastricht und alle Tage kommen doch keine Bekannte von
so weit her nach dieser Seite."

„Kann er denn nicht schreiben?"

„Er hat es wohl gekonnt, denn als wir klein waren und zusammen
bei dem Küster in die Schule gingen, hat er einen Preis dafür bekommen. Aber er wird es vergessen haben wie ich."

„Und was willst du denn mit diesem Papier tun?"

„Ja, Kaet, seit zwei Monaten habe ich mein altes Schreibheft wieder
aus dem Kasten hervorgezogen und es aufs Neue gelernt. Ich will mal
sehen, ob ich keinen Brief zusammenbringe. Ob es gehen wird, weiß
ich nicht. Hast du in deinem Leben schon einen Brief geschrieben?"

„Nein, aber ich habe schon viele lesen hören, denn mein Bruder
Andres, der in der Stadt wohnt, schreibt uns fast jeden Monat."

„Und was ist das, ein Brief? Was steht darin? Ist es, als ob sie mit
jemand sprächen?"

„Beileibe nicht, Trien! Das wäre schön! Es sind lauter Komplimente
und große Reden, die du fast nicht verstehen kannst."

„Ach, Kaet, wie soll ich das fertig bringen! Aber wenn ich nun zum
Beispiel einmal so schriebe: ’Jan, wir sind traurig, weil wir nicht wissen, ob du gesund bist. Du musst es uns sogleich wissen lassen, denn
deine Mutter wird sonst krank' und so weiter… Das wird er doch wohl
verstehen?"

„Aber, Närrin! Das ist doch kein Brief! So sprechen alle Menschen,
ob sie gelehrt sind oder nicht. Warte einmal! Sieh, es fängt allemal
so an: ’Sehr geehrte Eltern, ich ergreife zitternd die Feder, um, um…
um' – ich kann nicht mehr darauf kommen…"

„Um zu schreiben!"

„Oh, du weißt es ja besser als ich. Du hältst mich zum Narren! Das
ist nicht schön von dir, Trien."

„Aber, Kaet, wo denkst du denn hin? Wenn einer die Feder zur
Hand nimmt, dann geschieht es wohl, um ein Butterbrot zu schnei-

den? Ich muss lachen, weil du so albern bist. Ich begreife nicht, warum dein Bruder Andres immer zittert, wenn er einen Brief anfangen muss. Er kann gewiss nicht gut schreiben? Aber das ist doch noch schlimmer. Wenn einer zittert, schreibt er umso schlechter."

„Nein, so ist die Sache nicht; aber Andres geht so seine Wege in der Stadt und verlangt immer Geld und darum zittert er, denn der Vater ist so böse. Aber sag, Trien, wie steht es mit eurer Kuh?"

„Nun, ziemlich gut! Sie hat viel ausgestanden, die Arme! Das Kalb haben wir an einen Bauern von Wechel-ter-Zande verkauft. Es war ein scheckiges, ach, so ein liebes Tierchen!"

Während der letzten Worte hatten sich die beiden Mädchen schon einige Schritte voneinander entfernt. „Nun, komm gut nach Hause, Trien", rief Kaet im Weiterschreiten. „Sieh, dass du mit deinem Brief gut zurechtkommst und schreibe viele Komplimente von uns an Jan."

„Bis Sonntag nach dem Amt. Ich werde es dir dann sagen können, wie es gegangen hat. Einen schönen Gruß an deine Schwester!"

Kaets Stimme hallte bereits aus dem Tannengebüsch. Sie sang fröhlich und hell den Kehrreim eines bekannten Mailiedes:

> „Der Maibaum wird gepflanzt,
> Verziert mit grünen Kränzen!
> Die Jugend Hand in Hand,
> Sieht man in freud'gen Tänzen.
> Auf, Mädchen, wie ihr seid,
> Habt Acht auf eure Zeit,
> Denn wenn ihr alt einst seid,
> Ist's aus mit eurer Freud."

Trien blieb sinnend stehen, bis die hübsche Stimme ihrer Freundin hinter dem Gehölz verklungen war. Dann sprang sie, halb tanzend, halb gehend, den Weg entlang und erreichte bald ihr Heim. Hier saßen die beiden Witwen am Tisch und warteten mit Ungeduld auf Trien. Der alte Großvater, von einer Erkältung befallen, lag zu Bette im Alkoven und streckte seinen Kopf zwischen den Vorhängen heraus, um wenigstens mit Aug und Ohr bei dem großen Werk zu sein, das man unternehmen wollte. Sobald sich das Mädchen auf der Türschwelle zeigte, rafften die Frauen in aller Eile alles zusammen, was auf dem Tische lag und wischten diesen mit den Schürzenenden sauber.

„Komm her, Trien", sagte die Mutter Jans. „Setz dich auf den Stuhl des Großvaters. Er ist viel bequemer."

Das Mädchen nahm stillschweigend am Tische Platz, legte die Papierbogen vor sich hin und steckte die Federspitze nachdenkend zwischen ihre Lippen.

Unterdessen schauten die Frauen und der Großvater das sinnende Mädchen voller Neugierde an. Der kleine Bruder legte die Arme auf den Tisch und gaffte ihr auf Mund und Augen, um zu sehen, was sie mit der Feder tun würde.

Trien stand lautlos auf, ergriff ein Kaffeetässchen aus dem Schrank, goss die Tinte aus dem Fläschchen hinein und setzte sich dann wieder an den Tisch, wo sie das Papier wohl zehnmal hin- und herdrehte. Endlich tauchte sie die Feder in die Tinte und schickte sich zum Schreiben an. Nach einem Augenblick erhob sie den Kopf und fragte:

„Wohlan, sagt mir, was muss ich schreiben?"

Die beiden Witwen sahen sich einander fragend an und blickten auf den kranken Großvater, dessen Augen auf Triens Hand haftete.

„Nun, schreib, dass wir alle gesund sind", sagte der Greis hustend. „So beginnt doch ein Brief allezeit."

Das Mädchen bemerkte mit einem spröden Lächeln:

„Ach, das wäre was! Dass wir alle gesund sind und Ihr liegt seit vierzehn Tagen krank im Bett."

„Nun, das kannst du ja zum Schluss im Brief immer noch sagen, Trien."

„Nein, Mädchen, sieh was du tun sollst", sprach die Mutter Jans. „Fang mit der Frage an, wie es mit seiner Gesundheit steht. Und wenn das dasteht, werden wir schon nach und nach etwas hinzusetzen."

„Nein, Kind", sagte Triens Mutter, „schreibe zuerst, dass du die Feder in die Hand nimmst, um dich nach dem Stand seiner Gesundheit zu erkundigen. So hat auch der Brief von Peter Jans Tist angefangen, den ich gestern beim Müller habe vorlesen hören."

„Ja, das sagte des Holzschuhmachers Kaet auch; aber ich tue es doch nicht, denn es ist viel zu kindisch", sprach das Mädchen mit

Ungeduld. „Jan wird doch wohl selbst wissen, dass ich nicht mit meinen Füßen schreiben kann.“

„Setz nur erst seinen Namen auf das Papier“, sagte der Großvater.

„Welchen Namen? Braems?“

„Beileibe nicht: Jan!“

„Ihr habt recht, Vater“, antwortete das Mädchen. „Geh weg, Pauwken, tu deine Arme vom Tisch und du Mutter, rücke ein wenig weiter weg, denn sonst wirst du mich sicher stoßen.“

Sie setzte die Feder aufs Papier und während sie nach der Stelle suchte, wo sie schreiben sollte, buchstabierte sie stille den Namen des abwesenden Freundes. Jans Mutter stand plötzlich auf und ergriff die Hand des Mädchens mit den Worten:

„Wart ein wenig, Trien. Glaubst du nicht, dass Jan allein nicht genug ist? Es ist zu kurz. Da muss doch etwas dabei stehen. Wird es nicht besser sein, wenn man hinzusetzte: Geliebter Sohn oder Kind lieb?“

Trien hörte diese Worte beinahe nicht. Sie war damit beschäftigt, das Papier abzulecken und rief halb ärgerlich:

„Sieh, das kommt davon! Ein großer Klecks auf dem Papier! Und kein Lecken hilft. Es geht nicht wieder heraus… Ich muss das andere Blatt nehmen.“

„Nun, Trien, was sagst du dazu? Geliebter Sohn, das klingt doch viel schöner?“

„Nein, das will ich nicht schreiben“, murrte Trien. „Kann ich denn an Jan schreiben, als ob ich seine Mutter wäre?“

„Aber was willst du denn schreiben?“

Eine helle Röte übergoss die Stirne des Mädchens, während sie antwortete:

„Wenn wir schreiben: Lieber Freund? Findet ihr das nicht noch am schönsten von allem?“

„Nein, das will ich nun auch nicht“, sagte die Mutter. „Dann setze doch noch lieber: Jan.“

„Lieber Jan?“, fragte das Mädchen.

„Ja, so ist’s gut“, antworteten die andern zugleich, erfreut über die Lösung dieses schwierigen Rätsels.

„Nun wohl, aber bleibt nur alle vom Tisch weg“, rief das Mädchen, „und haltet mir Pauwken vom Leib, dass er mich nicht stoße!“

Trien begann die Arbeit. Schon nach einem Augenblick standen ihr die Schweißtropfen auf der Stirne. Sie hielt den Atem an und glühte im Gesicht. Jetzt stieß sie einen langen Seufzer aus, als fühle sie sich von einer schweren Last befreit und sagte beglückt:

„Ha! Das L ist doch der schwerste Buchstabe von allen! Aber nun steht er doch da mit seinem langen Kopf!"

Die beiden Frauen richteten sich auf und blickten verwundert auf den Buchstaben, der mindestens so groß war wie ein Fingerglied.

„Das ist hübsch!", rief Jans Mutter. „Das ist ja ein Ding wie eine Wespe und das soll heißen: Lieber Jan! Schreiben ist doch etwas Schönes. Man möchte fast sagen, dass Hexerei dahinter steckt."

„Kommt, kommt! Lasst mich nur weiter machen", rief Trien mutig. „Ich werde schon damit fertig werden. Wenn nur die Feder nicht so kratzte!"

Trien arbeitete keuchend und schwitzend weiter. Der Großvater krächzte und hustete; die Frauen schwiegen und durften sich nicht rühren; der kleine Bruder beschäftigte sich damit, seinen Finger in die Tinte zu stecken und sein nacktes Ärmchen mit schwarzen Flecken zu beschmieren. Als nach einer Weile die erste Zeile voll Buchstaben stand, stockte das Mädchen mit der Arbeit.

„Nun, Trien, wie weit bist du schon?", fragte Jans Mutter. „Du musst uns einmal vorlesen, was du da auf dem Papier stehen hast."

„Wie hastig ihr doch seid!", rief Trien. „Da steht noch nichts als: Lieber Jan. Ich glaube, dass das schon gut ist. Schaut nur her, wie mir der Schweiß ausbricht! Da hole ich doch lieber den Mist aus dem Stall! Ihr glaubt wohl, dass Schreiben keine Arbeit ist! Pauwken, bleib von der Tinte weg, sonst schmeißt du noch das Schälchen um!"

„Nun, fahr fort, Mädchen", bemerkte der Großvater, „sonst ist der Brief die nächste Woche auch noch nicht fertig."

„Ja, das weiß ich wohl", antwortete Trien, „aber sagt doch, Leute, was ich schreiben soll."

„Nun, frag vor allem nach seiner Gesundheit."

Das Mädchen schrieb wieder während einer Pause, wischte zwei oder drei verkehrte Buchstaben mit dem Finger aus, strengte sich an, um das Haar zu erhaschen, das ihre Feder nachschleppte, murrte über den Küster, weil die Tinte so dick war und las dann mit lauter Stimme:

„Lieber Jan, wie steht es mit Deiner Gesundheit?"

„So ist's gut", sprach die Mutter. „Schreib nun, dass wir alle gesund sind, Menschen und Vieh, und dass wir ihm einen guten Tag sagen."

Trien überlegte einen Augenblick und fuhr dann fort zu schreiben. Hierauf las sie: „Gott sei gelobt, wir sind alle noch gesund, und der Ochs und die Kuh auch, außer Großvater, der nicht wohl ist, und wir wünschen Dir alle zusammen einen guten Tag."

„Aber, Herr des Himmels!", rief ihre Mutter.

„Trien! Kind, wo hast du das gelernt? Der Küster…"

„Sprich mich nicht an", fiel ihr das Mädchen in die Rede, „oder sonst vergesse ich's. Nun merke ich, dass es geht."

Während einer halben Stunde herrschte die tiefste Stille. Die Arbeit schien gemächlicher vor sich zu gehen, denn das Mädchen lachte mitunter beim Schreiben. Die einzige Störung widerfuhr ihr durch Pauwken, der mit seinen fünf Fingern zugleich in der Tinte saß und sein ganzes Ärmchen schwarz gefärbt hatte. Schon zehnmal hatte Trien das Tässchen von einer Seite des Tisches auf die andere geschoben, doch der Kleine war so sehr auf die Tinte erpicht, dass man ihn davon nicht abhalten konnte.

Trotzdem hatten sich die ersten zwei Blattseiten gefüllt. Auf das Drängen der Frauen las Trien mit einem gewissen Stolz ihren Brief vor, der also lautete:

„Lieber Jan!

Wie geht es mit Deiner Gesundheit? Gott sei Lob, wir sind alle noch gesund und der Ochs und die Kuh auch, außer Großvater, der nicht wohl ist, und wir wünschen Dir alle zusammen einen guten Tag. Es sind schon sechs Monate, dass wir von Dir nichts mehr gehört haben. Lass uns doch einmal wissen, ob Du noch lebst. Es ist doch übel getan von Dir, dass Du uns nun ganz vergisst, die wir Dich so gerne sehen, dass Deine Mutter den ganzen Tag von Dir spricht und dass ich nachts immer von Dir träume, dass Du unglücklich bist und dass ich immer Deine Stimme rufen höre: ‚Trien! Trien!', sodass ich manchmal aus dem Schlaf auffahre. Und der Ochs, der arme, der immer aus dem Stall sieht und seufzt, dass Du beinahe Tränen darüber weinen würdest. Und dass wir alle miteinander jetzt nichts von Dir wissen, ist uns ein großer Kummer, wo Du doch Mitleiden damit haben musst, Jan, denn Deine gute Mutter könnte davon krank werden. Die arme Frau, wenn sie nur Deinen Namen hört, so hat sie es schon in der Kehle, und sie fängt an zu weinen, dass mein Herz selbst manchmal davon bricht…“

Während des Lesens dieser Zeilen hatten sich die Augen der Zuhörer mit Tränen gefüllt, aber bei dem traurigen Ton der letzten Worte konnte sich niemand der Rührung erwehren und das Mädchen wurde durch lautes Schluchzen und Seufzen unterbrochen. Der Großvater hatte seinen Kopf auf das Bett gelegt, um seine Tränen zu verbergen; Jans Mutter war zu sehr erschüttert, um ihre Ergriffenheit zu bemeistern, sprang auf und umhalste stumm das Mädchen, das mit Erstaunen die Wirkung des Briefes wahrnahm.

„Trien, Trien, wo hast du die Worte her?“, rief ihre Mutter. „Sie sind wie Messer, die einem durchs Herz gehen. Aber schön ist's doch!“

„Ach, es ist die reine Wahrheit“, schluchzte die Mutter Jans. „Er muss es einmal wissen, was ich in meinem Herzen ausstehe! Lies doch weiter, Trien lieb, ich bin ganz sprachlos darüber, dass du so schreiben kannst. Es ist ganz unerhört; deine Hände sind gewiss viel zu gut, mein Kind, um die Kuh zu melken und um auf dem Feld zu arbeiten. Aber Gott lässt viele Dinge in dieser Welt geschehen!“

Über diese Lobbezeigungen erfreut, sagte das Mädchen mit stolzem Lachen: „Ist es sonst nichts? Lasst sie nur kommen. Ich schreibe gegen den besten. Nun habe ich erst das Richtige herausgefunden. Hört zu, es ist noch nicht aus:

'Ach, Jan, wenn Du es wüsstest, Du würdest uns schnell Nachricht schicken. Der Klee ist verdorben von der schlechten Saat und obendrein ist er erfroren, aber unsere Esparsette lacht Dich an, wenn Du sie siehst, sie ist wie Butter. Und das Korn hat etwas gelitten von der Dürre, aber der liebe Gott hat uns doch gesegnet mit schönem Buchweizen und vielen Frühkartoffeln. Und der Champieter ist verheiratet mit einem Mädchen von Pulderbosch – sie schielt, aber sie bringt was mit. Jan Sus, der Metzger, ist von dem Dach der Brauerei unserm alten Schmied auf den Rücken gefallen und der Schmied, der Arme, liegt im Sterben.'“

Das Mädchen schwieg.

„Ist das nun alles?", fragte die Mutter missmutig. „Solltest du ihn nicht wissen lassen, dass die Kuh gekälbert hat?"

„Ach ja, das habe ich vergessen… sieh, da steht es schon: 'Unsere Scheckige hat gekälbert, alles ist gut gegangen und das Kalb ist verkauft…'"

„Willst du ihm nichts sagen von unsern Kaninchen, Trien?", fragte der Großvater.

Trien schrieb und las dann: „Großvater hat ein Kaninchenhaus im Stall gemacht. Sie sind so fett wie Dachse, aber das größte Vieh muss am Leben bleiben, bis Du wieder kommst, Jan, dann werden wir lecker schmausen!"

Alle brachen in ein fröhliches Lachen aus. Der Kleine, der die allgemeine Freude sah und von dem Wort „schmausen" hörte, patschte jauchzend in die Hände. Aber zum Unglück traf seine Hand das Kaffeeschälchen so schwer, dass es umfiel und die Tinte wie ein schwarzer Bach über den schönen Brief floss.

Das Lachen verschwand von allen Gesichtern. Man starrte einander entsetzt und schweigend an, man erhob Hände und Augen zum Himmel, während Pauwken aus Furcht vor Schlägen schon im Voraus heulte und kreischte, dass einem die Ohren davon gellten. Eine Weile wurde das Kind mit Verweisen überschüttet und man jammerte über das Unglück, bis man endlich fragte:

„Ach Gott, was soll nun geschehen?"

„Kommt, kommt!", sagte Trien entschlossen. „Das Unglück ist so arg nicht. Ich war doch willens, den Brief nochmals zu schreiben, denn anfangs ging es nicht gut. Die Buchstaben waren zu groß und die Schrift zu krumm. Nun werde ich es schon besser machen. Ich habe jetzt Mut gekriegt. Lasst mich nur schnell ins Dorf laufen um Papier und Tinte und um meine Feder schneiden zu lassen, denn sie ist zu weich geworden."

„Nun, so geh schnell, Kind", war die Antwort. „Da hast du das Fünffrankstück von dem Kalb. Lass es beim Küster wechseln, denn wir müssen unserm armen Jan wohl etwas davon schicken. Pauwken, marsch zum Hause hinaus und komm vor Abend nicht wieder herein!"

Trien eilte fröhlich aus der Türe und lief mit zufriedenem Lachen dem Dorfe zu. Der Erfolg, den sie gehabt hatte, die Überzeugung, dass sie fortan Jan würde schreiben können und überdies etwas vom Stolz auf ihr Können füllten ihr Herz mit süßer Freude. Beim Lindenbaum am Kreuzwege sah sie von fern den Briefträger auf sie zukommen. Der Anblick hemmte ihren Schritt und machte ihr Herz klopfen, denn da dieser Weg zu ihren Häuschen und in die unbewohnte Heide führte, zweifelte sie nicht, dass der Bote eine Nachricht von Jan bringe. Und in der Tat holte er, sich nähernd, einen Brief aus seiner Tasche und sagte lachend:

„Trienchen, hier habe ich was für Euch, das von Venloo kommt, aber es kostet fünfunddreißig Cents."

„Fünfunddreißig Cents", murmelte Trien, während sie den Brief zitternd entgegennahm und die Aufschrift verwirrt betrachtete.

„Ja, ja", versetzte der Bote, „es steht oben auf der Adresse. Würde ich Euch wegen so einer Kleinigkeit betrügen?"

„Könnt Ihr das wechseln?", fragte Trien, indem sie ihm das Fünffrankenstück gab.

Der Briefträger wechselte ihr das Stück und zog die Portokosten ab. Dann grüßte er das Mädchen freundlich und kehrte ins Dorf zurück.

Trien sprang jubelnd nach Hause. Von Ungeduld getrieben, riss sie den Brief auf und erstaunte nicht wenig, als sie einen zweiten Brief herausfallen sah. Sie las ihn auf, tiefe Röte übergoss ihre Stirne und Wangen, während ein Lächeln um ihre Lippen spielte und ihre Augen von heller Freude leuchteten. Auf dem zweiten Brief stand mit großen Buchstaben „Für Trien allein" – Für Trien! Die Seele Jans war in diesem Papier verschlossen. Seine Stimme drang daraus zu ihr, um zu ihr allein zu sprechen! Es war ein Geheimnis zwischen Jan und ihr!

Gerührt und erstaunt stand sie einen Augenblick, den Blick zur Erde gekehrt, eine Flut von allerlei Gedanken trieb durch ihren Kopf, bis das ferne Gebrüll des Ochsen ihr Ohr traf und sie erinnerte, dass sie Unrecht tue, länger auszubleiben. Sie verbarg den zweiten Brief in ihrer Brust und eilte in einem Atem zur Hütte, wo sie zwischen die wartenden Frauen stürzte und freudig ausrief: „Ein Brief von Jan! Ein Brief von Jan!"

Die zwei Witwen kamen mit frohem Erstaunen herbeigeeilt und hüpften vor Freude über die unerwartete Nachricht. Der Großvater, der eine Bewegung machte, um aus dem Alkoven herauszusehen, fiel beinahe aus dem Bette. Mit hastigen Worten erzählte das Mädchen, wie sie den Briefträger unterwegs getroffen und er fünfunddreißig Cents verlangt habe. Sie wurde aber unterbrochen durch die Bitte der Frauen, die unaufhörlich riefen:

„Ach Trien, lies ihn einmal! Ach, lies ihn einmal!"

Trien setzte sich an den Tisch und begann den Brief mit lauter Stimme zu buchstabieren. Da die Schrift nicht allzu deutlich war, konnte sie nur Wort für Wort weiter und musste mehr als einmal wiederholen, um etwas Sinn hineinzubringen. Sie las:

„Sehr geliebte Eltern!

Ich nehme die Feder zur Hand, um mich nach dem Zustand Eurer Gesundheit zu erkundigen und hoffe von Euch dasselbe. Weil ich kranke Augen bekommen habe, liege ich im Lazarett. Und ich bin sehr traurig, liebe Eltern, und besorgt, weil so viele Kameraden an derselben Krankheit blind geworden sind."

Trien konnte nicht mehr sprechen. Sie ließ schluchzend ihr Gesicht auf das verhängnisvolle Blatt niedergleiten, während die Frauen und der Großvater unter vielen Tränen laut ihr Unglück beklagten.

„Ach Gott! Ach Gott! Mein armes Kind! Mein armes Kind!", rief die Mutter verzweifelnd und mit aufgehobenen Händen in der Kammer umherlaufend. „Blind! Blind!"

Das Mädchen blickte auf und sprach unter Tränen:

„Um Gottes willen, macht es doch nicht ärger, es ist schon schlimm genug! Lasst mich fortfahren, vielleicht ist es besser als wir denken. Haltet euch still und hört:

,Aber sage Mutter, dass sie nicht besorgt sein soll; denn es ist schon auf der Besserung und ich hoffe, dass ich, so Gott will, genesen werde. Das Schlimmste von allem ist noch der Hunger, denn im Lazarett stehen wir auf halbe Ration. Das Brot und Fleisch, das wir für den ganzen

Tag bekommen, können wir leicht auf einmal in den Mund stecken und dabei ein Schälchen Suppe ohne Salz und Schmalz, das ist alles. Davon lebe einer, wenn das Herz gesund ist! Darum, liebe Eltern, wenn es Euch möglich ist, schickt mir doch etwas Geld. Den ganzen Tag sitzen wir im Dunkeln, denn wir dürfen kein Licht sehen. Viele Grüße an Großvater und an Trien und ihre Mutter und an Pauwken und ich wünsche ihnen allzusammen eine gute Gesundheit und langes Leben. Kobe von Tistje ist Korporal geworden. Die Ratten in der Kaserne haben ein großes Loch in meinen Tornister gefressen und sie haben einen neuen Tornister auf meine Rechnung machen lassen, der kostet sieben Franks und siebzig Centimes. Sonst bin ich nichts schuldig. Ich werde von allen meinen Vorgesetzten geliebt und der Sergeant, der aus Luik ist, hat mich sehr gerne.

Der diesen Brief geschrieben hat, ist Karl von dem Patatbauer, er liegt auch im Lazarett mit schlimmen Augen, aber ihr müsst es seinen Vater nicht wissen lassen, denn er ist fast wieder besser. Die andern Freunde aus unserm Dorfe sind noch gesund. Und hiermit, geliebte Eltern, haben wir allzusammen die Ehre, Euch zu grüßen mit Händen und Füßen.

Euer untertäniger Sohn.'"

Trien hielt die Schürze vor die Augen und blieb schweigend sitzen. Der Großvater war unter das Bett gekrochen und die beiden Frauen weinten auch stumm.

Lange dauerte die peinliche Stille, nur zeitweise von Schluchzen und Stöhnen unterbrochen, bis Trien eine Sichel von der Wand nahm und zur Türe ging mit den Worten:

„Vor Betrübnis hätte ich unser armes Scheckchen fast ganz vergessen. Ich laufe nun um Futter aufs Feld. Fasset unterdessen Mut und denkt nach, was wir nun tun müssen."

Niemand antwortete. Das Mädchen nahm einen Schiebkarren und fuhr damit weg. Hinter einer Eichenhecke blieb sie stehen und setzte sich auf ihren Karren. Dann nahm sie den Brief mit zitternder Hand aus ihrem Busen, öffnete ihn und las, während die Tränen mehr als einmal ihre Augen verfinsterten und ihr die Sinne zu schwinden drohten:

293

„Diesen Brief hat auch Karl geschrieben, aber ich habe ihm Wort für Wort gesagt, was er schreiben soll.

Trien!

Ich habe es meiner Mutter nicht schreiben mögen, da es doch zu schrecklich ist. Trien! Ich bin blind, blind für mein ganzes Leben! Meine zwei Augen sind verloren! Dass ich meine Augen verloren habe, macht mich so traurig, aber dass ich Dich auf dieser Welt nie mehr sehen soll und Mutter und Großvater nicht und keinen von allen, die ich liebe, das wird mein Tod sein – ich fühle es wohl!

Trien! Seit ich blind bin, sehe ich Dich immer vor meinen Augen und das ist noch das Einzige, was mich am Leben erhält, aber daran mag ich nun nicht mehr denken und Du wohl auch nicht. Ach, liebe Freundin! Geh nur wieder nach der Kirmes wie früher. Lass es meinetwegen nicht mehr. Genieße Deine Jugendzeit, denn wenn Du meinetwegen leiden solltest, so würde ich noch so viel eher unter die Erde kommen.

Trien! Ich habe Dir dies allein geschrieben, damit Du es meiner Mutter allmählich beibringen kannst. Dass ihr doch nichts überkomme, um Gottes willen, Trien!

Dein unglücklicher Jan bis zum Tode!“

Kaum hatte das Mädchen in der schrecklichen Spannung das letzte Wort gelesen, als sie totenbleich wurde. Ihre Arme fielen kraftlos herunter, ihre Augen schlossen sich und ihr Kopf sank langsam auf ihren Karren nieder. Da lag sie, gefühllos und in tiefer Betäubung. Nur der schwüle Atem der Heide bewegte das Eichenlaub und wiegte den Schatten der Blätter auf ihrer Stirn. Die Bienen summten rund um sie her, am Himmel schwebte die singende Lerche und weit in die Einöde ertönte das ewige Gezirp der Grille und doch war alles still und schweigend, nichts weckte das Mädchen aus ihrem todesähnlichen Schlummer.

Die Sonne rückte allmählich auf ihrer Bahn vor, bis einer ihrer Strahlen durch das Laub brach und das Gesicht des Mädchens beschien. Langsam erhob die Unglückliche das Haupt und blickte verwirrt umher, als begreife sie ihren Zustand nicht.

Da erinnerte sie der Brief, der zu ihren Füßen lag, an ihre schreckliche Prüfung. Sie steckte ihn in den Busen, stützte den Kopf auf die Hände und versank wieder in tiefes Sinnen.

Nach einiger Zeit sprang sie auf, fuhr den Schiebkarren in aller Hast auf ein kleines Feld, wo sie das Grün halb abschnitt, halb ausriss. In einem Augenblick war der Karren beladen. Mit gleicher Hast kehrte sie heim, warf der Kuh das Futter vor und trat ins Haus mit den Worten: „Morgen früh, wenn der Tag anbricht, geh ich zu Jan!"

„Ach Kind", rief ihre Mutter, „das ist ja ganz am andern Ende des Landes. Was sind das für Gedanken? Du kommst ja in einem Jahre nicht hin."

„Ich gehe zu Jan, sage ich Euch", sprach sie entschlossen. „Ich finde ihn und wäre er hundert Stunden von hier. Unser Gemeindeschreiber soll mir wohl sagen, welchen Weg ich gehen muss."

Jans Mutter stellte sich mit gefalteten Händen und flehendem Blick vor sie hin und seufzte:

„Ach Trien, lieber Engel, würdest du das für mein Kind tun? Ich segne dich dafür bis an mein Ende."

„Tun", rief Trien, „tun? Der König selbst sollte mich nicht hindern! Ich werde Jan sehen und trösten oder ich gehe dabei zugrunde."

„Oh tausend Dank, Trien!", rief Jans Mutter und umhalste sie mit beiden Armen.

4.

Es ist erst sieben Uhr morgens und doch schon sehr heiß, denn die Sonne strahlt glühend vom tiefblauen Himmel. Sieh, dort auf dem Wege, nicht fern vom schönen Maasstrome, schreitet ein Bauernmädchen mutig vorwärts. Ihre Kleidung beweist, dass sie hier fremd ist, denn solche Spitzenhauben und solche Strohhüte tragen die Limburgschen Frauen nicht. Sie trägt die Schuhe in der Hand und geht barfuß, der Schweiß tropft ihr von der Stirn. Obschon bis zum Umsinken ermüdet, hält sie ihre Augen mit unsäglicher Freude auf einige ferne Kirchtürme gerichtet. Dort hinten liegt die Stadt Venloo, das Ziel ihrer langen Reise. Arme Trien! Schon vier Tage ist sie herumgeirrt, hat sie gefragt und gesucht. Kaum hat sie sich einige Stunden Schlaf und kärgliche Erquickung gegönnt, aber Gott und ihre starke Natur haben ihr geholfen. Sie hat ihn nun gefunden, den Ort, wo ihr unglücklicher Freund fern von den Seinen leidet und sich abhärmt. All ihr Weh ist vergessen; ihr Herz jubelt vor Freude und klopft vor Ungeduld. Hätte sie doch Schwingen, sie flöge mit Blitzesschnelle hin zu jenen Türmen, auf deren Dach die Sonne wie in einem Spiegel erglänzt.

Immer rascher eilt das Mädchen fort, bis sie die Verschanzungen der Stadt Venloo vor sich hat. Schnell legte sie ihre Schuhe an, reinigte sich etwas vom Staub, ordnete ihre Kleider und zog dann mutig in die Festung ein.

Nachdem sie durch die Außenwälle gekommen, sah sie einen Soldaten, das Gewehr im Arm, vor einem Häuschen auf- und abgehen. Schon in einiger Entfernung lachte sie ihm freundlich zu, doch er sah sie ganz gleichgültig an. Trotzdem nahte sie sich ihm unverzagt und fragte mit zutraulichem Lächeln:

„Freund, könnt Ihr mir nicht sagen, wo ich Jan Braems finden kann? Er ist auch unter den Soldaten.“

Der Soldat war ein Wallone. „Ich verstehe nicht“, brummte er und ging, um den Korporal zu rufen. Dieser trat aus dem Wachthause und schritt freundlich auf das Mädchen zu, das sich höflich verneigte und fragte: „Herr Oberst, solltet Ihr mir, wenn's Euch beliebt, nicht sagen können, wo Jan Braems ist?“

Der Korporal machte ein verdrießliches Gesicht, wie jemand, der sich in seiner Erwartung getäuscht sieht. Er wandte sich nach dem Wachthaus und rief in Henegauischer Mundart:

„He Flaming, komm mal her! Hier ist eine Pint zu verdienen.“

Ein junger Soldat sprang heraus, indem er sich noch den Schlaf aus den Augen rieb. Als er das Mädchen sah, heiterte sich sein Gesicht auf.

„Nun Mieken[28]“, fragte er, „was wünschet Ihr?“

„Ich komme, um Jan Braems zu suchen. Könnt Ihr mir nicht sagen, wo er ist?“

„Jan Braems? Den Namen habe ich nie gehört.“

„Er ist aber doch Soldat wie Ihr.“

---

28   Mieken ist die allgemeine Bezeichnung für Mädchen, die man nicht näher kennt.

„Ja, aber ist er bei der Kavallerie oder Infanterie?“

„Was wollt Ihr damit sagen, Freund?“

„Ob er bei den Reitern oder bei dem Fußvolk ist.“

„Das weiß ich nicht. Aber er ist Soldat bei den grünen Jägern. Liegen die nicht in der Stadt?“

„Dann wundert es mich nicht, dass ich ihn nicht kenne. Wir sind vom Neunten.“

Während dieses Gespräches hatte sich der Korporal nebst drei oder vier Soldaten zu dem Mädchen gestellt. Dieses begriff nicht, warum man ihr so in die Augen sah, auf wallonisch spottete und lachte. Sie fing an, beschämt zu werden, und bat den Flaming:

„Ach Freund, zeigt mir doch den Weg. Ich bin so eilig.“

Der dienstwillige Soldat antwortete ihr rasch:

„Geht durch das Tor, in die erste Straße rechts, dann links, dann nochmals links, dann wieder rechts, bis Ihr an eine Kapelle kommt; die lasst Ihr links liegen und dreht Euch rechts um ein großes Haus, worin ein Laden ist. Wenn Ihr dann noch etwas gegangen seid, wieder links. Dort fragt nur nach der Kaserne von den zweiten Jägern, das kleinste Kind wird sie Euch zeigen.“

Trien war schier von Sinnen. In ihrem Kopf wirbelte es von all diesem links und rechts, dem sie im Geiste zu folgen versucht hatte. Sie begriff nichts davon und wollte um eine deutlichere Erklärung bitten, als plötzlich die Schildwache aus vollem Halse schrie: „Heraus!“

Alles lief durcheinander in das Wachthaus hinein, um nach den Gewehren zu greifen. Der Soldat sagte eilig zu dem erschrockenen Mädchen:

„Weg, weg, lauft davon oder wir kommen noch ins Loch. Da ist der Platzkommandant!“

Das Mädchen ließ es sich nicht zweimal sagen, denn beim Stadttor sah sie einen Offizier zu Pferd, der ihr gekleidet schien wie ein König und einen mächtigen Schnurrbart hatte. Ärgerlich, weil er die Wache im Gespräch mit einem Mädchen überrascht hatte, sah er die arme Bäuerin mit Augen an, als ob er sie auffressen wolle. Indes ritt er vorbei, ohne sie anzureden, aber sie hörte, wie er die Soldaten heruntermachte, ohne dass sie nur begreifen konnte, warum er sich zu diesem heftigen Zorn fortreißen ließ.

Sie beeilte sich, die Stadt zu betreten und fand auch endlich den Markt. Hier und da bemerkte sie Soldaten von verschiedener Uniform, doch der Vorfall mit der Wache hatte sie vorsichtig gemacht. Sie wandte sich nun an eine Bürgersfrau und fragte:

„Frau, könnt Ihr kein Flämisch?"

„Flämisch? Ja!"

„Wenn es Euch beliebt, so sagt mir, wo die Jäger liegen?"

„Gewiss. Ihr müsst dort um die Ecke und immer geradeaus gehen bis zum Ende der Straße. Dort wohnen die Jäger in der Kaserne."

„Ich danke Euch hundertmal", sagte Trien, indem sie sich nach der angegebenen Richtung wandte.

Vor der Kaserne angekommen, erkannte sie das Gebäude leicht, sowohl an den vielen Soldaten, die hier aus- und eingingen, als an dem Getrommel, das sie drinnen hörte. Vor Freude lachend ging sie rasch auf das Tor zu, um in die Kaserne zu treten, aber die Schildwache rief mit barscher Stimme:

„Halt! Zurück! Niemand darf hinein!"

Und da das Mädchen noch einen Schritt machte, drängte er sie mit sanfter Gewalt zurück.

„Ach, Freund", seufzte sie, „ich möchte gern jemand sprechen, der auch Soldat ist. Was muss ich denn tun?"

„In welchem Bataillon und in welcher Kompagnie steht er?", fragte die Schildwache.

„Ach, das weiß ich gar nicht", erwiderte das Mädchen missmutig.

„Wartet dann nur eine halbe Stunde", sprach die Schildwache. „Sie werden gleich zur Suppe trommeln und gleich hernach ist Appell zum Exerzieren. Ihr werdet die Mannschaft aus der Kaserne marschieren sehen und habt Ihr gute Augen, so werdet Ihr ihn wohl erkennen. Geht, trinkt einstweilen ein Glas Bier nebenan im ‚Falken'… und lasst mich nun in Ruhe, denn da hinten lauert der Adjutant auf uns."

Der Posten ließ die verwirrte Trien stehen, schlug mit der rechten Hand kräftig an den Gewehrkolben, warf den Kopf zurück und begann wie ein trotziger Soldat mit gleichmäßigem Schritt auf- und niederzusteigen, ohne sich nach der jungen Bäuerin umzusehen. Diese blieb einen Augenblick in trauriges Erwägen versunken stehen und konnte mit Mühe begreifen, wie es eine Missetat sein könne,

einem Fremden den Weg zu zeigen. Der Schmerz begann ihr Gemüt
zu überwältigen. Wie ungeduldig sie aber auch war, eine halbe Stunde
Wartens schien ihr nicht zu lang. Sie würde beim Ausmarsch der Jäger
am Kasernentor stehen und gewiss konnte ihrer Aufmerksamkeit
kein einziger Mann entwischen. Sie würde Jan sehen und erkennen,
aber bei diesem Gedanken verdüsterte sich plötzlich ihr Gesicht. Es
fiel ihr ein, dass es unwahrscheinlich sei, dass ein blinder Soldat mit
den andern gehe. Aber, was wusste sie davon? Alles schien ihr hier so
sonderbar und so ungewöhnlich. In ihrem Zweifel befolgte sie den
Rat der Schildwache und wandte sich langsamen Schrittes nach dem
„Falken". Im Wirtshause angekommen, bestellte sie ein Glas Bier und
setzte sich verschämt in einer Ecke am Tisch nieder. In der Stube
befanden sich acht oder zehn Soldaten, die an der Schenke standen
und sich laut über dienstliche Angelegenheiten unterhielten. Sobald
das Mädchen eingetreten war, wandten sich alle ihr zu und teilten
einander lachend ihre Bemerkungen mit. Da man aber Französisch
oder Welsch sprach, verstand Trien nicht, was man über sie sagte
und obschon die kecken Blicke der Soldaten sie verlegen machten,
lächelte sie doch, während sie sagte: „Alle zusammen einen guten
Tag, Freunde."

Die Soldaten schienen ihr brave Leute zu sein; einer ausgenommen,
der älter war als die andern und mit einer gewissen Überlegenheit zu
ihnen sprach. Er trug grobe Handschuhe von sämischem Leder, die
Knöpfe seiner Weste glänzten wie Gold, die Dienstmütze hing ihm
über das linke Ohr hinab, sein schwarzer Knebelbart war mit Wachs
gestrichen. Er stand mit zurückgebeugtem Oberkörper und mit der
Hand in der Hüfte wie eine ewige Herausforderung da. Fürwahr, es
konnte nicht anders sein, der stolze Kriegsmann war Profoss oder
Fechtmeister!

Dieses Aussehen und diese Haltung waren es nicht, die dem Mädchen eine schlechte Meinung von ihm gaben, aber dass er sie so unverschämt mit seinem Blick anfasste und so keck mit ihr Spott zu treiben
schien, das verdross sie. Und sie verbarg ihr Gefühl nicht, denn der
stolze Jäger konnte es an ihrem Gesicht wohl merken, dass sie ihm
nicht gut gesinnt war.

Während man einander so besah, brachte die Wirtin ein Glas Bier für das Mädchen. Ein junger Soldat von freundlichem Aussehen näherte sich ihr, bot ihr sein Glas und sagte in der Kempener Mundart:

„Kommt, Mieken, wir wollen einmal anstoßen! Ihr seid sicher aus der Gegend von Antwerpen?"

„Nein, Kamerad! ich bin von St. Antonis, von Schilde oder von Magerhalle, wie Ihr wollt."

„Und ich bin von Wechel-ter-Zande – da sind wir ja Nachbarn."

Des Mädchens Antlitz erheiterte sich. Sie warf dem Soldaten einen freundlichen Blick zu, als hätte sie einen Bruder an ihm gefunden.

Unterdes hatten sich die andern Jäger auch an den Tisch gesetzt, der Soldat mit dem aufgedrehten Schnurrbart so dicht neben Trien, dass er fast ihre Seite berührte.

Trien konnte diese freche Zudringlichkeit nicht ertragen. Sie ergriff die Hand ihres Landsmannes und bat ihn so freundlich sie konnte:

„Oh guter Freund, bleibt doch bei mir sitzen. Ich fürchte mich vor diesem Wallonen. Wer glaubt er doch, dass ich bin?"

„Ach was", entgegnete dieser, „das ist ein Windbeutel. Er soll Euch einmal anrühren, so werde ich ihm meine Faust auf seinen Schnurrbart legen, wenn er auch Fechtmeister ist."

Durch diese Worte ermutigt, wandte sich Trien gegen den Fechtmeister und sagte dreist:

„Herr Soldat, ich möchte ersuchen, etwas von mir wegzurücken! Was denkt Ihr wohl? Wofür seht Ihr mich an?"

Der Fechtmeister fing laut an zu lachen. Doch schob er seinen Stuhl ein wenig zurück, während er allerlei scherzhafte Äußerungen tat, die das Mädchen glücklicherweise nicht verstand.

„Sagt, Freund, wie heißt Ihr, wenn ich es wissen darf?", fragte das Mädchen ihren Beschützer.

„Sus Caers."

„Sus Caers? Sieh da! Wir haben Eurem Vater vor vierzehn Tagen ein Kalb verkauft. So ein schön scheckiges! Das Geld dafür habe ich noch bei mir."

„Und wie geht's meinem Vater? ... Gesund?"

„Gesund? Es ist ein Mann wie ein Baum... Und jetzt erinnere ich mich, dass er sagte, Ihr wäret auch bei den Soldaten. Aber kennt Ihr denn unsern Jan nicht?"

„Wie heißt er sonst?"

„Braems."

„Ach Gott, sollte ich Jan Braems nicht kennen? Wir stehen bei derselben Kompagnie. Wir waren immer zusammen, bis er die schlimmen Augen kriegte."

Tief gerührt ergriff Trien seine Hand und seufzte:

„Oh Freund, ich danke unserm lieben Herrgott, dass ich in diese Herberge gekommen bin. Ihr könnt mir gewiss sagen, wo ich Jan finde, nicht wahr? Ach! Die Jungen aus unserer Gegend sind doch lauter gute Menschen!"

„Gewiss, ich will Euch zum Lazarett führen. Ihr wisst doch, dass er blind ist."

„Ach ja", seufzte Trien, „aber in Gottes Namen, es ist nun einmal so. Wir haben schon viele Tränen darum geweint…"

Mit einigem Neid hatten die Soldaten bemerkt, welche Vertraulichkeit zwischen dem jungen Kempener und dem Mädchen entstanden war. Der Fechtmeister vor allem rutschte auf seinem Stuhle hin und her und machte allerlei Grimassen. Unterdessen war er wieder ganz dicht an das Mädchen gekommen und fasste ihr unter das Kinn, als sie es am wenigsten erwartete.

Der Flaming sprang auf und drohte. Trien aber erhob sich zornglühend und schlug dem Fechtmeister mit der flachen Hand so gewaltig ins Gesicht, dass es ihm den Kopf zurückriss.

Sobald er sich von seiner Bestürzung erholt hatte, verwandelte sich die Schenke in einen hässlichen Kriegsschauplatz. Er ergriff eine Kanne und wollte dem Mädchen damit auf den Kopf schlagen. Aber der junge Kempener, kräftiger als er, fasste ihn bei der Kehle und entwand ihm den Krug. Die andern Kameraden sprangen dazwischen und trennten die Streitenden.

Während Trien in der größten Angst dastand und eine Flut von Schimpfworten anhören musste, die Soldaten sich zankten und die Wirtin schrie, sie werde die Wache holen, hörte man auf einmal ein anhaltendes Trommeln in der Kaserne.

„Die Suppe! Die Suppe!", riefen jene, die sich am Streit nicht beteiligten, ließen die andern stehen und eilten aus der Schenke.

Der Fechtmeister stieß noch einige Schimpfworte aus und ging auch fort, indem er dem Kempener zurief: „Um fünf Uhr auf dem Fecht-platz! Ich werde Euch abholen!“

„Gut! Gut! Prahlhans!“, antwortete dieser mit spöttischem Lachen.

„Ach, lieber Sus, was habe ich für Angst ausgestanden!“, seufzte Trien, als sie mit ihrem Beschützer allein war. „Ist es nun abgemacht?“

„Nein, ich muss mich heute Abend mit diesem Eisenfresser schlagen.“

„Oh Gott! Und das um meinetwillen!“, rief das Mädchen erbleichend.

„Oh, Ihr braucht Euch da nicht aufzuregen, es ist nur zum Lachen. Es wird darauf hinauslaufen, dass wir eins zusammen trinken. Das ist für den Wallonen so eine Manier, um Schnaps zu kriegen, wenn sein Geld alle ist und das ist bei ihm jede Woche zweimal der Fall und jeder weiß das… Nun kommt rasch, ich will Euch zum Lazarett führen, wo Jan Braems ist.“

Trien bezahlte das Bier und folgte dem Soldaten. Er führte sie durch zwei oder drei Straßen und schied von ihr mit den Worten:

„Seht Ihr, da hinten vor dem großen Hause den Soldaten auf der Bank sitzen? Nun, dort ist das Lazarett. Ihr müsst ihn ansprechen. Er wird Euch hineinlassen, wenn es möglich ist. Kommt gut nach Haus und sagt meinem Vater bei Gelegenheit viele Grüße.“

„Tausend Dank, Freund!“, erwiderte Trien und begab sich zum Lazarett.

Sobald sie sich allein sah, ergriff eine tiefe Bekümmernis ihre Seele und sie hatte fast den Mut nicht, an den Soldaten, der auf der Bank saß, das Wort zu richten. Als sie jedoch näher zum Lazarett kam, erglänzte ein Strahl der Freude auf ihrem Gesichte. Sie glaubte den Soldaten zu kennen und in der Tat rief sie ihn schon in einiger Entfernung beim Namen: Es war Kobe von Tistje, von dem Jan geschrieben, dass er Korporal geworden war.

Sobald er das Mädchen bemerkte, sprang er auf, lief ihr entgegen und rief verwundert aus:

„Was, Trien, Ihr seid es? Mein Gott, wie freue ich mich, Euch hier zu sehen! Wie geht es denn in unserem Dorf? Ist meine Mutter wieder gesund? Wie geht’s Loken Verbaets? Wissen sie zu Hause, dass ich Korporal geworden bin? Was hat Loken wohl gesagt, als sie es gehört hat?“

„Es geht noch ganz gut“, antwortete Trien.

„Eure Mutter war am Sonntag schon wieder im Amt. Sie ist vom Fieber befreit und man sieht es ihr gar nicht an, dass sie krank gewesen ist. Ich selber habe es Loken gesagt, dass Ihr Oberst geworden seid.“

„Ei was! Lachte sie nicht?“

„Nein, sie wurde bis hinter die Ohren rot, aber sie war so froh, dass sie nichts mehr sagen konnte, das hab ich ihr wohl angesehen.“

Der Korporal Kobe blickte zu Boden. Er fühlte, dass er rot wurde und sein Herz rascher klopfte. Sein Dorf mit seiner Heide und seinen Feldern, der Blick seiner Geliebten, das liebreiche Lächeln der Mutter, die Sonntagsfreuden nach der schweren Wochenarbeit, die Lieder unter dem grünen Lindenbaum – das alles trat frisch und lebendig vor seine Augen und tönte verführerisch in sein Ohr, sodass er sich ganz den Gedanken der Sehnsucht nach dem glücklichen Leben der Heimat überließ.

„Was habe ich denn gesagt, Kobe, das Euch betrübt?“, fragte Trien sanft.

„Ach, liebe Trien, ich weiß es selbst nicht. Da kam auf einmal unser Dorf mir vor die Augen, so klar, dass ich die Sonne auf unserm Kirchturm scheinen sah. Mein Vater war auf dem Felde mit den Stoppeln beschäftigt und meine Mutter stand bei ihm. Und ich hörte, dass sie von mir sprachen. Ich war ganz von Sinnen, aber jetzt ist es vorbei.“

„Kommt, Kobe“, sagte Trien. „Führt mich nun schnell zu Jan. Wie wird er sich freuen, wenn er mich sieht!“

„Ihr wisst doch von seinem Unglück?“

„Ach ja, ich komme, um ihn zu besuchen und zu trösten. Lasst mich nur nicht länger stehen und bringt mich gleich zu ihm.“

„Oh Trien, was bedauere ich Euch!“, seufzte Kobe ganz traurig.

„Und warum?“, rief Trien. „Sprecht, Kobe! Ihr macht mich ganz ängstlich.“

„Arme Trien!“, erwiderte Kobe. „Es darf niemand zu den Blinden und zu den andern Augenkranken gelassen werden. Es ist uns bei schwerer Strafe verboten.“

Ein schmerzvoller Schrei entfuhr dem Mädchen. „Ach Gott“, rief sie, „vier Tage sollte ich gewandert sein und mich abgequält haben und ihn nun doch nicht sehen? Nein, dann gehe ich nicht lebendig fort von hier, dessen könnt Ihr sicher sein.“

„Trien, Ihr dürft auf der Straße nicht so schreien“, sagte Kobe, „oder wir werden gleich eine Menge Gaffer um uns haben. Seid doch still!“

Das Mädchen trocknete mit einem Ausdruck von Entschlossenheit oder Verzweiflung ihre Tränen und rief:

„Und müsste ich wie ein Dieb in dieses Haus brechen und mir ein Säbel durchs Herz gehen, aber ich werde ihn sehen und sprechen… Sie sollen mich zurückhalten, wenn sie können!“

„Hört, Trien“, sagte der Korporal leise, „ich kann vielleicht meine Tressen dabei verlieren, aber ich werde Euch doch helfen. Haltet Euch still und tut, als ob Ihr von nichts wüsstet. Sogleich geht der Sergeant, um dem Platzkommandanten Rapport zu erstatten; der Doktor ist schon da gewesen und der Direktor ist nicht wohl, der wird nicht in den Saal kommen. Wenn der Sergeant weg ist, will ich Euch sacht in das Blindenzimmer bringen. Aber Trien, wenn ich ins Loch muss und meine Tressen verliere, so sagt auch meiner Mutter und Loken, dass es aus Freundschaft und Barmherzigkeit für Euch geschehen ist.“

„Da seid sicher, Kobe“, antwortete das Mädchen mit feuchten Augen. „Mein Leben lang werde ich Euch dafür dankbar sein. Lasst mich nur machen! Loken soll Euch einen Brief schreiben, sobald ich wieder zu Hause bin.“

„Sie kann nicht schreiben, Trien“, seufzte der Korporal.

„Dann kann ich’s umso besser“, antwortete das Mädchen, „und dann will ich es für sie tun und will Dinge hineinschreiben, dass Ihr vor Freude in die Höhe springen sollt.“

„Kommt, Trien, ich stehe hier nicht auf Schildwache. Es ist mir nicht verboten, mit den Leuten zu sprechen. Setzt Euch da auf die Bank und lasst Euch nichts anmerken, bis der Sergeant fort ist. Ich werde sagen, Ihr seid meine Schwester, sonst möchte er uns noch was dazwischen werfen. Lasst uns jetzt etwas schwatzen von unsern Freunden zu Hause. Ist Brauers Nel schon verheiratet mit der Kuhmagd von Pächter Dierickx? Ist das Fohlen, das wir dem Kronenwirt verkauft haben, ein hübsches Pferd geworden?“

So saßen sie beieinander auf der Bank, ließen absichtlich einen gewissen Abstand zwischen sich und plauderten.

***

Im Spital für Augenkranke war ein besonderes Zimmer. Die Fenster waren mit Schirmen von grünem Papier geschlossen, kein einziger Sonnenstrahl konnte hier eindringen. Für gesunde Augen war dies ein unheimlicher Raum, wo ein dunklerer Ton als das schwärzeste Düster alles in schmerzliche Farben tauchte und das Gemüt des Beschauers mit geheimer Angst und mit Schrecken beklemmte. Es war eigentlich weder licht noch finster. Man musste sich erst an den schwarzgrünen Tagesschein gewöhnen, ehe man einen Gegenstand zu unterscheiden vermochte. Obschon viele Kranke darin waren, herrschte doch eine tiefe Stille, die nur von Zeit zu Zeit durch Klagen über das schmerzliche Brennen der mit Höllenstein behandelten Augen unterbrochen wurde. Längs den Wänden saßen auf hölzernen Bänken die Blinden wie eine Reihe Gespenster, bewegungslos und stumm im Dunklen. Jeder von ihnen hatte einen langen grünen Lichtschirm vorgebunden, sodass man kein Gesicht sehen konnte.

Im äußersten Winkel saß Jan Braems, den Kopf auf die Knie gestützt, und träumte schmerzlich von denen, die er liebte, und ach! nie mehr sehen sollte. Seine Seele war weit von hier, dort wo seine Eltern und Freunde wohnten. Unter dem grünen Schirm spielte manchmal ein leises Lächeln um seinen Mund, während seine Lippen sich im Gespräch wie mit unsichtbaren Wesen bewegten. Eben hatte er das Bild seiner geliebten Freundin aus der Erinnerung aufgerufen und sie das schüchterne Bekenntnis ihrer Liebe aufs Neue in sein Ohr flüstern lassen, als sich plötzlich ein fast unvernehmbares Geräusch auf der Treppe hören ließ. Es schien ihm, dass man seinen Namen genannt hatte. Wie dem auch sei, der Jüngling sprang zitternd auf, wie von einem unsichtbaren Schlage getroffen und sein Mund seufzte unwillkürlich: „Trien! Trien!"

Die Türe öffnete sich und das Mädchen erschien mit dem Korporal am Eingang des Zimmers. Sie erschrak, als sie einen Blick in das finstere Gemach warf und die gespensterhaften Gestalten, mit den grünen Lichtschirmen vermummt, sitzen sah. Mit einem Schrei wich sie zurück, aber Jan Braems hatte ihre Stimme vernommen und kam, mit beiden Händen tastend, auf sie zu. Sie erkannte den unglücklichen Freund, sprang ihm weinend entgegen und schlug ihre Arme innig um seinen Hals. Zuerst vernahm man nichts, als die Namen „Trien" und „Jan" mit verschiedenem Ausdruck der Liebe, des Mitleids und der

Betrübtheit. Das Mädchen lag weinend an der Brust des Jünglings und schien vor Ergriffenheit ohnmächtig zu werden, denn ihr Haupt hing seitwärts und ihre Arme lehnten matt auf den Schultern ihres armen Freundes.

Inzwischen hatten sich die andern Blinden rings um Trien gestellt und betasteten sie mit den Händen, als wollten auch sie sie erkennen. Diese Berührungen entrissen sie ihrer Bewusstlosigkeit. Sie zog Jan zurück und sagte erschrocken:

„Ach Gott! Jan lieb, was ist das hier? Sag doch, dass sie mich in Ruhe lassen oder ich kann nicht hier bleiben."

„Sei unbesorgt, Trien", antwortete Jan. „Es ist nichts. Die Blinden sehen mit den Fingern. Sie betasten deine Kleider, um zu wissen, von woher du bist. Es ist nichts Schlimmes dabei."

„Ach, die armen Jungen!", seufzte Trien. „Wenn es so ist, vergebe ich ihnen von Herzen, aber ich habe es doch nicht gern. Lass uns lieber in dem dunklen Winkel auf die Bank sitzen. Ich habe dir so vieles zu sagen."

Mit diesen Worten führte sie ihren Freund zu der Bank und setzte sich neben ihn, indem sie seine Hände in den ihrigen hielt.

Ihr Gespräch, obschon fast unhörbar, musste sehr rührend sein, denn auf dem Gesicht Triens wechselten Freude mit Betrübnis und Tränen und von Zeit zu Zeit sah man sie Jans Hände innig drücken. Sie bemühte sich gewiss, den Balsam des Trostes in das Herz des Unglücklichen zu gießen.

Die Blinden umstanden, in einem Halbkreis aufgereiht, schweigend das gerührte Paar. Auch sie lauschten, um zu hören, was die beiden sprachen und einige tröstende Laute aufzufangen.

Unterdessen war der Korporal vor der Türe geblieben und wandelte auf und ab, indem er hier und da nachsah, ob Trien noch nicht zum Gehen bereit sei. Plötzlich erblasste er und ein großer Schreck stand in seinen Augen zu lesen. Er sah den Sergeanten die Treppe herauskommen. Ohne eine Bemerkung zu wagen, ließ er ihn in das Blindenzimmer eintreten und folgte ihm mit gesenktem Haupte, wie ein Missetäter, der sein Urteil erwartet. Kaum hatte der Sergeant das Mädchen bemerkt, so brach er in Schimpfworten los und rief dem Korporal zu: „He, Ihr habt hier jemand Fremden zugelassen? Und noch dazu ein Frauenzimmer! Marsch hinaus! Ich werde Euch augenblicklich ablösen lassen und vierzehn Tage Arrest für Euch beantragen. Wenn Ihr Eure Korporalstressen nicht verliert, so ist es nicht meine Schuld.“

Trien stand auf und flehte den erzürnten Sergeanten an:

„Ach, Herr Oberst! Seid doch barmherzig. Ich bin allein Schuld daran! Durch meine Tränen habe ich ihn bewogen, mich einzulassen. Tut ihm doch kein Leid an, weil er gutherzig ist…“

Der Sergeant unterbrach sie kopfschüttelnd und spöttisch:

„Ei! Was bedeutet das alles? Ich kenne meinen Dienst und weiß, was ich zu tun habe… und Ihr, Mädchen, augenblicklich zur Tür hinaus und das schnell!“

Durch diesen unerwarteten Befehl war das Mädchen peinlich überrascht. Sie merkte aber, dass es Ernst sei und flehte den Sergeanten zitternd an:

„Ach, nur ein halbes Stündchen noch! Ich will sieben Vaterunser für Euch beten und Euch die Hand küssen vor Freude.“

„Kommt, kommt! Macht dem Unsinn ein Ende!“, schnauzte der Sergeant. „Keine Minute mehr!“

„Aber mein Gott, lieber Mann!“, schrie die betrübte Trien. „Ich komme von dem andern Ende des Landes, um unserm unglücklichen Jan einigen Trost zu bringen und Ihr wollt mich nun wegjagen! Ich habe ihm ja fast noch nichts gesagt.“

„Geht Ihr oder nicht?“, schrie der Sergeant drohend und mit rauen Worten, die das Mädchen erschreckten. Die Tränen stürzten ihr aus den Augen und die gefalteten Hände zum Sergeanten erhebend flehte sie: „Um Gottes willen, Freund! Noch ein Viertelstündchen. Macht mich nicht unglücklich! Habt Mitleid mit einem armen Blinden. Es kann Euch auch überkommen, Mann. Sollte es Euch dann nicht das Herz zerreißen, wenn Ihr Eure Mutter oder Eure Schwester wegjagen sähet, wie einen Hund. Ach, Herr Oberst! Erbarmt Euch über uns. Ich will Euch mein Leben lang dafür segnen!“

Jan und die andern Blinden murrten inzwischen unwillig über die Härte des Sergeant und unterstützten die Bitte des Mädchens. Das ganze Zimmer geriet in Aufruhr gegen den Vorgesetzten. Dieser, dadurch noch mehr erbittert, drohte sie alle auf Wasser und Brot zu setzen und griff Trien plötzlich beim Arm, um sie mit Gewalt aus dem

Zimmer zu führen. Als sie seinen unwiderruflichen Entschluss sah, riss sie sich los, lief zu Jan und schloss ihn weinend in die Arme. Der Jüngling, ebenso traurig als überzeugt, dass nichts die Trennung hindern könne, suchte sie zu trösten und sagte ihr in Eile noch manches, was er im Zwiegespräch vergessen hatte.

Der Sergeant war Trien ebenso rasch gefolgt und hatte sie wieder gefasst. Er legte ihr die Hände auf die Schulter und wollte sie von Jan losreißen. Aber Trien hielt sich mit Gewalt an dem blinden Freund fest und widerstand dem Sergeanten. Dieser rief Kobe zu, der an der Türe stand:

„Korporal! Was bleibt Ihr dort stehen? Hierher! Ich befehle Euch, dass Ihr selbst die Bäuerin aus der Stube werft oder es soll Euch teuer zu stehen kommen. Rasch voran!"

Kobe näherte sich dem Mädchen, fasste ihren Arm und sagte:

„Liebe Trien! Es tut mir leid, aber da hilft nichts. Geht nur ruhig fort, sonst werfen sie Euch noch von der Treppe. Der Dienst will es einmal so, der Sergeant kann nicht anders."

Nun ließ Trien ihren Freund los, ging mit erhobenem Haupt, jedoch bitterlich weinend, zum Sergeanten und sagte:

„Herr Oberst, ich gehe. Aber, Freund, vergebt es mir und auch Kobe. Gott wird es Euch lohnen, denn Ihr tut ein gutes Werk. Ihr habt doch auch ein Herz und alle Menschen sind doch Brüder! Nicht wahr, Ihr seid so gut und vergesst es? Ich werde Euer gedenken in allen meinen Gebeten."

Da man sich so demütig seinem Befehle fügte, legte sich der Zorn des Sergeanten. Die schmeichelnde Stimme des Mädchens hatte sein Herz erweicht und er antwortete ganz freundlich:

„Nun geht denn rasch und wenn die Übertretung nicht sonst bekannt wird, so will ich sie, aus Mitleid mit Euch, verschweigen und vergessen."

„Ach, Ihr guter Mann!", rief Trien. „Ich wusste es wohl, Ihr sprecht ja auch flämisch, wie wir. Ich gehe auf der Stelle, nur noch ein Lebewohl."

Sie umarmte noch einmal den unglücklichen Blinden, der sprachlos ihren Abschiedskuss empfing, flüsterte ihm einige tröstende Worte ins Ohr und wandte sich dann weinend und schluchzend zur

Türe. Da sah sie sich noch einmal um und stieß einen lauten Schrei aus, während sie sich bemühte, wieder zurückzukommen, was ihr aber der Sergeant verwehrte. Das Mädchen sah nämlich ihren armen Freund in der Ecke des Zimmers zu Boden sinken, als wäre alles Leben entflohen. Dieser Anblick erschütterte sie so, dass sie vor Angst und Schmerz zitterte und wie eine Wütende rang, um sich aus den Händen des Sergeanten zu befreien. Dieser brachte sie jedoch mit Gewalt fort und schloss die Türe.

Abgemattet und halb tot vor Gram schwankte Trien zwischen dem Sergeanten und dem Korporal die Treppe hinab bis auf den Vorhof. Sie ließ sich bewusstlos fortziehen, denn ihre Füße verweigerten ihr den Dienst, der sie von Jan entfernen musste. Sie sagte kein Wort; ein Strom von Tränen war der einzige Beweis ihres Schmerzes.

Auf der Schwelle von einer der Türen, die in den Vorhof gingen, stand eine Frau in reicher Kleidung und mit edlem Antlitz. Sie sah von fern das weinende Mädchen und schien neugierig zu erfahren, was vorging. Je näher man dem Tore kam, umso mehr verrieten ihre Blicke ihr Mitleiden. Trien sah es; ein Strahl der Hoffnung schoss in ihre Brust. Kobe flüsterte ihr zu:

„Das ist die Frau des Spitalleiters, oh eine so gute Frau. Sie ist von Antwerpen."

Trien schritt nun rascher fort und schien selbst Eile zu haben, um aus dem Tore zu kommen; aber da sie in die Nähe der Frau kam, lief sie auf einmal laut weinend auf sie zu, fiel vor ihr nieder und rief mit aufgehobenen Händen: „Ach, liebe Frau, Hilfe! Barmherzigkeit für einen armen Blinden!"

Die Frau schien überrascht und verlegen. Einen Augenblick sah sie verwundert auf die junge Bäuerin, die ihre schönen blauen Augen flehend zu ihr erhob und zwischen ihren Tränen schon hoffnungsvoll lächelte, als danke sie bereits für eine empfangene Wohltat. Sie fasste Trien bei beiden Händen, richtete sie auf und sagte in sanftem Tone:

„Armes Mädchen! Komm herein, mein liebes Kind. Was ist's denn, das dich so betrübt?"

Mit diesen Worten und ohne auf den Sergeanten zu achten, der ehrfurchtsvoll die Hände an die Mütze hielt, führte sie das Mädchen in ihr Zimmer und ließ sie sich auf einen Stuhl setzen.

An einem Pulte saß da ein Jägeroffizier und schrieb. Verwundert erhob er den Kopf von seiner Arbeit und sah das weinende Mädchen an. Die Dame, es war seine Frau, nahm nun das Mädchen bei der Hand und sagte:

„Nun, mein Kind, sei ruhig, es soll dir kein Unrecht widerfahren. Sag mir, was fehlt dir denn, ich will dir helfen, wenn es möglich ist."

„Ach, Madame", seufzte Trien, indem sie einen feurigen Kuss auf die Hand ihrer Beschützerin drückte, „Gott möge Sie segnen für Ihre Güte. Ich bin ein armes Bauernmädchen aus der Gegend von Sankt Antonis im Kempenland. Unser Jan hat Soldat werden müssen und vor vier Tagen hat er an seine Mutter einen Brief geschrieben, dass er schlimme Augen habe. Mir aber hat er geschrieben, dass er für sein Leben lang blind sei! Als ich das gelesen hatte lag ich wohl zwei Stunden wie tot, seiner Mutter aber mochte ich nichts sagen, damit sie nicht vor Kummer stürbe. Am andern Morgen bin ich barfuß von unserm Dorfe fortgewandert, ohne den Weg hierher zu wissen. Ich habe gefragt, bin umhergeirrt, habe genug Angst und Not ausgestanden, bin Tag und Nacht gegangen, fast ohne zu essen oder zu trinken, bis meine Füße blutig wurden. So bin ich nach drei Tagen endlich hier angekommen. Ein junger Mann aus unserm Dorfe, der Korporal ist, hat mich aus Mitleid eingelassen, ich sehe unsern armen Jan, ich will ihn trösten – und da kommt der Sergeant und jagt mich fort. Nun soll ich Jan nicht mehr sehen und den armen Jungen ohne Trost zurücklassen. Oh Madame, das kann doch unmöglich so sein? Bedenken Sie doch, was ich ausgestanden habe, um hierher zu kommen und haben Sie Mitleid mit dem unschuldigen Lamm, das da im Dunkeln sich grämt und abhärmt!"

„Ist es Euer Bruder?", fragte der Offizier.

Trien senkte den Kopf, um die Röte zu verbergen, die bei dieser Frage ihr Gesicht bedeckte. Nach kurzem Schweigen schlug sie die Augen auf und sagte:

„Mein Herr! Ich bin seine Schwester nicht, aber von Kindesbeinen an wohnen wir unter dem gleichen Dach. Seine Eltern sind die meinigen; er liebt meine Mutter; sein Großvater hat mich getragen, als ich noch nicht gehen konnte. Arbeit, Verdienst, Freude und Leid – alles haben wir gemein."

Nach einer Pause schlug sie den Blick nieder und sagte leiser:

„Seitdem er unglücklich ist, fühle ich wohl, dass ich seine Schwester nicht bin."

Der Offizier, von den Worten des Mädchens bewegt, hatte das Pult verlassen und sich ihr langsam genähert.

„Armes Kind", seufzte die Frau, „du musst dir die Gedanken aus dem Kopf schlagen und dich über sein Unglück trösten. Einen Blinden kannst du doch nicht immer lieben?"

Trien zitterte vor Schmerz.

„Ihn verlassen, ihn vergessen, weil er blind und unglücklich ist für sein Leben? Ach, Madame, wenn es Ihnen beliebt, sagen Sie das nicht mehr, es geht mir wie ein Messer durchs Herz!"

In der Tat entstürzte ihr eine neue Tränenflut. Der Offizier wechselte mit seiner Gemahlin einige Worte auf Französisch. Er sagte, dass ein Ministerialbefehl gekommen sei, wonach dem Obersten die Erlaubnis gegeben worden sei, die blinden Soldaten mit unbeschränktem Urlaub in ihre Gemeinde zu entlassen, in Erwartung, bis ihnen ein endgültiger Beschluss bezüglich ihrer Dienstentlassung zugehen werde. Obschon diese Maßregel erst in ein paar Wochen ausgeführt werden solle, zeigte sich der Offizier doch bereit, beim Obersten, wenn es noch angehe, einen Versuch zu machen und für den unglücklichen Freund der Bäuerin ausnahmsweise noch am selben Tag einen Urlaubspass zu erwirken. Seine Frau bat ihn, dass er diese Absicht doch ja ausführen möge. Trien, obschon sie nicht verstand, was gesprochen wurde, merkte doch, dass ihre Gönnerin ihren Mann zu etwas Gutem für sie antrieb; das halbgetröstete Mädchen nickte bittend, wie um den menschenfreundlichen Versuch zu ermutigen. Der Offizier wandte sich an das Mädchen und fragte:

„Würdet Ihr froh sein, wenn Euer Freund mit Euch nach Hause kehren dürfte?"

Triens Gesicht wurde plötzlich von einem unbeschreiblichen Ausdruck erhellt, worin sich Freude und Angst stritten. Ihre großen blauen Augen schienen dem Munde des Offiziers noch mehr Worte entlocken zu wollen. Endlich rief sie:

„Erfreut? Froh? Ich bin fast ganz außer mir bei dieser Frage. Oh, Mein Herr, Mein Herr, täuschen Sie mich nicht mit falscher Hoffnung! Ich würde mich vor Sie hinwerfen und Ihre Füße küssen aus Dankbarkeit!"

Der Offizier nahm seinen Tschako, gürtete sich den Säbel um und entfernte sich mit den Worten:

„Habt nur guten Mut, Mädchen, es wird mir vielleicht glücken. Auf jeden Fall werdet Ihr Jan noch sehen, dafür werde ich sorgen."

Einige unverständliche Dankeslaute folgten dem Offizier. Dann fing Trien an, ihrer Wohltäterin glühend zu danken, doch diese ließ ihr nicht Zeit, um das Gefühl, das ihr Herz bewegte, ganz auszudrücken. Sie eilte in die Küche und kam bald mit einer Maid zurück, die ein Tischchen vor Trien hinschob und darauf Fleisch, Brot und Bier auftischte, während die Frau sagte:

„Iss und trink nach Lust, Mädchen, es ist dir herzlich gegönnt."

„Ach, ich weiß wohl, Madame", seufzte Trien, „aber wie habe ich es doch verdient? Es ist, als ob Sie meine Mutter wären. Gott wird es Ihnen lohnen!"

„Es ist wohl schon lange, dass du gegessen hast?", fragte die Frau.

„Seit diesem Morgen um drei Uhr, Madame", antwortete Trien, indem sie mit wahrem Hunger zu den Speisen griff. „Ich bin seit sieben Stunden gegangen, aber nun danke ich dem guten Gott in all meinem Kummer, weil er Sie so gut gemacht hat, Madame."

Lange noch bezeugte Trien ihren Dank und lange auch tröstete die edle Frau sie mit milden schwesterlichen Worten. Der Offizier blieb wohl zwei Stunden aus. Trien hatte schon ihre ganze Geschichte erzählt und liebreich gesprochen von dem schönen, geliebten Kempenland, wo Geist und Herz rein sind wie die Luft der sandigen Ebene; wo jedes Gefühl der Seele durchzogen ist von Einfalt und Rechtlichkeit, wie die Blütenwelt der Heide, die jeden Morgen sich in Balsamdüften badet.

Die Frau fand inniges Behagen an diesem Bauernmädchen, dessen Rede, wie ungekünstelt sie auch war, einen scharfen Verstand und ein reichbegabtes Herz verriet. Mehr als einmal hatte Trien an ihr Gemüt gegriffen, sodass ihre Augen vor Rührung glänzten. Während sie so in Erwartung dasaßen und über das schöne Landleben sprachen, war der Offizier mit dem Sergeanten in das Blindenzimmer getreten.

Nach einer Weile folgte ihm Jan, der den Ranzen auf dem Rücken und den Stock in der Hand hatte. Der Sergeant führte ihn bis zur Türe der Wohnung des Offiziers. Hier fasste dieser selbst den Blinden bei der Hand und sagte zu ihm: „Da drinnen ist Trien, sie erwartet Euch."

Mit diesen Worten öffnete er die Türe. Jan zog ein Papier aus seiner Brusttasche und es in die Höhe haltend, rief er freudig:

„Trien, Trien lieb, ich darf mit dir nach Hause gehen; ich brauche kein Soldat mehr zu sein. Hier ist mein Abschied!"

„Es ist wahr, was er sagt", sprach der Offizier, als er wahrnahm, dass das Mädchen es nicht zu glauben wagte.

Unterdessen kam Jan, die Hände vor sich hinhaltend, in das Zimmer, aber Trien sprang ihm nicht entgegen. Das erschütterte Mädchen sank vom Stuhl und rutschte auf den Knien vor ihre Wohltäterin hin, die etwas weiter weg saß. Mit aufgehobenen Händen und tränenden Augen rief sie laut:

„Oh Madame, wenn Sie nicht in den Himmel kommen, wer mag dann selig werden! Ich kann nicht sprechen. Ach, mein Herz bricht, ich sterbe vor Freude. Dank! Dank!"

In der Tat glitt ihr Kopf kraftlos in den Schoß der Frau und schweigend umfasste sie ihre Knie. Dennoch erwachte sie alsbald aus dieser tiefen Rührung. Sie sprang auf und lief mit offenen Armen auf den Blinden zu.

Nachdem sie sich in Äußerungen der Freude und Dankbarkeit erschöpft hatten, zogen Trien und Jan zum Tor des Lazaretts hinaus, begleitet von den freundlichen Glückwünschen ihrer Wohltäter.

Es war ein sonderbarer Anblick, das frische Bauernmädchen, den blinden Soldaten an der Hand führend, durch die Straßen Venloos schreiten zu sehen. Auch blieb jeder Vorübergehende staunend stehen, nicht so sehr wegen des Unglücklichen, der mit dem Ranzen auf dem Rücken und dem grünen Lichtschirm vor den Augen neben dem Mädchen hertrat, als wegen des begreiflichen Ausdruckes von Stolz und Glückseligkeit der ihrem Antlitz etwas Edles, Wunderschönes verlieh. Die gute Trien war so glücklich, so stolz auf den Erfolg ihres Wagemutes, dass sie sich mit erhobenem Kopf und mit strahlendem Gesicht dahinbewegte, ohne die Augen vor den neugierigen Blicken der Bürger niederzuschlagen. Sie hatte es sehr eilig, die Stadt zu verlassen und munterte den Blinden zu raschem Gang an. Der unerwartete Sieg hatte sie erstaunt und in Verwunderung versetzt. Selbst jetzt konnte sie kaum daran glauben und von Zeit zu Zeit lief ein flüchtiges Zittern durch ihren Körper, als fürchte sie, dass man ihr den unglücklichen Freund noch nehmen könnte. Endlich erreichten sie das Stadttor. Sie sah das Blachfeld und den fernen Horizont, wo der Weg zu ihrem Dorfe führte. Jetzt erst flog ein heller Jubelruf aus ihrer Brust, sie erhob das Auge dankend zum Himmel, machte das Kreuzzeichen und sagte mit süßem Entzücken: „Nun komm, Jan! Jetzt sind wir frei!“

5.

Es war noch erstickend heiß, obschon der Schatten der Bäume sich
bereits beträchtlich verlängert hatte; über Heide und Feld wiegte sich
noch der glühende Atem des Sommers; kein Windchen lispelte im
Laub; die Vöglein saßen matt und still in dem regungslosen Blattwerk;
alle Stimmen der Natur schwiegen; soweit das Auge reichte, konnte
man weder Mensch noch Tier erspähen. Die Erde schien vor Müdigkeit eingeschlummert zu sein.

An Bord eines einsamen Weges, überschattet von den Zweigen
eines Eichengebüsches, lag ein Soldat mit dem Kopf auf seinem Ranzen und schlief. Seine Füße waren nackt, die Schuhe standen daneben.
Ein junges Bauernmädchen saß bei ihm und hielt ihren kummervol-
len Blick auf ihn gerichtet, während sie in der tiefsten Stille mit einem
Birkenreis ihm die Fliegen vom Gesicht und von den Füßen jagte. Der
Soldat lag auf einem Bette von wildem Thymian; ein süßer Geruch
wie von Balsam umgab ihn. Die liebe Feldblume neigte ihre Glöck-
chen über seine Stirn; unten, zu seinen Füßen, erhob der himmelblaue
Enzian seinen prächtigen Kelch.

Ohne Zweifel musste der Soldat schon lange ausgeruht haben,
denn seine Gefährtin blickte manchmal mit einer gewissen Unruhe
nach der Sonne, als wolle sie am Gang des Himmelsgestirns abmes-
sen, wie weit der Tag schon vorgerückt war. Vielleicht entstand ihre
Bekümmernis aus einer andern Ursache. Und in der Tat bemerkte
sie mit Betrübtheit, dass die Sonne sich um die Eichenhecke gedreht
hatte und einige ihrer Strahlen mit voller Glut auf den Schläfer fielen.
Ihre Verlegenheit war groß. Sie stand auf und blickte ringsumher. Erst
wollte sie die Zweige des Gebüsches beugen und zusammenbinden,
um dem Soldaten Schatten zu gewähren. Doch dies erwies sich als
fruchtlos, indem das Licht schnurstracks und von der Seite her den
Wegrand beschien.

Mit der größten Stille und sachten Trittes kroch das Mädchen in
das Eichengestrüpp und schnitt zwei starke Zweige ab. Sie trat vor
den schlafenden Soldaten und steckte die Zweige neben ihm in den
Boden. Dann knöpfte sie das Band los, das sich um ihren Gürtel wand

und hing ihre Schürze vor das Gesicht des Soldaten, worauf sie sich mit einem Ausdruck von Zufriedenheit wieder neben ihm niedersetzte. Einige Zeit noch belauschte sie seinen Schlaf und horchte auf seine Atemzüge, als suche sie das Pochen seines Herzens festzustellen. Seine Augen konnte sie nicht sehen, denn diese waren unter einem grünen Lichtschirm verborgen.

Endlich machte der Soldat eine Bewegung, tastete ängstlich um sich her, streckte die Hand aus und rief mit banger Stimme:

„Trien, Trien, wo bist du?"

Das Mädchen ergriff seine Hand und sagte:

„Ach Jan, hier bin ich. Sei ruhig. Du zitterst? Was hast du?"

„Ach, ich habe geträumt, dass du von mir fortgegangen bist", antwortete der Jüngling, sich aufrichtend. „Gott, was für ein Traum! Kalter Schweiß bricht mir noch aus."

„Was sind das für Gedanken?", bemerkte das Mädchen mit süßem Tadel. „Umso besser, dass du dies geträumt hast, Jan, das ist ein sicheres Zeichen, dass ich dich nicht verlassen werde. Die Träume müssen stets verkehrt ausgelegt werden."

„Es ist wahr, liebe Freundin", sagte der Soldat, indem er ihr die Hand drückte. „Gott wird es dir im Himmel lohnen."

Inzwischen hatte das Mädchen die Riemen des Ranzens aufgeschnallt und ein Stück Brot nebst Fleisch herausgenommen. Sie schnitt das Brot in kleine Stückchen und gab auf jedes etwas Fleisch. Dazwischen sprach sie mit liebreicher Stimme:

„Jan, wie ist es nun? Hast du geruht? Hast du geschlafen und dich erquickt?"

„Müde bin ich nicht mehr, Trien lieb", war die Antwort, „aber ich weiß nicht, ich bin so traurig von diesem hässlichen Traum."

„Oh, das wird schon vergehen. Es kommt von dem Schlaf auf dem harten Boden. Hier habe ich den Tisch schon gedeckt. Willst du essen?"

„Ja, ich habe Hunger, Trien."

Das Mädchen gab ihm die Stücke Brot und Fleisch eines nach dem andern in die Hand. Während er stillschweigend die dargereichten Bissen verzehrte, beobachtete sie sein Gesicht genauer und bemerkte einen eigenartigen Ausdruck von Mutlosigkeit und Betrübnis. Noch immer in dem Glauben, dass die Beschwerde über den Schlaf die einzige Ursache dieser Betrübtheit sei, machte sie vorderhand keinen Versuch, um sein Gemüt zu entlasten. Sobald sie ihm das letzte Stückchen Brot gereicht hatte, zog sie ihm die Strümpfe an und band ihm die Schuhe zu. Der Soldat griff nach dem Ranzen, um ihn auf seinen Rücken zu laden, aber das Mädchen nahm ihm die Bürde ab.

„Nein, Trien, lass mich ihn doch tragen“, begehrte Jan. „Er wird dich viel zu müde machen. Es geht doch nicht an, dass ein Mädchen mit dem Ranzen auf dem Rücken des Wegs kommt. Es muss schon seltsam genug sein, ein Mädchen mit einem blinden Soldaten über die Heide ziehen zu sehen. Was mögen sich die Leute denken?“

„Was kümmern uns die Leute, Jan? Du, der nicht sehen kann, ermüdest dich hundertmal mehr als ich. Du trittst fast bei jedem Tritt fehl. Mich ermüdet der Ranzen nicht.“

Sie selbst nahm den Ranzen auf den Rücken und als man so reisefertig war, brachte sie den Soldaten mitten auf den Weg. Sie gab ihm einen Stock in die Hand, dessen anderes Ende sie hinter ihrem Rücken hielt, damit der arme Blinde hinter ihr ganz genau ihren Fußstapfen folgen sollte. Im Weiterschreiten sprach sie:

„Nun, Jan lieb, wenn ich zu schnell gehe, musst du es sagen und lass uns ein wenig plaudern auf dem Weg – es soll uns den Marsch verkürzen.“

Da sie keine Antwort erhielt, wandte sie sich zu dem Jüngling und sagte:

„Jan, du darfst den Kopf nicht so hängen lassen – das wird dich ermüden.“

Der Blinde richtete schweigend den Kopf in die Höhe, doch ließ er ihn schon bei dem dritten Schritt allmählich vornüber gleiten. Offensichtlich war er in ernstlicher Betrachtung, vielleicht in trübe Gedanken versunken; dies letztere musste auch die Meinung des Mädchens sein, denn obschon ihr Gesicht plötzlich durch Betrübtheit verdüstert wurde, sagte sie doch mit heiterer Stimme, wie um ihn seiner Traurigkeit zu entreißen:

„Ach, Jan, morgen Abend sind wir zu Hause! Dies wird eine Freude sein! Deine arme Mutter, die noch glaubt, dass du im dunklen Lazarett dich abhärmst, wie fröhlich wird sie sein und dich vor Freude küssen! … Und Pauwken, der so sehr weinte, als du fortgingst, wie wird das Kind springen! Und meine Mutter und Großvater! Mich dünkt, ich sehe sie schon mit offenen Armen daherkommen… Und der Ochs, das arme Vieh, wenn er dich hört, wie wird er sich gebärden wie ein Mensch! Denn ich konnte es ihm alle Tage an seinen Augen ansehen, dass er dich nicht vergessen hat. Und dann wird der Großvater gleich das fette Kaninchen schlachten und wir werden alle miteinander schmausen wie die Könige! Ach, ich wollte, dass ich schon da säße!"

Während das Mädchen plauderte, sah sie, um die Wirkung ihrer Worte auf seinem Gesicht zu prüfen, öfters nach dem Blinden, der hinter ihr am Stock einher stapfte. Ein zweifelhaftes Lächeln war die einzige Veränderung, welche sie bemerkte. Dennoch stärkte dieses Zeichen, wie unbedeutend es auch war, ihren Mut, und obschon der Jüngling nicht geantwortet hatte, fuhr sie fort:

„Und wenn wir zu Hause sind, Jan, werde ich allzeit bei dir sein und dich nie verlassen. Ich werde Lieder kaufen und sie lernen, um sie dir abends am Herd vorzusingen und wenn ich auf das Feld zum Arbeiten gehe, musst du immer dabei sein. Wir werden zusammen bei der Arbeit plaudern und was du nicht sehen kannst, werde ich dir mit den Händen zu fühlen geben. So wirst du so gut wie ich wissen, wie es mit den Früchten steht, in deinem Geist sollst du sie grünen sehen. Ich werde dich zur Kirche führen und mit dir des Sonntag Abends in der ,Krone' eine Pint Bier trinken, damit du die Freunde sprechen hörst. Es wird sein, als ob du nicht blind wärest. Was sagst du dazu? So wird es also doch noch ganz gut."

Eine Träne fiel glitzernd unter dem Lichtschirm des Soldaten nieder und rollte wie ein Tautropfen über seine Wangen auf den sandigen Weg. Er antwortete mit trübem Ton:

„Trien lieb, deine Stimme ist so lieblich, dass sie mein Herz vor Rührung erzittern macht. Deiner süßen Rede zuhören ist, als ob mein Schutzengel vor mir ginge. Ich sehe dich vor meinen Augen stehen, du hast Flügel, dein Leib ist so licht wie die Sonne. Ich glaube, dass Unser Lieber Herr mich durch meine blinden Augen sehen lässt, wie du einmal im Himmel belohnt werden sollst für deine unbegreifliche Güte."

„Ach Jan, du darfst nicht so sonderbar sprechen", bemerkte das Mädchen. „Mir liegt nur an einer Belohnung für meine Mühe und die ist, dass du nicht so traurig sein sollst. Gestern warst du doch viel fröhlicher."

Der Blinde zog den Stock an sich und ergriff die Hand des Mädchens, um neben ihr zu gehen. Dann sagte er:

„Trien, gestern war ich so froh, weil ich nach Hause zurückkehren durfte. Aber seit heute Morgen und jetzt, während ich geschlafen habe, ist mir die Wahrheit vor Augen getreten. Jetzt nagt etwas an meinem Herzen. Ich will. es dir nicht verschweigen. Gott würde mich strafen, wenn ich deine Liebe mit Eigensucht belohnte."

„Aber Jan, was hast du dir nun wieder in den Kopf gesetzt? Du machst mich so betrübt, dass ich fast nicht mehr weiter kann. Sage mir, was du auf dem Herzen hast, es wird nur Einbildung sein."

„Lass uns einmal ganz ruhig darüber sprechen", versetzte der Jüngling mit bewegter Stimme. „Du bist schön und gutherzig, geschickt zu jeder Arbeit und du sollst dein ganzes Leben hingeben und verkümmern lassen aus Mitleid für einen unglücklichen Blinden? Und dann, wenn unsere Eltern und ich auf dem Kirchhof liegen, solltest du in deinem Alter allein und verlassen dastehen um meinetwillen?"

Das Mädchen, von dem traurigen Ton seiner Stimme gerührt, weinte bitterlich Jan bemerkte es nicht und fuhr fort:

„Trien! Auf dem Todbette werde ich noch des Augenblicks gedenken, wo wir Abschied von einander nahmen. Ich habe verstanden, was deine schönen blauen Augen mir sagten. Es hat mich glücklich gemacht in all meinen Leiden. Selbst als der Arzt mir die Augen brannte mit dem Höllenstein, sodass ich vor Schmerz laut aufschrie, standest du noch vor mir mit derselben Röte auf der Stirne und ich fühlte noch deine Hand in der meinigen beben. Ach, hätte mir der liebe Gott nur ein einziges Auge gelassen, um unser tägliches Brot verdienen zu können, ich würde auf meine Knie gefallen sein, Trien, um dich um etwas zu fragen, das uns für das ganze Leben verbinden muss. Und ich hätte mich zu Tode gearbeitet, um dich für deine Güte zu belohnen – nun kann es nicht mehr sein…"

„Aber, um Gottes willen, Jan", rief das Mädchen bestürzt aus. „Was sprichst du doch da? Tust du das, um mich zu quälen? Ich begreife dich nicht. Und was würde dein Los sein auf der Welt?"

„Leid… und sterben!", seufzte der Jüngling.

„Sterben?", rief das Mädchen mit Bitterkeit. „Und du glaubst wohl, dass ich dich sterben hätte lassen? Was meinst du denn? Sprich doch ein wenig deutlicher, ich kann diese dunklen Reden nicht vertragen! Und so will ich nicht weiter gehen. Setz dich hier ein wenig nieder, bis die abscheulichen Sachen aus deinem Kopf sind."

Sie führte den Blinden an den Rand des Weges, setzte sich mit ihm auf das verbrannte Gras nieder, legte den Ranzen ab und sprach dann:

„Lass hören, Jan, sag es aber geradewegs was du meinst?"

„Ach, Trien lieb, du verstehst mich wohl", antwortete der Soldat. „Du willst deine Jugend mir aufopfern! Kann ich fordern, dass du dein ganzes Leben verdirbst aus Güte für mich? Der Gedanke schon zerreißt mir das Herz. Du willst, ich soll fröhlich sein und heiter. Nun, so versprich mir, dass du für mich künftig nichts mehr sein wirst als eine Schwester; dass du wieder wie zuvor auf die Kirmes gehen und gegen andere junge Leute freundlich sein willst…"

Schluchzend antwortete das Mädchen unter bittern Tränen:

„Jan, Jan, wie ist es möglich, dass du so grausam sein kannst! Du zerreißest mir das Herz wie ein Henker. Das hab ich nun für meine Güte. Geh, such dir einen anderen Liebhaber! Womit habe ich das verdient oder was habe ich dir getan?"

Jan suchte die Hand des Mädchens und als er sie gefasst hatte, sagte er mit zärtlicher, trauriger Stimme:

„Ach, Trien, du willst mich nicht verstehen. Hätte ich noch sechs Augen, ich ließe sie mir alle ausbrennen, um dich lieben zu können, ohne dass du darunter littest. Und wahrlich! Blindsein ist ein Leiden, das niemand fühlen kann, solange er das Licht sieht. Aber Gott würde mich gewiss strafen, wenn ich dein Leben zu meinem Vorteil gebrauchen wollte."

„Und wenn ich nun deinem abscheulichen Rate folgte, dann würdest du mich wohl vergessen, nicht wahr?"

„Vergessen", seufzte der Blinde, „es ist immer Nacht für mich. Ich muss mein ganzes Leben lang denken und träumen. An wen, an was könnte es sein? Wohl an etwas anderes, als an deine Güte und an das, was deine Augen mir beim Abschied sagten?"

„Und du würdest Trien auch lieb behalten, wenn sie deinen Wunsch erfüllte?"

„Ewig, bis zum Tode!"

Das Mädchen wischte sich die Tränen aus den Augen. Ihre Züge nahmen einen ganz andern Ausdruck an und mit freudiger Entschlossenheit sagte sie:

„Und ich sollte dich verlassen? Mit andern Burschen zur Kirmes gehen und tanzen, während du in deiner Ecke am Herd ganze Wochen lang sitzen und trauern und an mich denken würdest? Ich weiß nicht, Jan, wie du das nur meinen kannst! Sei gewiss, wenn du es nicht wärest, ich würde sehr böse darüber sein. Glaubst du denn, ich hätte kein Herz und würde dich nur so hinsterben lassen? Nein, nein, du hast mich recht lieb gehabt, als du deine beiden schwarzen Augen noch hattest. Nun will ich dich auch lieb behalten, wenn du auch deine Augen verloren hast. Sprich mir nicht mehr von andern jungen Leuten. Du tust mir sehr weh damit, denn es ist gerade, als wenn du dir nichts mehr aus mir machtest. Wenn ich nur daran denke, muss ich weinen."

Jan drückte in stummer Bewunderung dem Mädchen die Hand. Nach einer Weile sprach er seufzend: „Trien, du bist ein Engel auf Erden. Ich fühle es wohl, du allein kannst mich verschmerzen lassen, was Gott mir genommen hat. Aber es darf nicht sein."

„Jan, ich verstehe dich wohl", versetzte das Mädchen. „Du meinst, ich müsste eine alte Jungfer werden.

Da irrst du dich. Ich werde eine glückliche Heirat tun, ehe noch das Winterkorn gesäet wird, hörst du?"

„Heirat?", murmelte Jan. „Oh Trien! Gott gebe, dass dein Mann dich liebe, wie du es verdienst. Ach, du willst heiraten? Aber wen denn? Ist es jemand aus unserm Dorf?"

„Jan, bist du toll?", rief das Mädchen so laut, dass es hinter ihr aus dem Tannengebüsch widerhallte. „Ich will heiraten und du fragst: 'Wen?' – Dich!"

„Gott! Mich? Einen Blinden?"

„Ja dich, dich, der sechs Augen darum gäbe, um mich lieben zu dürfen!"

„Oh Dank, Dank für das Übermaß von Güte! Sei gesegnet für so viel Liebe, aber…"

Trien legte ihm die Hand auf den Mund und erstickte das sich weigernde Aber, während sie sagte: „Schweig still! Du hast da erst so ernst gesprochen und ich habe zugehört, dass mir das Herz davon zerspringen wollte, nun lass mich auch einmal so sprechen. Wenn Trien durch ein Unglück blind geworden wäre, würdest du das arme Lamm verstoßen haben? Und wenn sie dich lieb behalten hätte in ihrem Jammer, würdest du ihr den Todesstoß gegeben haben, indem du andere Mädchen gerne gesehen hättest? Nun, so antworte mir denn.“

„Ich kann nicht.“

„Du musst! Und gerade heraus sollst du sprechen, Jan.“

„Ach, Trien, ich würde getan haben, was du nun tust, aber es darf doch nicht sein, liebe Freundin. Was würden die Leute von mir sagen?“

„Es soll so sein!“, sprach das Mädchen entschlossen. „Hier ist meine rechte Hand. Gott sehe es, bis der Priester uns verbindet.“ Bei diesen Worten schlug der Soldat beide Hände vor das Gesicht und ließ den Kopf auf die Brust des Mädchens sinken. Er verging fast vor Rührung und blieb sprachlos, bis Trien begeistert ausrief:

„Die Menschen? Wer recht tut, braucht sich nicht zu schämen. Und wenn ich mit dir zur Kirche gehe, um das Jawort vor dem Altar zu sprechen, werde ich den Kopf erst recht stolz tragen und denken, dass Gott oben weiß, was gut und böse ist. Und lasst mich nur machen: ich werde zeigen, was man kann, wenn Herz und Arme stark sind. Es soll uns an nichts fehlen, Jan lieb, dafür wird Trien sorgen und sie wird so bei dir bleiben, dich trösten, dich gern sehen und lieben, bis uns der Tod scheidet. Und so werden wir mit unsern Eltern, mit Großvater und Pauwken leben in Frieden und Glück wie zuvor. Ist es so nicht gut?“

Weinend und schluchzend küsste der Blinde ihre Hände. Er stammelte noch einige Worte, um das liebevolle Anerbieten abzulehnen, doch das Mädchen sprach im Befehlston:

„Jan, wir können hier nicht sitzen bleiben, wir müssen weiterziehen. Es wird schon bald dunkel werden, ehe wir den Hof erreichen, wo ich vor vier Tagen geschlafen habe. Steh auf und geh nun fröhlich weiter. Ich will von dieser Sache nun nichts mehr sprechen hören. Was gesagt ist, bleibt gesagt. Lasst uns nun von andern Dingen reden.“

Sie belud sich mit dem Ranzen, reichte Jan den Stock und beide wanderten still, doch mit aufgeräumtem Gemüt, über die Heide fort.

6.

Am nächsten Morgen bei Tagesanbruch war Trien schon wieder
unterwegs, mit dem Ranzen auf dem Rücken und dem blinden Soldaten hinter ihr. Das Gras am Wege und die Kräuter der Heide blinkten
im ersten Sonnenstrahl, als wären sie mit Diamanten bestreut, während die Spitzen der Tannen vom Tau versilbert schienen. Der östliche
Himmel glühte von Purpur und Gold, an den fernen Gebüschen stiegen die Nebelwolken auf. Die Vögel schwirrten schon um die Kräuter, Käfer und Schmetterlinge flogen und spielten in der Runde. Alles
lachte beim Anbruch des schönen Tages, alles jauchzte beim Erscheinen des jungen Lichtes.

Auch das gute Mädchen befand sich, ohne es zu wissen, in Übereinstimmung mit der fröhlichen Natur. Von Zeit zu Zeit sang sie mit einer
gewissen Schwärmerei bald dieses, bald jenes Lied oder sie sprach einzelne Worte, um der Heiterkeit ihres Herzens Luft zu machen. Der
Soldat war schon lange stillschweigend einhergeschritten. Endlich
fragte er:

„Aber, Trien lieb, wie du fröhlich bist! Gewiss, weil es so schönes
Wetter ist? Ich kann es nicht sehen, aber ich höre wohl, wie die Vögel
der Sonne guten Tag zurufen und wie die Bienchen um mich her sum-
men und fröhlich sind.“

„Nein, Jan, deswegen ist es nicht“, antwortete das Mädchen, indem
sie ihn bei der Hand fasste. „Komm einmal näher zu mir, ich muss dir
etwas Sonderbares erzählen. Es ist mehr ein Traum und ich hatte ihn
beinahe schon vergessen, aber seit ich vollends munter geworden bin,
ist er mir wieder ganz deutlich ins Gedächtnis gekommen. Träumen
ist doch wohl angenehm, nicht wahr, Jan?“

„Manchmal.“

„Ja, aber ich will sagen, wenn es schöne Träume sind. Ich bin noch
nie glücklicher gewesen als diese Nacht, während ich schlief und
ich gäbe meinen Traum nicht für zwanzig Kronen, und das ist doch
schrecklich viel. Es ist doch wohl ärgerlich, Jan, dass die Träume keine
Wahrheit sind.“

„Was hast du denn so Schönes geträumt, Trien?“

„Ja, Jan, du bist auch dabei, das kannst du wohl denken. Ach, es ist so hübsch, höre nur einmal! Die Pächterin, die gute Frau, Gott möge es ihr lohnen, hatte mich in ein kleines Schlafkämmerchen geführt. Als ich nun allein war, setzte ich mich auf die Knie vor einem Muttergottesbilde, um zu beten. Ich weiß nicht, wie lange ich da sitzen blieb, aber als ich aufstand, drehte sich mein Kopf, so schien es mir wenigstens, und ich war ganz wirr. Der Mond war inzwischen aufgegangen und schien so hell durch das Fenster, dass das Stübchen ganz blau und fremd aussah. Ich lehnte meine Stirn gegen die Scheiben, um mir den Kopf etwas abzukühlen und warf mich dann halb angekleidet aufs Bett, damit ich am andern Morgen gleich bei der Hand wäre. Aber ich konnte gar nicht schlafen, der Mond schien mir gerade in die Augen und ich musste immer nach dem Manne mit seinem Bündel sehen, der darin ist. Ob ich dann endlich einschlief, kann ich nicht sagen, aber es muss doch wohl sein, denn höre nur, was mich überkam. Auf einmal kriegte der Mond einen Mund und die schönsten blauen Augen. Er fing an sich zu röten, wie ein Apfel, und lachte mir so freundlich zu, dass ich ganz davon ergriffen wurde. In meinem Leben habe ich nie eine Frau gesehen, mit einem so schönen und liebreichen Wesen, denn gäbe es eine auf der Welt, die Menschen würden sicher davor knien. Ich glaube es wohl. Horche nun weiter. Allmählich wuchsen ihr Arme an und sie bekam ein langes Kleid mit großen goldenen Blumen; auf ihrem Haupt ruhte eine Krone von sieben blinkenden Sternen. Auf ihrem Arm hielt sie ein Kind, schöner noch als die Englein im Himmel. Und, oh Gott! Jan, es war Unsere Liebe Frau von dem Bilde, das lebendig geworden war und mit unserm lieben Heiland auf dem Arm in der Luft mir zulachte und winkte. Aber es kommt noch hübscher. Wie du in meine Kammer gekommen warst, weiß ich nicht; doch du saßest auf einem Stuhl beim Fenster. Mit deinen blinden Augen sahest du Unsere Liebe Frau auch, denn wir fielen zusammen auf unsere Knie und streckten die Arme zum Fenster hinauf, als ob wir die Mutter Gottes anriefen. Da kommt sie auf einmal stille und sachte herunter, immer näher und näher und durchs Fenster bis in die Kammer. Sie sagte zu dem Jesukindlein etwas und das Kindlein berührte mit dem Finger deine Augen, und du, Jan, riefst mit höchstem Entzücken: ’Ich sehe! Ich sehe!‘ Ich Arme war so sehr davon betroffen, dass ich in meinem Schlaf aufsprang und beinahe aus dem Bett fiel… Da war es nicht wahr! Ich hatte nur geträumt, denn der Mond mit dem Mann stand noch am Himmel und Unsere Liebe Frau stand noch ruhig auf dem Bild… Ist dies kein glücklicher Traum?“

Das Mädchen schwieg und wartete auf eine Antwort. Nach einer kurzen Weile sagte der Jüngling:

„Trien, was du schön erzählen kannst! Mein Herz klopfte vor Freude, während du sprachst. Ich glaubte, dass ich das alles geschehen sähe und als du sagtest, dass unser Heiland mir die Augen berührte, habe ich etwas gefühlt, das ich nicht sagen kann; und ich habe Unsere Liebe Frau gesehen, so klar und deutlich, dass ich im Sand die goldenen Blumen nachbilden könnte, die auf ihrem Kleide glänzten!“

„Was für Blumen hast du gesehen, Jan?“

„Große Rosen.“

„Ich auch, das ist doch ein Wunder!“

„Und Lilien, wie sie voriges Jahr im Hof des Brauers so viele standen.“

„Und ich habe auch Rosen und Lilien darauf gesehen! Aber wie ist das doch möglich? Mein Verstand steht dabei still.“

„Ach, gute Freundin“, seufzte Jan, „betrüge dich nicht mit falscher Hoffnung. Träume sind Schäume, sagt das Sprichwort. Es ist nur ein Trost, den uns Gott auf der Reise mitgibt.“

„Das ist das Gleiche“, rief das Mädchen frohgemut. „Mich dünkt, ich sehe seit heute Nacht die Mutter Gottes noch viel lieber als vorher… Und wenn wir zu Hause sind, werde ich den Küster um etwas Silberpapier bitten, um dem Bild am Lindenbaum auch so eine Krone von sieben Sternen zu machen und wenn wir in unserm Leben es vermögen, soll das Bild auch ein Kleid mit goldnen Blumen haben. – Aber jetzt lass uns besser ausschreiten, ehe die Sonne höher steigt; und nimm den Stock, denn der Fußpfad wird schmal und holperig. Ich glaube, dass wir während des Erzählens irre gegangen sind.“

„Trien lieb, du musst auf den Weg achten, denn meine Knie beginnen zu ermüden. Ich fühle wohl, dass ich heute keine zehn Stunden werde gehen können.“

„Sei unbekümmert, Jan", antwortete das Mädchen, indem sie ihre
Schritte verlangsamte. „Auf einer flachen Heide wie diese, kommt
man wohl immer zurecht… Und ich sehe dort drüben zwei Türme,
Moll und Baelen, wie man uns diesen Morgen gesagt hat."

„Wie weit sind wir wohl noch davon entfernt, Trien?"

„Sicher wohl anderthalb Stunden. Wirst du diesen Morgen noch
so weit gehen können?"

„Ja, wenn wir mitunter dann und wann rasten."

„Dann musst du es sagen, wenn du müde bist. Wir werden nun
etwas schweigen, sonst wirst du noch früher müde…"

Die Sonne war inzwischen schon über dem Horizont emporge-
stiegen und begann ihr Licht wie einen Feuerstrom auszugießen.
Die Hitze wurde so stark, dass die beiden Wanderer keuchten, während der Schweiß ihnen von dem Gesichte rann. Der Soldat klagte
aber nicht über Müdigkeit und schritt tapfer hinter seiner Führerin
einher. Er hatte die Stille noch nicht unterbrochen außer durch die
Bemerkung, dass ihn seine Augen schmerzten, als ob die brennende
Sonne ihre Entzündung vermehrte.

Nachdem sie eine gute Stunde zurückgelegt hatten, blieb das
Mädchen plötzlich stehen ohne dem Blinden etwas zu sagen. Dieser, hierüber verwundert, fragte:

„Trien, was siehst du denn, dass du plötzlich stehen bleibst?"

„Ach, Jan", antwortete Trien mit einer gewissen Betrübtheit, „ich
habe da was Schönes angefangen! Gott weiß, wie lange wir schon
vom Weg abgekommen sind und da stehen wir nun vor einem breiten Wasser, das quer durch die ganze Heide läuft, ohne dass ich
irgendwo eine Brücke sehe."

„Das ist schlimm", seufzte Jan. „Ich bin schon so müde. Ist das
Wasser tief?"

„Ach nein, es ist ein breiter Bach, ich kann den Grund ganz gut
sehen. Bis an die Knie wird man wohl durchwaten können."

„Gut, lass es uns wagen, Trien, dann brauchen wir keinen Umweg
zu machen."

„Ja, aber das ist unmöglich, Jan. Die Ufer sind zu hoch, du kannst
weder hinunter noch hinauf. Komm, komm, aus der Not eine
Tugend gemacht!"

Sie führte den Blinden an den Rand des Baches, warf den Ranzen hinüber und ließ sich in das Wasser gleiten. Der Jüngling hörte es und fragte: „Was fängst du denn an, Trien?"

„Schlinge deine Arme um meinen Hals und halte dich recht fest", antwortete das Mädchen, während sie den Soldaten mit der Hand an sich zog und ihn zwang, trotz seiner Einwendungen ihrem liebreichen Befehl zu gehorchen. Mit ihrer schweren Last watete sie dann schwankend durch das Wasser zum andern Ufer und sagte:

„Jan, dort auf dem Rand steht ein Weidengebüsch! Halte dich an den Zweigen fest und steig hinauf. Ich werde dir dabei schon helfen."

Der Soldat tat nach den Worten des Mädchens und erreichte ohne Mühe den Grund. Trien kam zu ihm hinauf und schüttelte das Wasser aus ihren Kleidern. Der Blinde sagte:

„Ach, Trien, du bist die Güte und Liebe selbst. Es schmerzt mich, dass ich dir für so viel Liebe und Barmherzigkeit niemals lohnen kann."

„Nun, Jan, das ist wohl der Mühe wert, dass du davon sprichst", fiel ihm das Mädchen in die Rede, „weil ich dich da durch das Wasser getragen habe. Die Sonne wird meine Kleider bald getrocknet haben. Komm nur wieder langsam vorwärts. In einem halben Stündchen sind wir beim ersten Turm – das wird Moll sein, da werden wir lang rasten."

„Ist das Wasser des Baches rein?", fragte der Jüngling.

„So klar wie Glas", antwortete das Mädchen. „Bist du durstig? Warte ein wenig, ich kann doch nur einmal nass werden und ich will dir einen guten Schluck zu trinken geben."

Mit diesen Worten schnallte sie schon das Kesselchen los, welches auf dem Ranzen befestigt war. Doch Jan sagte:

„Nein, das ist es nicht, aber meine Augen stechen mich so. Gib mir doch ein bisschen Wasser in einem Tüchlein, um sie zu waschen. Das wird mich erfrischen."

Trien schöpfte das Kesselchen voll Wasser, nahm dann ein weißes Tuch und sagte:

„Nun setz dich und lass mich dir die Augen auswaschen, sonst machst du dir die Kleider ganz nass."

Jan setzte sich aufs Gras, mit dem Rücken gegen die Sonne. Trien nahm ihm den Schirm von den Augen und begann diese mit dem nassen Tuche zu reinigen. Da ihr der Jüngling bezeugte, dass ihm dieses

Abwaschen Erleichterung verschaffte, so benetzte sie ihm auch das Gesicht und die Stirn reichlich, bis er ihre Hand abwehrte und sagte:

„Nun halt ein, Trien, es ist genug.“

Als das Mädchen nun ein wenig zur Seite ging, um den Schirm wieder zu nehmen, sprang Jan auf einmal mit einem lauten Schrei auf und stand, die Arme ausgestreckt, zitternd da.

„Gott, was ist dir?“, fragte Trien, erschreckt auf ihn zulaufend. Aber er schob sie zurück, als wäre er verwirrt und bat:

„Ach Trien! Geh zurück auf denselben Platz! Sei doch so gut!“

Erstaunt über den Ton seiner Stimme und die unerklärliche Freude, die sich auf seinem Gesichte zeigte, tat Trien, was er wünschte und stellte sich ein paar Schritte vor ihm hin.

Er öffnete nun seine erstorbenen Augen und rief mit aufgehobenen Armen:

„Oh Gott! Trien, ich habe dich gesehen, mein linkes Auge ist noch nicht ganz tot.“

Wie von einem Blitzstrahl getroffen erzitterte das Mädchen an allen Gliedern. Mit wankenden Schritten trat sie näher und rief:

„Nein! Nein! Jan, es ist nicht wahr! Lass mich nicht sterben vor Freude! Das Sonnenlicht hat dich getäuscht, du Armer!“

„Ich habe dich gesehen“, rief Jan, vor Freude außer sich. „Im Dunkeln, wie einen Schatten. Mein linkes Auge ist noch nicht tot, ich sag’ es dir. O, Trien lieb, das ist dein Traum von heute Nacht!“

Mit einem lauten Freudenruf sank das zitternde Mädchen auf ihre Knie und dankte Gott mit aufgehobenen Händen. Jan sah sie, obschon nicht ganz deutlich, und kniete neben ihr. Diese, ganz verzückt in ihrem Dankgebet, bemerkte ihn nicht und blieb eine Zeitlang ganz unbeweglich sitzen. Endlich sah sie sich um und rief: „Oh Himmel! Du hast gesehen, was ich tat?“

„Ich habe es gesehen“, jauchzte Jan.

„Ach, Unsere Liebe Frau!“, rief Trien unter einem Strom von Tränen. „Das hast du getan, heilige Mutter Gottes! Aber ich werde es auch nie vergessen und jedes Jahr zu deiner Ehre barfuß nach Scharpenheuvel wallfahren.“

Nach diesem innigen Ausrufe schienen sie ihre Kräfte zu verlassen, sie legte ihren Arm auf Jans Schulter und lehnte den Kopf an seine

Brust. Der Jüngling war nicht minder ergriffen, auch ihm versagte die Zunge den Dienst, um die Gefühle wiederzugeben, von denen sein Herz überströmte. Eine ganze Zukunft von Freude und Seligkeit hatte sich vor seinem Blicke aufgetan und hielt ihn mit ihrem Zauber umfangen.

Endlich richtete Trien sich auf und band unter fröhlichen Ausrufen Jan den Lichtschirm wieder vor, nahm dann den Ranzen neuerdings auf und führte leichten Schrittes ihren Gefährten weiter.

„Ach Jan, lieb", sagte sie, „ich weiß nicht, wie mir ist, aber ich möchte tanzen und springen vor Freude. Nun könnte ich noch zwanzig Stunden gehen ohne Müdigkeit zu spüren."

„Mir ist es auch so, Trien", antwortete Jan. „Mich deucht, ich könnte fliegen. Ach, Freundin, wenn mein linkes Auge wieder besser werden könnte, welch ein Glück! Welches Glück! Welches Glück! Wenn ich daran denke, stockt mir das Herz."

„Wieder besser werden? Es wird wieder besser werden. Dafür wird die Mutter Gottes im Himmel schon sorgen. Siehst du nicht, dass Gottes Hand im Spiele ist? Mein Traum von heute Nacht?"

„Trien lieb! Trien lieb!", rief der Jüngling, indem er zitternd ihre Hand drückte. „Ach wenn es wahr wäre, wie schön würde unser Leben noch sein! Wir würden heiraten, wie du mir so liebreich versprochen hast. Ich wollte arbeiten wie ein Sklave, aber mit Mut und Glück, und du, meine allerliebste Frau, solltest nichts mehr tun als dich pflegen."

„Oh, nicht so!", fiel Trien lachend ein. „Du denkst wohl, meine Hände könnten sich ans Nichtstun gewöhnen. Da wirst du dich aber täuschen."

„Das ist eins", versetzte Jan. „Du sollst nur tun, was du willst und nicht mehr. Und unsere Eltern, Trien, wie sollen sie sich bis ins höchste Alter unserer Liebe und Sorgfalt erfreuen! Ich würde die Scheidewand zwischen unsern Hütten wegbrechen und nur ein Haus daraus machen, damit wir alle zusammen wohnen können. Oh, es würde ein Himmel von Freundschaft und Freude sein!"

„Ach, es ist schön, was du da sagst", seufzte Trien gerührt. „Die Scheidewand muss fort, sobald wir nach Hause kommen und dann wollen wir alle beisammen sein! Welch ein Leben! Welch ein Leben!"

Trien klatschte vor Freude in die Hände wie ein Kind.

„Und dann", fuhr Jan fort, „wir haben zu wenig Land in Pacht, um hinlänglich arbeiten zu können und voran zu kommen. Ich will einen Handel anfangen mit Tannenzapfen und Reiserholz. Wir müssen ein wenig im Voraus sorgen, wenn…" Hier dämpfte er seine Stimme etwas und sagte fast unhörbar: „Wenn es Gott gefällt, unsern Haushalt allmählich zu vergrößern."

Er schwieg dann. Trien bedeckte die Augen mit den Händen und er hörte sie schluchzen und weinen.

„Warum betrüben dich meine Worte?", fragte der Soldat.

Das Mädchen ergriff abermals seine Hand und drückte sie, indem sie sprach:

„Um Gottes willen, schweig doch von all den schönen Dingen. Mein Herz bricht sonst, aber nur vor lauter Freude. Jan, ich bin so glücklich, dass ich noch von Sinnen gerate, wenn du noch mehr erzählst von dem Paradies, das uns erwartet."

„Und ich erst, Trien! Ich kann nicht schweigen; mein Herz läuft über. Lass mich nur fortfahren und sag du auch etwas. So kommen wir fröhlich und ohne es zu wissen nach Moll, um dort auszuruhen."

Aufs Neue begann der Soldat seine heitern Aussichten zu besprechen und er zauberte vor die Augen des entzückten Mädchens eine rosige Zukunft, worin beide das Leben ganz durchliefen und seine Seligkeit im Voraus genossen.

Endlich näherten sie sich einer großen Ortschaft. Trien übergab Jan den Ranzen und Hand in Hand betraten beide das Dorf.

7.

Am Spätnachmittage schritt Trien mit ihrem Freund über die Heide
an Casterlee vorbei, wo sie über die Nethe gegangen waren. Beide
waren schweigsam und betrübt, doch hatte keiner dem andern seine
gedrückte Stimmung mitgeteilt, im Gegenteil versuchten sie durch die
wenigen Worte, die sie sprachen, voreinander heiter zu erscheinen.

Und dennoch hatte eine bittere Enttäuschung ihre Herzen mit Weh
erfüllt. Auf dem Wege bisher hatte Trien bereits fünf- oder sechsmal
die Augen des Soldaten gewaschen. An keinem Wasser konnte sie vorbei, ohne zu erproben, ob es nicht die wundertätige Kraft des ersten
Heidebaches besaß. Ach, ihre liebevolle Sorgfalt wurde für sie selbst
und für den unglücklichen jungen Mann eine Quelle von Verzweiflung und Leiden. Hatte sich dieser entweder selbst getäuscht, als er
seine Gefährtin gesehen zu haben glaubte oder hatte die Kälte des
Wassers und das Waschen der Augen mit dem Tuche die Entzündung
gesteigert; genug, er sah nicht mehr, so oft er sich auch bemühte, das
Bild seiner Freundin zu entdecken. Er konnte nun sogar das Licht
nicht mehr vertragen und schloss die Augen vor Schmerzen, so oft
Trien ihm den Lichtschirm abnahm.

So drängte sich den beiden immer mehr die schreckliche Überzeugung auf, dass eine grausame Täuschung sie betrogen habe und die
Blindheit vollständig und unheilbar sei. Wohl blieb die Hoffnung, wie
eine glückliche Unsicherheit, in ihren Herzen; aber sie vermochte nur
hier und da einen flüchtigen Strahl in ihre stille Verzweiflung zu gießen, um durch die Erregung des Gemüts den Schmerz noch mehr zu
verdichten.

Noch eine andere Ursache stimmte ihr Herz traurig und trübe. Seit
Anbruch des Tages hatten sie nun bereits acht Stunden zurückgelegt
und waren aufs Äußerste ermüdet. Besonders war Jan, der manchen
Fehltritt tat, völlig erschöpft. Ohne Gefühl und in tödlicher Stumpf-
heit wankte er am Stock seiner Freundin fort und hielt sich mit schlaffen Gliedern vornüber, wie ein seelenloses Werkzeug. Seine Füße
waren wund und hätte er die Empfindung nicht ganz verloren, so hätte
er bemerkt, dass in seinem rechten Schuh eine warme Feuchtigkeit

platschte, denn es tröpfelte Blut aus seiner Ferse. Trien, fast nicht minder erschöpft, schritt nichtsdestoweniger immer voran, ohne etwas zu sagen oder sich nach dem Soldaten umzusehen. Trost blieb ihr nicht mehr. Der glückliche Ausblick war dahin, die Hoffnung verschwunden. Die unsägliche Freude hatte sie fast von Sinnen gebracht, aber gerade darum war der Schmerz der Enttäuschung tausendmal größer und hielt sie nun, so mutig sie sonst auch war, wie eine Sklavin unter einer aussichtslosen Mutlosigkeit gebeugt. Denn was sollte sie sagen, um ihren Freund dem Schmerze zu entreißen? Sollte sie von seinen Augen sprechen und ihr eigenes Gefühl belügen? Sie konnte es nicht; es hätte ihr und sein Herz in bittrem Spott zerrissen. Nachdem sie noch eine halbe Stunde schweigend zurückgelegt hatten, seufzte Jan auf einmal tief auf und sagte:

„Trien, halt ein! Ich kann nicht mehr!“

„Ich bin auch am Ende“, sagte das Mädchen, ohne sich umzusehen. „Wir wollen etwas ausruhen und diese Nacht im Dorf dahinten schlafen.“

„Ach, bleib stehen!“, flehte der Blinde.

„Wir sind gleich an einem Hof, noch zwanzig Schritte Jan. Da ist eine schöne Buchenhecke, wo wir Schatten haben.“

„Um Gottes willen, geh dann schnell!“

Sie führte ihn nun zu der Hecke, wo er ins Gras niedersank. An der Stelle, wo Jan und seine Freundin sich befanden, war die Hecke zu einer Laube nach innen herübergezogen. In dieser saß ein Herr mit einem Buche in der Hand. Er musste schon sehr alt sein, denn sein Gesicht war tief gefurcht und die wenigen Haare, die wie eine Krone seinen Scheitel zierten, waren weiß wie Schnee. Ein Rock, bis unters Kinn zugeknöpft, und ein rotes Band auf der Brust gaben ihm das Aussehen eines ausgedienten Offiziers. Als er hinter sich das Geräusch hörte, sah er sich um und entdeckte durch das Laub einen Soldaten und ein Bauernmädchen mit dem Ranzen auf dem Rücken. Der Anblick überraschte ihn, doch glaubte er, es sei eine Schwester, die ihren Bruder nach Hause begleite und ihm aus Liebe seine Last abgenommen habe.

Trien hatte sich inzwischen neben Jan gesetzt und sagte: „Warum bist du so still und traurig, Jan? Was ist dir? Du bist übermüdet, nicht wahr? Es wird schon vorübergehen!“

Da sie keine Antwort bekam, sagte sie mit weicher Stimme:

„Ach, Freund, sei nur getrost und denke, dass wir morgen zu Hause sein werden. Wir sind schon zwanzig Stunden von Venloo. Nun haben wir nur drei Stunden mehr bis zu unserm Dorfe. Wenn wir morgen früh aufbrechen, können wir den kurzen Weg gemächlich abmachen. Wir haben doch alle Ursache, zufrieden zu sein, denn es ist schon ein großes Glück, dass ich dich von den Soldaten frei bekommen habe. Und im übrigen will ich schon machen, dass du in deinem Leben nicht viel Kummer haben sollst Warum sagst du denn aber gar nichts?“

Jan holte tief Atem und antwortete seufzend: „Mir klopft das Herz so eigenartig und meine Augen stechen so schmerzhaft… Lass mich etwas ruhen.“

Einige Augenblicke vergingen, ohne dass das Mädchen die Stille unterbrach. Allmählich fing sie an zu glauben, dass es mehr Trübsinn als Müdigkeit war, die auf ihren Freund drückte. In ihrem Edelsinn bezwang sie ihren eigenen Schmerz, um dem Blinden wieder Trost in das Herz zu gießen und sagte mit heiterem Ton:

„Aber, Jan, bist du auch ganz sicher, dass du mich gesehen hast? Dies bringt mich auf den Gedanken, dass doch noch Leben in deinem linken Auge sein muss, obschon du jetzt wieder ganz blind bist. Das kommt aber von der Hitze, die deine Augen entzündet hat. Hab aber Geduld, bis dass wir zu Hause sind. Wir werden dann von dem neuen Korn verkaufen und den Doktor von Wyneghen einmal kommen lassen. Der wird dich heilen, der hat schon ganz andere Wunderdinge verrichtet an Leuten, die schon tagelang wie tot dalagen. Und denk nur, Jan, morgen sehen wir deine Mutter und den Großvater und Pauwken wieder. Und dann werde ich dich bei allen Freunden herumführen, damit du sie begrüßen kannst Und wenn du ausgeruht hast, werden deine Augen nicht mehr stechen. Dann wirst du wieder ein bisschen sehen. Wir werden miteinander bei der Linde beten und Unserer Lieben Frau für ihre Barmherzigkeit danken. Denn zweifle nicht daran, Jan, sie hat mich erhört und wird… Was ist das? Ich sehe Blut an deinem Strumpf! Oh weh! Und du, armes Schaf, sagst nichts davon!“

Eilends zog sie ihm den Schuh und den Strumpf aus und wischte ihm das Blut mit ihrem weißen Brusttuch ab. Dann wollte sie ihm sagen, dass es nur eine ganz kleine Wunde sei, aber kaum hatte sie ihre Augen zu ihm erhoben, als sie wie ein Schilf zitterte und voll Angst fragte:

„Jan, Freund, was hast du? Du wirst so bleich?"

Der Jüngling seufzte mit matter Stimme:

„Ach, ich weiß nicht, mein Herz bricht. Es ist, als ob ich sterben müsse…"

Ein Zittern durchlief seine Glieder, sein Haupt sank auf seine Schulter und seine Arme fielen schlaff an seinem Körper hernieder. Wehklagend legte Trien ihre Hände auf seine entfärbten Wangen und wollte ihm den Kopf emporrichten, während sie verzweiflungsvoll ausrief:

„Jan, Jan! Ach, der Arme! Er ist tot! Wasser, Wasser! Hilfe! Hilfe!"

Mit diesen Worten sprang sie auf, blickte wie eine Wahnsinnige umher und lief von der einen Seite zur andern, um zu sehen, ob sie kein Wasser entdecken könne. Da bemerkte sie hinter dem Winkel der Hecke ein offenstehendes Tor, das zu einem Garten mit einer Herrenwohnung den Zutritt öffnete. Diese Entdeckung entriss ihr einen Freudenschrei und sie eilte so schnell als möglich hinein, um in diesem Landhaus Hilfe zu erbitten.

Als sie nun durch die verschlungenen Pfade des Blumengartens sich der Türe des Wohnhauses näherte, sah sie aus diesem zwei Personen ihr entgegenkommen. Die eine war ein alter Herr mit silberweißen Haaren und ehrfurchtgebietendem Antlitz; die andere, ebenfalls bejahrt, schien noch gut bei Kräften. Eine breite Narbe wie von einem Säbelhieb lief ihm von der Stirne über Mund und Kinn und gab seinem Gesicht etwas Herbes. Er trug einen Krug, ein paar Fläschchen und etwas Leinwand. Gewiss musste er ein Diener des alten Herrn sein, denn er folgte ihm schweigend und in einer gewissen Entfernung.

„Oh, Mein Herr!", rief Trien verzweifelt aus. „Gebt mir doch etwas Wasser und ein wenig Essig! Dort hinter der Hecke liegt ein armer blinder junger Mann. Er ist in Ohnmacht gefallen. Um Gottes willen, Mein Herr, seid barmherzig, tut ein gutes Werk und geht doch mit mir! Oh, wenn es Euch beliebt!"

Der Greis lächelte mitleidig und sagte, indem er die Hand des Mädchens fasste, mit großer Ruhe: „Beruhige dich, Kind, es ist nichts.

Wir sind schon auf dem Weg, um ihm zu helfen. Du brauchst nicht besorgt zu sein, Kind, es ist nur eine gewöhnliche Ohnmacht. Dein Freund hat sich übermüdet. Komm nur und traure nicht."

Trien verstand beinahe nicht, was er sagte. Ihr schien es so wunderbar, diese Hilfe bereit zu finden, ohne dass jemand in das Herrenhaus den Vorfall gemeldet haben konnte, dass sie in ihrem harmlosen Gemüt schon wieder das liebevolle Dazwischentreten der Mutter Gottes zu entdecken glaubte. Sie starrte mit frohem Erstaunen in das sanfte und trostreiche Gesicht des Greises, der ihr gütig zulächelte und, während er eilends dahinging, zu ihr sprach:

„Tochter, du bist ein braves Mädchen, dass du einem armen Soldaten solche Liebe erweisest. Von woher kommst du denn mit ihm? Ist's nicht von Venloo?"

„Ja, von Venloo, Mein Herr. Es ist sehr weit von hier."

„Und du hast die ganze Zeit den Ranzen getragen, den du noch auf dem Rücken hast?"

„Ja, Mein Herr", seufzte das Mädchen mit feuchten Augen. „Der Arme ist blind und er kann nicht gut gehen, weil er den Weg nicht sieht. Wir hatten es eilig. Ich bin stark und gesund… Gott! Siehe, da liegt er, der Arme, so bleich wie der Tod!"

Eine Tränenflut entstürzte ihren Augen. Indem sie die Hände zusammenschlug, rief sie mit ergreifendem Ton und flehend:

„Er wird doch nicht sterben, Mein Herr?"

Der alte Herr schüttelte lächelnd den Kopf und näherte sich dem kranken Jüngling. Der Diener stellte die Flaschen auf den Boden und ohne einen Befehl abzuwarten, richtete er mit der einen Hand den Kopf des Soldaten auf, während er mit der andern sein Halstuch aufband und seine Weste öffnete. Mittlerweile war der Greis beschäftigt, das Gesicht des Jünglings und seinen Puls zu waschen. Trien kniete daneben und starrte weinend auf die Hilfeleistungen, welche die zwei Unbekannten ihrem armen Freunde angedeihen ließen. Sie sah wohl, dass diese Männer gewohnt waren, mit Kranken umzugehen und zweifelte nicht, dass der alte Herr ein Doktor sein müsse. Dieser Gedanke tröstete sie und flößte ihr Mut ein. Auf ihrem Gesicht stand ein eigenartiges Lächeln von Dankbarkeit und ängstlicher Erwartung. Noch mehr erstaunte sie, als sie die folgenden Worte hörte: „Major", sagte der Diener, „das ist geradeso wie bei Sabijana-de-Alba in Spanien. Mir wird ganz eigens zumute, wenn ich daran denke."

„Unser armer Freund, der Kapitän Steens, nicht wahr?", antwortete der Herr mit einem Seufzer. „Die Ohnmacht ist tief… gib mir das kleine Fläschchen."

„Ja, mir ist, als sähe ich es noch. Der Kapitän lag auch so gegen einen Zitronenbaum, aber er hatte seinen Knochen in Vittoria gelassen. Das war ein Hauen und Stechen, Schlagen, Schießen! An diesem Tage haben wir manchen aufgelesen und verbunden. Ich war blutig vom Kopf bis zu den Zehen! Und Sie auch, Major."

„Sein Herz klopft wieder… er wird bald zu sich kommen."

Der Diener hob mit seinem Finger die Augenlider des Kranken auf und sagte:

„Er ist blind, das ist das alte Soldatenübel. Wir kennen das auch. Aber sehen Sie doch das linke Auge, Major. Es ist noch nicht ganz fort, wie ich sehe."

Ein Freudenruf entfuhr dem Mädchen. Jetzt bewegte sich der Kranke. So wie er ganz wieder zu sich kam, betastete er die Kleider der beiden, die ihn pflegten und fragte ängstlich:

„Wo bin ich? Was geschieht mir?" Und seine Hand um sich ausstreckend, rief er klagend: „Trien, Trien! Wo bist du?"

Das Mädchen erfasste freudig seine Hand und sagte:

„Oh Jan, danke Gott, dass du hier unwohl wurdest. Es ist ein Glück, du bist bei guten Menschen. Sie sagten auch, dass dein linkes Auge noch nicht tot sei."

„Wer seid ihr? Unser Herr möge euch segnen für eure Barmherzigkeit", sagte der Jüngling.

„Kamerad", unterbrach ihn der Diener, „wir wollen einmal versuchen, ob wir nicht aufstehen können. Hab nur guten Mut; es geht schon." Er fasste den Soldaten unter dem linken Arm, während der alte Herr ihn auf der andern Seite unterstützte und so halfen sie beide dem Blinden auf die Beine.

Trien, in dem Glauben, dass die Hilfeleistung der Unbekannten jetzt zu Ende sei, lachte sanft und sprach mit leuchtenden Augen:

„Meine Herren, ich bin eine arme Bauerntochter und unser Jan ist auch nicht reich. Aber seid sicher, wir werden unser Leben lang in unsern Gebeten Euer gedenken und euch segnen für eure Güte. Gebt euch nun keine weitere Mühe mehr. Lasst ihn sich nur etwas ins Gras setzen, damit er ein wenig ausruhe. Ich werde ihm seine Füße schon verbinden. Wir müssen in das Dorf. Dort werden wir diese Nacht bleiben. Gott schenke euch Gesundheit und Glück in dieser Welt und hernach die Seligkeit im Himmel."

„Nein, so geht es nicht!", antwortete der alte Herr. „Folgt mir, ihr seid brave Leute. Ich will nicht, dass ihr euch auf der Wanderung noch abplagen sollt. Der junge Kamerad soll nicht weiterziehen, bis er sich erholt hat. Wir wollen sehen, ob ich nichts tun kann, um deine edelsinnige Aufopferung zu belohnen, mein Kind."

„Wir haben noch einige Flaschen alten spanischen Weins, der einen Toten aufwecken könnte", fügte der Diener hinzu. „Dies ist die einzige Medizin, die er nötig hat. Wart nur ein bisschen, Tochter. In einer Stunde wirst du ihn nicht mehr kennen."

„Ach, ihr Herren", stammelte das Mädchen, „tut nach eurem christlichen Herzen. Wenn ich eure Güte sehe, kann ich vor Rührung fast nicht sprechen. Seid doch tausendmal bedankt, ihr lieben Menschen!"

Von dem Herrn und seinem Diener auf beiden Seiten unterstützt, schleppte sich Jan mit langsamen Schritten fort. In den Garten gelangt, schlich sich das Mädchen allmählich an die Seite des Dieners und fragte ihn mit leiser Stimme:

„Sagt Freund, ist Euer Herr ein Doktor?"

„Doktor?", antwortete der Diener. „Er ist Oberchirurg unter Napoleon gewesen. Wir haben mehr Arme und Beine abgeschnitten, als auf diesem Wege liegen können und das ist keine Kleinigkeit."

„Kann er auch die Augen kurieren, Freund?"

„Ja, ja, und ein bisschen besser als die heutigen Chirurgen, wenn Ihr wollt. Es sind bitter wenig übrig geblieben von den tapferen Kameraden aus Spanien, sonst würden noch viele herumlaufen, die ihm das Augenlicht verdanken."

„Ach, Ihr guter Mann. Ihr müsst ihn doch einmal recht sehr bitten, dass er die Augen unseres armen Jan einmal besehe. Gott weiß, ob er sie nicht heilen kann."

„Lasst nur, Töchterchen, er wird es schon tun. Sein Herz hängt noch an den Soldaten. Jan wird so schnell von hier nicht wegkommen."

„Wenn Ihr etwas dazu helfen könnt, Freund, oder ein gutes Wort für ihn einlegen, ich würde Euch sehr dankbar sein.“

„Es ist nicht nötig, dass Ihr mich bittet. An mir soll es nicht fehlen. Soldat, Kamerad, sagt das Sprichwort. Seht, es geht schon viel besser. Ich stütze ihn fast nicht mehr.“

Sie waren auf der Schwelle der Wohnung und betraten ein mit hübschen Möbeln verziertes Zimmer. Der alte Herr führte den Blinden zu einem breiten Lehnstuhl und hieß ihn sich darin mit dem Rücken gegen das Licht niedersetzen. Er reichte dem Diener einen Schlüssel. Der Diener verließ so schnell wie vergnügt das Zimmer und kehrte kurz hernach mit einer Flasche und ein paar Gläsern zurück. Im Vorbeigehen flüsterte er dem Mädchen ins Ohr:

„Dies ist von dem Wein, der die Toten aufwecken kann. Ihr werdet es gleich sehen.“

Trien begriff nicht recht, was er damit sagen wollte. Sie blickte mit gespannter Neugierde auf den alten Herrn, der nun ein Glas mit einer hellroten Flüssigkeit an die Lippen des Jünglings brachte und zu ihm sagte:

„Trinkt dies langsam aus, Freund, es wird Euch wundersam erquicken.“

„Gott, was ist das!“, rief der Blinde erstaunt, nachdem er den Trank einige Augenblicke in sich hatte. „Es erwärmt mich innerlich so prächtig. Dank, dank ... Ich habe Hunger.“

„Gemach, Kamerad, nicht so eilig“, bemerkte der alte Herr. „Jetzt Euren Fuß verbunden und dann wollen wir einmal die Augen besehen. Komm, Tochter, ich habe dich noch vergessen, Kind lieb ... Setz’ dich da nieder auf den Stuhl und du, Karl, gib dem Mädchen ein Glas Wein.“

Während der Diener mit dem Mädchen sprach und ihr den wundertätigen Wein anpries, hatte der alte Herr den Fuß des Jünglings verbunden. Und nun war er daran, ihm die Augen mit einer gewissen Flüssigkeit zu waschen und sie mit einer weißen Salbe zu bestreichen. Als dies geschehen war, ging er zu den Fenstern und ließ die Gardinen herunter, um das Licht im Zimmer zu dämpfen. Aufs Neue sich zu dem Soldaten wendend, sagte er:

„Freund, macht einmal die Augen auf und versucht, ob Ihr nichts unterscheiden könnt.“

Jan öffnete die Augen und blieb eine Weile stumm, obschon ihn der alte Herr fragte, was er bemerke. Er schien mit seinen blöden Augen einen Gegenstand zu suchen. Plötzlich löste sich ein lauter Schrei aus seiner Brust. Er stand auf und ging mit ausgestreckten Händen zu dem Mädchen, das aufgesprungen war und zitternd vor seliger Hoffnung ihn näher kommen sah. Sie wollte sich ihm in die Arme werfen, aber der Diener hielt sie zurück. Der Blinde stand vor ihr und reichte ihr mit unsicherer Bewegung die Hand, während er mit schwankender Stimme sagte:

„Trien, Trien, ich bin nicht blind. Nun wird doch alles wahr werden. Ich werde Mutter, Großvater und Pauwken in meinem Leben wieder sehen können! Ach, ich sehe, dass du ein rotes Halstuch umhast."

Das Mädchen umarmte ihn unter unverständlichen Worten, die eher einer Klage als einem Ruf der Freude glichen. Aber der alte Herr nahm den Jüngling und nötigte sie, sich wieder ruhig niederzusetzen. Er band dem Kranken sogleich den Lichtschirm vor die Augen und fragte:

„Ihr habt gesehen", sagte er, „dass Eure Freundin ein rotes Halstuch umhat. Das scheint mir unmöglich. Täuscht Ihr Euch nicht?"

„Ich sehe noch nichts als einen grauen Schatten", antwortete der Soldat, „aber als ich anfing zu erblinden, habe ich bemerkt, dass das Rot im Dunkeln viel schwarzer erscheint als die andern Farben. Darum weiß ich, dass es rot ist."

„Das dachte ich wohl", bemerkte der Herr. „Nun werden wir vorsichtig zu Werk gehen." Sich zum Diener wendend, sagte er: „Karl, führe den Kameraden in die Küche, damit er ein wenig Fleisch und Brot esse – halbe Ration, nicht mehr. Hernach sollst du ihn in das Hinterzimmerchen bringen, damit er sich schlafen lege und ausruhe. Sage der Magd, dass sie auch für dieses Mädchen hier etwas zu essen bringe."

Sobald der Diener sich mit dem Soldaten entfernt hatte, fiel Trien unter lautem Schluchzen vor dem alten Herrn auf die Knie und umfasste stumm seine Knie, während sie seine Füße mit ihren Tränen benetzte. Er wollte sie aufrichten, aber sie widerstand; und indem sie ihre glänzenden Blauaugen zu ihm erhob, rief sie: „Mein Herr, Mein

Herr! Gott wird Euch segnen, dass Ihr so viel Liebe armen Bauern-
leuten wie uns erweist! Ich kann es nicht sagen, was ich fühle, aber
ich würde gerne zehn Jahre früher sterben, wenn Ihr dafür länger
leben könntet. Und dass Ihr die Augen unseres Jan heilen wollt, wie
ein guter Engel Gottes, der Ihr seid, dafür werden wir allesamt täglich
für Euch beten und eine Wallfahrt für Euch machen, Mein Herr."

Der alte Herr hob das Mädchen auf und führte sie unter trösten-
dem Zuspruch an den Tisch, wo sie essen sollte. Bald erschien das
Dienstmädchen und stellte einige ausgesuchte Speisen vor das Mädchen hin, worauf sie gleich wieder das Zimmer verließ.

Trien konnte von den angebotenen Gerichten wenig genießen. Sei
es, dass Müdigkeit oder Aufregung sie hinderte, aber sie endigte ihre
Mahlzeit in einigen Augenblicken und sah mit stiller Dankbarkeit auf
ihren Wohltäter, der vor ihr saß und sie zum Essen aneiferte. Da der
alte Herr merkte, dass sie nichts mehr genoss, erfasste er ihre Hand
und sagte:

„Komm, erzähle mir nun einmal, von woher ihr seid und wie es
kommt, dass du so allein mit dem blinden Soldaten auf dem Wege
bist. Und ob du Eltern hast und wo sie wohnen."

Das Mädchen begann mit natürlicher und einfacher Beredsam-
keit zu erzählen von den Lehmhütten, von dem Losen, von der alten
Mutter, vom Großvater, von Pauwken und vom Abschied. Aber als sie
schilderte, wie sie sich abmühte, um den blinden Freund in Venloo zu
finden, wie sie vor Freude beinahe ohnmächtig wurde, als ihr der Offizier erlaubte, den Unglücklichen mit nach Hause zu nehmen, wie sie
von Unserer Lieben Frau geträumt hatte und was sie unterwegs miteinander geredet hatten, da begann allmählich eine tiefe Rührung sich
des alten Herrn zu bemächtigen und er wischte sich zeitweise eine
Träne des Mitgefühls aus den Augen. Er konnte der sanften Stimme
des Mädchens nicht widerstehen und bewunderte ihre unbegreifliche Aufopferung und Liebe. Sie hatte ihm nichts verborgen und ihm
mit voller Aufrichtigkeit von den geträumten Plänen gesprochen, von
ihrer Heirat mit dem Blinden, von allem was sie ihm gelobt und mit
ihm ausführen wollte, um die Bitterkeit seines Lebens zu mildern;
desgleichen von allem, was Jan ihr gesagt und versprochen hatte,
wenn er durch Gottes Güte das Augenlicht zurückgewänne.

Diese rührende Erzählung hatte lange gedauert. Dennoch hatte der alte Herr sie nur durch einige Fragen unterbrochen. Als das Mädchen mit feurigen Dankesbezeigungen geendet hatte und schweigend auf eine Antwort wartete, saß ihr Zuhörer, mit den Augen zu Boden geheftet, in tiefem Sinnen da. Nach einigen Augenblicken erhob er das Haupt und sprach:

„Tochter, du hast recht gehandelt. Du bist ein tugendsames und edelmütiges Kind. Dein Traum war also voranzukommen, indem ihr Tag und Nacht arbeitet – du, um den Schmerz der Blindheit von deinem Freunde abzuwenden, er, um dich zu belohnen für deine Liebe, und zusammen, um euren Eltern ein friedliches Leben zu sichern? Es ist gut. Gott hat euer Gebet erhört. Er ist es, der euch hierher gesandt hat und mich ein gutes Werk ausüben ließ. Ich werde meine ganze Erfahrung aufbieten, um das linke Auge deines Freundes zu heilen. Und ich habe Gründe zu hoffen, dass es gelingen wird. Im übrigen sei unbekümmert. Dein schöner Traum wird zur Wahrheit werden. Auch du wirst diese Nacht hier schlafen. Morgen wollen wir sehen, was noch zu tun ist. Inzwischen kannst du ruhen oder dich im Garten ergehen und brauchst du etwas, ersuche die Magd oder den Diener. Es sind gute Menschen, die sich beeilen werden, um dir zu Dienst zu sein. Nun verlass ich dich bis zum Abend."

Trien sah den Greis sprachlos durch die Türe verschwinden. Bald darauf verließ auch sie das Gemach und ging frohen Mutes im Garten spazieren, wobei sie über alles nachdachte, was ihr der alte Herr gesagt hatte.

Am nächsten Vormittag fuhr eine Kutsche aus dem Tor des Landgutes. Auf dem Vordersitz saß der Diener mit der Narbe auf der Stirne, der ein lustiges Liedchen pfiff und das Pferd mit der Peitsche antrieb. Auf dem Rücksitz saß der Jüngling, mit dem grünen Lichtschirm vor den Augen und neben ihm die glückliche Trien, die ihm still die Hand drückte und ihm fröhlich ins Ohr flüsterte:

„Ach, Jan, wir sind doch glücklich, nicht wahr? Mein schöner Traum hat sich erfüllt! Nun wird deine Mutter sich freuen… und du wirst gewiss geheilt werden, denn der gute Herr hat es gesagt. Wie werden sie alle verwundert dareinschauen, wenn wir wie Barone in einer Kutsche angefahren kommen."

„Wir wollen über Gierle und Wechel-ter-Zande fahren", sagte der Diener, „und dann auf Zoersel. Von dort müsst ihr mir den Weg zeigen und nun geht es frisch darauf los!" Er trieb das mutige Pferd an und rief: „Hoppla, Marengo, vorwärts! Marsch!"

Der Staub des Weges flog wie eine Wolke in die Höhe, das Fahrzeug verschwand bald zwischen den Häusern des Dorfes.

8.

Eines Tages, als ich ganz einsam über die Heide wanderte und in meinem Innersten die dichterischen Eindrücke der schönen Natur sammelte, entstand am westlichen Horizont ein Gewitter. Es ist etwas Wunderbares, oft unaussprechlich Schönes, an einem heißen Sommer auf einer Ebene zu sein, wenn am unbegrenzten Himmel die blitzschwangeren Dünste sich zu Orkanwolken zusammenballen. Man möchte sagen, dass eine Todesangst die Natur plötzlich befallen hat. Die Sonne erbleicht und scheint mit mattem Glanze; die Luft wird erstickend und beengt die Brust des Menschen; die Tiere flüchten und verstecken sich aus Angst; die Bienen schießen wie Pfeile durch die Luft, um ihre Zellen zu erreichen; das Laub der Bäume ruht; der Wind hält seinen Atem an; die kleinen Blumen schließen ihre Kelche und Blätter; in unheimlicher Stille wartet alles. Ein unbeschreibliches Gefühl von Bangigkeit und Ehrfurcht beklemmt das Herz des Dichters und inmitten der allgemeinen Angst jauchzt seine Seele auf, weil es ihm vergönnt wurde, das furchtbare Naturwunder in seiner ganzen Majestät zu schauen.

Aber bald beginnen die Wolken stürmisch durcheinander zu treiben. Was stundenlang in der Ferne unbeweglich geblieben, kommt nun in wilder Hast herangerast. Der Orkan heult und brüllt, als würde er von Gottes Hand mit mächtigen Schlägen fortgepeitscht. Er entreißt dem Tannenwald ein durchdringendes Schmerzgeheul, bricht und entwurzelt einsame Stämme. Dann erst kommt der Donner, um mit seiner gewaltigen Stimme alles Getöse zu übertönen Der Blitz schießt seine blendenden Wogen durch die Luft, die Heide scheint in Flammen zu stehen; Feuerschlangen durchwühlen ihren Schoß. Wasserströme stürzen zur Erde und auf das Gebrüll des Orkans folgt das eintönige trübe Geplätscher des fallenden Regens.

An diesem Tag war meine Seele auf dichterische Empfindungen gestimmt. Ich hatte mit besonderer Wohllust das große Schauspiel der Naturarbeit betrachtet, bis dass mir die ersten Blitzstrahlen begreiflich machten, dass ich tun müsse, was alle Lebewesen bereits getan hatten: eine Zuflucht suchen und mich mit Demut vor Gottes Wunder verbergen. Nicht weit von der Stelle, wo ich mich befand, lag ein Bauernhaus, zwar einsam in der Heide, aber, wie eine Oase in der Wüste, von grünen Feldern und frischem Gehölz umringt. Kaum hatte der Regen begonnen wie eine andere Sintflut aus den Wolken zu stürzen, als ich durch die Türe des Hauses trat und um Erlaubnis bat, mich unter dem Dach schützen zu dürfen. Ich fand die Insassen in der größten Stille um eine geweihte Kerze zum Gebet vereinigt. Der Pächter allein ließ sich durch meine Ankunft stören und wies mir mit freundlichem Lächeln einen Stuhl an, worauf er wieder den Kopf senkte und die Hände faltete.

Ich weiß nicht, wie es geschah, aber obschon mir das Unwetter, als eine nützliche Naturerscheinung, den geheimen Schreck nicht einflößte, der diese Menschen durchzitterte, war es doch so schön, so ergreifend und so himmlisch, dieses stille Gebet der Familie, dass mich ein unwiderstehliches Gefühl zwang, teilzunehmen an der Gemeinschaft mit Gott, dessen Stimme droben so unaussprechlich durch die Lüfte ertönte. Mit entblößtem Haupte faltete ich gleichfalls die Hände und ich betete. Es tat meiner Seele so wohl, das kindliche Aufwallen meines Herzens hier wiederzufinden, als ob der Atem der entzauberten Welt mich nie berührt hätte. Endlich, nachdem einige zwanzig Blitze die Stube erhellt und die Bewohner des Hauses ebenso oft das Kreuzzeichen gemacht hatten, zog das Unwetter vorüber und flaute merklich ab. Die Bauernleute hörten aber mit dem Gebet nicht auf und gaben mir Muße, jedes mit der Aufmerksamkeit zu betrachten, die einem forschenden Menschen und vor allem jedem Schriftsteller eigen ist.

Da war ein alter Großvater, der fürwahr wohl neunzig Jahre oder noch mehr musste erreicht haben, denn Haupt und Hände zitterten ihm fortwährend, als hätte er das Fieber. Neben ihm saßen ebenfalls zwei bejahrte Frauen, etwas weiter weg ein kräftiger Mann, dessen eines Auge wie ein weißer Ball leblos unter der schwarzen Braue stak, während sein anderes Auge von Mut und Lebenslust funkelte. An seiner Seite saß eine blühende Frau mit einem Kinde auf dem Schoß und bei ihr noch ein Junge und ein Mädchen von sieben oder acht Jahren. Ganz am Ende des Tisches befand sich ein hübscher Jüngling mit blühendem Angesicht und sanften Augen. Auf ein Zeichen des einäugigen Mannes bekreuzten sich alle und standen auf. Der Großvater ging mit wankenden Schritten in den Herdwinkel. Die anderen Hausgenossen sprachen mit mir und boten mir ihr Haus als Zufluchtsstätte an, weil es noch sehr stark regnete. Schon nach kurzer Zeit war ich mit diesen guten Menschen bekannt und ich plauderte mit ihnen wie ein guter Freund. Nachmittags aß ich mit ihnen das nahrhafte Roggenbrot und trank den Kaffee der Gastfreundschaft. Und da ich vorderhand nichts Besseres zu tun hatte als auf die artigen Dinge zu hören, die mir der einäugige Mann und seine Frau erzählten, so verließ ich erst des andern Morgens das Haus.

***

Was ich dir in dieser Geschichte erzählt habe, lieber Leser, vernahm ich an dem Abend auf dem einsamen Hofe, der ehemals nur aus zwei Lehmhütten bestand, jetzt aber ein hübsches Anwesen mit vier Kühen und zwei Pferden ist. Jan Braems und Trien, seine gute Ehehälfte, schaffen, wie sie es gelobt haben und Gott hat ihre Liebe gesegnet und drei Kinder tummeln sich um sie herum. Der Großvater, obschon mit dem einen Fuß bereits im Grab, raucht noch sein Pfeifchen beim Kuhkessel. Die beiden Mütter sonnen sich im Glück ihrer Kinder und arbeiten noch mit, um das Vieh zu pflegen und im Haus tätig zu sein. Pauwken, der hübsche Jüngling, besorgt die Pferde und pflügt und erntet für seinen Bruder, aber nächstes Jahr nach Ostern wird er die Schwester von Holzschuhmachers Kaet heiraten…

Jeden Abend betet die ganze Familie für den alten Doktor, denn er ist es, der Jan Braems das Gesicht wieder schenkte. Er ist es, der durch seinen edelsinnigen Beistand die Lehmhütten in einen behäbigen Pachthof umgewandelt hat.

So gebe Gott den Wohltuenden und den Dankbaren ein langes und glückliches Leben auf dieser Erde!